HET VERHAAL VAN EEN VROUW

LORI LANSENS BIJ UITGEVERIJ DE BEZIGE BIJ

De weg naar huis
De zusjes

LORI LANSENS

Het verhaal van een vrouw

Vertaald door Miebeth van Horn

2010

DE BEZIGE BIJ

AMSTERDAM

**Canada Council Conseil des Arts
for the Arts du Canada**

Deze uitgave is mede mogelijk gemaakt door een subsidie van
de Canada Council for the Arts.

Cargo is een imprint van uitgeverij De Bezige Bij, Amsterdam

Copyright © 2009 LLMT Inc., Lori Lansens
Copyright Nederlandse vertaling © 2010 Miebeth van Horn
Oorspronkelijke titel *The Wife's Tale*
Oorspronkelijke uitgever Alfred A. Knopf, Canada
Omslagontwerp Studio Jan de Boer
Omslagillustratie Getty Images/Iconica
Vormgeving binnenwerk Peter Verwey, Heemstede
Druk Koninklijke Wöhrmann, Zutphen
ISBN 978 90 234 5602 5
NUR 302

www.uitgeverijcargo.nl

Voor Maxim en Natasha

Zo'n knap gezichtje

's Avonds alleen, wanneer het licht was weggetrokken van het leien dak van haar plattelandshuisje en haar man tot laat aan het werk was, deed Mary Gooch bij het open slaapkamerraam een striptease voor de sterren; ze stroopte haar verfomfaaide lange broek af, trok haar bloezende bovenstukje uit, bevrijdde haar borsten, schoof haar onderbroek omlaag en liet haar romige vlees tevoorschijn golven tot ze volledig, verrukkelijk naakt was. In het duister smeekte ze haar minnaar, de wind, haar in vervoering te brengen tot ze de vensterbank moest vastgrijpen om overeind te blijven, om zich daarna, de nachtlucht als een postcoïtale sigaret inhalerend, om te draaien naar haar spiegel, de voyeur die al die tijd had toegekeken.

De spiegel weerkaatste het beeld dat Mary als zichzelf herkende, een drieënveertigjarige brunette van één meter achtenzeventig die zo rijkelijk van vetlagen was voorzien dat er vrijwel geen botje van haar hele skelet was dat zich in haar spiegelbeeld opdrong. Geen vermoeden van sleutelbeen, geen suggestie van een schouderblad, geen ribbel van haar kaak, geen kuiltje in haar knie, geen richel darmbeen, geen knik van een knokkel, zelfs in haar pink was nog geen kootje te zien. En evenmin een spierbundel, alsof ze gekleed ging in een onderhuids dekbed.

Mary kon zich nog herinneren dat ze als negenjarige bij dokter Ruttle in de spreekkamer van de weegschaal was gestapt en hem het Woord had horen fluisteren tegen haar frêle moeder, Irma. Het was een onbekend woord, maar een woord dat ze in sprookjestermen kon begrijpen. *Obeest.* Je had heksen en heksenmeesters. En zo waren er ook bruten en obeesten. De kleine grote Mary was niet van de wijs gebracht door deze prognose. In haar kinderhoofd lag het volkomen voor de hand dat haar lichaam de manifestatie was geworden van het hongerende dier in haar pens.

Zo'n knap gezichtje, zeiden mensen altijd. Toen ze nog klein was, richtten ze die opmerking tot haar moeder, al naar gelang hun aard tuttuttend van medeleven of als een hardvochtig verwijt. Naarmate ze ouder werd, maakten de meelevende en de verwijtende mensen hun opmerking rechtstreeks tegen Mary. *Zo'n knap gezichtje*. Maar eigenlijk hadden ze het over de schande van haar omvangrijke lijf, de verspilling van haar groene ogen en gewelfde lippen, haar scherpe neus en diep gekliefde kin, haar zachte huid die aan gerezen deeg deed denken, waarin zorgrimpels vrijwel ontbraken, wat hoogst opmerkelijk was, want dat was precies wat Mary Gooch deed als ze niet aan het eten was.

Ze maakte zich zorgen over wat ze zou eten en wat ze juist niet zou eten. Wanneer en waar ze al of niet zou eten. Ze maakte zich zorgen omdat ze te veel had gegeten, of juist bij lange na niet genoeg. Ze maakte zich zorgen over hoge bloeddruk, type 2-diabetes, aderverkalking, hartaanvallen, beroertes en artritis. De minachting van vreemden. Kinderen die de waarheid spraken. Een plotselinge dood. Een langzame dood. Ze maakte zich des te meer zorgen omdat ze wakker lag van die zorgen en in haar droomloze uren nog meer zorgen koesterde, over haar man Gooch en hun naderende zilveren bruiloft, over haar simpele baantje bij drugstore Raymond Russell, en over de lijst waar ze aan dacht als *dingen die niet gedaan zijn* in plaats van als *dingen die gedaan moeten worden*.

Gewicht is gewoon een kwestie van getallen op een schaal, hield ze zich voor, en haar spiegel niet meer dan het zoveelste gezichtspunt. Als ze bij wassende maan en precies onder de juiste hoek met toegeknepen ogen naar haar naakte spiegelbeeld keek, zag Mary Gooch schoonheid in de poëzie van haar contouren, in het uitdrukkingsvolle, overdadige, eetbare vlees, en begreep ze waarom een kunstenaar die naakten tekende, die berg pens aantrekkelijk zou vinden, waarom hij de pokdalige kust van hellende dijen goedgunstig zou bezien en zou genieten van de diepten en schaduwen van bungelende borsten en meervoudige onderkinnen. Een overvloedige, sensuele vorm die deed denken aan de reusachtige ronde vaas die via de Brody-kant van de familie in haar bezit was gekomen, waarin ze in het voorjaar haar daglelies schikte. Of de duinen van maagdelijke sneeuw op de heuvels achter haar huis even buiten het stadje Leaford.

Mary wilde niets liever dan rebelleren tegen de tirannie van de schoonheid, maar in plaats daarvan was ze een aanbidster die naar schoonheid snakte, beelden in glossy's en op de televisie verslond, en dan vooral beelden waarin het leven van rijke en beroemde mensen was vastgelegd. Mary bestudeerde de lijven, trok als een bewonderende minnaar met haar vingertoppen de contouren na van keiharde buik- en bilspieren, gespierde armen en de voor een vrouw zo gewaagde opgepompte deltaspieren, veulenachtige benen, wespentaille, zwanenhals, leeuwenmanen, katachtige ogen. Mary had zich neergelegd bij de suprematie van de schoonheid en kon haar medeplichtigheid aan de verwoesting van de hare niet ontkennen.

Vaak was het voor Mary Gooch een onhoudbare last zowel haar aanzienlijke gewicht als de verantwoordelijkheid daarvoor te dragen, dus probeerde ze elders de schuld te zoeken. De media waren haar doelwit, zoals ze tegelijkertijd haar verslaving waren. Mary bladerde als een bezetene door haar glossy's, dankbaar voor cellulitis bij beroemdheden, gruwend bij de aanblik van prachtige anorexialijdsters, de *must haves* voor de herfst noterend, meesmuilend met de critici om moderampen, om vervolgens te merken dat ze intussen een liter roomijs had weggewerkt, aangemoedigd door de advertentie onder het artikel over het televisiesterretje met een slechte smaak op het gebied van mannen. Mary wist wel dat het allemaal de schuld van de media was, maar het beschuldigende vingertje opsteken kostte eenvoudig te veel inspanning en ze kon nooit lang volhouden dat het andermans schuld was, vooral omdat ze geregeld werd geconfronteerd met de stomme genialiteit van het simpelweg nee zeggen.

Jimmy Gooch, die inmiddels bijna vijfentwintig jaar Mary's echtgenoot was, las *Time* en *Newsweek* en *Scientific American* en *The*

Atlantic en *National Geographic*. Hij keek ook naar CNN als Amerika niet in de hoogste alarmfase verkeerde, en naar talkshows met pientere panelleden die ook lachten als er niets te lachen viel. Aangezien Gooch de meeste avonden doorwerkte en in het weekend zijn handen vol had met golfen, kwam het er volgens Mary op neer dat ze per week maar een handjevol uren samen doorbrachten. Ze wilde de stilte tussen hen verbreken, maar Gooch' enthousiasme voor de politiek was haar vreemd en ze wist pijnlijk weinig over de oorlog in Irak. Af en toe kon het paar zich gezamenlijk verwonderen over de grillige menselijke aard. 'Lees het stuk op de achterkant maar eens,' had Gooch onlangs gezegd, terwijl hij met het opgerolde tijdschrift op haar hoofd tikte, een gebaar dat volgens haar agressief was maar volgens hem speels bedoeld was.

Het stuk ging over de kwalijke kanten van de Noord-Amerikaanse cultuur, het feit dat het verwerven van bezit voor succes werd aangezien en vraatzucht voor bevrediging. Blijkbaar was het Gooch' bedoeling dat Mary een vergelijking zou trekken met haar eigen mateloosheid, en dat deed ze ook, maar los daarvan zette het stuk aan tot denken, omdat er de vraag in werd gesteld of mensen over het geheel genomen dankzij alles wat onder handbereik was, snelle behoeftebevrediging en duizenden tv-zenders en merken om uit te kiezen, gelukkiger zijn dan vóór de industriële revolutie. Ogenblikkelijk kwam Mary tot de conclusie dat dat niet zo was. Ze vroeg zich zelfs af of het tegendeel misschien waar was, dat er in het ploeterende leven van haar pionierende voorouders met hun heldere, enkelvoudige doel, eenvoudig geen tijd was om over geluk na te denken. Hout hakken. Water dragen. Je kon je onmogelijk voorstellen dat die eerste Brody's, die Leaford van de Burger King tot het benzinestation hadden ontgonnen, ook maar één enkele slapeloze nacht hadden doorstaan.

Mary Gooch had genoeg tijdschriften gelezen en genoeg uren op de afdeling Zelfhulpboeken doorgebracht om te weten dat ze niet de enige was die aan morbide obesitas en ongrijpbare malaise leed. Overal waren symptomen van wanhoop en binnen handbereik de recepten voor succes. Iemand kon een goede nachtrust hebben en uitgerust wakker worden, overtollige kilo's kwijtraken zonder dieet te houden, in nog geen twintig minuten een diner voor zes personen bereiden, de seksuele begeerte weer tot bloei brengen en vijf persoonlijke doelstellingen bereiken binnen een maand. Iemand kon dat. Maar ondanks de stapsgewijze uitleg kon Mary het niet. Het geheim bleef geheim. Blijkbaar ontbeerde ze een doorslaggevend ingrediënt, iets eenvoudigs en ongrijpbaars. Eerlijkheid, bijvoorbeeld.

Mary was zonder godsdienst opgegroeid, maar instinctief maakte ze onderscheid tussen haar ziel en haar lichaam. Haar ziel kende geen zwaartekracht. Haar lichaam woog honderdtweeëndertig kilo, en die twee kilo waren belangrijk omdat ze ooit gezworen had er een eind aan te maken als ze boven de honderddertig kilo kwam. Nog een verbroken belofte. Nog meer grond voor verwijten. Terwijl de waarheid achter haar honger even aanwezig en even geheimzinnig was als andermans God.

In elk geval had verdriet het beest gevoed, en naarmate ze dichter bij de middelbare leeftijd kwam, deden zich steeds meer aanleidingen tot verdriet voor. Door elke overgang, maar zeker die van het lichamelijke soort, werd Mary Gooch verder opgetuigd. Vijftien kilo voor haar moeder, kilo's die ze jaren geleden in de loop van vele maanden had verworven, al was Irma niet echt overleden. Nog langer geleden de kinderen, die respectievelijk zeven en tien kilo hadden toegevoegd. Vervolgens de acht toen haar vader in het voorjaar overleed. En nog eens acht na meneer Barkley in de zomer. Het bezorgde Mary een vaag gevoel van barmhartigheid om haar beminden kilo's toe te kennen, zoals het haar ook min of meer troostte haar gewicht in Engelse *stones* uit te rekenen in plaats van in Amerikaanse ponden.

Tijdens die pijnlijke cycli van verdriet en aanwas dacht Mary vaak dat het beter was geweest wat voor geloof dan ook te hebben om daar vervolgens af te vallen dan nooit een geloof te hebben gehad. Op grond van omstreden kennis en helende inzichten knutselde ze een stelsel overtuigingen in elkaar dat ze voortdurend bewerkte en bijstelde, afhankelijk van wat er onlangs in een tijdschrift had gestaan of welke beroemdheid er zijn of haar naam aan had verbonden. Dat gold alleen niet voor de regel van drie: een duurzame, zij het niet door enige religieuze tekst ondersteunde overtuiging. Nare dingen gebeuren per drie tegelijk. Sterfgevallen, ernstige ongelukken, financiële ondergang. Een. Twee. Drie. Ze vroeg zich af waarmee de trilogie na haar vader en meneer Barkley zou eindigen. Nog een sterfgeval? Of alleen meer op het eerste gezicht draaglijke tegenslagen?

Terwijl ze snakkend naar adem en met opgewonden flapperende hartkleppen haar zware lijf de paar stappen van haar auto op de parkeerplaats naar de achterdeur van de drugstore sleepte, dacht Mary dan: *ik ben degene die de trilogie zal afronden. Hier komt mijn dodelijke hartaanval.* Overspoeld door spijt zag ze op zo'n moment alles met grote helderheid, maar te laat, zoals roekeloze volwassenen dat doen. Het gevoel ebde natuurlijk weer weg zoals dat met alles gaat, en Mary klampte zich vast aan weer een andere bron van ongerustheid, bronnen die stuk voor stuk ondoordringbaar en genuanceerd genoeg waren om haar aandacht vast te houden, met allerlei boeiende zijwegen om haar af te leiden van het grote geheel. Het wegtikken van de tijd. De machinaties van de ontkenning.

Mary Gooch *bad* niet zozeer tot God als wel dat ze tot God *wenste*, van wie ze heel af en toe niet zo zeker was. Ze wenste tot God dat er een einde zou komen aan alle oorlogen. En dat haar bedrijfsleider met zijn balzak in de kassalade beklemd zou komen zitten. Ze wenste dat haar moeder vredig zou sterven. En dat ze iets leuks zou hebben om aan te trekken voor het feestelijke diner ter gelegenheid van haar zilveren bruiloft. En ten slotte was er die wens die boven al die andere wensen uit ging, datgene wat ze uur na uur, dag en nacht wenste, dat ze die kilo's gewoon zou kunnen kwijtraken. Die wens legde Mary met de kleinste, nederigste stem aan haar onzekere God voor. Als ik die kilo's kwijtraak, zal Gooch weer van me houden. Of soms: dan kan ik Gooch weer van me láten houden. De toestand van haar lichaam was onlosmakelijk verbonden met de toestand van haar huwelijk en de toestand van het heelal.

Kon ik die kilo's nou maar gewoon kwijtraken.

Mary Gooch mocht dan niet helemaal zeker zijn van God, maar naast die regel van drie geloofde Mary Gooch ook in wonderen.

De wekker

De wekker tikte nooit gewoon voor Mary. Op deze herfstnacht voorafgaand aan de zilveren bruiloft bonsde de klok een down-beatritme synchroon met het kloppen van haar hart, alternatieve jazz, rusteloos als het tikken van een voet, de dwalende blik, in afwachting van de eerste noten van een ongewone melodie.

Stuurloos, op een matras die lekken piepte in de duisternis, gedachten die zich door poorten haastten, conclusies trokken, metaforen dooreen haalden, voelde Mary hoe zweetdruppels zich op haar slapen tot een stroom omlaag vormden. Glibberig als een zeehond in haar verwassen grijze nachtpon, een driehoek zweet die jeukte in haar kruis, lag Mary duizelig te worden van de hitte en honger die om voorrang streden. De warmte die de verwarmingsketel afgaf, die ze eerder die avond had proberen uit te zetten, walmde nog steeds door de vloerroosters in de minieme plattelandsbungalow. Zoals altijd schreeuwde de honger om aandacht.

Luisterend naar het geluid van een voertuig in de verte hield Mary haar adem in. Haar man Gooch? Nee, Gooch moest uit oostelijke richting komen. Ze gooide haar golvende vlees om en bereed de vloedgolven tot ze buiten adem op haar rug lag, onder het neuriën van een liedje om het obeest binnenin af te leiden. Ze neuriede luider en hoorde nauwelijks verstaanbare geruststellende geluiden van een ver koor dat ze niet alleen was. Er lag hoop in harmonie, tot de honger vanuit de keuken begon te hinniken.

In de gang, met haar vochtige nachtpon tegen haar volle omvang gezogen en etend uit een aluminiumfolie zak die ze van het aanrecht had gegraaid, controleerde Mary de temperatuur op de thermostaat, en ze likte haar zoute vingers af voordat ze de knop van uit naar aan naar uit zette. Zonder zich iets aan te trekken van de opdracht snorde de verwarmingsketel voort. Hijgend zette Mary haar zak neer en gooide ze de kelderdeur open. Geurmoleculen van schimmel en meeldauw vluchtten weg als gevangen vogels toen ze het licht aanknipte en getroffen werd door de aanblik van de vermolmde onderste tree die ze afgelopen winter had vernield. Ze aarzelde en sloot de kelderdeur weer, toen ze besloot dat ze de hitte maar moest doorstaan tot Gooch thuiskwam.

Ze keek op de klok en hield zichzelf voor dat haar man vaak laat was, en soms heel laat. Mary hield dit soort nachtelijke waken al jaren zonder zich ooit af te vragen of haar man was waar hij zei dat hij was, zonder ooit haar angst voor het donker toe te geven. Ze keerde terug naar haar zak chips, gefrituurde scherven die in haar verhemelte prikten, pijnlijk, maar troostrijk, net als de blues. Nu is het genoeg, hield ze zichzelf voor, en daarna: nog één. En nog een. En dan echt nog maar eentje.

Vergaand van de dorst trok ze de oude Kenmore-koelkast open en terwijl ze cola uit een reusachtige plastic fles achteroversloeg, zag ze door het raam boven de gootsteen door voortjagende wolken filterende maneschijn. Met springende chocoladebruine paarden-staart spoedde ze zich over de tegelvloer, trok het raam open en verwelkomde de bries, aangeraakt door de herfstige lucht van rijpe rode appels en zachtgele peren, vochtige aarde en rottende blade-ren, een geurig bederf dat spoedig zou wegtrekken zodra de winter de uitlaatgassige lucht zou komen versterken.

De frisse lucht kuste haar meters zachte huid en ze rilde bij de gedachte aan Gooch. Een wilde kat jankte in de verte en instinctief draaide Mary zich om om de zilveren kommetjes op de grond bij de achterdeur te controleren. Eten en water voor meneer Barkley.

Een pijnscheut. Ook weg. Geen meneer Barkley. Geen zorgen meer om zijn eten en water. Zijn worminfectie. Zijn rottende tan-den. Meneer Barkley was Mary's kleine jongen, en er werd niet minder van hem gehouden dan een mensenkind door zijn moeder werd bemind. Tien jaar geleden had ze de verwilderde kitten gered uit een gat achter de garage waarin hij was gevallen, en ze had hem vernoemd naar een basketballer in de hoop dat Gooch zich zou hechten. Ze had het mauwende stukje ellende grootgebracht met een kalkoendruppelaar gevuld met flesvoeding uit de drugstore, ze wiegde hem in een handdoek en poetste hem schoon met een kleine vochtige verfkwast bij wijze van tong. Wanneer Gooch niet in de buurt was, noemde ze zichzelf 'mama'. Mama maalde kalkoen fijn voor meneer Barkley. Mama liet meneer Barkley in haar vochtige decolleté slapen. Net als iedere moeder hield Mary ondanks al zijn gemenigheid geen spat minder van meneer Barkley, al zat het beest het grootste deel van zijn tien jaren verstopt achter de gordijnen in de woonkamer, liet hij oranje haren op de groene stoel achter en blies hij wanneer mama laat met zijn eten was.

Op een hete zomernacht in juli was Mary voor een tussendoortje de keuken binnen geslopen, waar ze tot haar verbijstering meneer Barkley midden op de koele tegelvloer ineengezakt had aangetroffen. Ze had hem met haar teen een zetje gegeven en was in paniek geraakt toen hij er niet al blazend vandoor was gegaan. 'Meneer Barkley?'

Omdat ze niet in staat was te knielen had Mary een keukenstoel van rood kunstleer naar de uitgestrekte kat gesleept en had ze hem met haar voeten bij wijze van kranen opgetild tot ze zijn voorpoten te pakken kreeg en zijn slappe lijfje omhoog kon trekken tot aan de welving van haar boezem. Ze zag duidelijk dat hij op sterven lag, dus aaide ze hem over zijn rode kopje en fluisterde: 'Mama heeft tonijntraktaties in huis,' zodat hij hoopvolle laatste gedachten zou hebben. Even een siddering. Meneer Barkley aanwezig. Meneer Barkley vertrokken. En geen idee waarom hij was gestorven, behalve misschien omdat hij een vergiftigd knaagdier had gegeten. De kunstleren stoel weeklaagde terwijl Mary heen en weer schommelde onder het kussen van meneer Barkleys snuitje, iets wat ze nooit had gedaan toen hij nog leefde uit angst dat hij in haar neus zou bijten.

De lichten waren aan en de lucht riekte toen Gooch die avond heel laat thuiskwam en de complete inhoud van de koelkast op tafel zag staan. Mary zat met haar tong rabarbertaart uit een grote zilveren soeplepel te scheppen en het kon haar niet schelen dat ze was betrapt. Toen Gooch niet-begrijpend naar zijn vrouw bleef staren, bracht ze snakkend naar adem uit: 'Meneer Barkley.'

Toen Gooch het nog steeds niet begreep, wees ze naar de koelkast. 'Ik wil niet dat de insecten aan hem komen.'

Gooch vond de gedachte aan de dode kat in zijn koelkast onverdraaglijk, legde zijn reusachtige, troostrijke handen op Mary's zachte schouders en bezwoer haar dat hij de volgende morgen meteen een gat zou graven. Hij kuste haar op de wang en zei: 'Bij de grote bomen achterin, Mare. En dan zetten we er wat bloembollen bij om het graf te markeren.'

'Irissen,' stemde Mary al kauwend en slikkend met hem in. 'Donkerrode.'

Terwijl de vogels zich in de eiken verlustigden en met Gooch die naast haar optorende, had Mary aarde uitgestrooid over meneer Barkley, wiens verstijfde lijfje ze in zestig meter plastic folie had gewikkeld, voordat Gooch hem in het donkere, vochtige gat had gelegd.

Met een blik door de broeierige nacht voorbij de bomen en het graf van meneer Barkley zag Mary tot haar spijt geen lichten bij de buren aan beide kanten. Als ze het geluidloos wanhopige leven van anderen kon observeren, voelde ze zich minder eenzaam. De ruziënde Feragamo's met hun tienerzoons woonden in het vervallen Victoriaanse huis, een akker verderop naar het westen. Het jonge stel, Penny en Shawn, met de pasgeboren baby, dat naar elkaar schreeuwde zodra de baby begon te huilen, zat aan de overkant van de beek. Het huis van de Merkels stond aan de overzijde van de maïsvelden en was veel te ver weg om zonder verrekijker te kunnen bespioneren, al betwijfelde Mary ten zeerste dat er veel te zien was. En de sjofele oranje boerderij waar de tweeling Darlen had gewoond (die beroemd was omdat de twee meisjes met hun hoofden aan elkaar gegroeid ter wereld waren gekomen), was nu het plaatselijke historisch museum dat alleen in de zomer was geopend.

De oude wilg aan het eind van de oprit werd plotseling bestookt door een harde windvlaag. Onder de boom stond de rode Ford bestelwagen met het op maat gemaakte schuifdak de druppelvormige bladeren te verzamelen. Het schuifdak zat sinds het voorjaar open vastgeklemd. Het stond al maanden op Mary's lijst van dingen die niet gedaan waren. *Reparatie schuifdak.*

Thuiskomen, Gooch. Thuiskomen. Waarom ben je zo laat? Waar ben je? Mary's bezorgdheid maakte haar trek los, en ze zocht de stang gedroogd rundvlees op die ze voor zichzelf achter de blikken soep in de kast verstopt had. Al kauwend schoot haar de lijst weer te binnen. *Reparatie schuifdak. Verwarmingsketel laten repareren? Vervangen? Rekeningen verzorgingstehuis St. John's betalen. Extra dienst voor Candace draaien. Pak Gooch bij de stomerij ophalen.* Ze deed de knoopjes van haar nachtpon open en stapte op kousenvoeten terug naar haar kamer onder het laten van verontwaardigde winden, verveeld door de lijst en vol goede voornemens voor morgen. Morgen zelfvertrouwen. Morgen zelfbeheersing. Evenwicht. Terughoudendheid. Elegantie. Morgen.

Zodra ze die eerste vleug zelfmedelijden rook toen ze haar eenzame bed opzocht, moest Mary Gooch, zoals ze vaak deed, denken aan een jongen die ze had gekend.

Verbonden in anders-zijn

Als meisje bracht Mary met alle plezier haar zomers op haar kamer door met het lezen van romans en naar keiharde muziek op de radio luisteren terwijl haar leeftijdgenootjes in hun strapless topjes bij elkaar kwamen om de Peter Jacksons van hun moeder te roken onder het bespreken van hun wanhoop. Verderop aan de straat woonden Debbie en Joanne, die net als Mary op hun kamer boeken zaten te lezen, en met wie ze naar haar idee wel een verbintenis had kunnen aangaan, maar Mary was liever alleen met haar honger.

Zelfs als ze zich aan het volproppen was, maakte ze zich zorgen over het scherpe oog van haar moeder wat voorraden betreft, en geregeld ondernam ze het tochtje naar Kliks buurtwinkel om die voorraden aan te vullen met behulp van het geld dat verre familieleden met Kerstmis en verjaardagen stuurden. Toen Mary vijf was, had Irma een volledige baan aangenomen als secretaresse bij de verf- en gereedschapswinkel, en ze had tegen Mary gezegd dat ze in noodgevallen bij meneer of mevrouw Klik moest aankloppen.

De Kliks waren een streng echtpaar met zes kinderen, van wie er een, Christopher, die bij Mary in de klas zat, op zijn twaalfde een zeldzame vorm van kanker bleek te hebben. Het dikke meisje Mary en de zieke jongen Christopher hadden een soort band op grond van hun anders-zijn, al wisselden ze zelden iets meer uit dan geërgerde blikken.

Af en toe trof Mary bij het verlaten van Kliks stoffige winkel de jongen bij het fietsenrek in de buurt van de vuilnisbakken aan, gezeten op zijn unieke brommer die de Chatham Cycle Shop cadeau had gedaan omdat hij stervende was. Een foto van Christopher had op de voorpagina van de *Leaford Mirror* gestaan; zijn breekbare witte vingers om het stuur geklemd; met hoge borst van liefdadigheid hielden de eigenaren van de winkel zijn uitgemergelde lichaam op het zadel overeind. Mary hoopte dat Christopher het verhaal onder zijn foto niet had gelezen, al benijdde ze de jongen om zijn prognose, het had er immers alle schijn van dat er meer van hem werd gehouden vanwege zijn aanstaande verscheiden.

Toen Mary op een dag Kliks winkel verliet met een brood, een pot honing en een pond gemengd snoep, was ze ineengekrompen van schrik omdat ze Christopher voorovergebogen naast zijn brommer had aangetroffen terwijl hij zijn benen bij zijn enkels vasthield. Hij zag eruit alsof hij pijn had, al leek het er niet op dat hij was gevallen. Ze was blijven stilstaan en had van een afstandje gevraagd: 'Moet ik je moeder halen?'

De zieke jongen had haar een blik toegeworpen. 'Nee.'

Ze vestigden hun aandacht op een grote, zwarte kraai die bij een vuilnisbak rondfladderde. De vogel landde op een plastic zak en ging hen met scheve kop zitten aankijken. 'Ik heb een hekel aan kraaien,' zei Mary.

'Zij ook aan jou.'

'Dat kan me niet schelen.'

'Wat vind je van mijn brommer?'

Ze trok een wenkbrauw op en deed net of het ding haar nu pas opviel.

De kleine jongen kwam overeind en richtte zich tot haar mooie ogen. 'Wil je een ritje maken?'

Mary beschouwde het als een retorische vraag.

'Er heeft nog nooit iemand anders op gereden, behalve ik,' ging hij verder.

'Weet ik.'

'En iedereen wil.'

'Wéét ik.'

'Jij mag.' Christopher had de weg af gekeken om zich ervan te vergewissen dat er geen auto's aankwamen of mensen wandelden. Vervolgens trok de zieke jongen zijn hemd over zijn ingevallen borst omhoog. 'Als je dit doet,' zei hij, en hij kneep in de roze tepel van zijn linkerborst, 'dan mag je.'

Mary had die zomer nog niet op haar eigen fiets gezeten, omdat ze het gevoel had dat de inspanning die het trappen en in evenwicht blijven kostte te veel was voor haar grote, vermoeide lijf, en ze raakte opgetogen bij het vooruitzicht van zoveel vervoersvrijheid. Als Christopher een gezonde jongen was geweest, had Mary misschien eerst Irma op haar werk gebeld, maar Christopher was een zieke jongen, en Mary vond zijn verzoek niet echt scabreus maar gewoon merkwaardig.

Ze deed een stap naar voren en stak haar dikke vingertjes uit naar de doorzichtige huid van de jongen. Toen hij daarop haar hand wegsloeg, was ze geschokt door zijn snelheid en kracht. 'Niet bij mij, *dummkopf.*'

'Dat zei je net,' zei Mary met een verbijsterd gezicht.

'Bij jezelf,' hijgde Christopher.

'O,' fluisterde Mary. 'Neem me niet kwalijk.'

'Als je dat doet,' zei hij dringend, 'mag je een ritje op mijn brommer maken.'

Eerlijke ruil. Ze trok haar geribbelde topje omhoog waardoor haar zachte borst tevoorschijn kwam puilen, en kneep licht in haar minieme roze tepel, voordat ze de stof weer omlaagtrok.

Christopher grijnsde. 'Viezerik.'

'Mag ik nou een ritje maken, Chris-to-pher?'

Hij klonk alsof het hem oprecht speet. 'Ik had nooit gedacht dat je het zou doen. Mijn vader vermoordt me als ik er iemand op laat.'

Ze ging naast hem op de stoeprand zitten, pakte een handvol slijmerige jellybeans uit haar zak en ging heftig zitten kauwen. Het schoot haar te binnen wat ze voor manieren had geleerd en ze bood Christopher de zak aan, die verklaarde: 'Ik houd niet van snoep.'

Toen Mary in de gaten had dat hij het echt meende kon ze haar oren niet geloven. 'Maar die winkel is van jou! Je kunt krijgen wat je maar hebben wilt!'

Christopher hield even zijn mond voor meer effect. 'Dat is waar.'

Een ogenblik zwegen ze. Het feit dat de jongen te vroeg zou sterven stak binnen hun wederzijdse gevoel van onrechtvaardigheid de kop op.

'Niet eerlijk,' zei Mary ten slotte.

Christopher krulde zijn lip om en zoog zonder omwegen zijn snot op. Heel even ontbrak alle afstand tussen hen. 'Als je niet zo dik was, zou je mooi zijn,' zei Christopher eenvoudig.

'Oké,' zei Mary schouderophalend, maar gevleid. Terwijl ze Christopher opnam, vroeg ze zich niet voor het eerst af of de jongen wist dat hij doodging. Ze was verbijsterd toen hij haar gedachten beantwoordde.

'Ik ga dus dood aan wat ik heb.'

In Mary's ogen had Christopher Klik iets magisch of mystieks. 'Over weken of maanden?' Dat hadden haar ouders zich onder het avondeten afgevraagd.

'Wat is dat nou voor vraag?' zei de jongen.

'Neem me niet kwalijk.'

'Jij gaat trouwens net zo goed dood. Iedereen gaat dood.'

Mary werd getroffen door het besef dat de magische jongen gelijk had, en ze bekeek zijn kleine witheid in afwachting van verdere openbaringen.

'Laat me dat tietje nog eens zien,' droeg Christopher haar op.

Christophers blik beantwoordend duwde ze haar topje omhoog, ze stak haar hand aarzelend uit naar haar donzige borst, en terwijl de zieke jongen met open mond toekeek, plukte ze aan haar tepel.

Toen ze klaar was, grijnsde Christopher Klik. 'Ik ga lekker iedereen vertellen dat je dat hebt gedaan.'

Mary grijnsde terug, omdat ze wist dat hij niemand had om het aan te vertellen. Ze wachtte tot ze zijn blik had gevangen en boog naar voren om hem toe te fluisteren: 'Ik word je vriendinnetje totdat je doodgaat.'

De jongen aarzelde geen moment maar schudde zijn hoofd heen en weer en maakte een pijnlijke beweging om overeind te komen.

Zonder omkijken haastte Mary zich weg met haar winkelzak in

haar hand geklemd, doodsbang voor de pijnlijk brandende brok die plotseling in haar keel beklemd zat, er stellig van overtuigd dat de op sterven na dode jongen haar met zijn tragische ziekte had besmet. Ze deed de koelkast open in het stille, lege huis, in de hoop dat ze het verstikkende gevoel zou kunnen verlichten met een slok sap. Daarna bedacht ze dat wat toast met honing zou kunnen helpen, waterijsjes, pindarepen uit de vriezer, het restje van de gemengde snoep, en wat overgebleven ham.

Christopher zat na die dag nooit meer op zijn brommer. Zijn begrafenis was drie weken later. De Kliks verkochten hun buurtwinkel aan de Quick Stop-keten die het snoep lieten vervangen door sigaretten en batterijen. Irma zei soms: 'Als je weer eens last van zelfmedelijden krijgt, moet je maar aan die arme Christopher Klik denken, Mary Brody.'

En dat deed ze.

Bonk, deed de klok naast Mary's bed. Het vierkante slaapkamerraam stond open en de bries dreef de grijsgroene gordijnen tot grote verwarring. Suffig, klam en uitgedacht over Christopher Klik zapte Mary langs de tv-zenders, waar ze alleen de alleronechtste realityshows aantrof en tussen het gezwets door wrede reclamespotjes over het allerheerlijkste dit en het verrukkelijkste dat. Geen roddelrubrieken. Teleshoppingruis. Mary deed de tv uit, gooide de afstandsbediening buiten bereik, en wenste tot God dat Gooch gauw thuis zou komen.

De boekenplank in de buurt van het slaapkamerraam zakte door van de nette stapels twee- en driemaal gelezen tijdschriften, de glanzende afbeeldingen van schoonheden die ze smachtend had bekeken, de begeerde inrichtingsspullen die alweer uit de mode waren, de bruiloft van een beroemdheid die weken geleden was geannuleerd. Haar verboden pleziertje, de roddelblaadjes, had ze tussen de matrassen verstopt.

Gooch en Mary hadden onlangs afgesproken dat het afgelopen was met de tijdschriften voor haar en met de betaalde sportzender voor hem zolang de man van het tapijt niet was betaald. Het nieuwe kamerbrede tapijt was een idee van Gooch geweest, en Mary wist dat het was omdat hij niet langer tegen het spoor kon aankijken dat zij tussen haar bed en de keuken had uitgesleten. Het tapijt was hun huwelijkscadeau aan elkaar, en zij had er enige troost aan ontleend dat het zilverkleurig was.

Ze had Gooch om een nieuwe trouwring willen vragen voor deze mijlpaal, aangezien de oorspronkelijke, een bescheiden solitairring, jaren geleden zonder omhaal door de juwelier was doorgezaagd toen Mary's dikke vinger blauw begon te worden. Maar er was geen geld voor een ring en Gooch had opgemerkt dat trouwringen sowieso een achterhaald symbool waren. Dat nam niet weg dat hij zijn eigen gouden trouwring nooit afdeed en zij had zich wel veilig gevoeld bij die ring om zijn vinger.

Zonder televisie om naar te kijken en zonder tijdschrift om door te bladeren bleven Mary's ogen, zoals slapeloze ogen dat doen, op het gladde, beschaduwde plafond boven haar hobbelige bed rusten. Ze dacht terug aan het gevoel dat een goed boek je kan geven dat je wordt meegesleept, en wenste dat ze er nu een bij zich had terwijl ze op Gooch' thuiskomst lag te wachten. Toen ze jong was, genoot ze van romannetjes en detectiveverhalen, later kwamen de damesromans met de goudkleurige stickers van de boekenclub. Gooch had gezegd dat ze eens een bezoekje aan de bibliotheek van Leaford moest brengen, die grátis was, zoals hij fijntjes zei, en ze zag zich al met een hele stapel boeken naar huis terugkeren die stuk voor stuk juichende kritieken hadden geoogst, maar de tocht erheen, het lopen langs de rijen, en het kijken naar en optillen van boeken leken haar allemaal zo vermoeiend dat Mary allerlei uitvluchten had bedacht om niet te gaan. De laatste tijd waren dat de voorbereidingen voor het bescheiden huwelijksfeest geweest.

Alle details rond het feest hadden Mary's toch al lange lijst dingen die moesten worden gedaan nog eens extra belast. Bovendien kon ze alleen zichzelf maar de schuld geven, aangezien ze het evenement al maanden geleden had aangekondigd, toen ze in het nabijgelegen Chatham was gaan winkelen en een te krap groenzijden broekpak had gevonden, waarvan een volslagen onbekende had gezegd dat je ogen ervan uit je kop rolden. Die outfit was haar stok achter de deur geweest, maar ze had hem gekocht voordat meneer Barkley was heengegaan en zij was aangekomen, en inmiddels was het zijden ensemble nog eens twee maten meer te klein geworden. Zoals gewoonlijk had Mary weer eens niets om aan te trekken.

De enige genodigden waren drie andere echtparen – Erika en Dave, Kim en François, Pete en Wendy – die ze stuk voor stuk, behalve Erika, al vanaf de middelbare school kenden, en het zou een eenvoudige aangelegenheid worden. Dineren bij het visrestaurant aan het meer, en later pokeren of bridgen bij de Gooches in hun plattelandskeuken. 'We hebben nog precies driehonderdvierentwintig dollar op onze rekening staan, Mare,' had Gooch waarschuwend gezegd, en hij had erop gestaan dat ze het nagerecht bij hen thuis zouden serveren.

Mary had iedereen gesmeekt om geen cadeaus te geven, maar Wendy was op haar handarbeidcursus een plakboek voor de Gooches aan het samenstellen, een eerbewijs aan al die jaren die ze al samen waren, een gedachte waar Mary kotsmisselijk van werd.

Duisternis. Woelen. Draaien. Hitte. Honger. Wensen. Zorgen. Voor iemand als Mary was het niet simpel een kwestie van schuiven met haar lichaam om zich prettig in haar bed te installeren, maar had het eerder de zweterige omvang van het verplaatsen van een berg. Schuifdak repareren. Rekeningen verzorgingstehuis betalen. Nagerecht voor het feestdiner ophalen.

Gooch had gezegd: 'Om een uur of tien. Niet opblijven, hoor.' Zijn laatste vrachtje voor Leaford Meubels en Apparatuur moest naar ergens in de buurt van Windsor, vlak bij de grens met Detroit. Een uur rijden, maar met Gooch' rijstijl veertig minuten. Zijn partner kon niet werken vanwege een oogontsteking, maar haar man was zo uitzonderlijk groot en sterk dat hij de vaatwasser met behulp van een dolly en het zevendelige eetkamerameublement met gemak op zijn eentje aankon.

Er trok even een stroom door de lucht. En die geur. Vochtig.

Scherp. Harde kogels regen kwamen door het open slaapkamerraam sproeien, terwijl de donder in de verte zware bastonen liet klinken. Mary zocht de lucht af naar bliksemflitsen en dacht terug aan hoe ze als kind op het vierkante lapje gras achter de bungalow op Iroquois Drive had gestaan met de metalen steel van de bezem boven haar doorweekte hoofd uitgestoken. Niet omdat ze had willen sterven zoals meneer Pline op de golfbaan, maar wel om verlicht te worden, zoals de vrouw op de televisie die door de bliksem was getroffen en God had gezien.

Met het kussensloop veegde Mary het zweet van haar voorhoofd, luisterend naar het gerommel van de donder, met haar gedachten bij Gooch op de verregende wegen, en uit alle macht het kleine stemmetje negerend dat haar influisterde dat er iets aan de hand was. Ze stak haar hand uit om de lamp naast haar aan te doen, terwijl er een kartelige pijn door haar borstbeen trok. Ademloos onder het gewicht van haar loodzware borsten, met bonkend hart van de inspanning om overeind te komen, sloot ze haar ogen. Doorademen, zei ze tegen zichzelf. Doorademen. Die regel van drie was prima, maar ze weigerde eenzaam in haar bed te sterven, in haar ranzige nachtpon, aan de vooravond van haar zilveren bruiloft.

Meestal bracht overeind zitten onmiddellijk verlichting, zo niet vanavond. Mary raakte maar niet het gevoel kwijt dat er voorbij de regen iets in de lucht hing, een duister voorgevoel dat door de onweersbui was losgemaakt. Gooch' gezicht voordat hij die ochtend naar zijn werk was vertrokken werd afgespeeld als een melodietje dat ze maar niet uit haar hoofd kon krijgen.

Na het ontbijt, terwijl een eenzame kraai vanaf het veld achter het huis kraste, had Gooch bij de deur gestaan met zijn voorhoofd doorsneden met rimpels, zijn gebarsten lippen aan de mondhoeken omlaaggebogen, zijn ronde, blauwe ogen op zoek naar de hare. In zijn blik zag Mary de optelsom van hun gezamenlijke leven en ze had de neiging om zich te verontschuldigen. Wat was het voor een blik? Medelijden? Minachting? Affectie? Geen van alle? Al die dingen? Vroeger dacht ze altijd dat ze wist wat er in Gooch omging.

Terwijl de luidruchtige vogel op de achtergrond bleef krassen, had Gooch zijn keel geschraapt voordat hij vroeg: 'Heb je iets om morgenavond aan te trekken, Mare?'

Jimmy Gooch was een soort vitaal orgaan, waarvan ze de functie niet kende en dus maar aannam dat die er was, maar wel een orgaan waarzonder Mary naar haar stellige overtuiging zou sterven. Gooch was haar eerste geliefde. Haar metgezel. Haar partner. Alles wat ze nog aan familie had. Wat Mary betrof was de tijd verdeeld in 'voor Gooch' en 'na Gooch'.

Mary erkende dat haar geheugen haar ongetwijfeld parten speelde, en besefte dat ze op zijn minst een deel ervan had verzonnen, toen ze terugdacht aan de eerste dag dat ze Jimmy Gooch had gezien. Ze speelde het tafereel in haar hoofd af zoals moderne mensen naar haar idee herinneringen vormen, als regisseurs die hun eigen levensverhaal verfilmen: een wijde hoek om de lichaamstaal tot zijn recht te laten komen, indringende *two-shot* profielen, close-ups met een lange lens, met sexy Motown-muziek erachter. In heldhaftige slow motion, met golvend haar wapperend in de wind, kwam Jimmy Gooch door de dubbele deuren de hal van Leaford Collegiate binnen stomen, waar de menigte studenten uiteenweek als de zee. De zestienjarige Jimmy Gooch was min of meer een god. Deze van achteren aangelichte jongen met stralende ogen, uitstekend student en eersteklas sporter was de nieuwe basisspeler van de Cougars, het bericht van zijn aankomst uit Ottawa was hem vooruitgesneld, want hij was al gescout door Amerikaanse colleges. Lange bundels spieren die over een oogverblindend één meter achtennegentig lang jongensskelet liepen, met buikspieren die als stootbanden zijn hippe rockgroep-T-shirt straktrokken.

Mary Brody's ogen knipperden geen moment toen Jimmy Gooch in de buurt kwam van waar haar aanzienlijke gewicht in ruime stretchbroek en extra groot schoolshirt drilde. Ze voelde haar baarmoeder samentrekken toen hij haar vroeg: 'Weet jij waar ik moet zijn voor derde jaar Engelse literatuur?' Dat waren de enige woorden die hij dat hele jaar tegen haar zei, al waren hun kastjes naast elkaar en volgden ze vier lessen samen, maar gedurende dat maag-delijke moment dat de grote manjongen heel kort in Mary Brody's ogen had gekeken, had ze een verwante ziel ontwaard, en een glimp opgevangen van de toekomst en de onwaarschijnlijke verstrenge-ling van hun beider lot.

Speelt elke slapeloze de gebeurtenissen van zijn leven af alsof ze de herhaling van een televisieprogramma zijn? vroeg Mary zich af, terwijl ze met bonzend hart en speeksel dat zich in haar mondhoe-ken verzamelde terugdacht aan die ochtend.

'Heb je iets om morgenavond aan te trekken?' De stem van Gooch was pure erotiek. Hij kon Mary al prikkelen met het gering-ste vermoeden van tenor in haar verhitte middenoor. Ze vroeg zich af waarom ze hem dat nooit had verteld, en het deed haar verdriet dat het er niet meer toe deed.

Met gefronst voorhoofd had Mary aan de tailleband van haar uniform getrokken, de allergrootste damesmaat, zodat ze binnen-kort moest overschakelen op de grote mannenmaten, en Ray Rus-sell jr., eigenaar-bedrijfsleider van de drugstore, zou de bestelling voor haar moeten plaatsen. Bij de gedachte daaraan begonnen haar wangen te gloeien, omdat ze pasgeleden Ray en Candace helemaal niet leuke opmerkingen over haar kont had horen maken – Canda-ce had gezegd dat ze maar een collecte moesten houden voor een maagverkleining en Ray dat haar kont zo groot was dat die recht had op zijn eigen blog. Voortaan moest ze haar keel schrapen of hoesten voordat ze de overblijfruimte binnen stapte.

Mary had geruststellend gezegd: 'Ik vind wel wat.'

'En dat groene geval dat je hebt gekocht?' had Gooch omzichtig gevraagd.

'De rits was kapot,' had ze gelogen.

'Weet je nog hoe het de vorige keer ging toen je moest improvise-ren? Koop nou maar iets als je niets hebt om aan te trekken, Mare. Het is heel belangrijk. Koop nou eens iets echt moois.'

Gooch was in de loop der jaren zo'n drie centimeter gekrom-pen, maar zoals hij daar in de deuropening stond, met zijn op maat gemaakte werkoverhemd, bruine ribfluwelen jas en stoffige spijkerbroek uit de Big Man-winkel, zijn honkbalpet diep over zijn golvende grijze haar getrokken, en de huidskleur van een versleten honkbalhandschoen, zag hij er knap, maar moe uit. Mary vroeg zich af of hij meer of minder vermoeid leek dan andere kleinsteedse vierenveertigjarige mannen. Ze boog haar hoofd opzij en vroeg: 'Heb je er spijt van dat we morgen dat dinertje hebben, schat?'

Even had hij gezwegen, met die blik in zijn ogen, maar vervolgens zei hij: 'Vijfentwintig jaar, mevrouw Gooch, dat is niet niks. Waar of niet?'

'Zeker niet,' gaf ze toe. 'Hoe laat ben je thuis?'

'Om een uur of tien. Maar niet opblijven, hoor.' Dat laatste zei Gooch nadat de achterdeur was dichtgeslagen.

Het was ook niet niks om vijfentwintig jaar getrouwd te zijn, maar niemand vroeg ooit wat Mary's geheim was voor een lang huwelijk. Dan had ze misschien gezegd: 'Nooit je man op zijn werk bellen.'

Natuurlijk zou Mary in de loop van de jaren heus weleens Gooch' pieper of mobiel hebben gebeld als er een noodtoestand was geweest, maar haar leven was behoorlijk voorspelbaar en haar tragedies zelden erg plotseling. Ze was er na aan toe geweest Gooch op zijn werk te bellen toen ze had gehoord dat haar vader was overleden, maar ze was tot de conclusie gekomen dat dat net zo goed kon wachten als al het andere, behalve haar honger. Pasgeleden had ze erover gedacht Gooch op zijn werk te bellen, die avond dat ze op de weegschaal ging staan en die naar boven de honderddertig kilo doorsloeg, maar in plaats daarvan had ze alle pijnstillers uit het medicijnkastje verzameld, haar vaste voornemen indachtig dat ze zich dan van kant zou maken.

Terwijl ze tabletten uit buisjes op de keukentafel aan het schudden was, besefte Mary al hoe onecht haar voornemens waren, en ze kwam tot de slotsom dat de dosis sowieso niet volstond voor haar overmatige lichaamsgewicht. Onverwacht was de deur achter haar opengegaan en was Gooch binnen gestampt, die het huis vervulde van zijn benzinelucht en de vitaliteit die van zijn sterke mannen-lichaam uitging, en hij had geroepen: 'Hé, je bent nog op.' Hij was te druk bezig geweest met het uittrekken van zijn jas en schoenen om de pillen en buisjes op de tafel op te merken, die Mary daarop in een plastic zak had geveegd die ze vliegensvlug in de vuilnisbak had gegooid. Mary had zich bij die gelegenheid toegestaan zich af te vragen of hij haar verdachte gedrag niet had opgemerkt omdat hij zelf ook iets te verbergen had.

Jaren geleden was Mary begonnen het nummer van Gooch' pie-per te draaien toen ze overvallen werd door baarmoederkrampen, maar ze had opgehangen zodra ze had beseft dat de ambulance er eerder zou zijn. Ze had een briefje op de keukentafel achtergelaten. 'Ben naar het ziekenhuis vanwege bloeding.'

De wekker. Hartkloppingen. Bons. Bons. Zoef. Slagaders verza-digd van bolletjes zorgelijkheid. Ze stak haar hand uit naar de te-lefoon maar hield zich in. Een goede echtgenote vertrouwde haar man, controleerde hem nooit, vroeg nooit waarom hij zo laat was, en doorzocht nooit zijn laden. De waarheid die ze maar zelden te-genover zichzelf toegaf was dat ze Gooch niet belde omdat ze bang was te ontdekken dat hij ergens was waar hij niet hoorde te zijn, en ze zat net zomin te wachten op de last die zijn bekentenis op haar schouders zou leggen als ze aannam dat hij op de hare zat te wach-ten.

Het gewicht van verdriet

Acht kilo bij haar vader. Orin Brody was in het voorjaar overleden aan een bloedprop, een sluwe trombose die van zijn been naar zijn longen was geglipt nadat Mary de voordeur had dichtgetrokken van zijn appartement met uitzicht op de rivier in het naburige Chatham. 'Tot morgen, Murray,' had hij geroepen. Mary bij haar koosnaampje noemend, zoals hij altijd deed. Haar moeder had haar 'schat' genoemd.

De bloedprop had een tamelijk schokkend einde betekend, Orins hartproblemen en colitis in aanmerking genomen. Na zijn dood werd zijn gewicht vastgesteld op vierenveertig kilo, een getal dat Mary diep had geraakt en nog steeds in het donker in haar oor zoemde. Maar in zijn laatste levensjaar was Orin zijn interesse volledig kwijtgeraakt, voor sport op de televisie, eten, leven, om het even wat. Zijn lijk had net zoveel gewogen als Mary als mollige negenjarige, toen de dokter haar frêle moeder Irma had toegefluisterd wat toch al overduidelijk was. Vierenveertig kilo. Obeest. Mary dijde onbehoorlijk uit. Orin verschrompelde onbarmhartig. Mary kreeg honger van dat terneerdrukkende verdriet.

De ochtend dat haar vader begraven werd, was Mary vroeg opgestaan na een slapeloze nacht, om in de badkamer haar haren te verven. Ze had het doosje haarverf in de tas van de drugstore gevonden en hem opengemaakt voordat ze in de gaten had dat ze het verkeerde pakje had meegenomen – geen Rijk Kastanjebruin, maar Rijk Rood. Berustend in haar zilvergrijze uitgroei stapte Mary de badkamer uit en betrapte Gooch die met zijn grote, eeltige hand zijn ochtenderectie bewerkte. Hij voelde zich duidelijk betrapt en kwam buiten adem overeind. 'Ik dacht dat jij je haar ging verven.'

Omdat ze zich niet beledigd voelde door die gewoonte van Gooch maar eerder opgewonden, vroeg ze zich heel even af hoe het zou zijn om naast haar man te gaan zitten en hem daar te strelen terwijl hij zijn hand over haar rug liet gaan, om elkaar met strelingen en gefluister te helen zoals ze dat vroeger hadden gedaan. Ze snakte naar die sterke liefde, maar haar lichaam zond te duidelijk de boodschap uit dat het niet wilde worden aangeraakt. 'Ik heb het verkeerde pakje meegenomen,' zuchtte ze. 'Het is rood.'

Naderhand hoorde Gooch een geluid uit de slaapkamer, waarop hij Mary ineengezakt op het bed aantrof. Het was niet de fatale hartaanval, en zelfs geen verdriet, maar haar stijve zwarte jurk, die bij de vorige begrafenis nog als gegoten had gezeten, die nu onder haar vetrollen zat vastgeklemd. Gooch had één blik op haar bedroefde gezicht geworpen, had alleen zijn ogen toegeknepen en was stilletjes vertrokken.

Opgesloten in de badkamer, terwijl ze naakt op de wc zat zonder aandrang te hebben, krabde Mary haar haarloze dijen zonder veel schaamte of afschuw. Honger had ze altijd, maar haar zelfhaat kwam bij vlagen. Kleren riepen niet per se afkeer van haar vormen op, maar eerder afkeer van de krappe, kriebelige, onhandelbare dingen zelf. Elk kledingstuk voelde akelig aan haar huid, behalve haar grijze nachtpon. Mary was dolgelukkig toen het nieuwe uniformbeleid in de drugstore bekend werd gemaakt: ruime marineblauwe schortpakken die wel wat van operatiekleding weg hadden, waarin het personeel in de winkel geacht werd er deskundiger uit te zien, en waarin iedereen niet om aan te zien was.

De vrouwen bij de drugstore hadden zich over de uniformen beklaagd, vooral Candace met haar wespentaille en opgeduwde borsten, maar niemand had Mary naar haar mening gevraagd. In een slapeloze nacht had Mary zonder een greintje zelfmedelijden bedacht dat zij letterlijk de olifant in de kamer was waarover niemand sprak. Haar lichaam leek des te meer een illusie omdat het omringd was door geheimzinnigheid. Haar echte gewicht? Haar werkelijke maat? Die wist alleen zij. Eten verstoppen. In eenzaamheid eten. Het hongerige lijf voeden dat haar ten deel was gevallen, overgeleverd aan de heftige energie van alsmaar meer te willen.

Terwijl ze rusteloos op het toilet zat, schakelde ze heen en weer tussen herinneringen uit het verleden en angsten uit het heden – waarvan ze aannam dat iedereen die neiging had – en ze vroeg zich af met welke geloofwaardige ramp een dochter kon aankomen om niet op de begrafenis van haar eigen vader te hoeven verschijnen. Er werd zacht op de deur geklopt. 'Mary?'

'Het spijt me, Gooch.'

'Ik denk dat dit wel wat is, Mare. Mag ik binnenkomen?' Hij deed de deur open.

De aanblik van Gooch met zijn smalle stropdas om en zijn in de vouw gestreken broek gaf haar de moed om op te staan. In de ene hand hield hij een zwarte broek die hij bij hun kleine, gezette buurman Leo Feragamo had geleend, en een gesteven wit overhemd van zichzelf, dat ze met de knopen los over haar enige schone witte T-shirt zou moeten dragen.

Haar grijze haarwortels glinsterden als engelenhaar rond Mary's vollemaansgezicht. Om die stralenkroon te verbergen had ze een zwarte zonnehoed met brede rand op haar hoofd gezet en verder niet meer in de spiegel gekeken. Gooch had zijn duim opgestoken en verklaard dat ze er 'te gek' uitzag, waarvan Mary een brok in haar keel had gekregen.

Terwijl ze zwijgend voortreden over de slingerende weg langs de rivier, vroeg Mary zich af of verdriet ooit een enkelvoudige gebeurtenis is, of dat er in elk overlijden andere spoken op de loer liggen. Ze voelde een complete optocht in de dood van haar vader: het langzaam uithollen van de geest van haar moeder; het uiteenvallen van haar huwelijk; de baby's die haar ontglipt waren en die ze een naam had gegeven maar nooit had gekend.

De dag van de begrafenis was ongewoon warm voor een lentedag. Mary voelde zich omarmd door de paarse seringen langs het pad naar verzorgingstehuis St. John's in Chatham, waar haar moeder al jaren wegkwijnde in dementie. Ze plukte een boeket seringen voor op het nachtkastje naast haar moeders bed, al wist ze dat Irma het gebaar niet zou waarderen of begrijpen en dat ze geen weet had van de gebeurtenissen die dag, maar het vrolijkte Mary op om haar moeder bloemen te brengen. De receptioniste had gesnoven bij de aanblik van het boeket en had kribbig uitgelegd dat ze door de vazen heen waren.

Irma was keurig op haar rolstoel in de grote zitkamer geparkeerd en zat in de verte te staren, met haar zilvergrijze lokken hoog opgekamd, waardoor ze er eerder als een winterse struik uitzag dan als een menselijk wezen. Mary stelde zich voor dat Irma zich glimlachend naar haar toe zou draaien zoals de andere patiënten deden als hun verwanten op bezoek kwamen. Ze stelde zich voor in de omhelzing van de graatmagere armen van haar moeder. Een gefluisterd 'Mary, lieve Mary'. Ze wilde gekust worden door die openhangende mond, snakte ernaar aan te raken, aangeraakt te worden, ze verlangde naar een spoortje van een verbinding met de Irma van vroeger, de moeder die Mary onder het zachtjes kammen van haar haren eens had toevertrouwd: 'Mijn moeder trok altijd aan mijn klitten. Keihard. Ze sloeg me met de borstel als ik zelfs maar ademhaalde. Dat kan ik me nog goed herinneren. Ik zou jou nooit met de borstel slaan.' Of de Irma die tussen neus en lippen opmerkte: 'Wat heb jij toch een mooi handschrift, schat.'

Orin had op dezelfde, enigszins schoorvoetende manier van Mary gehouden, maar ze weet haar huidige toestand niet aan haar ouders en evenmin nam ze hun hun weinig ruimhartige affectie kwalijk. Ze waren wat dat betreft niet rijkelijk bedeeld en gaven wat ze konden. 'Een mens krijgt wat hij krijgt en daar moet hij het mee doen,' zei Orin graag als Mary zich verongelijkt voelde. Wanneer hij wilde dat ze haar mond hield, deed hij net of hij haar een sleutel aanreikte en zei dan waarschuwend: 'Mondje op slot.'

Papa zou het hier verschrikkelijk hebben gevonden, hield Mary zichzelf nog maar weer eens voor, terwijl ze haar afwezige moeder langs haar op sterven na dode medebewoners reed, vol dankbaarheid dat St. John's zo handig recht tegenover Chathams grootste rouwkamer was gelegen. Terwijl ze met haar amechtige moeder en geschaafde dijen over het pad voortzwoegde, moest Mary eraan denken hoe Irma stukje bij beetje was overleden, na haar veertigste, kleine stukjes van haar die als spelers buitenspel werden gezet, langetermijngeheugen, kortetermijngeheugen, herkenning, verstand. Van Orin had ze in elk geval afscheid kunnen nemen, hield Mary zich voor. 'Tot morgen, Murray.'

De reusachtige Jimmy Gooch en de kromme bejaarde mannen lieten voor de deur een tinnen flacon rondgaan met een of ander zelfgemaakt brouwsel dat een van de familieleden nog steeds in zijn garage maakte. Gooch zwaaide zodra hij zijn vrouw de resten van haar moeder over de oprit omhoog zag duwen en trok zijn schouders op met een fletse glimlach, wat zijn manier was om te zeggen: 'Ach ja, zo is het leven.' Mary had tweemaal geknikt en haar hoofd scheef gehouden, als om te zeggen: 'Zeg dat wel.'

'Ach ja, zo is het leven.' Ze was ontroerd geweest toen ze bedacht hoe vaak ze dat soort gebaren in hun jaren samen hadden gedeeld, maar vervolgens was ze geprikkeld geraakt omdat Gooch haar niet tegemoet was gesneld om de rolstoel uit haar opgezette handen over te nemen. Misschien was hij te ver weg om te zien dat ze doorweekt en buiten adem was, en was het hem eenvoudig nog steeds niet opgevallen, zoals een ouder nooit de eerste is die de groeispurt van een kind opmerkt, dat ze nergens meer toe in staat was.

Mary had ernaar gesnakt om samen met haar moeder verdriet te hebben, maar tegelijkertijd was ze opgelucht om van de last af te zijn toen ze het breekbare wezentje weer bij St. John's had afgeleverd na het gedoe in de rouwkamer, maar vóór de bijeenkomst op de begraafplaats, waar Orin en Irma een plek deelden in de buurt van de andere dode Brody's. Mary had lang voor de dood van Orin en meneer Barkley menig slapeloos uur lang gewenst dat haar moeder zou overlijden om een drietal vol te maken of er een te beginnen, maar Irma's pulserende lichaam was een biologisch wondertje, levend en toch dood. Misschien telde ze niet.

Kort voor zijn overlijden had Mary Orin verteld over haar gevoel dat ze tegelijkertijd vastzat en volkomen losgeslagen was, haar pogingen om optimistisch te zijn, terwijl ze niet anders kon dan het glas als halfvol te zien, waarop hij ongeduldig had geantwoord: 'Zet dat glas toch uit je hoofd, Murray. Je neemt een slok water uit de tuinslang en pakt de draad weer op.'

De dienst aan de rand van het graf werd muzikaal begeleid door vogelgezang. De snerpende honger trok door Mary's buik, terwijl zij haar gedachten liet gaan over de geest van haar vader die bevrijd werd door een dominee die geen spat van hem af wist. De man vroeg God Orin Brody's ziel op te nemen, maar Mary wist dat de oude Orin nooit zo'n lange reis zou aanvaarden, als hij al door de selectie heen kwam. Ze stelde zich hem voor als een wolk die in de slag ging met de zuurstofmoleculen in de ruimte boven zijn grafsteen, dik tevreden met de plek waar hij was zoals hij zich zijn leven lang aan Baldoon County had vastgeklampt. Orin en Irma hadden nooit iets in reizen gezien waardoor Mary was opgezadeld met een zwerflust die zij hevig wantrouwden.

Wat godsdienst aanging: Orin had een katholieke opvoeding gehad, maar hij was nooit een oprecht aanhanger van dat geloof geweest, dus hij was evenmin echt afvallig geweest toen hij met Irma trouwde, die christelijk was opgevoed maar er haar eigen ideeën op nahield. Toen Mary er eens naar had gevraagd, had Irma laten weten dat ze niet naar haar kerk gingen omdat zij daar akelig van ging dromen, en niet naar de katholieke kerk omdat de pastoor een dronkaard was. Mary had als kind eens staan kijken hoe een stel christelijken een tekst van de muur van de K-Mart stonden te schrobben, en ze was diep geraakt geweest door de druipende rode woorden: WAAR IS GOD ALS JE HAAR ECHT NODIG HEBT?

Nee, dacht Mary, zelfs Orin Brody's wasem zou nooit uit Leaford vertrekken, maar voor alle zekerheid zond ze een gebed naar de hemel. Ze sloeg haar ogen op, net op het moment dat een stel zwarte kraaien heftig klapwiekend overvloog, wervend om de weerzin van de treurenden. Een van de vogels kwam omlaag, landde op de glimmende kist, stapte er van hoofd- tot voeteneind overheen en bleef stilstaan om Mary op te nemen. Die beantwoordde zijn afkeer met een strakke blik en kreeg het gevoel dat ze had gewonnen toen de vogel weg wiekte.

Toen ze zag dat Gooch' ogen vochtig waren onder hun franje van donkere wimpers, snakte Mary ernaar om met haar gezel mee te huilen. Datzelfde gevoel had ze jaren geleden gehad toen ze zag hoe haar man zijn hand uitstak naar een papieren zakdoek bij de aankondiging van de Canadese ijshockeyer Wayne Gretzky dat hij de Edmonton Oilers zou verwisselen voor de L.A. Kings. En die keer op zondagmiddag dat de tranen over zijn wangen rolden bij de laatste scènes van *How Green Was My Valley* op hun nieuwe tv. En die dag lang geleden dat zijn eigen vader was overleden en hij een hele fles Southern Comfort had leeggedronken en in tranen was uitgebarsten toen ze hadden gevreeën. Ze had bewondering voor haar echtgenoot dat hij man genoeg was om te durven huilen, maar ze vroeg zich wel af wat zij dan was.

Ze wapperde even met haar witte overhemd, met de kraag vochtig rond haar hals, en concentreerde zich op haar adem, of liever gezegd op haar kaasachtige geur, die ze zelf vreemd genoeg aangenaam vond, maar zodra ze thuiskwamen van de begraafplaats moest ze al haar valleien en spelonken deppen en met talkpoeder bestrooien.

Het eten. De honger. De details van de dodenwake die een zegen waren. Servetten en plastic glazen op de kaarttafel. Stoofschotels op een laag pitje in de oven. Pete en Wendy waren de stad uit, maar Erika en Dave, en Kim en François zouden er zijn. De Rowlands, de Loyers, de Feragamo's, de Whiffens, de Stielers, Nick Todino en zijn vrouw, Phil en Judy. De Merkels kwamen vast niet. Die kwamen nauwelijks meer het huis uit. Niemand van de Gooch-tak.

Gooch' vader was overleden na een auto-ongeluk toen zij in hun laatste semester aan Leaford Collegiate zaten, en een luttele anderhalf jaar later verhuisden Gooch' moeder en haar nieuwe echtgenoot Jack Asquith (een kettingrokende Amerikaan die Gooch 'Jack Asswipe' noemde) naar Californië, waar Jack een bedrijf voor huisdierbenodigdheden had in een plaats die Golden Hills heette. Eden had beloofd dat ze elkaar wel zouden blijven zien, maar al na een paar jaar was ze opgehouden hen met kerst te bezoeken. Mary had Gooch gevraagd geen moeite te doen om zijn tragische, dakloze oudere zus Heather op te sporen.

Gooch' stem was steeds verderaf gaan klinken, niet alleen op de terugweg van haar vaders begrafenis, maar gaandeweg in de loop van de dagen, maanden en jaren van hun huwelijk. Ze hoorde hem niet zeggen dat zij zijn as op de golfbaan moest uitstrooien. 'Bij de achttiende hole, Mare. Dat wil ik.'

De vroege bomen waren net uitgebot en de aprilregens hadden alles wat grijs was groen gemaakt. Je kon onmogelijk niet iemands God in het arcadische landschap ervaren. De herrijzenis van de velden zwarte aarde. De glorie van neerduikende zonnestralen. De belofte van in boter gedrenkte asperge en zongestoofde aardbeien. Mary had toegekeken hoe het vlekkerige licht het profiel van haar man bescheen terwijl ze zich afvroeg of hij treurde om zijn lang geleden gestorven vader, zijn verdwenen moeder of zijn sportbeurs. En hij moest wel aan de kinderen denken, al bleven hun namen dan onuitgesproken alsof het vervloekingen waren.

Gooch had zijn hand boven zijn hoofd gestoken om het kregele schuifdak open te rukken dat daarna niet meer dichtging. Hij had zijn hand van het stuur gehaald om Mary aan te raken door de wollen bekleding van meneer Feragamo's lange broek. Toen zijn reusachtige vingers de weke massa van haar dij hadden gevonden, was ze verstijfd. 'Vanavond maar een beetje rustig aan doen met de drank, hè, schat? Morgen heb je dat ritje naar Wawa.'

'Ga mee.' Gooch had het zo snel gezegd dat ze net had gedaan of ze het niet had begrepen, om hem nog een kans te gunnen zich eraan te onttrekken. Maar hij had het nog eens gezegd: 'Ga mee naar Wawa.'

'Morgen?'

'Het is een prachtig ritje, Mare,' drong hij aan. 'Dat leidt een beetje af van…'

'Maar ik heb die afspraak met de advocaat,' had ze ertegenin gebracht. 'En ik kan mama niet alleen laten.' Ze probeerde zijn blik te vangen, en voegde eraan toe: 'Het spijt me.'

Gooch had niet echt verwacht dat ze ja zou zeggen. Hij had zoiets al honderd keer eerder gevraagd. Ga met me mee naar Montreal. Ga met me mee naar Burlington. Ga mee. Met mij. Hij drukte op de knop van de radio en vulde de auto met Sly and the Family Stone. 'Ik zal die ouwe Orin missen,' zei hij.

Mary deed haar ogen dicht en liet zich door de muziek naar hogerop meenemen.

De beschuldigende vinger

Ook al blies de bries uit het open slaapkamerraam tegen haar klamme nachtpon, voor Mary was er geen respijt tegen de hitte. En geen verlossing van haar honger. Zoet dat op hartig volgt. Een biologisch gebod, nam ze aan. Een heftig verlangen dat Gooch' gezicht uit haar gedachten verdreef, de treurnis om het verscheiden van haar ouders uit haar ziel, de zorgen om het bruiloftsdinertje van voor in haar gedachten en het ongemak van de hitte van haar gezicht. Waarom had ze die zak Halloween-snoep bij de kassa niet meegenomen? Die vervloekte stem van de zelfbeheersing ook.

Ze concentreerde zich op haar lijst. Het dinertje ter gelegenheid van hun zilveren bruiloft. De reservering bij het meer bevestigen. Het nagerecht ophalen bij de Oakwood-bakkerij. Gooch? Die zou veel te moe en ellendig zijn om het diner door te zetten als hij nu niet heel gauw thuiskwam en nog wat kon slapen. Hij maakte zich toch al zo'n zorgen om de kosten en dat hun gasten misschien een aperitief zouden bestellen en dure hoofdgerechten als surf 'n' turf of prime rib. Hij had erop gewezen dat Kim en Wendy dol waren op van die chique cocktails en Peter op buitenlands bier. Gooch zou met angst en vrees de rekening tegemoet zien. En Mary zag al wekenlang met angst en vrees Wendy's plakboek tegemoet, het fotografische bewijs van wie zij korte tijd was geweest en wat ze was geworden.

Mary had op Wendy's verzoek braaf dozen oude foto's doorgeploegd, hevig gekweld bij de aanblik van haar glanzende beeltenis, die in de loop van de jaren uitdijde totdat de enige foto's die ze nog van zichzelf kon vinden een afgewende wang waren of een wegrennende achterkant. Ze had Wendy's irritatie proberen te negeren toen ze een tiental foto's had overhandigd, die geen van alle recent waren en voor het grootste deel dateerden uit één enkel jaar, het jaar dat ze slank was. 'Ook goed,' had Wendy gezegd. 'Dan moet ik het maar doen met wat ik thuis nog kan vinden.'

Toen ze van het bed overeind kwam, voelde Mary haar hart samenkrimpen bij de gedachte aan de foto's. Ze zocht steun bij de muur in de smalle gang, met dijbotten die scheef op hun hengsels stonden, en vond zo haar weg naar de thermostaat om opnieuw, zonder succes, te proberen de verwarmingsketel uit te zetten. Eén voor één knoopte ze de knoopjes van haar nachtpon los, schudde hem van haar schouders en hing hem in het voorbijgaan op weg naar de bries die door het keukenraam kwam aanwaaien over een keukenstoel.

In dozen op zoek naar foto's voor Wendy, was Mary een foto tegengekomen die ze eruit had gehouden en in het laatje van haar nachtkastje had gestopt – een foto van Mary Brody met haar lievelingslerares, gearmd op de trappen van het Leaford Collegiate. Op die foto was Mary niet slank in haar flodderige trainingsbroek en een sweatshirt waarin haar vetrollen op haar buik goed tot hun recht kwamen, maar nu ze die foto na zoveel jaar terugzag, vond ze haar lach zo schattig als maar kon.

Naast lesgeven in maatschappijleer geven en de presentielijst bijhouden op het Leaford Collegiate bood Ms Bolt een keuzevak aan dat ze Progressief denken noemde. Ze was de donkerste zwarte vrouw die Mary, jong als ze was en met haar beperkte ervaring op reisgebied, ooit had aanschouwd. Ze leek wel te zweven in plaats van te lopen, in haar zijden kaftans die over de grond zwierden, tien gouden armbanden kletterend om elke pols, met borsten die zo groot waren dat ze voor haar uit de kamer in kwamen, terwijl haar romp in al zijn omvang traag leek.

Mary zag zichzelf weerspiegeld in de ogen van de oudere vrouw. Geen dikke, pruilende Mary Brody, maar een leergierige leerling met een eigen stem en een erg knap gezicht. Ze had het gevoel dat ze gekend werd door Ms Bolt, die niet de indruk wekte in haar overmatigheid gevangen te zitten maar er juist door was bevrijd, met elke ademtocht als een viering. Ms Bolt rebelleerde niet tegen de

schoonheid maar was in zekere zin juist een discipel. Haar wild-
heid was gepolijst, haar achteloosheid bestudeerd. In Mary's ogen
straalde de lerares.

Ze had Ms Bolt aan Irma proberen te beschrijven toen ze onder
het avondmaal over de nieuwe lerares werd ondervraagd. 'Ze heet
Ms Bolt,' had ze duidelijk articulerend gezegd zodat er geen misver-
stand zou ontstaan over de politieke overtuigingen van haar heldin.
'Ze is *zwart*.'

'Dat heb ik gehoord,' had Irma gezegd.

'En ze is *mooi*.' Mary had het uitdagend gezegd. 'Ze is fors. Ms
Bolt is *fors*.'

'Net zoiets als mevrouw Rouseau?'

'Forser.'

'Forser dan mevrouw Rouseau?'

Mary rolde met haar ogen, wat afgezien van te veel eten haar enige vorm van verzet was. 'Ze accepteert zichzelf zoals ze is. Dat leert
ze ons ook. Jezelf accepteren.'

'Als Ms Bolt forser is dan mevrouw Rouseau, dan lijdt ze aan
morbide obesitas, schat.'

'Nou en?' Mary rolde nog eens met haar ogen. 'Het is heel goed
om jezelf te accepteren, mam.'

'Als alle dokters ter wereld een aandoening morbide noemen, hoe
kan het dan goed zijn om zoiets te accepteren? Kom nou.'

Maar vijf leerlingen hadden zich opgegeven voor het keuzevak.
Geen meisjes uit het cheerleaderteam, en maar één jongen van de
basketbalploeg – Jimmy Gooch, die zich door zijn ploeggenoten
had laten overhalen om zich voor de cursus op te geven. Mary had
de luchtstroom gevoeld toen Gooch langs haar heen naar achter in
de klas schoot, maar ze had zich niet omgedraaid om te kijken. Ze
had geleerd mensen niet aan te kijken, omdat ze ervan overtuigd
was dat haar blik geheel onbedoeld iets dreigends had.

Met fonkelende ogen en kletterende armbanden sloeg Ms Bolt
haar handen tegen elkaar en ze zweefde door de klas alsof er vijftig
en geen vijf leerlingen zaten. 'Op je tafel ligt een stuk papier en een

schaar. Willen jullie zo vriendelijk zijn om een rondje uit te knippen?' Dat deed de groep, waarbij Gooch duidelijk zijn verveling liet blijken door vanuit de verste hoek diep te zuchten. 'En nu,' ging Ms Bolt verder, 'schrijf je in zwarte inkt in het rondje dat je net hebt uitgeknipt "gekomen".' Ze wachtte even. 'Gekomen.' De leerlingen voerden de opdracht uit.

Ms Bolts geestdrift was aanstekelijk. Ze leek op de prediker die maakte dat je gelovig werd. 'Jullie zullen in je leven oneindig veel keuzes hebben, mijn mooie, jonge vrienden. Jullie zijn opgegroeid in een wereld vol voorrechten en kansen. Jullie kunnen alles doen wat je wilt. En het is jullie plicht om daar je voordeel mee te doen. Het is jullie reden van bestaan. Maak dat je straks als je oud bent niet spijtig moet zeggen: "Ik had willen studeren, maar het is nooit rondgekomen. Ik had mijn stem willen uitbrengen voor de mensen die ons regeren, maar het is gewoon nooit rondgekomen. Ik had willen reizen; de klassieken willen lezen; willen duiken; de Everest beklimmen; bij Greenpeace willen gaan. Maar het is nooit rondgekomen." Kijk maar eens naar die rondjes die jullie net hebben uitgeknipt. Nu hebben jullie geen excuus meer.'

De leerlingen keken één langgerekt moment zwijgend naar de cirkels. En ten slotte was het Mary Brody die haar papier in de lucht stak en voor het eerst van haar leven hardop in de klas iets zei: 'Rondgekomen.'

Ms Bolt had in haar handen geklapt. 'Dank u, Ms Brody.'

Iedereen op Leaford Collegiate wist dat Ms Bolt een geweldige lesbo was, en of het nu haar seksuele geaardheid was, dan wel haar al te progressieve opvattingen, of misschien een van haar eigen oneindig vele keuzes, waar het ook aan lag, in elk geval kwam ze na dat ene, glorieuze semester niet meer terug. Mary had de wortels van het feminisme wel willen blootleggen en haar stemrechtelijke zusters willen eren, maar die gedrevenheid verdween samen met Ms Bolt, en het rondje papier werd tot een prop verfrommeld en weggegooid. Mary voelde zich diep gekwetst door het vertrek van de lerares, vooral omdat Ms Bolt haar eens had verteld dat ze een oude ziel was.

Vaarwel. Vaarwel. Een laatste afscheid. Voor even. Voor lang. Voor altijd. Liedjes, toneelstukken, boeken en films werden over afscheid nemen geschreven. Voor Mary was het een thema. Een afsluiting. Ze had een hekel aan de moderne klank van een term voor een ritueel dat toch zo oud was. Het erkennen van degenen die zijn vertrokken. Degenen die zijn achtergebleven. Vaarwel. Verdwenen. Een laatste afscheidsmoment. En voor Mary waren nog zoveel vaarwels onbezongen gebleven. Ze vroeg zich af of al die keren dat ze in de steek was gelaten verantwoordelijk waren voor haar honger. De zware beschuldigende vinger.

Ze nam beweging in haar ooghoek waar. *Gooch*, dacht Mary, en ze draaide zich om. Het was een vorm. Een prachtig weergegeven vorm, die heel even onherkenbaar was in de ruit naast de deur. Mary bleef stilstaan terwijl de vorm gestalte kreeg en zij zag dat het een vrouw was – een dikke, naakte vrouw. Dus dat ben ik, dacht ze. Ze wierp een blik op de nachtpon over de keukenstoel achter zich. Het was jaren geleden dat Gooch haar voor het laatst naakt had gezien. Ze rilde bij de herinnering aan die laatste keer. Hoewel ze het heerlijk vond om aan de eerste keer terug te denken.

Symbiose

Geen sterveling in Leaford, en zeker niet Mary Brody zelf, had kunnen voorspellen dat ze die zomer vóór haar eindexamenjaar zou afvallen. Irma had vermoed dat ze in jongens geïnteresseerd was geraakt. Kim en Wendy van het cheerleaderteam, die haar vanaf de kleuterschool al afwisselend met medelijden en verachting hadden bekeken, kwamen tot de conclusie dat Mary het grapefruitdieet uit een tijdschrift had gevolgd. Orin nam aan dat zijn dochter gewoon een beetje laat haar babyvet was kwijtgeraakt, aangezien aan beide kanten van de familie niemand fors was. De jongens op Leaford Collegiate braken hun hoofd niet over haar geheim, maar deelden met zijn allen hun keiharde opluchting dat die ineens zo bloedmooie Mary Brody haar B-3 niet was kwijtgeraakt, oftewel haar drie b's, haar *bolle, bevende borsten.*

De aardbeien waren vroeg dat jaar, en zoals de familietraditie wilde, reden Orin, Irma en Mary gedrieën naar Kenny's grote zelfplukboerderij in de buurt van het meer voorbij Rusholme om platte kistjes met sappige aardbeien te vullen waar ze vervolgens heerlijke gebakjes en taarten mee bakten en met gevaarlijke hoeveelheden suiker jam voor in de winter van maakten. Bij het uitstappen op de modderige parkeerplaats had Irma Mary's gezicht tussen haar slanke handen genomen en haar scherp toegevoegd: 'Plukken, en niet eten.'

Orin en Irma waren bedreven plukkers en gingen voorovergebogen aan de slag met woest bewegende handen en ogen die de lage bladeren afspeurden op zoek naar robijnkleurige schatten. Maar omdat Mary niet makkelijk voorover kon buigen, ging ze op haar achterste zitten en schoof ze als een krab stukje voor stukje naar voren om elke rijk voorziene plant leeg te plukken. Er werd niet van haar verwacht dat ze haar ouders zou bijhouden. En geen van beiden keek ooit om, om te zien of ze meer plukte dan opat. Elk stukje aardbei was een wereld vol zintuiglijke waarnemingen. Zoet. Zuur. Korrelig. Muskusachtig. Sappig. Gruizig. Zijdezacht. Zout. Glad. *Zo is het genoeg*, hield Mary zich dan voor, en daarna: *nog eentje dan*.

Een paar dagen later, terwijl ze in een pan vulkanisch rode vloeistof op het fornuis (met haar gedachten bij die keer het jaar daarvoor dat ze de kokende jam had geproefd en haar lippen zo ernstig had verbrand dat ze bij dokter Ruttle een medicijn had moeten halen) stond te roeren, voelde Mary plotseling haar maag omdraaien. Hevig zwetend had ze de lepel laten vallen en was ze naar de wc gevlogen, waar ze een vloedstroom had bevrijd die zo hevig naar aardbeien riekte dat ze daarna een jaar lang nog geen lepeltje jam had kunnen eten. Ze had altijd een hevige fascinatie gekoesterd voor haar bijproducten, wat iedereen naar ze aannam had of in elk geval behoorde te hebben, en ze bestudeerde stelselmatig haar voortbrengselen.

Ze vroeg zich af waarom het bleef drijven. Of waarom het zonk als een anker. Ze verbaasde zich over zijn vasthoudendheid, bewonderde de samenhang. Ze was dankbaar gestemd wanneer het bij het neervallen heel bleef en voelde zich bedrogen als het door de uitdrijvende krachten buiten zicht vloog. Ze schaamde zich weliswaar voor haar weerzinwekkende nieuwsgierigheid, maar wist niettemin de aardse, herfstachtige kleuren te waarderen en verlustigde zich in al zijn geurvarianten.

Op die dag had ze, toen ze overeind was gekomen om de boel te inspecteren, iets opgemerkt wat ze nooit eerder had gezien, iets waar ze zich niet van had afgewend, waar ze niet van naar Irma was gaan schreeuwen, maar iets wat haar ertoe had aangezet om voorover te buigen, dichterbij te komen. Te onderzoeken. Kronkelend. Golvend. Dansend. Begroetend. Triomfantelijk. Leven. En terwijl Mary Brody die ledemaatloze indringers ontdekte, drong het tot haar door dat ze voor het eerst zolang ze het zich kon herinneren het obeest niet kon horen. Op het slagveld van haar flora en fauna was een stille slag geleverd en gewonnen. Mary Brody was bevrijd.

Een bezoek aan de bibliotheek van Leaford bracht de bevestiging. Parasieten. Wormen. Al waren het geen draadwormen. En evenmin rondwormen. Iets anders. Dikker dan draad, met de kleur van het onderhuidse vet van kippen. Ze kon er geen plaatje van vinden. Parasieten die in de uitwerpselen van dieren voorkomen. Die in de modder in leven blijven. Waarschijnlijk opgelopen bij het eten van niet-gewassen fruit of groente. Zonder handschoenen tuinieren.

Na terugkeer van de bibliotheek, toen Irma had geroepen dat het tijd was om aan tafel te gaan, was het Orin opgevallen dat hun dochter maar een beetje in haar vlees zat te prikken en wel boter op haar gepofte aardappel deed maar hem vervolgens niet opat. Haar moeder had haar hand tegen het voorhoofd van haar dochter gelegd, maar Mary had haar verzekerd dat ze zich kiplekker voelde. En dat leek ook zo. Meer dan kiplekker. Haar geheim was van symbiotische, niet van parasitaire aard.

Aangezien Mary haar eetlust volledig was kwijtgeraakt en geen vervelende bijverschijnselen had behalve het onophoudelijke, maar volgens Mary draaglijke jeuken van haar anus, at ze die eerste zomerweken alleen net genoeg van elke maaltijd om haar bewoners in leven te houden. Elk bezoek aan de wc was een lijdensweg, zo bang was ze dat haar redders zouden verdwijnen. Ze turfde hun aantallen, hield in haar hoofd grafieken bij, en tegen de tijd dat de suikermaïs rijp was, had ze een duidelijke teruggang in de populatie waargenomen, waardoor de schrik haar om het hart was geslagen dat haar leger misschien wel helemaal naar elders zou vertrekken. Mary deed haar moeder versteld staan met haar aanbod in de tuin te helpen. Ze waste haar handen niet meer. Ze begon tweemaal daags de lange wandeling te maken naar het park bij de rivier, waar ze met een lepel uit de la modder opschepte en opat, in de hoop dat in een zo'n hoopje een klompje verborgen zat dat haar opnieuw zou koloniseren.

Aanvankelijk viel haar slinkende vlees Mary niet op, ze juichte haar afslanking ook niet zo toe als Irma en Orin deden. Ze nam hun trots op haar prestatie, al was die niet geheel de hare, met gegrom en een zuinig lachje in ontvangst. 'Ga zo door, Murray,' had Orin gezegd, toen hij Mary een kokosgebakje had zien weigeren, 'en je zult zien dat geen familielid je bij de reünie in het najaar nog herkent.' Mary had het nogal een rare opmerking gevonden, want ze wist zeker dat niemand van de familie Brody ooit echt naar haar had gekeken en dus over referentiemateriaal zou beschikken.

De dag van de familiereünie van de Brody's werd Mary Brody in haar Jordache-spijkerbroek diverse malen aangezien voor de nieuwe vriendin van haar neef Quinn, over wie ze allemaal onder strikte geheimhouding te horen hadden gekregen dat ze een stripteasedanseres uit Detroit was. Ze hadden er ieder om zijn eigen redenen om moeten lachen, Irma, Orin en Mary, maar dat gedeelde plezier was een belangrijke bron van de geneugten van die dag geweest, al hoorden daar ook alle complimenten bij waarmee ze was overstroomd en de nadrukkelijke blikken van knappe familieleden.

Mary ontleende het grootste plezier aan haar vrijheid, nu ze geen slaaf meer was en haar geest niet langer in beslag werd genomen door alles wat met eten te maken had, waardoor ze zich tot ontplooiing voelde komen en over haar toekomst durfde na te denken. Ze bestudeerde tijdschriften waarin mode- en ontwerpcursussen werden aangeboden. Regelmatig, haast obsessief, keek ze in de spiegel, niet om zichzelf te bewonderen, maar diep onder de indruk van de simpele waarheid voor haar ogen. Ze had geen honger. Nog. Steeds. Geen. Honger. Ze pakte haar cadeaugeld en liep helemaal naar de K-Mart, waar ze diverse bij elkaar passende sets kocht in haar nieuwe maat. Onder het lopen voelde ze haar spieren. Het strekken van haar bovenlijf. Het zwaaien van haar glanzend zwarte haar. Ze bleef modder eten. Ze besloot een parttime baantje te zoeken.

Mary's tante Peg, die kort daarvoor met pensioen was gegaan bij de apotheekafdeling van Raymond Russells drugstore, had gehoord dat Ray Russell sr. een meisje zocht voor achter de kassa. Het personeel kende Mary al. In zo'n klein stadje met maar één enkele apotheek, was het personeel gênant goed op de hoogte van alle intieme details van heel Leaford. Mary had meer dan gemiddeld veel tijd achterin bij de toonbank doorgebracht in afwachting van de medicijnen voor haar ouders, en ze voelde zich uitstekend op haar gemak tussen de kruidnagelolie en de Metamucil.

Een paar maanden geleden had ze zo'n positie onmogelijk kunnen overwegen, aangezien Raymond Russell het grootste assortiment Laura Secord-chocolade van heel Baldoon County voerde, en Mary als het spreekwoordelijke kind in de snoepwinkel zichzelf onmogelijk had kunnen vertrouwen in de aanwezigheid van die bonbons. Maar aangezien ze niet snakte naar amandelrotsjes of roomtoffees, trok ze een zomerjurk aan, leende ze Irma's muiltjes en verscheen ze tien minuten te vroeg op haar sollicitatiegesprek. Ze zou de rest van de zomer 's morgens werken, de dienst die niemand anders wilde, en op zaterdag, en zodra de school weer begon, alleen nog op zaterdag. Mary vroeger. Mary nu. Mary in de tussentijd. Net als Gooch waren de muren van Raymond Russells drugstore getuige geweest van het grootste deel van haar leven.

Op een zaterdagochtend in de november van hun eindexamenjaar was Jimmy Gooch de drugstore komen binnenstrompelen op grote, piepende krukken, nadat hij twee weken niet op school was verschenen en de Leaford Senior Cougars vier wedstrijden op rij hadden verloren. Hij was betrokken geweest bij een ernstig auto-ongeluk waardoor zijn vader in het ziekenhuis was beland, en niemand had hem sinds het ongeluk gezien. Op school deden geruchten de ronde dat zijn been op vier plaatsen gebroken was. Op zijn voorhoofd was een gehechte snee aan het genezen, en op zijn linkerwang zat een vaag gele zweem waar de ergste blauwe plek had gezeten. Hij had een vies sweatshirt aan, en een basketbalbroekje vanwege het enorme stuk gips om zijn linkerbeen. De zeventienjarige Gooch had door de winkel gedwaald met een vierkantje wit papier in zijn grote, trillende vingers, totdat hij Mary Brody op zich af zag komen zeilen.

Zijn hele gezichtsuitdrukking knipperde: 'Ik ben gered.' Misschien had hij zichzelf in Mary's ogen weerspiegeld gezien en had hij aangenomen dat ze hem al bezat. Of misschien had hij haar herkend als lid van zijn nieuwe vriendenkring van gekwetste zielen. Hun hele leven leek op dat moment vast te komen liggen.

Gooch was met zijn blik op haar gericht tot stilstand gekomen, had zijn schouders opgehaald en had flets geglimlacht, alsof hij wilde zeggen: 'Ach ja, zo is het leven.' Mary Brody had tweemaal geknikt en toen haar hoofd scheef gehouden als om te zeggen: 'Zeg dat wel.' Mary had gebaard dat hij met haar mee naar achteren moest lopen, en dat had hij gedaan, waarbij hij zijn lange lijf op de kreunende krukken had voortgezwaaid. Ze had het recept aangenomen en aan Ray Russell sr. doorgegeven, die ze zachtjes had gevraagd of hij dit meteen kon regelen voor een vriend van haar. Bij terugkeer trof ze Gooch gretig wachtend als een jonge hond aan. Ze had hem zonder iets te zeggen naar een stoel begeleid, waarbij ze de hitte van zijn enorme lijf af voelde slaan toen hij zijn ingegipste been op de grond liet zakken en zichzelf op de stoel.

Mary snoof hem op; zijn leren jack, ongewassen lichaam, stoffige kop met haar. Zijn ronde blauwe ogen smeekten om affectie, duidelijkheid. Alsof ze al vijfentwintig jaar getrouwd waren in plaats van nog nooit een woord te hebben gewisseld, fronste Mary nadenkend haar voorhoofd en vroeg: 'Wat zeggen de dokters over je vader?'

Op de terugweg van de stripclub in Mitchell's Bay waar Gooch heen was gestuurd om hem op te halen, had Gooch' vader James, die net zo'n boom van een kerel was als zijn naamgenoot, de Dodge waarin Gooch op de passagiersplaats had gezeten tegen de honderd jaar oude eik aan gereden die in de scherpste bocht van de weg langs de rivier stond. James had erop gestaan om achter het stuur te gaan zitten, en helaas was Gooch banger geweest voor de dronkemanswoede van zijn vader dan voor het feit dat hij nu beschonken achter het stuur zat. Hij had zich op de passagiersplaats vastgegespt terwijl hij zichzelf probeerde in te prenten dat zijn vader inderdaad in beschonken staat beter reed dan wanneer hij nuchter was, zoals hij zelf beweerde. Toch kon hij zich er niet van weerhouden 'eikel' te mompelen, wat door zijn vader werd beantwoord met een forse achterwaartse uithaal. Zo kwam hij aan de blauwe plek op zijn wang, maar Mary was de enige die dat ooit zou weten.

Gooch had Mary recht in de ogen gekeken. 'Het is nog steeds of het allemaal een droom is.'

'Dat kan aan je medicijnen liggen,' zei ze met verstand van zaken.

In het artikel in de *Leaford Mirror* stond onder de foto van de verkreukelde Dodge niet vermeld dat James Gooch achter het stuur had gezeten op de terugweg van een stripclub, maar ze meldden wel dat hij dronken was geweest en beschreven de verlamming en zijn opgezwollen hersenen en hoe onwaarschijnlijk het was dat hij ooit nog uit zijn coma zou ontwaken. In het artikel stond ook dat Jimmy Gooch zijn been had geblesseerd, dat hij de rest van het seizoen niet meer zou spelen, waarnaast ze ook nog speculeerden over de mogelijkheid dat zijn uitzicht op een basketbalbeurs nu vertraging zou oplopen, dan wel volledig was vervlogen.

'Mijn vader heeft erg veel last van zijn dikke darm,' zei Mary, alsof ze antwoord gaf op een onuitgesproken vraag.

'Wil je een lift naar huis?' bood Gooch aan.

'Het wordt wel halfzeven,' antwoordde ze, 'voordat ik de kas heb opgemaakt.'

Toen Mary's dienst er die avond op zat, zat Gooch op de parkeerplaats op haar te wachten. Ze had zich opmerkelijk rustig gevoeld toen ze naar de bruine Plymouth Duster toe liep, waar hij verlegen zat te grijnzen. Ze concentreerde zich op de avondlucht, de ongewone warmte van de late herfst. Ze had haar tanden gepoetst in de personeelstoiletruimte maar haar beeltenis in de spiegel nauwelijks een blik waardig gekeurd. Ze had zich geen zorgen gemaakt over wat ze zou zeggen, of omdat ze nog nooit was gekust. Ze wist wat er te gebeuren stond, alsof het een herinnering en geen vooruitblik was.

Gooch en Mary leken op een mystieke manier met elkaar verbonden. Uiteindelijk zou ze weliswaar begrijpen dat zij de enige persoon in Jimmy's leven was, hemzelf meegeteld, die hem niet aansprakelijk stelde voor wat er was gebeurd of zich op een rare manier verraden voelde door de gevolgen van zijn blessure, maar evengoed had ze die allereerste dag dat ze hem in de ogen keek gelijk gehad wat Jimmy Gooch aanging. Hij was geen brutale sterspeler die alles in de schoot geworpen kreeg maar een grote, geteisterde jongen die een veilig toevluchtsoord nodig had.

Ze waren in ontspannen stilte naar het meer gereden, naar een open plek tussen de bomen waar Jimmy Gooch duidelijk al vaker heen was gereden. Hij wist precies op welke plek hij moest draaien om te voorkomen dat de takken langs zijn portier schuurden. Ze klommen uit de Duster, Gooch op zijn krukken, en gingen op een ademtocht van elkaar tegen de warme grille geleund naar het maanlicht staan kijken dat op het water speelde en sloegen hun ogen op naar de sterren, vol stille, kinderlijke verbazing. Mary probeerde zich de sterrenbeelden te binnen te brengen die ze bij natuurkunde tijdens de lessen over sterrenkunde had geleerd. De Grote Beer, de Kleine Beer. Polaris, de Poolster.

Na een hele tijd had Gooch zich naar haar omgedraaid en hij had gezegd: 'Behalve Pete is er nooit iemand bij me langs geweest.'

Ze was even stil. 'Ik had gehoord dat je niemand wilde zien.'

'Dat wil ik ook niet,' viel hij uit, waarna hij moest lachen. 'Dat wou ik niet. Dat dacht ik tenminste. In elk geval geen mensen die ik kende.'

'Je kent mij ook. Onze kastjes waren naast elkaar.'

'Echt waar?' vroeg Gooch met scheef gehouden hoofd.

Het bloed steeg naar Mary's wangen. 'Laat ook maar zitten.'

'Ik maak maar een grapje, Mary,' zei hij. 'Ik herinner me je heus wel.'

'Ik dacht, omdat ik er nu anders uitzie…' stamelde Mary.

'Wat ga je hierna doen?' vroeg Gooch.

'Naar huis.'

'Nee, ik bedoel na het eindexamen. Waar ga je dan heen?'

'Ik denk dat ik misschien een jaar ga werken om geld te sparen. In Toronto is een mode- en ontwerpacademie, en dat is nogal ver weg. Maar mijn ouders hebben me nu hard nodig. Mijn vader heeft het erg moeilijk op het moment.'

'Met zijn colitis,' zei Gooch knikkend, met zijn blik op de sterren.

'Ik hoor dat jij naar Boston gaat,' zei Mary.

Hij wees naar zijn been. 'Niet meer. Niet om te spelen.'

'Wat naar voor je.'

Gooch haalde zijn schouders op. 'Valt wel mee. Het is eigenlijk een opluchting.' Hij slaakte een zucht die luid genoeg was om wilde dieren te verjagen. 'Een grote opluchting.' Maar hij zag er niet echt opgelucht uit.

Mary wachtte tot Gooch opnieuw diep inademde en haar daarop in één adem het ware verhaal van zijn leven vertelde; zijn alcoholistische ouders, de woedeaanvallen van zijn vader, de voorliefde van zijn moeder om scènes te schoppen, de tragedie van een oudere zus die aan drugs verslaafd was, de verlammende angst dat hij niet zou voldoen. Mensen verwachtten altijd zoveel van een sterke jongen.

Mary's ogen verlieten geen moment zijn knappe gezicht terwijl Gooch zich in terzijdes vermeide; in het beschrijven van zijn belangstelling voor schrijven, zijn liefdesaffaire met de Verenigde Staten, zijn ergernis jegens klagerige types, zijn voorkeur voor Chinees boven Italiaans, zijn plannen om de klassieken te lezen, zijn schaamte omdat zijn kleren op maat moesten worden gemaakt. 'Ik heb dit nog nooit aan iemand verteld,' bekende hij, en ze had hem met recht geloofd. Even bestudeerde hij zwijgend haar knappe gezicht. Ze dacht dat hij haar misschien ging kussen en werd er volkomen door overvallen toen hij zei: 'En nu jij.'

Ze had Gooch haar eigen levensverhaal kunnen vertellen, hem van alles kunnen bekennen over haar ziekelijke, misnoegde ouders, haar grote eenzaamheid, haar honger. Ze had haar liefdesaffaire met de parasieten kunnen opbiechten, haar verlammende angst dat ze juist te veel zou voldoen, maar Mary Brody gaf zich niet op die manier aan hem bloot. In plaats daarvan schoof ze op tot vlak naast de jonge Jimmy Gooch, en ze stelde zichzelf voor als de versmelting van alle schaamteloze filmsterretjes die ze een man had zien versieren.

Ze greep de knopen van haar blouse, stapte uit haar rok, haakte haar beha los, trok haar slipje uit, schoof haar sokken af, totdat ze volledig, verrukkelijk naakt was. Ze stak haar armen in de lucht, niet om haar striptease te onderstrepen, maar omdat ze op een warme avond in oktober naakt in het ernstige maanlicht stond en zeker wist dat ze dat nooit meer zou doen.

'Ik wil je geen pijn doen,' zei Gooch zonder een stap naar voren te zetten.

'Dat zul je ook niet doen,' zei ze geruststellend.

Gooch had zijn gipsbeen op een stronk laten steunen, had Mary naar zich toe getrokken en haar haren gestreeld toen hij haar in zijn armen voelde rillen. Hij had haar op de warme motorkap geholpen en zijn lippen tegen de wangwelving onder haar wimpers gedrukt. Ze hield haar adem in toen zijn mond de lengte van haar hals proefde, langs haar zachte schouder streek en haar zwoegende borsten vond. Ze rilde terwijl zijn vingers van tepel naar kruis stroomstoten door haar lichaam zonden. Lippen die het bekken opzochten. Een tong die lippen opende. Vonken. Een flits. Het hoogste voltage. Een glimp van het goddelijke. Vanaf haar dijen hoorde ze hem hees fluisteren: 'Wat ruik je lekker.'

Zoals Mary ooit door gedachten aan eten in beslag werd genomen, en daarna geobsedeerd raakte door haar parasieten, zo raakte ze na die avond in de ban van Jimmy Gooch.

Op de ouderavond van het Leaford Collegiate van die winter hoorde Mary de decaan, juffrouw Lafleur, met haar charmante Frans-Canadese accent tegen een bezorgde Irma fluisteren: 'Ze is van een Mary veranderd in *Mary*.' Dat laatste woord had ze met een zwierig gebaar onderstreept.

Sylvie Lafleur was jongensachtig en licht van huid, met roodblond haar dat in een vlecht over haar elegante rug hing. Ze voelde zich zeer betrokken bij haar leerlingen, en had Mary in de loop van haar transformatie erg aangemoedigd. 'Ze leert haar nieuwe lichaam kennen. Dan verwaarloost ze haar schoolwerk maar een beetje. Dit gaat ook voorbij,' had juffrouw Lafleur geruststellend tegen Irma gezegd.

Mary was diep getroffen door het simpele feit dat alles inderdaad voorbijgaat, en voegde de zin aan haar hoogstpersoonlijke theologie toe, onder de regel van drie en haar stellige geloof in wonderen.

Juffrouw Lafleur was een verre verwant van de beroemde Canadese ijshockeyer van dezelfde naam en woonde alleen in een appartementje in een gebouw met uitzicht op de rivier in Chatham – hetzelfde gebouw waarin Mary's vader even verderop aan dezelfde gang aan zijn trombose zou overlijden. Sylvie was in de tijd daarvoor een geschenk uit de hemel geweest, omdat ze boodschappen bij Orin bezorgde als Mary niet in de gelegenheid was. Soms ging ze even bij hem langs voor een praatje, omdat ze wist dat hij oud en eenzaam was.

De decaan was een vrouw die dingen wist, maar toch had Mary haar bedenkingen gehad tegen het blinde vertrouwen van Gooch in juffrouw Lafleurs adviezen. In zijn eindexamenjaar had hij wekelijks een afspraak met de decaan, om de achterstand in te halen die hij vanwege het ongeluk had opgelopen en om zijn studieopties te bespreken. Mary was bang dat de vrouw haar vriendje zou overhalen aan een of andere verre universiteit te gaan studeren of dat ze Gooch ervan zou overtuigen dat Mary Brody niet het juiste meisje voor hem was.

Juffrouw Lafleur wist vast dat Mary niet door haar eigen lichaam werd afgeleid maar door dat van Jimmy Gooch. Gooch' gladde, gebruinde huid, die gistachtig rook aan zijn haarlijn en boterachtig in zijn hals, de aardbeiachtige textuur van zijn tong, zijn stevige wang, de golvingen van zijn kern, de omvang van zijn zwelling. De talkpoederzachte huid van daar naar daar, en zijn romige stem als hij haar vroeg hem aan te raken. Een sensuele rapsodie. Onontbeerlijker dan eten. Van meer levensbelang dan lucht. In de maanden na het overlijden van Gooch' vader, toen inmiddels duidelijk was dat hij nooit meer op wedstrijdniveau zou sporten, klampten zij tweeën zich aan elkaar vast, ieder om zijn eigen redenen, zinderend van de endorfinen. Wanhopige liefde zo compact als goud.

In de beginjaren van hun huwelijk brachten Gooch en Mary de

zaterdagavonden (en de meeste doordeweekse ochtenden) de liefde bedrijvend door op de klanken van stadionrock, totaal opgaand in een gitaarriff van geuren en bewegingen, snelheid en druk, uitstel en ontspanning. 'Zeg nou toch iets,' smeekte ze vaak als hij haar streelde, en dan dacht Gooch dat ze hitsige praatjes wilde, maar het ging haar eigenlijk om het geluid van zijn stem.

De tijd halverwege hun huwelijk werden de zaterdagochtenden al kaartend doorgebracht, bij toerbeurt in een van de bescheiden huizen van hun vrienden. Euchre bij Pete en Wendy in hun twee-onder-een-kap. Bridgen bij Kim en François in hun bungalow. Pokeren in de oude pastorie van Dave en Patti, voordat Patti Dave in de steek liet voor Larry Laramie. Gooch was gek op gokken, en hij werd altijd knorrig als hij verloor, ook al oversteeg het grootste potje zelden de twintig dollar, en ook al hielpen de anderen hem er voortdurend aan herinneren dat het voor de lol was. 'Ik stam uit een familie van slechte verliezers,' zei hij dan bij wijze van grapje.

Op een winderige herfstavond waren ze aan de overkant van de rivier bij Kim en François geweest. Inmiddels had Mary er weer al de kwijtgeraakte kilo's bij, en ze klampte zich vast aan de kilo's die ze in de loop van de twee mislukte zwangerschappen had opgedaan, zoals mensen die diepbedroefd zijn zich aan aandenkens vastklampen. Ze zocht flatterende kleren uit en droeg een koraalrode lipgloss om haar groene ogen nog beter tot hun recht te laten komen, en verfde haar voorbarig grijze uitgroei elke vijf weken kastanjebruin. Ze had een goede smaak voor schoeisel. Ze had haar baarmoeder nog. Als stel was het echtpaar Gooch beschadigd, maar nog steeds hoopvol gestemd.

De kwaadaardige wind had takken tegen de glazen schuifdeuren gezwiept en Mary was tot tweemaal toe van stoel gewisseld, omdat ze last had van de tocht. Wendy had medegedeeld dat ze zwanger was. Van een tweeling. Joepie. Kims middelste zat net op de peuterschool en ze had een stapel foto's meegenomen van de pasgeboren baby in zijn schattige pyjamaatje. Het was weer tijd voor de tombola. Mary at een schaaltje dilledipsaus leeg. Gooch won achttien dollar en dronk negen Black Labels.

Aan het eind van de avond op weg naar de auto had Gooch in de dikke taille van zijn vrouw geknepen, en zodra hem te binnen schoot dat zijn vrouw daar een hekel aan had, boog hij omlaag om in haar oor te bijten. 'Je ruikt naar zure bom,' had hij gezegd, waarmee hij bedoelde dat ze haar tanden moest poetsen, omdat hij wilde vrijen.

Op het ritje naar huis hadden ze het over Daves nieuwe vriendin gehad. Mary vond dat de jongere vrouw, Erika, veel te verwaand en te eigenwijs was. Erika had de avond bijna verpest door een enorme drukte te maken over de herten. Gooch vond dat ze haar een kans moesten geven, en maakte diverse terechte opmerkingen over het feit dat vrouwen vaak zo hard over elkaar oordeelden. Wel toonde hij zich verbaasd dat Daves nieuwe vriendin zulke bezwaren maakte tegen het afschieten van herten, aangezien ze in Baldoon County was opgegroeid en beter had kunnen weten. Waarom begreep ze niet dat de populatie in toom moest worden gehouden? En hoe kwam ze erbij om vol te houden dat de gevaren van herten voor automobilisten overdreven werden?

Terwijl Gooch en Mary de naïveteit van de jongere vrouw zaten te bespreken voltrok zich een toevalligheid die eenvoudig te platvloers was voor fictie, toen een schitterende bruine hertenbok uit het dichte struikgewas sprong voorbij de bocht in de rivier, rechtstreeks in de baan van hun wagen. En het was niet zomaar een hert dat in het licht van de koplampen werd gevangen, dit was een kamikazepiloot. Frontale botsing. Tegen de grille. Op de motorkap gestuiterd, omslaand tegen de voorruit, en vervolgens terug naar het plaveisel gelanceerd toen Gooch op de rem trapte.

Het felle licht van de koplampen betrapte oranje bladeren die van de plek des onheils wegslopen terwijl de heftige wind aan plukjes haar rukte op de hijgende borst van het dier. Gooch had door de versplinterde voorruit naar de reusachtige bok getuurd die op de weg lag te schokken. Zonder een woord stapte hij uit, en hij liep naar het gevelde dier, dat duidelijk een gebroken poot had. Hij moest zijn vrouw wel hebben horen schreeuwen: 'Wat moeten we nu doen, Gooch?' Maar hij stond daar maar als een bijrolspeler die tussen de coulissen in de ban is van de sterfscène van de grote ster. Mary had zitten wachten tot haar man iets zou ondernemen. Een eeuwigheid verstreek. Huilende wind. Hoeven als gruwelijke tapdansschoenen. Naar adem snakkende wolkjes condens. Gooch? *Gooch*?

Mary schakelde, trapte met haar voet op de pedaal en reed op het schepsel af. Bonk. Stop. Achteruit. Er zat niets anders op. Schakelen. Nog eens. Bonk. Stop. Achteruit. Schakelen. Rijden. Nog eens. Flink slikken. Achteruit. Dood. Ontegenzeglijk. Stop. De wind blies kiezels versplinterd glas op Mary's schoot. Afwezig had ze de scherfjes weggeveegd, met bonkend hart had ze zitten kijken terwijl Gooch op de passagiersplaats ging zitten, zonder hem een blik te durven toewerpen. De wind had Mary verdoofd geblazen, als ze dat niet al was geweest.

Nadat ze zwijgend de schade aan de wagen hadden opgenomen, die afgezien van de vernielde voorruit een bluts in de grille en in de motorkap beliep, gingen ze naar binnen. Mary had zich in de badkamer opgesloten met een Sara Lee en likte de strepen mierzoet glazuur van de binnenkant van de kartonnen deksel nadat ze de sponzige gele cake naar binnen had gewerkt. Naderhand had ze haar tanden gepoetst, al wist ze zeker dat Gooch niet meer wilde vrijen. Ze hoorde dat de televisie in de woonkamer aanstond, waar hij naar het late nieuws zat te kijken.

De klok naast haar bed bonkte als een stem die een bevel gaf: nu doen, nu doen, en Mary Gooch legde haar hand op haar voortdravende hart. Het was zover. Ze kon net zo goed nu die bekentenis aan Gooch doen die ze al zo lang voor zich had gehouden, een bekentenis die ze zich al duizendmaal had voorgenomen om steeds weer de moed te verliezen voordat ze haar mond had opengedaan, of omdat ze eenvoudig niet de woorden tot haar beschikking had. Terwijl ze die avond had liggen wachten tot Gooch naar bed zou komen, had

Mary ingezien dat ze de volmaakte kans in de schoot geworpen had gekregen om opening van zaken te geven. Het hert op de weg. Hij zou het volkomen begrijpen. Nog zo'n situatie waaraan niemand schuld had.

Toen ze uiteindelijk de slaapkamerdeur hoorde openpiepen en haar man zijn enorme lichaam in het bed had voelen hijsen, had ze voorzichtig haar logge hand naar zijn lichaam uitgestoken en op zijn brede borstkas gelegd. 'We moeten praten, Gooch.'

'Nee,' had hij geantwoord, en daarna op tedere toon: 'Niet vanavond, Mare. Goed?'

'Ik moet je iets vertellen,' hield ze aan.

Hij had haar volkomen verrast door haar op de mond te kussen. 'Gooch,' had ze gefluisterd terwijl hij zijn gezicht tegen haar hals begroef.

'Niet praten,' had hij gezegd.

Ze had hem achter zijn onderbroek stijf voelen worden. 'Gooch?' Hij had tegen haar aan bewogen, eerst zacht, dan steeds sneller en sneller, wippend, grommend, steigerend terwijl het hoofdeinde de muur ranselde, totdat hij tot stilstand kwam en op het bed terugviel. Voordat hij in slaap viel, kneep hij in Mary's arm, maar ze kon niet uitmaken of het een gebaar van dankbaarheid of van verontschuldiging was.

Om zes uur schrokken ze beiden wakker van de wekker. Ze stonden op en zetten zich aan hun respectievelijke ochtendrituelen, Gooch die de krant ging halen, en Mary die eieren openbrak. Het echtpaar zou het nooit meer over het hert op de weg hebben, zozeer was de gewoonte al ingeslepen om geen woorden vuil te maken aan pijnlijke of voor de hand liggende dingen.

Het anker van Mary's geheim was weer omlaaggedreven naar de slibbige bodem tot een volgende storm hem weer omhoog zou woelen, maar net als bij de etenswaren die ze voor zichzelf verborg, wist Mary precies waar het zich bevond.

Haar elektrische lichaam

In de verte ratelde een trein voorbij. De regen tikte op de vensterbank. De wekker op het tafeltje naast Mary's bed liet zien dat het na drieën was. Vanuit de keuken zong de Kenmore een liefdesliedje. Met een voorgevoel als een geur die door de wind wordt aangedragen wierp Mary een blik op de telefoon. Ze wilde haar grijze nachtpon pakken tot het haar te binnen schoot dat ze die in de keuken had gelaten.

Naakt op weg door de gang voelde ze zich net een boot die naar een koel, verafgelegen land vaart. *Kom nou toch thuis, Gooch. De verwarmingsketel. Onze zilveren bruiloft. Ik maak me zorgen. En ik heb je nodig.* Ze keek naar de telefoon maar weerhield zich ervan haar hand ernaar uit te steken.

Met haar ogen toegeknepen vanwege het felle licht uit de koelkast vond ze een pot olijven. Had hij misschien een hert aangereden? Nee. Zelfs de plattelandswegen waren zo druk dat er geen uur voorbij zou gaan zonder dat iemand hem vond. Tegen het aanrecht geleund was ze zich er plotseling van bewust dat ze niet de enige was, maar een van de miljoenen die op de tegelvloer voor hun zoemende koelkast stonden, hunkerend naar eten, sigaretten, drank, seks. Liefde. Mary vroeg zich af of dit het koor was dat ze soms boven het bonzen van haar hart uit hoorde. Of was het het geluid van een wenkende god, zoals ze hoopte. En dan niet de wraakzuchtige blanke man uit de oude films, of de wijze zwarte man uit de nieuwere films, maar een forse, ronde vrouwelijke god die Mary in haar moederlijke armen kon nemen en haar de weg naar de genade zou tonen. *Ms Bolt?*

Lang geleden had Irma dat idee bij Mary doen postvatten, toen ze langs het rode opschrift op de zijmuur van de K-Mart reden. WAAR IS GOD ALS JE HAAR NODIG HEBT? 'God kan best een vrouw zijn,' had Irma gezegd. 'De God met wie ik ben opgegroeid was een gemene kerel. Het gezicht van de lachende Boeddha heb ik altijd prettig gevonden.'

'Dus je kunt je God voorstellen zoals je zelf wilt?' had Mary verbijsterd gevraagd.

'Natuurlijk, schat. Tenminste, als je geen geloof aanhangt.'

Mary stond door haar keukenraam naar de nacht te kijken toen de wind de riek uit zijn comfortabel geleunde houding wierp en de hond van mevrouw Merkel in het veld erachter aan het blaffen maakte. Plotseling schoot Mary iets te binnen, en ze verliet het uitzicht vanachter het keukenraam om door de vieze ruit van de achterdeur te kijken. 'Barst,' zuchtte ze. Aan de dubbele waslijn in de buurt van het overwoekerde groentetuintje hingen drie van Gooch' kostbare, op maat gemaakte werkhemden als drenkelingen in de branding van de wind te wapperen. Mary was minstens zo kwaad op zichzelf als op de storm, want ze had de hemden maar liefst drie dagen geleden aan de lijn gehangen. Ze kon tegenover Gooch alleen luiheid aanvoeren om het verlies te verklaren.

In de haast om de achterdeur open te duwen vergat Mary haar nachtpon, waarop haar minnaar, de wind, haar geplooide huid streelde en haar haren wild overeind joeg. Niet nu. Niet nu. Haar hart begon aan zijn ceremoniële gebonk. Ze duwde tegen de strakke wind terwijl het eerste hemd omhoog werd geschopt door een opwaartse luchtstroom en aan flarden gescheurd door de stijve esdoorn vlak bij het graf van meneer Barkley. Daarop greep de woedende wind het bruingrijze hemd, rukte het van de waslijn en zwiepte het richting Feragamo's. Net als meneer Barkley vlak voor haar ogen weggerukt.

Mary's koude blote voeten dwongen haar benen een stap te zetten, en nog een, en nog een, vastbesloten als ze waren om de afstand door het natte gras af te leggen om het overgebleven hemd te redden. De wind beukte op haar los terwijl zij haar hand uitstak om de mouw vast te pakken. Een knijper schoot van de lijn en sprong tegen haar voorhoofd, waarop ze geschrokken haar greep op het hemd verloor, een stap achteruitzette om de wapperende stof beter te kunnen zien, over de wasmand struikelde en hard op de grond viel.

De wind liet Mary achter als het slachtoffer van iemand die na een ongeluk is doorgereden, naakt uitgestrekt op de natte bladeren in de stormachtige oktobernacht. Zwoegend onder de druk van haar eigen gewicht vond Mary onder het neuriën van de toevallige mantra *Gooch*, *Gooch*, *Gooch*, een ritme in haar ademhaling en ze liet haar gedachten de vrije loop.

Misschien bezorgde haar naaktheid Mary nieuwe inzichten. Liggend onder de woeste storm, haar gewicht gedeeld met de zachte, vochtige aarde, ervoer ze tegelijkertijd een ongewoon gevoel van totale vrijheid en een grote verbondenheid. Al kon ze niet zeggen waar ze dan vrij van was. Of verbonden met wie. Maar eigenlijk deed het er ook niet toe. Met het vermoeden dat gebrek aan zuurstof weleens iets te maken kon hebben met dit ontwaken, zette Mary alles op alles om dieper adem te halen, wat eerder leidde tot toename dan vermindering van haar besef dat er een knop was omgezet. Er was een elektrische stroom, een gezoem in elke cel die in hogere zin verbonden was met de polsslag van alle dingen, waardoor ze de aarde werd die haar lichaam wiegde en de mier op de twijg naast haar oor. Ze was de wortels van de door de wind geteisterde wilg en de lucht die haar longen voedde. Ze was de pasgeborene die in een huis veel verderop lag te huilen, en meneer Feragamo in zijn bed. Ze was elke regendruppel die neerviel; de hond van mevrouw Merkel, de compost die haar kat had opgeleverd. Ze was haar hele wezen en niets anders dan de bries die haar omhoogdreef vanwaar ze haar enorme babylichaam kon zien liggen, vredig en mooi, ontkleed door de wind. Haar huidige positie was te verlicht om te betreuren, daarom bezag Mary het lichaam dat zij had georven, dat zij had bedorven, zonder zorgen of wensen, en zonder schaamte.

De wind was koud en de regen prikte in haar dijen. Bij een tak in de buurt van haar teen wreef een krekel zijn poten langs elkaar. Mary stelde zich voor dat ze achter de garage een oranje katje hoorde janken. Meneer Barkley? Ben jij dat? Haar hart stond stil toen tot haar doordrong dat Gooch elk moment kon thuiskomen, en zeker wetend dat ze nog liever dood bleef dan te worden gezien, stak ze haar hand uit om zich met behulp van de wasmand bij wijze van hefboom omhoog te hijsen. Haar lichaam golvend, verraden door de wind, de toornige natuur vervloekend, ging ze op weg naar de achterdeur. In antwoord op haar stilzwijgende haat, of misschien om haar een lesje over eerbied bij te brengen, joeg de wind via het open slaapkamerraam een windstoot door het huis waardoor de achterdeur dichtsloeg.

De achterdeur viel automatisch in het slot als hij werd dichtgetrokken, maar in de hoop op een wonder probeerde Mary toch nog de deurknop. Aangemoedigd door haar doodsangst om tijdens een storm naakt in haar achtertuin te worden aangetroffen, sleepte ze zich naar de garage en duwde de deuren open, waarbij haar varkensachtige naaktheid wreed overstroomd werd door het witte licht van de bewegingssensor. *Ha ha*, wilde ze schreeuwen tegen degene die achter dit alles zat. *Lach maar.*

Gooch' gereedschap lag keurig gerangschikt op zijn werkbank. Er stonden dozen en kratten met Joost mocht weten wat voor spullen, de buitenbezem, de grasmaaier, de grastrimmer, de fiets van Gooch. Een geluid dat iedere slapeloze vertrouwd is, van een auto in de nacht, zond sidderingen door Mary's vlees. Ze greep de schop, richtte haar blik op de weg, en hield de verre koplampen in de gaten. Met elke daverende stap die ze verzette als een bewijs van pure wilskracht, waadde ze door de bladeren naar de gesloten achterdeur, ze tilde de schop op en sloeg hem tegen het glas. Ze stak haar hand naar binnen om de sleutel om te draaien, en raakte in paniek toen de auto steeds dichterbij kwam.

Zodra ze de deur door stapte, maakte de glasscherf contact met Mary's blote hiel, een messteek van ijzige kou die gevolgd werd door een hete pijnscheut. Terwijl ze over de keukenvloer voorthobbelde om steun te zoeken bij het aanrecht vervloekte Mary het glas van hier tot in der eeuwigheid, en intussen passeerde de auto het huis.

Ze strekte haar hals uit. Ze tilde haar been op. Van welke kant Mary haar voet ook probeerde te onderzoeken, ze kon eenvoudig niet voorbij haar uitgestrekte lichaam kijken. Ze gooide een theedoek op de grond om het bloed op te vangen en zette haar voet neer, maar ze dacht er te laat aan dat de splinter nog in haar voet zat. Ze sleurde zich naar een van de rode kunstleren stoelen, zodat het bloed van de theedoek af in de poriën van het gore voegwit sijpelde.

Zwetend en kreunend probeerde Mary haar bloederige, geblesseerde voet op haar andere knie te leggen zodat ze de achtergebleven glassplinter zou kunnen verwijderen. Ze probeerde haar been op te tillen met haar handen, en het met haar armen op te hijsen, maar noch haar kniegewricht, noch haar heupgewricht, noch de opdringerige laag vet rond de knieschijf stond die transfer toe. Ze rekte zich uit, kon ternauwernood de ergerlijk glibberige splinter bereiken, sneed zich in de vingers. Er gulpte een zorgwekkende hoeveelheid bloed uit de wond. Mary zette haar gewonde hiel weer op de bloeddoordrenkte grond, waarbij het glas uit haar voet schoot.

Hijgend, maar kalmer dan ze eigenlijk had moeten zijn, vond Mary haar grijze nachtpon op de stoel terug en ze trok hem aan zonder het bloed aan haar vingers op te merken of zich er druk om te maken. Met een blik op haar spiegelbeeld in het raam en haar gedachten bij die andere Mary Gooch die ze heel even had ontmoet, zoals ze even in de storm had verwijld, niet bepaald door het een of het ander, maar door het een, het ander en nog veel meer, zocht ze de receptenkaart op waarop de telefoonnummers stonden voor noodgevallen, ze pakte de telefoon en toetste het nummer van Gooch' mobiele telefoon in. De onbekende stem op de band van Gooch' boodschappendienst zei verontschuldigend: 'Deze abonnee is op dit moment niet beschikbaar. Spreek alstublieft uw naam in, het tijdstip, en de reden waarom u belt.'

'Dit is een boodschap voor Jimmy Gooch,' zei ze. 'Wilt u hem alstublieft vragen zijn vrouw te bellen?'

Mary voelde de wind door het kapotte raam van de deur blazen, en moest denken aan Gooch die, als zij de deur openliet, altijd zei: 'Je laat de warmte ontsnappen,' en: 'Je laat de kou ontsnappen,' als ze met haar neus in de Kenmore stond. Het schoot haar te binnen dat ze blijkbaar een andere deur had laten openstaan waardoor ze Gooch had laten ontsnappen.

Een ver familielid

De groene gordijnen dansten terwijl de kou het wijd openstaande raam bestormde. Mary werd net als elke morgen met een schok wakker, verbijsterd dat ze blijkbaar toch in slaap was gevallen. De donkerbruine bloedvlek op haar lakens waar haar gewonde vingers hadden gebloed en het poeltje op de beddensprei onder haar voet bezorgden haar een extra schok.

Vanaf de velden achter het huis drongen de kraaien er met spottende kreten op aan dat ze zich moest omdraaien om te kijken, maar Mary wist al dat ze alleen was. Ze stak haar hand uit naar de telefoon naast haar bed en zocht de kaart op met de telefoonnummers voor noodgevallen. Ze draaide het nummer van Gooch' mobiel. Toen de bandopname antwoordde, stamelde ze: 'Het spijt me. U spreekt alweer met Mary Gooch, de vrouw van Jimmy Gooch. Wilt u alstublieft vragen of hij me belt? Het is zeven uur. 's Morgens.'

Toesluipende ontzetting. Spiralende angst. Gooch was niet thuis. Hij nam zijn telefoon niet op. Maar haar telefoon zweeg ook. Geen politie die belde om haar te informeren dat hij in de gevangenis zat. Niemand die op de deur bonsde om te zeggen dat er een ongeluk was gebeurd. Ze besloot dat ze eenvoudig een dramatische avond achter de rug had, zoals dat vaker gebeurde als mensen zich in het donker buiten waagden. Zoals zij had gedaan. Zoals Gooch soms deed. Er zou gauw genoeg een verklaring komen voor zijn afwezigheid, een geloofwaardige verklaring vol oprechte spijt vanwege haar bezorgdheid die vervolgens door hen beiden zou worden vergeten of in elk geval nooit meer ter sprake zou komen. Er zou geen sprake zijn van een werkelijke ommekeer, hoe overtuigd ze daarvan ook was geraakt tijdens haar korte rendez-vous met de nachtelijke aarde.

Mary zette de wekker uit voordat hij afging. Ze schrok van de stank van verrotting van haar adem, waarbij ze moest denken aan Gooch' geliefde uitspraak dat mensen hun kop in hun kont hadden zitten. Natuurlijk was zij er daar een van, al had hij dat nooit zo rechtstreeks tegen haar gezegd. Behalve misschien vorig jaar, toen ze in een loterij die cruise door de Caribische Zee had gewonnen die ze op het laatste moment had afgezegd, ook al hadden ze de moeite genomen paspoorten aan te vragen. Ze had volgehouden dat ze met haar zeeziekte (en die had ze echt) geen zeereis kon maken. Maar wat ze eigenlijk niet had kunnen verduren, waren de eetfestijnen aan boord waar ze twee vrouwen over had horen praten bij de kapsalon waar ze haar halfjaarlijkse knipbeurt onderging. Het andere probleem, en dat speelde altijd, was dat ze niets had om aan te trekken.

Gooch was kwaad geweest en had tirades afgestoken over dat er nog een hele wereld buiten Leaford was, en dat zij het zelf moest weten als ze haar kop in haar kont wilde laten zitten maar dat hij in elk geval die cruise ging maken. Ze hadden de kaartjes aan Pete en Wendy gegeven. Ze had nooit begrepen waarom Gooch niet alleen was gegaan. Waar bleef dat koor? Dat hoopvolle vibrato? Waar zat Gooch toch in vredesnaam?

Door het raam turend zocht ze de oprit af naar de vrachtwagen van Leaford Meubels en Apparatuur, die Gooch altijd naast hun wagen met het vastzittende schuifdak parkeerde. Net als haar voorgevoelens voor het aanschouwen van haar spiegelbeeld, wist ze van tevoren dat het haar niet zou aanstaan wat ze te zien kreeg. Haar wereld was zo ernstig verschoven dat ze haar zwaartepunt niet kon vinden en zich aan de vensterbank moest vastgrijpen. De gedachte kwam in haar op dat ze zich nog nooit zo zwaar had gevoeld, een gedachte die onmiddellijk werd verjaagd door het besef dat ze ook nog nooit zo zwaar was geweest. Eindelijk was ze zo enorm geworden dat ze haar echtgenoot had verdrongen. Zoals water dat over de rand van het bad golft.

In de verte klonk een mechanisch geluid, en toen Mary haar ogen opsloeg zag ze meneer Merkel ineengedoken achter het stuur van zijn tractor zitten, met een grote bruine hond die naast hem voortstapte en af en toe wegstormde achter roofzuchtige kraaien aan. Andermans wanhopige leven. 'Als je om je heen kijkt,' was een geliefde uitspraak van Irma, 'vind je altijd wel iemand die veel slechter af is.' Dat was waar, en Mary ontleende ook troost aan de ellende van de Merkels, een bejaard echtpaar dat hun enige kind, een jongetje van vier, was verloren tijdens een tornado begin jaren zeventig. De woedende wind had de kleine Larry van hun eigen oprit weggesleurd en hem naar een geheime plek meegenomen, waarna hij nooit meer was gezien. Mary kon meneer of mevrouw Merkel nooit zien zonder aan Larry te denken, maar ze had hen de laatste tijd nauwelijks gezien. Niemand zag hen vaak.

Het droevige verhaal van Larry Merkel was net zo'n plaatselijke legende als het verhaal van de Siamese tweeling Rose en Ruby Darlen, die met hun hoofden aan elkaar vast ter wereld waren gekomen. Mary had nauwelijks ooit een woord gewisseld met de ongewone meisjes, maar ze had vanuit haar verre slaapkamer in de boerderij naar hen gekeken nadat Gooch en zij waren getrouwd. Ze had zich afgevraagd waar ze het over hadden als ze bijeengekropen zaten op het gammele voetgangersbruggetje over de beek tussen de velden. Net als de kleine schim van Larry Merkel, waarvan Mary zich voorstelde dat ze hem door de hoge maïs zag schieten, waarden de zusjes Darlen in het landschap rond. Mary's eigen baby's waren ook schimmen, maar dan net zulke stille, behoedzame types als meneer Barkley, die nooit het huis verlieten.

De zielige Christopher Klik, die Mary's eerste graadmeter voor zelfmedelijden vormde, maakte na de geboorte van de tweeling Darlen plaats voor Rose en Ruby. 'Ze zitten met hun hoofd aan elkaar vast. Stel je dat eens voor,' zei Irma vaak als ze het stel toevallig zagen. Maar Mary had niet echt medelijden met hen. Voorzover ze kon zien, maakten de meisjes ondanks hun merkwaardige vorm een tevreden indruk. Ze zou het idioot hebben gevonden om het toe te geven, en ze had trouwens toch niemand om het aan te bekennen, maar ze had de meisjes benijd om hun onlosmakelijke verbondenheid.

De meisjes hadden in de maanden voor hun dood hun autobiografie geschreven, die heel Baldoon County had gelezen, en waarin iedereen wel iets had aangetroffen om aanstoot aan te nemen. Je had degenen die protest aantekenden tegen sommige aspecten van de geografie; anderen hadden er bezwaar tegen dat de echte namen werden gebruikt; sommigen waren het niet eens met de typeringen; en een enkeling bestreed de gebeurtenissen, die voor een deel fictief moesten zijn, want wat Rose Darlen schreef over de glimp die ze zou hebben opgevangen van een seksuele handeling tussen haar oom Stash en Catherine Merkel kon eenvoudig niet waar zijn.

Mary had het boek in één ruk uitgelezen, voortdurend bezorgd dat ze zichzelf op de bladzijde erna zou aantreffen, door een van beide meisjes in meelijwekkende termen beschreven als de forse, kinderloze vrouw in het huis achter het hunne, die het leven bezag vanachter een raam. Toen ze door geen van beide meisjes zelfs maar vermeld bleek te zijn, vroeg ze zich af hoe zo'n forse vrouw als zij zo'n bijkomstigheid kon zijn.

De herinneringen aan Rose en Ruby vormden een uitstekende afleiding, totdat ze moesten plaatsmaken voor een andere willekeurige grootheid. De verwarmingsketel begon te loeien om vervolgens, na een reeks korte woedeaanvallen compleet over zijn toeren het leven te laten. Mary had het gevoel dat ze was gewroken en hoopte van harte dat hij had geleden. Aangemoedigd door de symboliek van het gebeuren deed ze het slaapkamerraam dicht en liep naar de gang, terwijl ze haar best deed haar gewonde hiel te ontzien.

De dageraad bescheen de gang als een plek waar de avond tevoren een moord was gepleegd, met muren besmeurd door het bloed uit de snijwonden in haar hand en vlekken als uitroeptekens op het nieuwe zilverkleurige kamerbrede tapijt. Het was een schokkend maar tegelijkertijd nauwkeurig beeld. Er was daar immers die nacht iets gestorven.

Toen ze, opgelucht dat de wond aan haar voet blijkbaar niet meer bloedde, of in elk geval niet heel erg, uiteindelijk de keuken had bereikt, deed ze de vrieskist open en graaide er een pak maïs uit, waarna ze een handvol korrels in haar mond propte om ze al zuigend te laten ontdooien, overgeleverd aan haar honger en de duistere weerzin omdat ze op een moment als dit zelfs maar aan eten kon denken. Ze vroeg zich af of ze Gooch zou verraden of juist redden door de Griek te bellen.

Gooch reed en bezorgde al bijna net zo lang voor Theo Fotopolis, die door iedereen 'de Griek' werd genoemd zoals iedereen Jimmy Gooch kortweg 'Gooch' noemde, als Mary bij Raymond Russell werkte. De Griek had Gooch aangenomen om na de middelbare school bij de afdeling Verkoop te komen werken, en had daarna zijn autorijlessen voor zijn vrachtwagenrijbewijs betaald toen zijn been eenmaal was genezen.

De klok aan de muur gaf aan dat het zeven uur 's ochtends was. De vraag of ze al of niet de Griek moest bellen hing af van de waarheid die Mary bereid was onder ogen te zien, namelijk of Gooch' afwezigheid geen toeval was, of juist wel. Verder was er nog de dringende kwestie van de zending Laura Secord-chocolade die elk moment bij de drugstore kon worden bezorgd. Mary had een doos van haar lievelingsbonbons besteld, notenrotsjes en melkchocolade-met-amandelboomschors, minireepjes met zachte vulling assorti, en met harde vulling assorti, die ze met een enorme korting van de leverancier kreeg. Als zij er niet was om de bestelling aan te nemen, zou Ray haar overtreding ontdekken. Op zijn best zou hij geïrriteerd zijn. Op zijn slechtst zou hij het zo lachwekkend vinden dat hij het hele personeel op de hoogte wilde stellen. Bovendien waren er altijd wel een, twee tijdens het vervoer of opzettelijk beschadigd geraakte dozen die konden worden opengemaakt en onder het personeel uitgedeeld. Mary ontleende een soort erotisch genoegen aan het extatische gekauw van haar collega's, al liet ze de beschadigde dozen zelf aan zich voorbijgaan.

Gooch had zelf ook zo zijn betrekkingen met beschadigde goederen. Hun huisje buiten Leaford was gemeubileerd met meubels uit de winkel die tijdens het vervoer beschadigd waren geraakt. Een koffietafel met een haardunne barst. De donkerbruine Kenmore-koelkast die qua kleur niet helemaal had gepast bij het bijbehorende fornuis. Het mechanisme van de slaapbank was kapot. De eerste beschadigde meubelstukken in hun eerste moeilijke huwelijksjaar, waren de rode kunstleren stoelen geweest met hun dikke aluminium poten.

Mary was op een ochtend in een van hun tweedehands houten stoelen gaan zitten, waarop een fragiele dwarslat het had begeven. Gooch gaf niet hardop lucht aan zijn vrees dat zijn jonge echtgenote, die in de eerste drie maanden van haar tweede zwangerschap razendsnel uitdijde, nog eens een complete stoel zou vernielen en met alle tragische gevolgen van dien op de grond zou belanden. Maar hij dacht het wel. Die avond verschenen de vier rode stoelen, waarvan een met een duidelijke scheur aan de rand, waarop de oude stoelen naar de garage werden verwezen. Mary vroeg haar jonge echtgenoot niet of hij met opzet een scheur aan de rand had gemaakt.

Gooch ging in een van de stijve rode stoelen zitten en tilde Mary's jurk op zodat ze schrijlings op zijn schoot kon gaan zitten. 'Heb je het de dokter gevraagd?' fluisterde hij in haar weelderige decolleté.

'Volgens hem zouden we het niet moeten doen,' loog Mary. Aarzelend en beschaamd had ze dokter Ruttle gevraagd of haar man en zij de laatste zes maanden van haar zwangerschap wel konden blijven vrijen, en ze was stiekem behoorlijk geschokt geweest door zijn onomwonden antwoord. 'Natuurlijk kan dat. Zolang het voor jullie allebei comfortabel blijft, kun je daar rustig tot de bevalling mee doorgaan.'

Dat kon gewoon niet goed zijn. Of in elk geval niet in haar situatie, omdat ze haar eerste kind was kwijtgeraakt (James of Liza) en Gooch nu eenmaal Gooch was. Bij het verlaten van Ruttles spreekkamer besloot ze dat de brave dokter eenvoudig haar eerste miskraam en Gooch' ongewone afmeting was vergeten. Mary wilde dat ze Wendy of Patti kon bellen om hun mening te horen, maar ze besprak de intimiteiten van haar huwelijk nu eenmaal met niemand.

Net als eten was het nadrukkelijk een privéaangelegenheid.

Op een koele oktoberavond vlak voor haar bruiloft hadden de net aan het Leaford Collegiate afgestudeerde vriendinnen – Wendy die zich had ingeschreven voor een verpleegopleiding, Kim die naar de pedagogische academie in London ging, Patti die receptioniste werd op het makelaarskantoor van haar moeder, en dan Mary – bij het Satellite Restaurant in Chatham afgesproken voor een dinertje met salades en prikwijn. Mary was nog maar net in hun zusterschap opgenomen; als een buitenlandse student in een uitwisselingsprogramma merkte ze dat ze weliswaar hun gebruiken kon bestuderen maar bij ontstentenis van het vermogen alle nuances van hun taal te bevatten niet werkelijk kon deelnemen.

Zwetend onder haar jurk had ze hun huwelijkscadeautjes onder tafel opengemaakt, en telkens als een van de meisjes riep dat ze het cadeau omhoog moest houden, was ze ineengekrompen. Een rode teddy met bijpassend ondergoed. Een doorzichtig zwart nachthemd met ruches langs de hals. 'Dat draag je met niets eronder,' had Kim laten weten. 'Heel sexy.' Een blauw korset met drukknopen aan de achterkant en kegelvormige cups. Elk setje in de maat die Mary ooit korte tijd had gehad en nooit meer zou krijgen.

Alle meisjes behalve Mary, die slecht tegen alcohol kon, dronken te veel wijn en hadden het over seks. Patti zette de toppen van haar duim en wijsvinger tegen elkaar, keek door de kleine ruimte die daardoor ontstond en lispelde: 'Dave is een groeier en geen bloeier.' Kim deed een duit in het zakje over haar oudere zus die in het derde trimester van haar eerste zwangerschap vreselijk geil was geweest en na de geboorte van haar kind haar man aan haar tepels had laten sabbelen. Mary vond het een nogal verontrustend beeld en verafschuwde het woord 'geil', omdat het zo dierlijk klonk. Wendy biechtte op dat ze eigenlijk niet zo van *neuken* hield maar dat ze vrijwel alles van Pete gedaan kreeg (dat concert van Supertramp?) als ze hem even vlug 'je weet wel'-de. Toen Kim 'Getver' gilde, had zij 'Je moet hem een papieren zakdoekje geven' gesuggereerd. 'Of doorslikken,' had Wendy gegild.

Ze schakelden over op Mary's zwangerschap. 'Ben je niet bang dat je weer dik wordt?' had Wendy bot gevraagd. 'Daar ben ik nou doodsbang voor, en ik ben nooit dik geweest.'

'Je wordt geacht dik te worden als je in verwachting bent. Luister maar niet naar haar, Mary. Mijn zus was al die kilo's na de bevalling zo weer kwijt,' zei Kim geruststellend. 'Helemaal als je borstvoeding geeft.'

'Ik wil alleen maar zeggen,' lispelde Wendy, 'dat ik nog liever doodga dan dat ik dik word.'

Kim gaf het menu door. 'Zullen we één grote portie patat met jus bestellen voor zijn allen?'

Na een slok wijn ging Wendy verder: 'Toe nou, jongens. Mary wist toch zeker wel dat ze dik was? Waar of niet?'

Mary voelde Wendy's blik branden. 'Ja.'

'Voordat Mary al die kilo's was kwijtgeraakt, had Jimmy Gooch haar toch zeker geen blik waardig gekeurd, dat wil ik alleen maar zeggen.' Wendy haperde even. 'Ik zou het alleen maar heel naar vinden als je jukbeenderen zouden verdwijnen en die mooie schoenen van je niet meer zouden passen.'

Die bloedmooie, dronken Wendy van het cheerleaderteam, die zelf verliefd was op Jimmy Gooch, zei alleen maar wat iedereen dacht, en Mary nog het obsessiefst, namelijk dat ze dik zou worden van de zwangerschap en het gewicht eenvoudig niet meer zou kwijtraken (zoals iedereen dat talloze keren in haar omgeving had zien gebeuren), en dat Gooch haar in de steek zou laten zodat ze dat stinkende mormeltje van ze in haar eentje zou moeten opvoeden.

Enige tijd nadat Mary en Gooch officieel een stel waren geworden, was Mary opgehouden met het eten van aarde. Gooch volstond om haar op de been te houden. Maar toen de eerste baby nog maar nauwelijks de omvang van een duimnagel had bereikt, was die knagende reuzenhonger van haar teruggekeerd, en net als elke onbeheersbare drang pakte de honger de draad op waar hij was afgehaakt en niet bij het begin. Ze sloop haar bed uit zodra ze wist dat de gemelijke Irma en de berustende Orin lagen te slapen, om in de keuken uit foliezakken te knabbelen, koude pasta uit de bak met kliekjes te slurpen en hele stapels chocoladekoekjes met haar grote kiezen te vermalen.

'Krijgen jullie een wieg van de Griek?' vroeg Kim om de stilte te vullen.

Als ze niet was geweven uit meters teleurstelling en heimelijkheid, was Mary misschien in staat geweest om de andere meisjes de vele vragen te stellen die ze had over haar lichaam, de geslachtsdaad en het libido van haar man. Voordat ze iets met Gooch kreeg had ze zich nooit veel afgevraagd over mannenlichamen, omdat ze haar handen vol had aan het verzorgen en voeden van haar eigen lichaam. De enige ervaringen die ze voor Gooch had gehad waren het onthullen van haar tepel aan Christopher Klik bij het fietsenrek en die keer dat de rimpelige chauffeur van de drugstore in de verlaten personeelsruimte had aangeboden haar schouders te masseren. Uit angst ondankbaar te lijken had ze hem tien minuten lang toegestaan haar te kneden terwijl hij met zijn stiekeme oude-mannenerectie tegen haar stevige tienerrug aan reed. Ze had niemand verteld wat voor onsmakelijks de chauffeur met haar had uitgehaald. Ze was naïef genoeg om voor mogelijk te houden dat ze hem alleen maar bepaalde bedoelingen toedichtte. Bovendien had ze voor Gooch de gewoonte om zichzelf als te weerzinwekkend te beschouwen om zelfs maar het voorwerp te zijn van de meest verknipte begeerte.

Gooch en Mary hadden over een forse seksuele energie beschikt, en Gooch' begeerte voor haar was er na hun trouwen niet minder op geworden. Net vier maanden nadat haar eerste zwangerschap was scheef gegaan, ontdekten ze dat ze alweer in verwachting was, en Mary's zelfvertrouwen werd danig ondermijnd doordat ze razendsnel aankwam.

Schrijlings op de schoot van haar man gezeten op de nieuwe kunstleren stoel was ze tot de conclusie gekomen dat de raad van dokter Ruttle genegeerd diende te worden. Ze was veel te bang om de tweede baby (Thomas of Rachel) te verliezen om Gooch op de gebruikelijke manier te bevredigen, en toen ze bedacht wat Wendy aan de vooravond van haar bruiloft had gezegd over de manier waarop ze Pete in haar ban kon krijgen, duwde Mary de brede schouders van haar man achteruit tegen de kunstleren stoel die hij die dag mee naar huis had genomen, en fluisterde hem in het oor: 'Dokter Ruttle zegt dat we dát niet kunnen doen, maar we kunnen wel iets ánders doen.'

Achteraf, toen Gooch zijn gulp dichtritste en van de rode stoel overeind kwam, had ze naast een grote tevredenheid over wat ze zo-even had gedaan, en vooral omdat ze hem géén papieren zakdoekje had aangegeven, een soort onderstroom van achterdocht gevoeld. Terwijl ze zijn enorme hand vastgreep zodat hij haar van haar geknielde houding overeind kon helpen, had ze zich genoopt gevoeld te fluisteren: 'Ik heb dit nog nooit gedaan.' Hij had een wenkbrauw opgetrokken maar verder niets gevraagd, en Mary was die nacht met haar hand op haar uitdijende baarmoeder in slaap gevallen met het idee dat ze het blijkbaar goed had gedaan. Ze was tevreden dat ze zich door haar instinct had laten leiden, dat haar had ingegeven zich voor te stellen dat zijn zwelling iets eetbaars was.

Blijken van oprechte bezorgdheid

Een zachte ochtendregen daalde op het landschap neer. Een koude bries kwam door het kapotte raam achter blazen toen Mary naar de telefoon liep en het nummer van haar man draaide. Het was opnieuw de automatische telefoonbeantwoorder met de onbekende stem, die naar Mary's idee bij een menselijke receptioniste moest horen die de boodschap zou doorgeven. 'Mary Gooch nog een keer. Kwart voor negen. Of Jimmy Gooch alsjeblieft zijn vrouw op haar werk wil bellen. Bedankt.'

Terwijl ze met haar vinger pindakaas oplepelde waarna die lange, dikke vinger haar een prettig gevoel in haar mond bezorgde, probeerde Mary zich voor de geest te halen wanneer ze voor het laatst liefdevol was aangeraakt door andere handen dan de hare.

Buiten trok de regen een treurig patroon op de ruit boven de gootsteen. Het schuifdak! De binnenkant van de bestelwagen was natuurlijk doorweekt. Ze moest eraan denken handdoeken mee te nemen om op weg naar haar werk op te zitten. Ze vroeg zich af of ze zich ziek moest melden, net moest doen of ze nog sliep wanneer Gooch thuiskwam en dan bij het wakker worden koortsig en verward moest doen, alsof ze aannam dat hij er de hele nacht was geweest.

Ze concentreerde zich op haar lijst. Reparatie schuifdak. De man van de verwarmingsketel. Iets om aan te trekken naar het diner. Het diner. Moest ze dat afzeggen? De bestelling Laura Secord.

Het verlangen greep haar bij de strot. Chocolade. Onmisbaar. Iets wat niet kon wachten. Heel even voelde ze zich verwant met Gooch' zus Heather, die het grootste deel van hun laatste bezoek samen haar lege jaszakken aan het doorzoeken was geweest. 'Ik snak naar een sigaret. Ik moet naar de nachtwinkel,' had ze gezegd.

Voordat ze vertrok had Heather met haar lange, benige ledematen en diepliggende blauwe ogen Mary's overdadige bovenarmen vastgepakt en onbedoeld haar nagels erin begraven. 'Je boft toch wel zo erg met mijn broer,' had ze gezegd.

Ze had het gezegd op de toon van een ex-vriendinnetje, of een eerste echtgenote met spijt, wat Mary nogal te denken had gegeven. Heather was verslaafd, en mooi, en Mary was van nature geneigd haar motieven te wantrouwen. Ze hadden aangenomen dat Heather aan haar sigaretten was gekomen. Ze kwam in elk geval niet terug voor het diner met rosbief.

Mary doorzocht het kastje onder de magnetron alsof ze niet allang wist dat er geen chocolade tussen de kookboeken lag verstopt. Snakken naar chocola. Niets. Nog geen kruimel. Geen blokje. Geen rode M&M. Alleen de map van de bruiloft, niet met de foto's maar met de bonnen van elke cent die Orin en Irma hadden uitgegeven voor het huwelijk van Mary Elizabeth Brody met James Michael Gooch vijfentwintig jaar geleden. Ze hadden de map een week voor de bruiloft aan haar overhandigd, met uitleg bij elke kwitantie en elke factuur tot ze het laatste bedrag hadden bereikt, dat Irma in dikke zwarte inkt had opgeschreven. 'We vragen je niet om het terug te betalen, schat,' had Irma ernstig gezegd. 'Je moet alleen weten dat alles zijn prijs heeft.'

De nacht voor de bruiloft was Irma naar Mary's kamer gekomen, op weifelende sloffen die naar het bed kwamen schuifelen. Ze had de bult van haar dochter onder het dikke chenille dekbed in ogenschouw genomen en was tot de conclusie gekomen dat haar dochter veel te veel was aangekomen voor haar kersverse zwangerschap. Ze had een blik geworpen op de crèmekleurige jurk die aan de achterkant van de kastdeur hing en had gevraagd: 'Heb je hem sinds vorige week nog gepast?'

'Vandaag,' zei Mary, maar ze zei er niet bij dat de jurk gevaarlijk krap zat en dat ze zich zorgen maakte over de knoopjes bij haar middel.

Irma fronste haar voorhoofd en zei zacht: 'Nou ja, schat, het is nu te laat om het nog over relaties te hebben, waarover je de avond voor het huwelijk van je dochter geacht wordt met haar te praten.'

Er kroop een blos over Mary's wangen. Ze kromp ineen, maar niet om wat haar moeder zei. Te veel brood gegeten met de meisjes in het Satellite Restaurant. Ze had het warm en voelde zich op een vreemde manier ziek.

'Je bent veel te jong om te trouwen.'

'Dat weet ik.'

'Maar er zit gewoon niets anders op.'

'Ja.'

Irma schraapte haar keel. 'Je vader en ik…'

'Ik ook,' fluisterde Mary, toen duidelijk was dat haar moeder haar zin niet kon of wilde afmaken.

'Maar je hebt het je nu eenmaal zelf op de hals gehaald.'

'Dat weet ik.'

'En je zult ermee moeten leren leven.'

Zoals ze dat zei. 'Dat zal ik doen.'

'En de hele verantwoordelijkheid ligt bij jou, schat. De man is niet degene die zijn best doet voor het huwelijk. Neem dat van mij aan.'

'Oké.'

'Dus laat jezelf niet gaan.'

'Waarheen?' vroeg Mary wezenloos, en daarna: 'O.'

'Zorg dat je elke avond voor hij thuiskomt schone kleren aantrekt, en dat je hem 's ochtends een stevig ontbijt voorzet en geen bakje ontbijtgranen, hoe laat je ook 's nachts nog met de baby bent op geweest.'

'Oké.'

'En een beetje lippenstift kan geen kwaad.'

'Ik voel me niet lekker,' mompelde Mary.

'En ze hebben allemaal een bepaalde gewoonte. Een akelige gewoonte.'

'Een akelige gewoonte?'

'Ze doen het allemaal. Stuk voor stuk. Daar kun je niets aan veranderen. En als je hem erop betrapt kun je maar beter doen alsof je niets hebt gemerkt. En je moet het zeker niet persoonlijk opvatten.

Dat is het beste advies dat mijn moeder me ooit heeft gegeven.'

'Ik voel me echt niet lekker.'

Irma installeerde zich op het bed. 'Dat is een goed teken. Bij jou was ik de hele tijd misselijk. En de andere keren dat ik in verwachting was, ben ik geen seconde misselijk geweest. Daarom wist ik dat ik jou niet zou kwijtraken.'

Mary streelde over haar buik terwijl ze de gal omhoog voelde komen. 'Maar het is geen prettig gevoel.'

'Er zijn een heleboel dingen die niet prettig voelen, schat.'

Ze trok haar knieën naar haar maag op, wat een beetje verlichting gaf, en hoopte dat Irma de rest van de nacht zo op haar bed zou blijven zitten praten. Maar net toen ze dat wenste, kwam haar moeder overeind alsof er een kaars werd uitgeblazen, en zonder bars te willen klinken zei ze: 'Ga nou maar slapen.'

In het bed waarin ze sinds haar jeugd had gelegen in de kleine blauwe bungalow waar ze was opgegroeid, keek Mary toe hoe het maanlicht op de trouwjurk viel die aan de achterkant van de kastdeur hing. De jurk had driehonderdvierenzeventig dollar gekost. En de drie keer dat hij moest worden uitgelegd nog eens tweeënnegentig dollar. Een paar schoenen honderdnegenenvijftig. Vreselijk veel brood. En bijna alle patat met jus die Kim voor de hele tafel had besteld. En twee taartpunten. Mary zou haar hele trouwdag haar adem en haar zwangere buik moeten inhouden, wat ze trouwens toch al van plan was, al wist ze ook wel dat er geen gast was die niet op de hoogte was of op zijn minst geen vermoedens had over haar toestand.

Patti, Kim en Wendy zwommen om haar heen in een duizeligmakend waterballet. Ze gaven blijk van oprechte bezorgdheid. Zusterlijke adviezen. Seksuele openhartigheid. Het soort vriendschap waar Mary altijd naar had verlangd maar waarvan ze de oprechtheid niet geheel vertrouwde. Angstaanjagende flarden conversatie, pijnlijk als kogels: *ik ga nog liever dood dan dat ik dik word.*

Een paar uur nadat ze had gehoord dat de keukenstoelen over de grond schraapten en de theekopjes van Irma en Orin in de gootsteen werden gezet, was Mary nog steeds klaarwakker. Ze lag onder haar deken tegelijkertijd te zweten en te rillen. Ze had trek. Honger. Ze sloop door de gang naar de keuken. Maar ze werd aangetrokken door het nachtlampje in de badkamer en bleef even staan om haar bleke, knappe gezicht te bestuderen.

De pijn sloeg plotseling toe en scheurde door haar ingewanden. Gas. Ze liet een boer. Ze probeerde zich in te houden maar kon haar spiegelbeeld niet loslaten. Mary Gooch. Mevrouw James Gooch. Ze had niet van naam willen veranderen, maar dat had ze niemand verteld. Irma zou haar ogen ten hemel hebben geslagen. De moeder van Gooch had geprotesteerd. En Gooch? Ze was bang geweest hem te kwetsen. Hoe kon ze nu Mary Gooch worden als ze Mary Brody al nauwelijks kende?

Mary had zich aan de tafel achter in de openbare bibliotheek van Leaford op eigen gelegenheid ingelezen in allerhande boeken over in verwachting zijn, en in een daarvan had ze een tabel aangetroffen over gewichtstoename. Ze viel nu al buiten de grafiek. In datzelfde boek stond ook een uitleg over incontinentie, iets wat soms voorkomt tijdens het derde trimester of na de bevalling, vanwege het uitrekken en slap worden van de bekkenbodemspieren. Zodra ze het warme stroompje tussen haar benen voelde lopen wist ze echter dat ze niet aan het plassen was. Ze liet zich op de wc zakken.

Ze vond het weliswaar zeer oneerbiedig jegens de nagedachtenis van James of Liza om zich het sterven en verdwijnen van die onschuldige ziel zo tot in de details te herinneren, maar de beelden schoten haar vaak geheel ongevraagd te binnen. Toen ze overeind kwam om het geheel in ogenschouw te nemen, kon ze geen verband leggen tussen de wrakstukken die in het water dreven en de stevige, donkerharige baby die ze zich aan haar borst had voorgesteld. De baby die ze een naam had gegeven, aan wie ze al verslingerd was, en met wie ze nu al een heel leven vol wijsheden had gedeeld. De kleine jongen die ze bij wijze van grapje 'het nachtkastje' hadden genoemd bij Gooch als kleerkast. Of het meisje met het zachte haar dat zij zou borstelen zoals Irma dat van haar had geborsteld. Pas in de dagen en weken daarna zou het verdriet haar opzoeken, maar op dat gruwelijke moment wilde Mary alleen maar het ongedaan gemaakte ongedaan maken.

Ze volgde de roodgekleurde draaikolk, ontsteld door de snelheid waarmee ze had gehandeld, en zich te laat realiserend dat ze zelfs geen afscheid had genomen. Het spijt me, o god, het spijt me vreselijk. De buizen maakten gorgelende geluiden, en om haar afgrijzen compleet te maken kwam het water vervolgens langzaam weer omhoog en lekte rood zuur op de vloer eronder. Ze stak haar hand uit naar de handdoeken en zakte op haar knieën om te voorkomen dat de vloedgolf onder de deur door zou wegstromen. Nog een geluk dat de ontstopper onder handbereik was.

Terwijl ze aan de vooravond van haar bruiloft het bloed uit de voegen aan het schrobben was, drong tot haar door dat ze niemand kon vertellen wat er was gebeurd zonder uit te leggen wat ze had gedaan. Ze zou zichzelf ervan overtuigen dat ze diep geschokt was, en dat je geen beoordelingsvermogen mocht verwachten van iemand die diep geschokt was. Maar het feit lag er, zoals ze zich voorstelde dat het zou worden gepresenteerd, dat zij onopzettelijk haar baby had gesmoord met het gewicht van haar ingewanden, een moord had gepleegd dus, en vervolgens het lichaam, want dat moest het wel geweest zijn, op de gruwelijkst denkbare wijze had weggewerkt, wat neerkwam op grove krenking jegens een lijk.

De trouwjurk aan de kastdeur, de map met rekeningen onder de lingerie naast haar bagage voor de huwelijksreis naar Niagara Falls. Handdoeken vol bloedvlekken weggestopt in de vuilnisbak. Alles heeft zijn prijs. In de eerste compleet doorwaakte nacht die ze ooit had doorgemaakt, lag Mary te woelen onder haar dekens. Ze had geen koorts en het bloeden tussen haar benen was afgenomen tot een hanteerbaar gedruppel, maar ze kon niet ophouden met beven.

Op de ochtend van haar bruiloft ontwaakte ze net als die ochtend vijfentwintig jaar later in een wereld waarvan de omwenteling in essentie was verschoven. Ze stortte zich op de wafels met bosbessenjam die Irma haar voorzette en was het met Orin eens dat de bijen weleens een probleem zouden kunnen opleveren, ook al was het warm genoeg om buiten te eten. Hoe graag ze ook wilde bekennen wat er was gebeurd, en al besefte ze dat haar verlies niet tot in het oneindige verborgen kon blijven, ze kon er de woorden niet voor vinden.

Rillend trok ze haar trouwjurk aan. In de donkere nachtelijke uren was ze heel veel vocht kwijtgeraakt en dus gingen de knopen bij haar middel makkelijk dicht. Irma streek de rok glad en zei: 'Je laat toch nog weleens je neus zien, hè?'

'Papa en jij moeten ook af en toe eens bij ons aankomen,' reageerde zij.

Aangekleed en opgemaakt, met haar donkere haar elegant opgestoken, vermeed Mary bij het haastig verlaten van de kamer naar haar spiegelbeeld te kijken. Ze had te veel gegeten. Daarom was ze de baby kwijtgeraakt. Maar hoe moest ze het Gooch vertellen? Alles heeft zijn prijs.

Toen hij haar door de korte gang zag schrijden, gaf Orin een langgerekt gefluit ten beste, maar ze zag dat hij tranen wegknipperde. Hij raakte zijn kleintje kwijt. Zoals zij de hare was kwijtgeraakt. Het was de treurigste dag van hun leven. De geur van heet metaal van het bebloede verband tussen haar benen steeg op van de kant en tule. Irma klapte in haar handen en zei: 'Laten we maar eens zien dat we dit achter de rug krijgen.'

Terwijl hij zijn weelderige, blozende dochter door het middenpad van de kerk begeleidde, fluisterde Orin: 'Je lijkt wel een hert dat in het licht van de koplampen gevangenzit, Murray. Kijk in vredesnaam een beetje vrolijk.' Op dat moment was ze er na aan toe geweest om zich om te draaien en weer naar buiten te rennen, maar in de ban van Gooch' lachende gezicht was ze doorgelopen tot ze bij het altaar zijn hand had kunnen vastgrijpen.

Als een gast op haar eigen bruiloft zweefde ze door de uren, bang dat haar leugen haar jurk zou bevlekken en dat iedereen, Gooch incluis, achter haar rug naar haar wees. Ze zou zich later niets herinneren van de huwelijksinzegening. De kus. De foto's. Het diner. De taart. Helemaal niets, behalve de klank van Heather Gooch' huilerige stem bij het voorlezen van het smakeloze liefdesgedicht dat ze zelf had geschreven, en Gooch' van pijn vertrokken gezicht toen hij haar op de dansvloer achterover liet hellen en zij zag dat hij zijn been opnieuw had bezeerd.

Vlak voor middernacht, in de zwarte Lincoln Continental die ze van de Griek hadden geleend, stelde Mary voor dat Gooch in London zou stoppen waar ze bij de afdeling Spoedeisende hulp iets aan Mary's bloeding deden en Gooch lieten weten dat ze de 'baby was kwijtgeraakt'. Kwijtgeraakt. Als een want of een stel autosleutels. De dokter draaide zich om naar Mary, klopte op haar zachte hand, en hij liet na de jonge bruidegom ervan op de hoogte te stellen dat zijn bruid de miskraam de nacht voor hun huwelijk had gehad.

Gooch kwam de ochtend dat ze uit het ziekenhuis zou worden ontslagen de saaie kamer binnen strompelen. Mary voelde zich verantwoordelijk voor zijn pijn omdat hij zijn been had bezeerd onder het dansen, al was zijn moeder degene geweest die op die dans had aangedrongen en niet zij. Gooch was nog herstellende van zijn derde knieoperatie in het jaar na het ongeluk, maar Eden had waarschuwend gezegd dat mensen nog de verkeerde indruk zouden krijgen als hij zijn nieuwe bruid niet ten dans vroeg. En dat mensen de verkeerde indruk zouden krijgen was het laatste wat ze wilde. Tegenwoordig.

Eden viel niet makkelijk over het hoofd te zien, met haar schelblauwe ogen en kortgeknipte zwarte haar, haar verzorgde nagels en hoge hakken – een chique schoonheid die eruit sprong in Leaford. In de maanden na de tragische dood van haar man had ze Jack Asquith, Jezus en de geheelonthouding gevonden, precies in die volgorde, en zelfs dat beetje waardigheid waarvan haar dochter Heather beweerde dat ze die niet bezat.

Gooch vond de affectie die zijn moeder voor de kettingrokende Amerikaan koesterde onverteerbaar en kon het niet laten Jack onder het eten te sarren door zijn interpretaties van Gods bedoelingen belachelijk te maken. God denkt dit. God denkt dat. 'En wat denkt God ervan dat jij mijn moeder naait, Jack?'

Zodra Mary die ochtend in het ziekenhuis Gooch' vertrokken gezicht zag en besefte dat hij crepeerde van de pijn in zijn knie, zei ze: 'Je mag elke vier uur een pilletje meer hebben, maar niet meer dan dat, goed?'

Hij was duidelijk opgelucht. 'Ik kan nog tot vrijdag toe. Dan ben jij alweer aan het werk.'

Dokter Ruttle was hoogst verontrust geweest toen Gooch te vroeg door zijn eerste recept pijnstillers heen was, en had geweigerd een recept voor meer pillen uit te schrijven. 'Soms kun je pijn maar het beste verduren,' had de dokter gezegd. Tegenwoordig zaten de buisjes achter slot en grendel, maar indertijd stond de extra voorraad op de bovenste plank boven het bureau van Ray sr. naast de laaddeur. Mary had de pillen ongestraft kunnen stelen, maar wel een ander merk en een andere sterkte, zodat haar diefstal niet naar Gooch zou leiden, als het ooit werd ontdekt.

'Het spijt me,' fluisterde ze toen Gooch dichterbij kwam, terwijl ze de lakens op het ziekenhuisbed gladstreek.

'Het is jouw schuld niet, Mare.'

'Weet ik,' loog ze. Heel even nam ze zich voor, zoals ze dat in de toekomst vaker zou doen, hem de waarheid te vertellen over het kwijtraken van de baby, maar de pijn van het verlies, die ze nu kon omarmen omdat Gooch het nu ook wist, en het bodemloze verdriet om haar moederschap, iets wat Gooch nooit zou begrijpen, ontnamen haar de aanvechting.

Hij installeerde zich naast haar op het smalle bed en toen hij zijn enorme armen om haar heen sloeg, klonk zijn stem voor het eerst eerder als een jongen dan een man. 'Het is maar beter ook, waar of niet?' Ze had zich namens de baby diep beledigd gevoeld door de suggestie van de dokter dat de foetus niet bepaald volmaakt was geweest en dat de miskraam dus maar het beste was, en toch leek Gooch het een troost te vinden, terwijl Mary woedend was.

'Ja, hoor,' zei ze.

Hij trok de stof van haar ziekenhuishemd omlaag en legde zijn wang op haar boezem. Ze kon zijn gedachten lezen: we zijn alleen maar getrouwd vanwege de baby.

'We zijn alleen maar getrouwd vanwege de baby,' echode ze. 'Dat hadden we nooit gedaan als ik niet…'

'Maar we zijn nu eenmaal getrouwd.'

'Gooch…'

'De drankjes zijn gedronken, de muziek is gespeeld, het geld is geteld, en we zijn nu eenmaal getrouwd, Mary.'

'Je moeder zou behoorlijk opgelucht zijn als we het huwelijk nietig zouden laten verklaren,' zei ze, terwijl haar oog op de kleine solitaire aan haar ringvinger viel, waarvan ze zich het moment dat Gooch hem aan haar vinger had geschoven niet kon herinneren.

'Weet je wel hoeveel die bruiloft je vader heeft gekost?'

'Ja,' zei ze. Tot op de laatste cent.

Ze keken door het ziekenhuisraam naar de rauwe herfstlucht. Gooch' stem masseerde haar schouders: 'Dat jaar dat we kastjes naast elkaar hadden…'

Ze dook weg in zijn omarming. 'Toen we kastjes naast elkaar hadden.'

'Toen heb ik een van die briefjes gevonden. Dat soort met die stippen. Ik heb het je nooit gegeven.'

Mary verstrakte. Tot aan haar transformatie in haar eindexamenjaar had ze maar sporadisch van dat soort briefjes gekregen – zeven in totaal, acht als je het briefje meerekende dat Gooch had onderschept, in krullerig schuinschrift met vreselijk grappige tekeningetjes in de kantlijn, waarin Mary Brody's lichaamsgeur aan de orde werd gesteld omdat ze na de gymles niet onder de douche ging.

'Waarom vertel je me dat? En waarom nu?'

'Ik vond je heel moedig, Mare.'

'Ik ging niet onder de douche omdat ik bang was dat ze me zouden uitlachen, Gooch.'

'Dat deden ze toch wel.'

Naar buiten kijkend slaakte ze een zucht en ze vroeg zich af of alle mannen zo'n slecht gevoel voor timing hadden.

'Maar je kwam terug op school. Dat was heel moedig,' zei Gooch.

'Ik had geen keus.'

'Er valt altijd iets te kiezen.'

Daar had Mary haar twijfels over maar die hield ze voor zich.

'Je zat altijd op de schommel bij jullie in de tuin te lezen. We konden je vanuit het raam bij Pete zien. We zaten je te bespioneren als we ons verveelden. Ik heb *A Clockwork Orange* gelezen vanwege de manier waarop jij keek.'

Mary giechelde, maar toen werd ze ernstig. 'De Droogs.'

'Ik zat vanuit de auto naar je te kijken toen ik eens op mijn vader zat te wachten die iets op recept moest halen. Je stond achter de cosmeticatoonbank een oude dame te helpen met het uitkiezen van lippenstift, en je maakte haar vreselijk aan het lachen, en ik dacht: wat zou ze nou toch zeggen dat dat ouwe mens zo om haar moet lachen?'

'Ik heb altijd goed overweg gekund met bejaarden,' gaf Mary toe.

'En een andere keer was toen we hier net een paar dagen daarvoor in de zomer waren komen wonen. Ik fietste naar school om wat te basketballen en toen zag ik jou bij jullie door de straat lopen. Ik keek naar je, naar je manier van lopen, en ik kreeg een soort déjà vu, alsof ik je kende. Het zat hem in de manier waarop je liep. Ik had het gevoel dat ik al eens ergens met jou had gelopen.'

'Maakten jullie grapjes over me? Pete en jij? Als jullie je zaten te vervelen?'

'Hè? Nee.'

'Maar je vond me wel dik.'

'Ik vond je mooi.'

'Zoals ze dat zeiden, Gooch: je bent je baby kwijtgeraakt.'

'Ik weet het.'

'Als je iets bent kwijtgeraakt, moet je het ook kunnen terugvinden.'

Ze spraken tegelijkertijd. Mary zei: 'We moeten het huwelijk nietig laten verklaren, en jij moet naar Montreal,' en Gooch zei: 'We gaan gewoon een poosje werken en geld sparen, en dan gaan we nadenken over studeren. En weer een baby.'

Gooch kuste de wang van zijn bruid en hield haar kin vast tot zij haar hoofd optilde. 'Je hebt de mooiste ogen die ik ooit heb gezien,' zei hij. 'Dat dacht ik meteen de eerste keer toen ik je bij de kastjes zag staan. Je draaide je om en keek me aan, en ik dacht: wat een mooie meid.'

Ze beet op haar lip. '"En wat doodzonde"?'

'En wat een kont.' Hij grijnsde.

Ze gaf hem een speelse klap. 'Gooch toch.'

'En nu ben je mijn mooie vrouw. En het klinkt misschien afgezaagd, maar ik kan me echt geen andere plek voorstellen waar ik liever zou zijn dan hier samen met jou.'

'Komt dat uit een liedje?'

'Dat zou best eens kunnen.'

'Je hebt weer aan de Percodan gezeten, hè?'

Hij kneep in haar hand. Minuten verstreken met het geluid van de klok, het geschuifel van voeten op de gang, en de indruk van gefluister achter de gebarsten ivoorkleurige deur. Toen niemand een reclamespotje lang iets had gezegd en geen van beiden was opgestaan om te vertrekken, was het duidelijk dat ze samen zouden blijven.

Uiteindelijk kwamen ze nooit in Niagara Falls terecht.

De standvastigheid van morgen

Even ervan uitgaand dat ontkenning een bewuste toestand is, besefte Mary Gooch dat ze zelf de enige was die ze kon misleiden door de mogelijkheid dat Gooch nooit meer thuis zou komen te verwerpen. Maar ze vond het nu eenmaal een veel te dramatisch gebaar als hij daar nu precies hun zilveren bruiloft voor had uitgekozen. Gooch deed er juist alles aan om drama's te vermijden omdat hij in zijn jeugd ruimschoots zijn portie dramatiek had gehad en zijn eigen demonen had, met een beschonken moeder die het bed in brand had gestoken omdat ze erachter was gekomen dat James haar bedroog met zijn secretaresse. Die koffers vol kleren van haar man in het Rideau-kanaal had gedumpt toen ze ontdekte dat hij haar bedroog met de babysitter. Die een fles Southern Comfort door het raam had gegooid toen hij had aangekondigd dat hij een baan had aangenomen in het stadje Leaford.

Zijn zuster Heather, die eerder chronisch dan demonisch was, draaide gevangenissen in en uit zoals Mary met diëten omging. Als tiener was ze tweemaal door de politie thuis afgeleverd. Na haar eindexamen liep ze weg van huis met een man die tweemaal zo oud was, toen haar vader was gestorven kwam ze zwanger en verslaafd weer thuis, waar ze na een partijtje harentrekken met haar moeder werd verbannen en een paar jaar later werd ze in Toronto gearresteerd wegens tippelen. Als de tragisch dunne Heather niet naar een saffie snakte, volgde ze wel een ander pad naar de ondergang, iets wat Mary buitengewoon bitter stemde, omdat Heather alles mee had zonder er ook maar iets voor te doen. De laatste keer dat Gooch haar sprak, woonde ze in Buffalo met de ambulancier die haar na haar laatste onbedoelde overdosis had gereanimeerd.

De vlekken op het zilverkleurige tapijt. De gebroken ruit. De bebloede theedoek op de grond. Niets zoals het was geweest, niets zoals het hoorde. Mary weigerde haar angst toe te laten, klutste de eieren die nog in de doos zaten, zes volmaakte eieren, en zei tegen zichzelf dat het extra portie bedoeld was voor als Gooch hongerig zou thuiskomen. Aan de keukentafel besloot ze op de stoel van Gooch en niet op de hare te gaan zitten, om niet tegen zijn lege plek te hoeven aankijken en de deur in de gaten te kunnen houden.

Jaren geleden had ze datzelfde aan Orin voorgesteld toen ze haar moeder in St. John's hadden ondergebracht en hij had bekend dat hij zijn eetlust kwijt was. Het was blijkbaar even moeilijk met de gewoonte te breken om samen te eten als met de gewoonte om alleen te eten, begreep ze. Toen ze het laatste ei van de koekenpan op haar bord schoof prikte de ongerustheid in haar keel, en heel even vroeg ze zich af of ze ging huilen. In plaats daarvan slikte ze door, een gewoonte die al even moeilijk te doorbreken was.

Eens lekker een potje huilen. Aangewezen in de gegeven omstandigheden. Tranen, snot, toegeknepen keel, naar adem snakken, snikken, jammeren. Maar dat was allemaal niet voor Mary weggelegd. Huilen was, net als reizen, een zinloze tocht naar een onbekend oord waar ze de taal niet sprak en het eten niet lekker vond. Ook na de hysterectomie, die toch wel enige hysterie met zich mee had kunnen brengen, had Mary niet gehuild om de kinderen die nu nooit zouden komen. Ze had een veel te vroege, onmiddellijk intredende menopauze doorgemaakt, met alle bijbehorende pijntjes, opvliegers en gezweet in bed, maar zonder huilbuien. Verdriet bleef als een brok in haar keel steken.

Op zoek in de la met troep vond ze het witte doosje met het gouden strikje dat Gooch haar afgelopen maart met haar verjaardag had gegeven. Een gsm. Ze had zich geërgerd aan het cadeau, omdat hij best wist dat ze helemaal geen gsm wilde hebben. In plaats van hem te bedanken had ze gezegd: 'Je weet dat ik dat ding niet zal gebruiken, lieverd. Ik vergeet hem toch in mijn tas te stoppen. En wie zou ik trouwens moeten bellen?'

Maar nu maakte ze het doosje open en tot haar verrassing trof ze er een kaart in aan die aan haar was gericht: 'Welkom in de nieuwe wereld, Mary Gooch. Op een kaartje voor in je portemonnee heb ik instructies opgeschreven voor mobilofoben en je eigen persoonlijke telefoonnummer. Je moet hem wel af en toe opladen, Mare. En je moet hem in je tas stoppen, want dan heb je hem bij de hand voor als je hem nodig hebt. Hartelijk gefeliciteerd met je verjaardag, van je lievelingsechtgenoot.'

Bij het doorlezen van zijn instructies ontdekte ze dat de telefoon met een adapter moest worden aangesloten en dat het opladen van de batterij ruimschoots een halve dag duurde. Ze sloot de telefoon aan en was zielsgelukkig toen er op het scherm verscheen: *Batterij wordt opgeladen*. Gooch zou trots op haar zijn, dacht ze, en plotseling voelde ze de last van zijn teleurstelling, die ze indertijd niet had opgemerkt. Hoe had ze zo ondankbaar kunnen zijn? Ze benijdde de Franse zangeres die nergens spijt van had. Zij had overal spijt van.

De wilg sidderde een groet toen Mary door de zelden gebruikte voordeur naar buiten kwam strompelen, in haar gekreukte uniform, haar haren in een warrige paardenstaart, en met een stapel oude handdoeken onder haar arm voor op de natte zitting in de bestelwagen. Ze wilde net richting bestelwagen lopen toen haar aandacht werd getrokken door een vlag van stof die aan een hoge boomtak wapperde. Het overhemd van Gooch. Met haar oude winterlaarzen aan om genoeg plaats te hebben voor het damesverband dat ze tegen haar bloedende hiel had gepleisterd, draaide ze zich om om de weg af te turen.

Terwijl ze de koude lucht inademde, wenste Mary op een kinderlijke manier dat ze alleen maar even met haar ogen hoefde te knipperen om Gooch op de weg te zien verschijnen. De wind roffelde tegen haar gezicht en joeg vochtige bladeren tegen haar benen. Ze had het gevoel dat ze bergopwaarts ging terwijl ze toch duidelijk omlaagstrompelde. Met een beklemd gevoel op haar borst en het bloed dat haar naar de wangen steeg, klom ze in de bestelwagen. Met toegeknepen ogen richtte ze haar blik door haar vasculaire tunnels. Geen licht dat aan de einder gloorde. Was de hartaanval nabij? De timing zou volmaakt zijn. De driehoek kon worden gesloten. Orin. Meneer Barkley. Mary Gooch.

Ze vroeg zich af of Gooch voor haar begrafenis zou terugkeren van waar hij ook heen mocht zijn gegaan. Met het vertrouwde gevoel van paniek schoot haar te binnen dat ze niets had om aan te trekken. Er zat niets anders op dan maar in lachen uit te barsten, en dat deed ze dan ook. Niets om aan te trekken behalve dat marineblauwe schortpak. Het beeld van een forse vrouw in een extra grote kist, met haar handen kruislings over haar Raymond Russell-uniform, en dan die afgrijselijke zilveren uitgroei. Ze drukte de knop van de radio in, en aangemoedigd door Aretha Franklin die R-E-S-P-E-C-T eiste draaide ze het geluid harder, waarna ze de wagen in de versnelling zette en het van de regen glimmende grind op reed.

Ze had onderschat hoe nat de bekleding van de bestelwagen zou zijn en besefte te laat dat ze niet genoeg handdoeken had meegenomen. Ze bedacht een grap die ze in de personeelsruimte over haar natte kont kon maken voordat Ray iets achter haar dikke, gebogen rug zou zeggen. Aanvaarding. Ontkenning. Woede. Ze kon zich de juiste volgorde van die emoties niet herinneren en voelde ze dus maar tegelijkertijd. Ze vroeg zich af of mensen aan haar konden zien dat haar man niet was thuisgekomen.

In het begin had Mary vaak aan het einde gedacht. Ze stelde zich voor hoe ze op een avond van haar werk thuis zou komen en daar een briefje zou aantreffen in het krabbelschrift van Gooch dat hij haar nooit pijn had willen doen, maar dat ze te jong waren geweest om te trouwen en er al veel eerder een punt achter hadden moeten zetten. Zijn kleren zouden uit de linnenkast zijn verdwenen. Zijn gereedschap uit de garage. (Ze stelde zich altijd voor dat hij zijn gereedschap zou meenemen.) Hij zou erover hebben nagedacht hoe ze hun schulden moesten verdelen en dat in het briefje hebben vermeld. Ze was bang geweest dat Gooch zou vertrekken na de tweede miskraam, en opnieuw na de hysterectomie. Ze had zeker geweten dat hij zou weggaan na de enige echt erge ruzie die ze ooit hadden gehad, toen hij bij zijn standpunt was gebleven dat hij niet wilde adopteren, omdat zijn geschifte, verslaafde zus maar liefst drie kinderen had opgegeven, alsof daarmee alles was gezegd.

Ze had tegen hem geschreeuwd: 'Maar ik wil moeder zijn!' En dat was het enige dramatische gebaar dat ze zich in alle oprechtheid van zichzelf kon herinneren. Hij had zich omgedraaid en was vertrokken, maar drie uur later was hij terug om haar met haar neus in de Kenmore te betrappen, waarna hij het restje overgeschoten roastbeef uit haar handen had gerukt, haar stevig op de mond had gekust en haar naar hun slaapkamer had geloodst, waar hij haar blik had vastgehouden en voor zijn laatste stoot had gefluisterd: 'Ik houd van je.'

De ene na de andere trouwdag verstreek, en Gooch bleef. Na verloop van tijd hield ze ermee op het briefje te verwachten. Ze nam aan dat Gooch, net als Orin, tevreden was met waar hij zat. Of misschien was hun verbintenis net als zij met haar eten, Gooch' vader met de drank, Heather met haar drugs, op den duur iets geworden wat niet meer te verbreken viel.

De zin 'dat gaat helemaal nergens over' kwam in haar hoofd op toen ze over haar toestand van dat moment nadacht. Ze vroeg zich af of ze ergens in dit verschoven universum Irma zou tegenkomen, terwijl ze over de weg naar haar werk reed, en wel de weg van de minste weerstand, een kortere weg door de county in plaats van de vredige weg langs de rivier.

De esdoorns strooiden hun roodgele bladeren uit over de hoofdstraat van Leaford. Hoopers ijzerwinkel. Sprague's sportartikelen. De chique damesmodewinkel van de familie Laval. De drugstore van Raymond Russell, waar het frisdrankbuffet jaren daarvoor had moeten plaatsmaken voor een aanzienlijk lucratievere cosmeticaafdeling. Toen ze op de parkeerplaats achter de drugstore toekeek hoe Ray met zijn glimmende Nissan naast haar optrok, schoot Mary te binnen dat er een tijd was geweest dat niemand in Baldoon County in iets anders reed dan een Amerikaanse auto. Ray claxonneerde ongeduldig, draaide zijn raampje omlaag en blafte: 'Niet daar staan! Ga op je normale plek staan.'

Ze draaide haar eigen raampje omlaag en riep terug: 'Maar de bestelling Laura Secord komt vandaag.'

Ray schreeuwde boven de wind uit: 'Ze hadden het schema veranderd. De boel is gisteravond binnengekomen. Toen jij al weg was.'

Met een dreigende hemel boven haar hoofd en de wind die door het open schuifdak op haar losbeukte, klauterde Mary uit de bestelwagen. Met een gulle lach draaide ze zich om, om haar brede, doorweekte achterste te tonen. 'De zitting was nat,' legde ze uit. 'Van de regen.'

Ray trok een nors gezicht en keek ternauwernood haar kant op. 'Oké. Hoe gaat het met Gooch?'

Even zweeg ze. 'Hij heeft een oogontsteking.'

'En wat mankeer jij, Mary?' Hij trok de achterdeur open en zette de hoofdschakelaar om, waardoor het fluorescerende licht boven hun hoofd aanging.

'Pas op,' waarschuwde hij toen ze achter hem aan naar binnen liep. Pontificaal midden in het gangpad stond een grote kartonnen doos met een assortiment chocolaatjes waar de leverancier met een dikke zwarte markeerstift op had geschreven: *Voor Mary Gooch*. Mary rilde van een stekende pijn in haar ingewanden. 'Wil je daar iets aan doen voordat iemand een doodklap maakt?' zei hij op hoge toon.

Mary boog zich voorover om de doos op te pakken, al wisten ze allebei dat het maar een schijnbeweging was. Ray snoof verachtelijk en tilde hem zelf op, waarna hij de doos zonder omhaal op Mary's armen neerkwakte.

'Sorry,' zei Mary, wetend dat als ze Candace was, Ray de doos balancerend op dat gedrongen erectietje van hem helemaal naar haar auto zou dragen.

De achterdeur naar de apotheek sloeg dicht door een rukwind, terwijl Mary de chocolaatjes naar de parkeerplaats sjouwde. Met een van pijn vertrokken gezicht van de gassen in haar ingewanden, die ze zonder succes probeerde uit te drijven, zette ze de doos op de passagiersplaats. Toen ze een auto hoorde, draaide ze zich om. Een gestroomlijnde goudkleurige Cadillac. De baas van Gooch, Theo Fotopolis, zat achter het stuur. Ze perste haar billen tegen elkaar uit angst dat ze de lucht zou verpesten terwijl hij zijn auto op de plaats naast haar neerzette.

Theo Fotopolis hees zijn getaande gestalte uit de auto en kwam op Mary in haar marineblauwe schortpak afstappen. 'Ik heb naar jullie huis gebeld,' zei hij met een warme glimlach. 'Er nam niemand op, dus toen ben ik maar hierheen gereden.'

Ze knikte versuft.

'Jullie moeten dat raampje in de achterdeur laten maken. Op deze manier ontsnapt alle warmte.'

'Ja.'

'Zet er voorlopig gewoon even een stuk karton tegenaan.' De Griek stak verbijsterd zijn armen in de lucht. 'Hoe zit het in vredesnaam, Mary?' Haar adem stokte. 'Wat is er met Gooch aan de hand?' vroeg hij. 'Ik kreeg een uur geleden een telefoontje van meneer Chung dat mijn vrachtwagen zijn groenteleverancier in de weg staat.'

'Meneer Chung?'

'Gooch heeft mijn vrachtwagen daar achtergelaten, achter het restaurant.'

'De vrachtwagen achtergelaten? Bij meneer Chung?' Mary schudde verbijsterd haar hoofd. 'Wanneer? Waarom?'

'Na sluitingstijd. Volgens meneer Chung moet dat na middernacht zijn geweest. En jij mag me uitleggen waarom.'

'Maar Gooch moest gisteravond toch iets in Windsor afleveren?'

'Dat is niet gebeurd. Die spullen stonden nog in de wagen. Is hij gisteravond niet thuisgekomen?'

Even zweeg Mary. 'Nee.'

'En hij heeft ook niet gebeld?'

Opnieuw een stilte. 'Nee.'

'Het gaat me niets aan, maar… doet hij dat vaker? Dat hij niet thuiskomt?'

'Nee.'

'Hoe zit dat dan in godsnaam?'

Mary volgde hem terwijl hij rondjes liep. 'Dus hij heeft gewoon de vrachtwagen neergezet, en toen? Is hij ergens heen gelopen? Ik snap er niets van. Heeft hij daar gegeten?'

'Niemand heeft hem gezien.'

'Had hij gedronken?' vroeg ze.

'Hoe moet ik dat nou weten? Drinkt hij de laatste tijd veel?'

Daar moest ze even over nadenken. 'Niet meer dan normaal.'

De twee stonden te piekeren met een draaikolk van bladeren rond hun benen. Zo'n soort scenario was in de verste verte niet in Mary's hoofd opgekomen. De jaszak van de Griek speelde een ringtone en hij diepte zijn gsm op. Mary hield haar adem in. Gooch?

De Griek las de naam van degene die belde. Hij keek naar Mary, schudde zijn hoofd, en stopte zijn telefoon weer in zijn zak: het was Gooch niet die belde. 'Hij doet de laatste tijd nogal… ik weet niet. Hij is veranderd, sinds je vader is overleden.'

Hoe kon Mary dat nou toch niet hebben gemerkt?

'Hij heeft het vaak over zijn familie. Over zijn vader.'

'Hij had een bloedhekel aan zijn vader.'

De Griek haalde zijn schouders op. 'Moeten we de politie bellen?'

'De politie?' vroeg ze geschrokken.

'Stel je voor dat Gooch is beroofd of zo?'

'Beroofd? Gooch? Wie haalt het nou in zijn hoofd om Gooch te beroven? En waarvoor? Zevenentwintig dollar en een paar krasloten?'

'En je kunt geen… Ik wil echt niet mijn neus in jullie privéaangelegenheden steken, Mary, maar is er misschien een plek… Ergens waar hij heen kan zijn gegaan? Heeft hij vrienden?'

Wat bedoelde hij? Wist hij soms iets? Had hij het altijd al geweten?

'Heeft hij dingen meegenomen, Mary? Is er iets weg?'

'Nee,' zei ze aarzelend.

'Kleren? Koffer?' Zijn gsm ging opnieuw, en ze zette zich schrap. Hij keek naar het nummer en zei: 'Mijn moeder is ziek, in Athene. Ik moet dit telefoontje even aannemen.' Hij draaide zich om voor een kort, ongerust gesprekje in het Grieks en sloot af. 'Heb je jullie bankrekening al gecheckt?'

'Onze bankrekening? Nee, natuurlijk niet. Waarom zou ik?'

'Laat maar zitten. Ik weet het ook niet.'

'Om te checken of hij geld heeft opgenomen?'

'Misschien.'

'Dat zou Gooch nooit doen.'

'Ik snap het gewoon niet.' De Griek haalde nogmaals zijn schouders op, hij had gedaan wat hij kon. Zijn gsm ging weer. Hij nam het gesprek aan en praatte rap in zijn moedertaal. 'Zeg tegen hem dat hij me belt, Mary,' droeg hij Mary op toen hij had opgehangen. 'Zeg maar dat hij me belt zodra hij weer terug is. En wat er ook mag zijn, we komen eruit.'

Mary wist dat ze dat zinnetje van hem zou lenen zodra Gooch eindelijk van zich liet horen. Wat het ook mag zijn, we komen eruit. Terwijl ze de gouden Cadillac stond na te kijken, liet ze met grote opluchting een complete symfonie van winden ontsnappen.

Ray brulde vanaf de deur achter haar: 'Dat was een goeie, Mary. Chic, hoor.'

Fatsoenlijk was geweest als hij net had gedaan alsof hij niets hoorde. Hoe lang had hij daar gestaan? Hij hield de deur tegen en sperde zijn ogen open. 'Vooruit, kom mee. We gaan inventariseren.' Eén voor één sprak hij de lettergrepen uit. 'In-ven-ta-ri-se-ren.'

Met de sleutels tintelend in haar hand voelde Mary bij de gedachte aan dat woord de verlamming toeslaan. Inventariseren. Inderdaad, dat was wat ze moest doen. Ze moest de balans opmaken. Had ze het allemaal wel goed begrepen? Dus Gooch had de vrachtwagen ergens die nacht achter het Chinese restaurant van Chung neergezet en niemand wist waar hij was gebleven? Had Irma zich zo gevoeld toen het leven uiteindelijk nergens meer op sloeg?

'Waar blijf je nou, Mary? Schiet op.'

Ze keek omhoog naar de voorbijjagende wolken, en een zon die omlijst door breekbare, verschuivende stralen tevoorschijn kwam.

'Ik maak geen grapje, Mary,' zei Ray verachtelijk. 'Je inzet laat te wensen over. En ik ben niet de enige die dat heeft opgemerkt.'

Aanvaarding, ontkenning, dat kon allemaal wachten. Woede.

'Handen uit de mouwen, Mary.'

'Krijg de tering, Ray.'

Aan Rays gezicht kon Mary aflezen dat ze het echt hardop had gezegd. Ze klauterde de bestelwagen weer in, stak het sleuteltje met geweld in het contact, rukte de versnelling in zijn achteruit, en stoof zonder blik in haar achteruitkijkspiegel van de parkeerplaats, overvallen door een verzengend gevoel in haar borst toen ze het gesprek met de Griek nog eens in haar hoofd afspeelde. Gooch was verdwenen. Hij had de vrachtwagen geparkeerd en was verdwenen. Op hun zilveren bruiloft.

In al die jaren slapeloze nachten had ze de standvastigheid van morgen ontleend aan de onafwendbaarheid van elk aangebroken ochtendgloren. Morgen was even geduldig en zachtmoedig als wenskaartenliefde. Morgen was bemoedigend en onuitputtelijk vergevensgezind. Ze had niet gerekend op het plotselinge verraad van een morgen waarmee ze naar haar idee altijd een stilzwijgende afspraak had gehad.

Bliksem

Als Gooch er die ochtend was geweest, zou hij tegenover Mary zijn neergeploft zoals hij dat altijd deed, waardoor de lucht uit het gebarsten rode kunstleer van de stoel werd geperst, met zijn neus in de Amerikaanse kranten die in de streek te krijgen waren, af en toe een stukje voorlezend uit de *Free Press* of de *News*, terwijl zij net deed of ze luisterde. Gooch was verslingerd aan Amerika, de politiek, de sport, de musici, schrijvers, de gave van dat land om tweede kansen te bieden, en Mary had altijd met hem te doen wanneer hij weer zo over de Verenigde Staten aan het zwijmelen was. Hij was verliefd en het voorwerp van zijn liefde wist niet eens dat hij bestond.

Ze vloog over de slingerende weg langs de rivier onder een dek van flappende ganzen, en voelde hoe het gloeien in haar borst tot ontbranding kwam en zich verspreidde. Gooch. Verdwenen. Waarheen? Terwijl de zwarte hemel zich verhief in haar achteruitkijkspiegel had ze het gevoel dat ze niet zozeer reed als wel werd voortgedreven.

Gooch zou haar van de weersvoorspelling op de hoogte hebben gesteld voordat hij stilviel boven het sportkatern. Hij wist hoe dol zijn vrouw was op een fiks onweer. Mary had geen tijd voor kranten, daarvoor was ze te verdiept in haar gebroken beloften, te druk met haar mislukkingen, te veel in beslag genomen door haar honger. Het leven buiten Leaford was in haar ogen niet zozeer irrelevant als wel dat ze zich er niet mee bezighield. Ze beschouwde de toestand van de wereld niet zozeer als een onmisbaar onderdeel van je ontwikkeling maar eerder als een keuze, als een vorm van vermaak. *De crisis in het Midden-Oosten* was een moeilijke roman waar ze niet aan begon. *Volkerenmoord in Afrika* was onvoorstelbaar, ongeloofwaardig, een slecht geschreven film die afgrijselijke recensies had gehad. *Broeikaseffect?* Dat klinkt niet grappig. Er is nog een hele wereld buiten Leaford. Had Gooch dat niet gezegd?

Ten slotte parkeerde Mary de bestelwagen op het parkeerterrein achter het appartement met uitzicht over de rivier in Chatham. Dus zo voelde dat, als je je einde de baas moest worden, dacht ze. En dan niet van een leven maar van een huwelijk. En niet met drugs maar met de waarheid. Ze wist wat haar te doen stond, maar ze was niet helemaal vastbesloten genoeg, en net als een revolverheld die in een western nog een laatste whiskey achteroverslaat, zocht ze steun bij Laura Secord.

Respijt dankzij de chocola. Mary had het openscheuren van de kartonnen doos kunnen beschrijven als vervoering, omgeven door de hemelse geur van cacao, opgebeurd door een gevoel van welbehagen. Diep ademhalend trok ze het plastic van de ene na de andere doos, gooide de deksels opzij, graaide in bonbons en schoof er twee, drie tegelijk tussen haar uit hun scharnieren hangende kaken. Het kon haar niet schelen dat er stukjes chocola op de zittingen en de grond terechtkwamen als ze de geribbelde papieren kuipjes wegveegde. Al neuriënd en kreunend zette ze haar vaag erotische bezigheid voort, terwijl ze zich voorhield: zo is het genoeg, en toen: nog eentje.

De laatste keer dat ze door de gangen had gelopen van het hoge, slanke gebouw dat altijd vaag naar schimmel rook, had ze haar laatste afscheid genomen van Orin. Dat hield ze zichzelf in elk geval voor. In feite was hij degene geweest die afscheid had genomen: 'Tot morgen, Murray,' waarop zij helaas nogal bars had gereageerd met: 'Ik draai een extra dienst, pa. Ik kom laat. Reken er dus maar niet op dat je warm eten krijgt,' wat natuurlijk helemaal geen afscheid was geweest.

Die avond was ze zoals gewoonlijk blijven stilstaan bij de deur van Sylvie Lafleur, niet om bij haar op bezoek te gaan of de oudere vrouw te bedanken dat ze zo aardig voor Orin was, maar alleen om te luisteren. Naar het geluid van *Wheel of Fortune* of een ander tv-programma waarin gewone mensen een fortuin aan geld of prijzen wonnen. Het geluid van de bliepende magnetron. Borden die kletterend in de gootsteen werden gezet. De balkondeur die werd opengeschoven als Sylvie naar buiten ging om te roken. Eenzame geluiden die haar troostten en vertrouwd waren, omdat ze er de muziek van haar eigen leven in hoorde.

Het grijze tapijt in de hal zat onder de modderige afdrukken van zware schoenen, maar verder leek er niets veranderd. Mary passeerde de deur van het appartement waar haar vader had gewoond, maar ze voelde niet de aanvechting met haar vinger de omtrek van het huisnummer naast de bel na te trekken, zoals ze eigenlijk had verwacht. Vanbinnen hoorde ze het geluid van harde muziek komen – punk? rap? ze wist het niet zeker. Iemand had haar verteld dat er een alleenstaande moeder was komen wonen, die er vast weer uit zou worden gezet vanwege haar onhandelbare tienerzoon.

Ze hield halt bij Sylvies deur. En luisterde. Binnen geen geluid. Ze wachtte. Drukte op de bel. Niets. Daarop begon ze op de deur te bonzen, alsof ze eruit wilde en niet erin. Het geluid van de muziek verstomde in Orins vroegere appartement en de deur werd opengesmeten door een stuurse jongen met paars haar en kohlomrande ogen. 'Wat?'

'Neem me niet kwalijk,' zei ze . 'Ik ben op zoek naar Sylvie Lafleur. Ken je haar?'

'Ja.'

'Weet je waar ze is?'

De jongen haalde zijn schouders op en trok de deur dicht. Iets katachtigs in zijn gezicht deed Mary aan haar moeder denken – die behoedzame, afstandelijke kattengrijns. Die grijns had Irma al die septembers geleden op Jimmy Gooch laten rusten toen hij had aangekondigd dat Mary en hij gezien haar zwangerschap hadden besloten te trouwen.

Irma had hem op de man af gevraagd: 'Hebben jullie de alternatieven overwogen?'

'Er zijn geen alternatieven,' had Orin teruggekaatst, terwijl hij zijn magere armen over zijn ingevallen borst vouwde.

Er had een vaas met schitterende roze rozen op het bureau van dokter Ruttle gestaan, die Irma ongetwijfeld veel te vrouwelijk zou hebben gevonden voor het kantoor van een man, als ze die week ervoor samen met Mary in de onderzoekkamer zou hebben zitten wachten. Mary had al zo'n idee dat ze in verwachting was – het stoppen van de menstruatie, de opgezette borsten, de misselijkheid – maar toen dokter Ruttle dat vermoeden bevestigde, reageerde ze verrast en beduusd. Gooch had haar immers bezworen dat ze eenvoudig niet zwanger kon worden als hij zich voor de lozing terugtrok.

Rood aangelopen en zwetend was Mary al kauwend op crackertjes, waarvan ze een voorraadje in haar tas had tegen de misselijkheid, van Ruttles praktijk door het oude deel van de stad teruggelopen naar de middelbare school, waar Gooch extra lessen volgde om de tijd in te halen en zijn puntengemiddelde op te halen die hij na het ongeluk was kwijtgeraakt. Hij hoopte in januari te gaan studeren. Nu de keus voor een instelling niet meer samenhing met de prestaties op sportgebied van de betreffende universiteit, had hij Mary beloofd dat hij zich zou inschrijven in Windsor, wat maar een uur reizen verderop lag. Mary had in de buurt daarvan een avondschool gevonden waar ze een cursus mode en ontwerpen gaven, maar ze had zich niet ingeschreven. Ze had het te druk met Gooch, haar werk bij de drugstore en het huishouden bij haar ouders, en had het eenvoudig niet rondgekregen.

Op haar eerste tocht door de gang van de middelbare school sinds ze in het voorjaar eindexamen had gedaan, kon Mary geen enkele manier bedenken om Gooch op de hoogte te stellen van haar zwangerschap. Ze zag haar reusachtige vriend door de openstaande deur naar de parkeerplaats tegen de bruine Duster geleund driftig zijn hoofd staan schudden alsof hij het nieuws al had vernomen. Verbijsterd had ze sigarettenrook langs zijn oor zien krinkelen, met Sylvie Lafleur naast zich, die bijna een kind leek naast de enorme tiener. Sylvie keek op en zag Mary vanuit de schaduw van de gang naar hen kijken, ze zwaaide, drukte de sigaret met de punt van haar schoen uit, en kwam op Mary aflopen.

'Praat jij nou maar met je vriend,' riep ze onderweg. 'Zeg maar dat het een schande is als hij zijn toekomst vergooit.' Ze sprak de h's en ij's niet uit en zei 'ee en zeen. 'Er zijn zoveel opties, zoveel mogelijkheden.' Heel even klonk ze als een minieme, blanke, Franse Ms Bolt.

De toekomst. Ze probeerde wel het hele plaatje te zien, maar Mary merkte dat haar toneeldoek tafereel voor tafereel was overgeschilderd, scheefgetrokken. Een verkeerde hoek, een niet-kloppend perspectief. Een landschap dat een portret had moeten zijn. Alle beeltenissen beklad met graffiti, en steeds hetzelfde druipend rode woord: Gooch. 'Kies er maar een uit, Murray,' zei Orin soms, met een boeket aan ijslolly's in zijn uitgestoken hand. 'Kies er maar één uit.'

'Ze zeikt me aan mijn kop omdat ik niet naar McGill ga,' legde Gooch uit, toen juffrouw Lafleur weer in de school was verdwenen. 'Ze heeft het allemaal al uitgedacht. Waar ik niet om heb gevraagd.'

'O.'

'Ik ga niet.'

'Dat is best.'

'En als ik wel ga, moet jij mee.'

'Met jou?'

'Met mij. En anders zou ik je nog altijd in het weekend zien.'

'McGill is in Montreal. Dat is zeven uur rijden.'

'Ik kan mijn moeder trouwens niet alleen laten. Niet nu, in elk geval. Die scharrel met Asswipe houdt heus geen stand. Ik kan haar niet in haar eentje met Heather opzadelen.'

'Je spreekt niet eens Frans, Gooch.'

'Hun colleges journalistiek zijn voortreffelijk.'

'Voortreffelijk.' Wat een Amerikaans woord. 'O ja?'

'Zij denkt dat ze een beurs voor me kan regelen. Ik heb nog die uitkering van mijn vaders verzekering, maar zij vindt dat ik dat geld opzij moet zetten.'

'Oké.'

'Ze vindt me een talentvol schrijver.'

'Je meent het?' Mary wilde helemaal niet zo verbaasd klinken.

Ze had nog nooit iets van Gooch' hand gelezen, ook al wist ze dat hij altijd geweldige cijfers kreeg voor zijn werk. Ze kromp ineen in zijn armen, even beschaamd voor de banaliteit van haar aankondiging als voor het feit dat ze hem die mededeling moest doen. 'Ach Gooch, ik ben in verwachting.'

Een paar avonden later, tijdens een met drank overgoten bijeenkomst rond een kampvuur aan het meer, stelden Mary en Gooch hun vrienden op de hoogte van hun verloving. De meisjes slaakten kreten van verrukking en probeerden, jaloers op haar overvloeiende beker, bij Mary in het gevlij te komen terwijl de jongens – of eigenlijk jongemannen die oud genoeg waren om te mogen drinken, te stemmen en ten oorlog te trekken – reageerden met een kort knikje en een stomp tegen Gooch' brede rug.

Niemand vroeg zich af of ze gingen trouwen omdat Mary in verwachting was. Dat wisten ze allemaal al. Het grootste drama, zoals de jongelui het zagen, was al achter de rug. Gooch' lot was bezegeld door het ongeluk. Hij zou nooit naar een Amerikaanse universiteit gaan met een basketbalbeurs. Ze zouden hem nooit op de televisie zien spelen. In de scherpste bocht van de rivier had hij zijn kans om uitzonderlijk te zijn verspeeld. Gooch werd die avond dronken, omdat hij beter tegen drama dan tegen drank kon, en toen het tijd was om op huis aan te gaan gooide hij Mary de sleuteltjes toe.

Mary besefte dat dwalende herinneringen aan voorbije tijden nooit troost of een dieper inzicht opleverden en vroeg zich af waarom ze het verleden toch niet kon loslaten. Haar dolende geest leek over even weinig zelfbeheersing te beschikken als haar snakkende mond. Terwijl ze zich door de deuren van het appartementencomplex aan de rivier naar buiten worstelde, dacht ze niet aan waar ze was maar alleen aan waar ze was geweest. Ze miste het stemgeluid van haar vader.

Door de ruis van de wind hoorde Mary een telefoon rinkelen. Over het wandelpad voortploegend voelde ze het geluid als een zweep. Een straf. Als ze die gsm in haar tas had gehad in plaats van dat hij thuis op het aanrecht lag op te laden, zou Gooch aan de lijn zijn. Zoals dat nu het geval was, wist ze stellig. Hij had vast een bericht achtergelaten bij de drugstore. En haar thuis proberen te bellen. Ze stelde zich voor dat hij buiten zinnen van ongerustheid aan het rondbellen was op zoek naar haar, alsof zij degene was die niet was thuisgekomen.

Hergroeperen en herboren worden

Buiten het appartementengebouw viel Mary's blik op de neonverlichting bij de buurtwinkel aan de overkant. Door de smaak van chocolade en noten die nog in haar kiezen vastzaten besefte ze dat ze naar iets te drinken snakte. En iets hartigs voor als ze in de bestelwagen zou moeten zitten wachten tot Sylvie Lafleur terugkwam. Ze nam de afstand in ogenschouw, de donker wordende lucht, de zwaarte in haar benen en de snee in haar voet, en vroeg zich af of ze de auto zou nemen. Toen ze de afstand tot de wagen had berekend, slaakte ze een zucht en liep met trage, schokkerige stappen naar de weg.

Normaal gesproken had Mary een hekel aan dit soort winkels, met hun gebrek aan fruit en groenten, of dozen met vezelrijke ontbijtgranen, om de kar vol heerlijk gemaksvoedsel te verbergen dat ze in werkelijkheid zou opeten. En ze vond het vreselijk zoals het buitenlandse winkelpersoneel toekeek terwijl zij kaassaus over slappe nacho's goot, reusachtige kartonnen bekers met sodawater vulde of zakken chips op de toonbank legde, en intussen hun eigen plaatselijke variant dachten van: volgens mij kun je dat missen als kiespijn, dame.

Toen ze de winkel binnen ging, had Mary eigenlijk geschokt moeten zijn, al was ze dat niet in het minst, om daar Sylvie Lafleur aan te treffen die bij de kassa een pakje extra lange sigaretten stond af te rekenen. Deze ontmoeting tussen de dikke echtgenote en de slanke maîtresse in een felverlichte winkel op een stormachtige herfstdag hoorde gewoon bij het leven in Leaford, dat te klein was voor toevalligheden. Met haar plastic regenjas achteloos over een pyjama geslagen en haar fijne haar dat door de vochtigheid was gaan krullen zag de Franse vrouw er even verdord uit als de winter. Ze glimlachte toen ze Mary in haar marineblauwe schortpak voor zich zag staan, zoals ze altijd deed als ze elkaar toevallig tegenkwamen. 'Mary.'

Mary schraapte haar keel. 'Hallo, Ms Lafleur.'

'Ik heb je een hele tijd niet gezien. Hoe gaat het?' kraste Sylvie, al leek het antwoord nogal voor de hand te liggen.

Ineens moest Mary aan Gooch denken, zoals hij op de vraag hoe het met hem ging antwoordde met: 'Helemaal te gek.' Helemaal te gek. Mensen waren vaak verrukt van zo'n antwoord, vooral als hij het zei als hij net een bank twee trappen op had gesjouwd. 'Goed, hoor. En met u?'

Sylvie maakte haar pakje sigaretten open door berustend glimlachend met haar gegroefde, vlekkerige vingers aan het folie te rukken. 'Ik zit de hele dag in mijn pyjama te roken. Mijn pensioen doet me goed, vind je ook niet?'

Toen ze het getekende gezicht van de vrouw bestudeerde kon ze geen spoortje schuldgevoel ontdekken. Geen wroeging. Geen verontschuldiging. Geen *mea*. Geen *culpa*. Een magere sloerie zonder moraal, besloot ze.

'Hoe gaat het met Gooch?' vroeg Sylvie onschuldig. En daar had je het: een trekje van haar ooglid. Een knippering. Een verschuiving. Een tic. Daar had Gooch haar alles over verteld, over die zenuwtics – krabben, voorhoofd fronsen, hoesten – waarmee een leugenaar door de mand viel. Hij herkende zo'n tic altijd, zei hij trots, en daarom won hij ook meestal met kaarten. Dat ze Sylvie op een tic betrapte was een opluchting voor Mary, zoals het voor iemand met een mysterieuze ziekte is om eindelijk een diagnose te vernemen, nu ze wist dat ze het zich niet had ingebeeld.

Mary bewonderde haar eigen openhartigheid, al was het ook het enige wat haar nog restte. 'Gooch is gisteravond niet thuisgekomen. Ik vroeg me af of u weet waar hij is.'

De oudere vrouw kneep haar ogen toe en schrompelde wervel voor wervel ineen totdat Mary zich de grote, dikke pestkop voelde tegenover het magere onderdeurtje Sylvie. 'Laten we naar buiten gaan. Dan kan ik tenminste roken.'

Even beleefde Mary plezier aan de gedachte dat de andere vrouw snakte naar een sigaret. 'Weet u waar hij is, Ms Lafleur?'

'Dat weet ik niet, Mary. Ik weet niet waar Gooch is.'

'Dus hij is gisteravond niet naar u toe gekomen?'

Achter de toonbank trok de Koreaan de bak met hotdogs open. Hij had Mary al vaker bediend en wilde de transactie graag afronden. 'Drie? Alles erop en eraan?'

Zonder de man aan te kijken schudde Mary haar hoofd. 'Heeft hij u gebeld?'

Sylvie wierp een blik op de man voordat ze op gefluister overging: 'Moet dat nou echt hier? Oké. Maar laat ik je wel vertellen dat ik Gooch in geen jaren heb gezien. In járen.'

Dat was niet helemaal waar. Ze waren Sylvie de maand ervoor bij de Kinsmen Corn Roast tegengekomen. En ze kwamen elkaar met zijn drieën vaak tegen in de hal, wanneer Gooch met haar meekwam als ze Orin opzocht. Maar Mary wist wat Sylvie bedoelde en was geneigd haar te geloven.

'Het is trouwens maar één keer gebeurd. Dat moet je weten.'

Dat vond Mary moeilijker te bevatten dan de woeste affaire die ze altijd had verondersteld.

'Het is waar dat hij weleens kwam, maar dat is jaren geleden, en alleen om zijn roes uit te slapen op de bank. En dan praatten we. Kom nou maar mee naar buiten,' zei ze om haar ongeduldige sigaret tevreden te stellen.

'Dus jullie praatten?'

'Politiek. Films. Allemaal even saai.' Er welden tranen op in de ogen van de oudere vrouw, haar kin in kinderlijke rimpels getrokken. Omdat ze vreselijk naar een sigaret verlangde, of omdat ze oprecht spijt had. 'Soms maakte ik kaneeltoast voor hem,' bekende ze.

Daar had je het dan. Sylvie Lafleur had heel veel om haar clandestiene jonge vriend gegeven, ze deelde zijn liefde voor de planeet, zijn fascinatie voor de wereldpolitiek, zijn waardering voor oude films. Ze had zijn haar gestreeld als hij op haar bank lag te sluimeren, en had hem toast te eten gegeven voordat hij terugging naar zijn ongelukkige vrouw. Gooch had niet wanhopig verlangd naar een geliefde maar naar een moeder, en die had hij gevonden in zijn mentor.

'Eén keer?'

'Heus waar.'

Dat 'heus waar' klonk niet zo hol als eigenlijk had gemoeten.

'Wanneer?'

'De laatste keer. Meer dan tien jaar geleden, Mary. Ik heb tegen hem gezegd dat hij niet meer mocht komen. Dat is alles. Die laatste keer. Dat was de enige keer.'

'Waarom?'

'Waarom?'

'Ja, waarom? Die ene keer? Waarom toen?'

Even zweeg Sylvie voordat ze toegaf: 'Mijn moeder was net gestorven. Ik zou binnenkort vijfenveertig worden. Ik voelde me vreselijk oud. Het was jaren geleden dat een man me had aangeraakt. Ik was een beetje aangeschoten. Ik dacht dat het me nooit meer zou overkomen. Hij had medelijden met me. En achteraf voelde ik me een volslagen idioot.'

Terwijl Sylvie daar blozend en zuchtend met haar sigaret stond te vogelen, schoot Mary te binnen dat ze eens had gelezen dat Françaises geloven dat vrouwen boven een bepaalde leeftijd moeten kiezen tussen hun gezicht en hun achterste. En er zat ook wel iets in; je had vet nodig om rimpels op te vullen en je gezicht jong te houden, maar datzelfde vet trok je billen omlaag als een zak knikkers. Aan Sylvie Lafleurs diepliggende ogen en perkamenten huid, in de wegenkaart van verticale rimpels bij haar mond en de horizontale bij haar ogen was af te zien dat zij ervoor had gekozen om haar achterste te redden.

'Het spijt me, Mary. Ik ben blij dat ik dat nu eens kan zeggen. Het spijt me vreselijk.' Sylvie haalde haar schouders op met een blik op de donker wordende hemel. 'Kunnen we nu eindelijk naar buiten zodat ik kan roken? Alsjeblieft?'

'Nee,' besliste Mary, tot haar eigen verbazing. 'En ik? Had u het weleens over mij met mijn man?'

'Nee, niet echt. Hij zei weleens dat hij wilde dat je gelukkig was.'

'Maar waar hing hij dan al die avonden na die tijd uit? Al die andere avonden?' Mary verwachtte niet echt een antwoord. Ze had het evengoed aan de Koreaan achter de toonbank kunnen vragen.

'Het is al zo lang geleden. Ik ken hem gewoon niet meer. Ik weet echt niet waar Gooch is.' Ze zweeg even. 'Ik hoop dat je het me kunt vergeven.'

Het drong tot Mary door dat ze de weg naar buiten blokkeerde en dat er verder niets meer te zeggen viel, dus ze stapte opzij om Sylvie door te laten. Ze had geen besef van tijd en was verbijsterd toen ze zich omdraaide en merkte dat de Française was verdwenen als een rookwolkje uit een van haar smerige sigaretten, en zo snel dat Mary zich afvroeg of ze het hele gesprek misschien had gedroomd. Ze ving de blik van de Koreaan op die naar haar stond te kijken, en stak haar hand omhoog om drie vingers te laten zien.

Terwijl ze tegen de pinautomaat geleund op haar hotdogs stond te wachten schoot Mary haar gesprek te binnen met de Griek – uren geleden? dagen geleden? jaren geleden? De onzichtbare klok. De wijzers die onbeheerst rondtolden. *Heb je jullie bankrekening al gecontroleerd?*

Ze stak haar hand in haar tas om de pinpas op te zoeken die ze nog nooit had gebruikt. Ze had weliswaar felle discussies gevoerd met Gooch, maar het ging haar eigenlijk niet echt om de kasbedienden die overbodig zouden worden; ze was gewoon te lui om iets nieuws te leren. Ze deed diverse onhandige pogingen om de zilveren kaart in de gleuf te krijgen, en was erg met zichzelf ingenomen toen hij eindelijk werd geaccepteerd. Het apparaat was ontworpen voor sukkels, zoals Gooch al had gezegd. Ze kon zich de pincode makkelijk herinneren: de maand en de dag van hun huwelijk. Vandaag.

Ze volgde netjes de aanwijzingen, vroeg het apparaat om twintig dollar, en drukte op 'ja' toen haar beleefd werd gevraagd of ze haar saldo wilde weten. Ze nam haar pinpas terug en rukte het bonnetje eruit. Ze las het getal. En nog eens. Ze wist wat er op hun gezamenlijke bankrekening stond: driehonderdvierentwintig dollar. Gooch had gezegd dat dat alles was wat ze hadden. Het getal onder aan het dunne witte papiertje klopte niet. Ze duwde de zilveren kaart weer in de gleuf op het moment dat de Koreaan de aankopen aansloeg, en vroeg de automaat om nog eens twintig dollar en een bonnetje. Weer klopte het saldo niet, minus nog weer twintig dollar. Mary bestudeerde het papiertje. Er was iets mis. Nou ja, alles was mis. Waarom zou hun saldo dan ineens kloppen?

Zonder acht te slaan op de Koreaan en de hotdogs, stak ze de plastic kaart opnieuw in de automaat, en instant-deskundige als ze inmiddels was, drukte ze zonder te lezen op de knoppen en vroeg ze de automaat om meer dan zijn gebruikelijke aanbod. Wilt u een ander bedrag opnemen? Ja. Het bedrag mag de vierhonderd dollar niet overschrijden. Nou goed, vierhonderd dollar dan maar. En een bon? Graag.

Ze wachtte tot de machine was uitgeklikt, bang dat de politie dadelijk binnen zou komen stormen om haar in te rekenen. Ze vroeg om meer geld dan ze hadden, wist ze. Was dat niet net zoiets als een valse cheque uitschrijven? Toen de automaat de vierhonderd dollar in briefjes van twintig begon uit te spuwen, griste ze het geld uit het bakje en stopte het in de diepe zakken van haar uniform, voordat de Koreaan, of God, het kon zien. Ze bekeek de bon. Min twintig. Min twintig. Min vierhonderd dollar. Maar het saldo klopte nog steeds niet.

Met de bon in haar hand geklemd verliet ze de winkel, de Koreaan, de hotdogs en het sodawater, en werd door een heftige windvlaag belaagd. Mary vroeg zich af hoe de naalddunne Sylvie was thuisgekomen en speurde de zwarte hemel af of ze haar spichtige gedaante als zo'n lelijke plastic boodschappentas in de luchtstromen zou zien rondtollen.

Gooch was weg. Een buitensporig bedrag van vijfentwintigduizend dollar op hun rekening. Waar is God als je haar nodig hebt? dacht ze.

Alsof de vraag werd beantwoord – alsof God tussen de coulissen had staan wachten en net het sein had gekregen – klonk er plotseling een donderend applaus en de zwarte daghemel werd verlicht door zigzaggende, wraakzuchtige bliksems. Geen waterwerken, alleen verbluffend vuurwerk. Mary stak over, ploegde door het nog steeds groene gras aan de zijkant van het appartementengebouw, met het papiertje tussen duim en wijsvinger geklemd zoals klanten bij Raymond Russell hun recepten vasthielden. Het mysterie van het bijgestorte bedrag, samen met de groeiende angst dat de verdwijning van Gooch geen toeval was.

Aanvankelijk herkende Mary de tiener die met zijn donkere capuchon over zijn paarse haar getrokken bij de achteruitgang van het gebouw gehurkt zat niet als de jongen die tegenwoordig in de vroegere flat van haar vader woonde. In het zwart gehuld leek hij een norse kraai, een reusachtige verschoppeling uit de clan die op de takken van een boom vlakbij spottend zat te krassen. Door de houtskoolzwarte wolken schoten snelle elektrische ontladingen, kolkende stromingen, en een verblindende lichtflits langs de hemel. Geen bescheiden weerlicht maar bezeten gevorkte bliksems, schitterende zigzaggende flitsen, protesterende schokgolven, woedende donder, vonkend witte wegstervende tentakels, gehergroepeerd en herboren. Gloeiend. Woedend. De God met wie Irma was opgegroeid.

Het was niet Mary's bedoeling geweest naar de jongen met het paarse haar te kijken en evenmin zijn bedoeling naar haar te kijken, maar hun blikken vonden elkaar, en op het moment dat de jongen 'Allejezus' fluisterde, zei Mary zachtjes 'Allemachtig'. Hij trok zijn capuchon verder naar voren en sloeg zijn ogen neer. Het ogenblik was alweer verstreken, even vluchtig als een orgasme, en even vluchtend als Ms Bolt. Gooch. De kraaien rilden en krasten vanuit de kale boom: weg, weg, weg.

Mary greep de deurknop van de bestelwagen en klauterde naar binnen, waar ze werd overweldigd door een rijke chocoladegeur. Ze legde haar hoofd op het stuur en sloot haar ogen, niet in staat verzet te bieden aan de stemmen van haar ouders die in haar oor fluisterden. *Tja, als hij niks met dat Franse mens had, dan had hij iets met iemand anders,* zou Irma hebben gezegd. Orin was dol op Gooch, maar hij zou net zo pragmatisch op zijn verdwijning hebben gereageerd: *Tja, er zit niks anders op dan naar hem op zoek te gaan, neem ik aan. Je moet hem erop aanspreken. Als je denkt dat je hem nog niet kunt loslaten. Heb je zijn moeder al gebeld?*

Zijn moeder gebeld? Waarom zou ze zijn moeder bellen? Mary wilde Eden niet ongerust maken als er niets was om ongerust over te zijn. Bovendien had ze geen zin om tegenover de vrouw (die ze de eerste tien jaar van hun huwelijk altijd braaf de laatste zondag van de maand om twaalf uur plaatselijke tijd had gebeld, en die elke keer weer even verrast en teleurgesteld had geklonken – 'O, ben jij het, Mary') toe te geven dat ze gewoon gelijk had gehad. Ze kon Gooch' moeder sowieso niet bellen, omdat haar telefoon nog steeds thuis lag op te laden.

Toen Gooch haar de telefoon gaf, had ze tegen hem gezegd dat ze er nooit aan zou denken om hem mee te nemen. Ze besefte ook dat ze hem nooit zou leren gebruiken, aangezien ze al bang was voor de meest eenvoudige technologische snufjes, die net als de pinautomaat alleen maar nog meer gelegenheid leken te bieden om te falen. Elk apparaat, afgezien van de kassa op haar werk, was een modern snufje waar zij van in de war raakte. Om die reden had ze ook geprotesteerd toen Gooch een pc in huis had willen halen, 'zoals iedereen in de vrije wereld'. Ze had aangevoerd dat ze er geen geld voor hadden, maar ze had in tijdschriften ook genoeg adviesrubrieken gelezen om erover in te zitten dat het internet toegang verschafte tot porno en tot allerlei andere onsmakelijke verslavingen zou leiden. Gooch had haar een Luddite genoemd. Ze wist niet wat het betekende, maar ze wilde er niet een zijn. Dan had ze een gsm gehad en had ze iemand kunnen bellen.

Terwijl haar benen vast in slaap en gevoelloos waren zoals zo vaak als ze te lang achtereen zat, stak ze haar hand onderzoekend door het geopende schuifdak. Nog steeds geen regen. Langzaam, omdat haar vingers stijf en koud waren, duwde ze het sleuteltje in het contact, en intussen genoot ze van het scherpe prikken in haar kuiten toen het bloed naar haar hunkerende spieren stroomde.

Ze zette de bestelwagen in zijn achteruit, en keek in de spiegel om de betonnen lantaarnpaal achter de wagen in de gaten te houden, maar ze reed niet onmiddellijk weg. Even flitste Gooch' gezicht aan haar voorbij van toen hij vertrok naar zijn werk, en de zijdezachte stem waarmee hij naar haar kleding voor het bruiloftsdiner had geïnformeerd. Zo oprecht als hij had geklonken toen hij zei dat het niet niks was om vijfentwintig jaar getrouwd te zijn. Hoe hij erop had aangedrongen dat ze iets echt moois zou kopen. Met haar rechtervoet zwaar op de rem, meegevoerd op de stroomversnellingen van de eeuwige hoop, zag ze de kraai niet aankomen. Toen de vogel door het opengeschoven schuifdak kwam duiken om nog wat van de nootjes op te eisen die zijn maatjes en hij hadden gepikt toen zij er niet was, leek hij net zo te schrikken van haar aanwezigheid als zij van zijn inval.

Mary slaakte een kreet. De geschrokken vogel kraste en vloog niet terug door het schuifdak maar tegen de voorruit en vervolgens, fladderend als een bezetene, in de richting van Mary, die naar de vogel uithaalde, waardoor haar voet van de rem op de gaspedaal schoot, zodat ze de achterkant van de bestelwagen tegen de lantaarn aan ramde. Zwart. Veren. Zwart.

Mary tilde haar hoofd op van het geschulpte stuur en verwachtte niet anders dan dat ze bloed zou zien. De vogel was verdwenen. Nu zag ze pas de chocolade die kapot gepikt en aan stukken gescheurd op de stoel naast haar lag; hadden de vogels dat gedaan? Of zij zelf? Haar hoofd deed pijn, maar ze kon geen kneuzing vinden, en zelfs nog geen bultje. Ze verplaatste haar blik toen er een schaduw aan de rand van haar gezichtsveld verscheen. De tienerjongen. Ze kon aan zijn gezicht zien dat hij het hele gebeuren had gezien.

'Jezus,' hijgde hij, terwijl hij het portier opentrok en over haar pens reikte om de auto in zijn vrij te zetten en de sleutel van de zacht zoemende motor om te draaien. 'Mankeert u niets? Het was niet te geloven. Die vogel deed van...' Hij maakte wilde bewegingen met zijn armen. 'En u van...' Hij sloeg karikaturaal naar de lucht. 'Jezus, niet te geloven.'

'Ik heb mijn hoofd gestoten.'

De jongen trok zijn gsm uit zijn zak alsof het een handwapen was. Mary hield hem tegen. 'Hoeft niet, ik mankeer niets. Hoe is het met de wagen?'

Hij stapte naar achteren om de beschadigde Ford in ogenschouw te nemen. 'Stevig gebouwd.' Hij grijnsde.

Mary haalde diep adem en voelde weer aan haar hoofd. De plek tussen haar ogen. Het deed pijn als ze erop drukte.

'Moet ik echt niet de ambulance bellen?'

'Echt niet. Het spijt me.'

Voor het eerst merkte hij de bende Laura Secord op die over de voorbank verspreid lag. 'Jezus,' zei hij.

'Ik mankeer niks.'

Met tegenzin deed hij het portier dicht en hij zei: 'Zo ziet u er anders niet uit.'

Schattige meisjesachtige jongen. Hij wist niet dat ze er altijd uitzag alsof ze wat mankeerde. Ze draaide het raampje omlaag. 'Hartelijk bedankt. Echt waar. Neem me niet kwalijk.'

De roffelende regen was weliswaar verwacht, maar overviel hen beiden toch. De jongen trok aan zijn capuchon en haastte zich weg, terwijl Mary het sleuteltje omdraaide in het contact en zich opgeladen voelde door het geluid van de motor en de volgzaamheid van de versnellingen. Ze zwaaide naar de schriele jongen die weer op zijn beschutte plek in het portiek ging zitten, en hoopte dat hij niet lang en niet zo vruchteloos als zij zou moeten wachten.

Er waren verder geen auto's op de wegen van Leaford. Geen vogels in de bomen. Geen mensen met paraplu's op de trottoirs in de buurt van de bibliotheek of het winkelcentrum. Iedereen had de krant gelezen. Rijdend door de stortbui met luid kreunende ruitenwissers, de rechtschapen regen die haar schedel bestookte, bedacht Mary dat Gooch misschien een ongeluk had gehad. Hij had op de parkeerplaats bij Chung kunnen uitglijden op weg naar zijn

Combo nr. 5 – het was gisteravond tenslotte glibberig geweest. Misschien was hij gevallen en had hij zijn hoofd gestoten waardoor hij zijn geheugen of zijn verstand was kwijtgeraakt. Ze speurde de weg af naar haar fantoomechtgenoot. Net zoiets als de fantoompijn die ze voelde rond de tijd dat ze anders ongesteld was geworden. Net als het fantoomvet waarmee ze in haar eindexamenjaar had rondgelopen, zelfs toen ze op haar allerdunst was.

Om het hardst strijdend met de donder en bliksem roffelde de regen door het open schuifdak op Mary's gezicht. Reparatie verwarmingsketel. Schuifdak. Feestdinertje. De nieuwe medicijnen van moeder. Iets doen met die kwestie van de vijfentwintigduizend dollar op de rekening. Gooch opsporen? Laat die lijst toch zitten, ga liever een potje janken. Gooi het er allemaal nou eens uit. 'Het zou je zo goeddoen, Mare,' had Gooch vaak gezegd, 'als je het er nou eens uit gooide.'

Ze stak haar hand uit naar de puinhopen Laura Secord naast haar, en besefte dat ze de hele dag nog vrijwel niets anders dan chocola had gegeten, en het was al ruimschoots na twaalf uur 's middags. Ze bracht het vierkantje naar haar mond, werd overweldigd door misselijkheid en gooide de bonbon terug op de stoel.

Het was stil in de bank en, op een enkele kasbediende na, zo te zien compleet verlaten toen Mary binnenkwam en zich als een natte hond op de rubberen mat uitschudde. Een jonge vrouw in een beige pakje kwam met gefronst voorhoofd naar haar toe aan de balie. 'Akelig buiten, hè?'

Mary nam aan dat ze de wereld in het algemeen bedoelde, en knikte instemmend. Aangezien ze vrijwel onbekend was in de bank, nam de kasbediende haar met een afwachtende houding zwijgend op. 'Ik wil alleen maar weten wat er op mijn rekening staat,' zei Mary.

De vrouw nam glimlachend Mary's bankpas aan en haalde hem door de lezer. Ze trok een wenkbrauw op toen het apparaat de gevraagde informatie gaf en reikte Mary het bonnetje aan. Vijfentwintigduizend dollar meer dan ze bezaten. Mary durfde niet de aandacht op de vergissing te vestigen, voor het geval dat het geen vergissing was. Als Gooch dat geld op de bank had gezet, kon het alleen maar op onrechtmatige wijze zijn verkregen, en dan had dat vast iets met zijn verdwijning te maken.

Zonder enige herinnering aan de terugrit van de bank kwam Mary bij haar huis aan. Ze parkeerde de bestelwagen en waadde door de stromende regen naar de voordeur. In complete verwarring over het mysterieuze geld kwam ze tot de conclusie dat Gooch zijn verstand was verloren en een bank had beroofd. Of de Griek.

Ze rook de uitgebluste verwarmingsketel en voelde de prikkelende kou door het kapotte raampje in de achterdeur toen ze door de kleine woonkamer liep waar Gooch graag naar golfwedstrijden en zwart-witfilms zat te kijken, en verder naar de met bloed bevlekte gang. Haar blik viel op de keukentafel, waar ze tegelijk hoopte en vreesde een briefje te zien liggen.

De koelkast betokkelde haar pijn, toen ze in het kastje boven het fornuis naar de aspirine reikte en er twee, daarna drie op haar hand uit schudde, terwijl ze zich kribbig afvroeg waarom Gooch en zij nog steeds de medicijnen buiten bereik opborgen, al hadden ze dan geen kinderen en zouden ze die ook nooit krijgen. Ze slikte de tabletten met speeksel naar binnen in plaats van de moeite te nemen even de kraan te laten lopen, en rilde toen tot haar doordrong hoe doorweekt ze was.

Ze sopte naar de telefoon, spijtig dat ze dat antwoordapparaat niet hadden gekocht dat Gooch had voorgesteld voor als hij haar de hele dag probeerde te bereiken of iemand een belangrijke boodschap wilde achterlaten, al ontleende ze enig pervers genoegen aan het feit dat de telefoon nu niet direct van de haak rinkelde. Nadat ze had geluisterd of er een kiestoon was, tikte ze Gooch' nummer van het kaartje met alarmnummers in. 'Met Mary Gooch. Het is vijf over halfdrie. Het spijt me dat ik alweer stoor. Ik bel weer voor mijn man. Wilt u tegen Jimmy Gooch zeggen dat ik nu thuis ben? En of hij me daar wil bellen? Dank u wel. Neem me niet kwalijk.'

Als je denkt dat je hem nog niet kunt loslaten, had de Orin in haar hoofd gezegd. Ze perste zich door de bloedbevlekte gang. Haar onopgemaakte bed lokte. Even gaan liggen, dacht ze. Slapen. Dromen. Vol spijt om haar harde woorden jegens de verwarmingsketel liet ze haar gewicht zakken en trok ze de met bloed bevlekte quilt tot aan haar kin omhoog.

Droomfragment

De rinkelende telefoon kwam Mary Gooch' zorgelijke dromen binnen zweven en achtervolgde haar als een wesp langs de kale horizon van Leaford. Geschrokken en duizelig werd ze wild slaand naar de hoorn wakker. Het was Joyce van St. John's om haar eraan te herinneren dat er weer een cheque werd verwacht, dat de nieuwe medicijnen van Irma een paraaf nodig hadden, en dat het dinertje waar iedereen iets voor zou inbrengen naar dinsdagavond was verplaatst. Mary mompelde een beleefde belofte en hing op, om zichzelf wakker te schudden met nogal dubieuze herinneringen – was Gooch niet thuis? Was Sylvie Lafleur geen helse hoer? Was dat ongeluk op de parkeerplaats echt gebeurd? En dat veel te hoge bedrag op de rekening? De afgelopen uren leken een droom, een droom die in werkelijkheid net zo verwarrend was als hij in een film zou zijn.

De telefoon ging opnieuw over, ze trok hem op haar schoot en nam op met: 'Ja, Joyce,' omdat Joyce altijd nog een keer belde omdat ze iets was vergeten. 'Ja, hoor, ik maak de taart voor de loterij.'

Waar zit je toch, Gooch? En waarom staat er vijfentwintigduizend dollar op onze rekening? Ze draaide het nummer van Gooch' mobiel, dat ze inmiddels uit haar hoofd kende, en wachtte op de inmiddels vertrouwde stem van de onbekende. De vloeibare lucht gaf de indruk dat het middernacht was, maar de klok gaf aan dat het kwart over zeven 's avonds was. Ze had maar een paar uur geslapen. 'Mary Gooch alweer. Het spijt me. Wilt u mijn man alstublieft vertellen dat ik me erge zorgen maak en dat ik het erg op prijs zou stellen als hij belde? Het is kwart over zeven.'

Als ze zo'n vragenlijst las die ze aan sterren voorleggen, probeerde Mary haar leven af en toe te destilleren uit de antwoorden op vragen als 'gelukkigste moment?', 'belangrijkste prestatie?' Bij 'meest gebruikte kreet?' antwoordde ze zonder aarzelen: 'Het spijt me.' Ze verontschuldigde zich voor haar manier van eten, met die verontrustende neiging geen enkel onderscheid te maken. Waar heb je het meest spijt van? Dat ze Gooch de avond voor hun trouwen niet over de miskraam had verteld. Grootste liefde? Duidelijk. Ergste uitspatting? Duidelijk. Slechtste gewoonte? Duidelijk. Mary benijdde drinkers en gokkers, aan wie hun verslaving niet per se aan de buitenkant was af te zien. Mooiste deel van je lichaam? Ze hield het op haar ogen. Bij de vraag 'grootste avontuur?' kon ze met grote noch kleine avonturen aankomen. En aangezien ze haar levensdoelen nog moest vaststellen, sloeg ze de vraag 'prestatie waar je het meest trots op bent?' ook maar over. Ze rilde bij de gedachte aan wat Gooch op die vragen zou antwoorden, vooropgesteld dat hij eerlijk zou zijn.

De Kenmore zong over het kanaal van de bloedbevlekte gang en net als de gedoemde zeeman wilde Mary niets liever dan de roep van de sirenen beantwoorden, dus ze tilde haar voeten van het bed en zette ze met een klap neer op het tapijt. De koelkast begon luider en op hogere toon te zoemen, maar het lukte haar niet de rest van haar gewicht over te halen de koppeling aan te gaan met haar wachtende benen. Ze moest even wachten, terwijl haar gierende ademhaling de lokroep uit de keuken overstemde. De telefoon ging en ze nam op: 'Ja, Joyce.'

Stilte. Ademhalen. 'Gooch?' gooide ze eruit. Ze voelde zijn oor aan de andere kant van de lijn, het gewicht van zijn treurigheid, zijn diepe liefde. Ze dacht aan de honderden dingen die ze had opgespaard om nog eens te zeggen, maar niet één dat zich van haar hersenen naar haar lippen liet verplaatsen. 'Kom nou toch thuis, Gooch,' bracht ze ten slotte uit. 'Wat het ook is, we komen er samen wel uit.'

Er volgde een stilte, een oppervlakkige ademhaling, daarna een bekende stem, vrouwelijk en sluw. 'Mary?'

Wendy. Ze belde uit het restaurant aan het meer. 'Mary?'

Nu was het Mary's beurt om even te zwijgen. Ze kuchte. 'We redden het niet vanavond, Wendy. We halen het niet.'

'Jullie hálen het niet?' zei Wendy haar na. 'Maar het is jullie zilveren bruiloft, Mary. We zijn hier allemaal voor jullie. Wat is er met Gooch aan de hand? Hebben jullie ruzie gehad? Is het echt ernstig? Ik vind dat jullie ons een verklaring…'

Wendy had nog van alles te zeggen en dat deed ze ook nog steeds toen Mary ophing. Ze stelde zich de zes voor, zoals ze daar zaten aan de tafel die ze maanden geleden al had besproken, met uitzicht op het weidse, klotsende meer. Na een paar godallemachtigs en jezusmina's en wat voor profaniteiten het nieuws nog meer losmaakte, zouden ze vast besluiten in het restaurant te blijven en het diner door te zetten. Wendy zou smullen van de tegenslag van de Gooches en de anderen vervelen met haar wrokkigheid over alle tijd die ze nu verspild had aan het jubileumplakboek. Pete zou zich afvragen waarom Gooch niets tegen hem had gezegd, afgezien van die keer dat hij langs zijn neus had gevraagd: 'Ben jij gelukkig?' waarop zijn oudste vriend had geantwoord: 'Ben jij high?' En tegen het nagerecht zou Kim kwaad naar François zitten kijken, die oog voor de vrouwtjes had geërfd. Niemand zou zich verbazen over de breuk tussen Jimmy en Mary Gooch. Het was van meet af aan een kwestie van tijd geweest.

Mary keek naar de telefoon en vroeg zich af of ze de politie kon bellen. Maar wat moest ze tegen hen zeggen? Vijfentwintigduizend dollar waren op mysterieuze wijze op haar rekening verschenen en haar man was niet thuisgekomen. Het klonk als een belastend scenario. Ze sprak haar sporadische geloof in God aan en smeekte om nog eens een preventief wonder. Laat Gooch nou toch alsjeblieft thuiskomen, pleitte ze.

De telefoon ging over. Haar gebed was verhoord. Haar hart sprong op. Tot ze de bariton van de Griek aan de andere kant van de lijn hoorde en zich schrap zette voor het nieuws. Maar ook hij had niets van Gooch gehoord en maakte zich net als Mary steeds meer zorgen. De vragen die hij stelde klonken als een verhoor, en Mary voelde zich beschuldigd. Toen de Griek nogmaals vroeg of ze hun bankrekening had gecheckt, ontkende ze dat, in het volle besef dat ze nu haar eigen graf had gegraven.

In de slaapkamer rukte ze de kastdeur open. Niets ontbrak. Gooch' bescheiden garderobe uit de winkel voor lange mannen in Windsor hing aan de ene kant, met aan de andere kant haar rommeltje grote-matenmiskopen. Mary had nog nooit gezocht naar aanwijzingen voor ontrouw, maar ze had genoeg adviesrubrieken gelezen en genoeg praatprogramma's gezien om te weten waarnaar ze zocht. Lippenstiftvlekken op zijn kraag? Nee. Een parfumgeur? Nee. Ze rook helemaal niets. Verdwaalde blonde haren? Nee. Tot een klein vierkantje opgevouwen liefdesbriefjes of telefoonnummers in de zakken van zijn spijkerbroek? Nee. Ze voelde achter de winterjassen, waar ze de dozen met kaarten en foto's en de videobanden bewaarden, maar daar was niets te vinden. Ze deed de kastdeur dicht en keek in de kamer rond, tot ze op de commode een schoenendoos zag staan met het opschrift 'zakelijke info'. De doos stond open, met het deksel ernaast, boordevol gekreukelde reçu's. Ze bekeek de diverse bonnetjes voor benzine en consumpties die Gooch bij de Griek indiende.

Ze vond een rekening van een restaurant in Toronto en bekeek de datum: de vorige maand, en de tijd: vroeg in de middag. Kaarthouder James Gooch had daar de *dgschtl* en een *sndw gegrll kip* gegeten met twee biertjes van de tap, bij een tent aan Queen Street. Ze wist helemaal niet dat Gooch in Toronto was geweest.

Toen ze in het voorbijgaan een glimp van zichzelf in de spiegel opving, moest Mary denken aan de honderden tv-programma's over forensisch onderzoek die ze al had gezien, over het zoeken naar bewijsmateriaal, de opwinding als gerechtigheid was geschied. Ze installeerde zich op het bed om de reçu's beter te bestuderen. Er was niets verontrustends bij. Geen motelnota's of rekeningen van juweliers of lingeriewinkels. Het schokkendste wat erbij zat waren de bonnen voor benzine. Ze had geen idee dat het zoveel kostte om de tank van de vrachtwagen te vullen. Geen wonder dat de aarde in gevaar was. Er zat een nota bij van een carrosseriebedrijf in Leamington; Gooch had het ook over problemen met de vrachtwagen gehad. Er was een recept voor slaappillen van dokter Ruttle, wat hoogst opmerkelijk was omdat Gooch sliep als een roos. Voor de rest waren het restaurantnota's die Gooch' gewoonte om gezond te eten en zijn voorkeur voor een koel biertje bij zijn middagmaal bevestigden.

Mary had bijna de hele doos doorgewerkt, toen ze nog een nota van een restaurant in Toronto vond. Hetzelfde restaurant, een week eerder: eiwitomelet en een tapbiertje. En toen nog een, van de week daarvoor: de visdagschotel met salade en bier. En nog een en nog een, allebei in diezelfde week. En nog een. Gooch had nooit gezegd dat hij de afgelopen paar maanden zes keer in Toronto was geweest, maar ze had er natuurlijk ook niet naar gevraagd. Het bewees ook nog steeds niets. Hij was daar in de loop van de jaren talloze keren heen gereden om er deze en gene fabrikant op te zoeken waar de Griek bijzondere meubels voor in de winkel bestelde. Ze had geen flintertje bewijs om hem mee te confronteren als hij eindelijk eens thuiskwam. Dan at hij graag bij een tent die BISTRO 555 heette, nou en?

De koelkast bromde, maar Mary kon het niet horen door het tikken van de klok. Bel. Alsjeblieft. Bel. Alsjeblieft. Ze keek omhoog naar het plafond, zoals ze dat duizend keer eerder had gedaan, en zag een gapende spleet die zich recht boven het bed uitstrekte. De barst was er vanaf het begin geweest en was van smal naar breed, van kort naar lang uitgegroeid, maar zij had hem nooit opgemerkt. Of hij was op mysterieuze wijze in de nacht verschenen, zoals Gooch was verdwenen.

Ze pakte opnieuw de telefoon en draaide Gooch' nummer. Toen zij aan de beurt was om haar woordje te doen, zei ze: 'Dit is alweer de vrouw van Jimmy.' En na een korte pauze: 'Wilt u hem… feliciteren met zijn zilveren bruiloft?'

Terwijl ze haar ogen gericht hield op de barst, dacht ze terug aan het moment dat ze haar lichaam op de natte bladeren had achtergelaten. Maar in haar herinnering was het niet haar lichaam waar haar geest boven had gezweefd, maar dat van Gooch. Met dat beeld voor ogen liet Mary de chaos in haar bewustzijn achter voor de helderheid van haar dromen.

Niets snoods

Tochtjes naar de wc, en naar de kraan om water te drinken. Aspirine voor de pijn tussen haar ogen. Experimentele dromen. Glimpen licht. Het gewicht van de duisternis. Kraanwater. Urine. Doorspoelen. Het gezicht van Gooch. Licht. Donker. Water. Plas. Doorspoelen. Gooch. Mary. De wekker. Schreeuwen tegen Wendy of ze alsjeblieft wil weggaan. Eindeloos tikken, en dan niet meer, omdat de batterijen eruit zijn gehaald en op de grond gegooid. Hitte. De verwarmingsketel die toch niet het leven heeft gelaten.

Op de gang sprong een amberkleurige lamp aan als een wondertje van geschakelde timing en het licht sloop de kamer binnen als een geheime geliefde. Mary ontspande haar benen terwijl het licht haar heuvels aanbad, aan haar dropkleurige tepels likte en op haar bevroren tenen zoog. Ze trok haar oogleden vaneen en keek in de kamer rond. Met dichte gordijnen kon ze niet raden of het dag of nacht was.

Mary stond op, met een pijnlijke plek op haar voet waar ze zich had gesneden, in verwarring om de opeenvolging van haar verhalen en het verband dat ze met haar dromen hielden. De digitale klok aan de kant van Gooch knipperde, wat erop wees dat ergens die nacht de elektriciteit was uitgevallen en hersteld. Haar eigen bonkende klok zweeg. Dat was geen droom geweest – ze had er de batterijen uit gehaald, om twee uur 's nachts of twee uur 's middags, dat wist ze niet. De dichte grijze wolken die ze door de spleet tussen de gordijnen zag, verhulden de stand van de zon. Ze had het paniekerige gevoel dat ze laat was. Te laat. Waarvoor dan ook.

Toen ze de gordijnen opentrok, werden haar ogen getroffen door de scherpwitte sneeuw die over het landschap lag uitgespreid, zodat ze de grens van de tuin of de plek waar meneer Barkley lag begraven niet kon vinden. Een dikke laag die de wilg en de bevroren handdoeken in de bestelwagen belastte. Zoveel sneeuw in oktober? Dat was een soort wonder.

Instinctief keek ze naar de telefoon naast het bed, en ze zag dat de hoorn van de haak was. Ze legde hem terug, wachtte op de kiestoon en draaide het nummer van haar man. Ditmaal was het de stem die zijn excuses aanbood: 'Het spijt ons maar dit nummer is niet meer in gebruik.'

Mary zette de telefoon terug, haalde een paar maal diep adem en draaide vervolgens het nummer van de Griek, dat ook op het lijstje alarmnummers stond. Toen Fotopolis niet opnam, belde ze naar de winkel, waar ze tot haar verbijstering te horen kreeg dat de Griek ook weg was. Hij was de week ervoor naar Athene gevlogen om bij zijn doodzieke moeder te zijn. Mary kuchte en vroeg: 'Heeft meneer Fotopolis voor zijn vertrek mijn man nog gesproken?'

Het antwoord van de receptioniste was beleefd en professioneel; het had er veel van weg dat ze instructies volgde die ze had gekregen betreffende vragen over de verdwijning van Jimmy Gooch. 'Daar weet ik niets van,' zei ze verontschuldigend, om vervolgens haar discretie onderuit te halen door eraan toe te voegen: 'Ik heb zijn mobiel hier. Die heeft meneer Fotopolis in de vrachtwagen gevonden. Wilt u die komen ophalen, mevrouw Gooch? Mevrouw Gooch?'

Mary knoopte haar bebloede nachtpon dicht en stapte door de voordeur naar buiten, strompelend op haar dikke hiel in haar grote winterlaarzen over de lange, aflopende met sneeuw overdekte oprit. Er was één enkel stel bandensporen op de weg, en in de greppel lag de berijpte krant. Ze boog voorover om de krant te pakken maar kon er niet bij. Ze schopte met haar laars naar de sneeuw, waarbij nog een krant tevoorschijn kwam, en nog een, en nog een en nog een. Ze stapte tussen de kranten in hun dunne plastic zakken heen en weer, las ongelovig de datums. Afgezien van die droomachtige tochtjes om te plassen of te drinken had ze haar lichaam aan zijn lot overgelaten, alsof ze een ruziënd stel waren die tijd voor zichzelf nodig hadden, en ze had een hele week geslapen.

Ze zag dat de brievenbus vol post zat gepropt, verzamelde het

aanslibsel van brieven en reclamefolders in haar armen en liep terug naar het huis. Ze passeerde de voordeur en hobbelde naar de
keuken, waar ze getroffen werd door de tocht die door de kapotte
ruit kwam waaien. Ze vond de bezem bij de vuilnisbak en veegde
het glas tot een keurig hoopje in de hoek. Vervolgens verhielp ze de
tocht met wat Gooch *crazy tape* noemde en een stuk karton.

Vol energie dankzij de geleverde inspanningen en met de bezem bij wijze van polsstok hinkte ze opnieuw naar buiten met het
plakband en een stuk karton en verscheidene grote groene vuilnis-
zakken om het gat van het vastzittende schuifdak af te dekken. Ze
veegde de sneeuw naar buiten dat in de auto op de zitting lag opgetast en naar de vloer was gedwarreld, trok een vuilniszak open en
schoof de chocola erin; ze kromp ineen toen ze aan de kraai moest
denken.

Toen haar bezem de afval onder de stoelen voorin bereikte, fladderden er een paar kleine, glimmende kaarten op de grond. Ze
voelde haar vlees sidderen terwijl ze de bezem steeds dieper onder
de stoel stak en meer resten van de kaartjes – gouden en zilveren
strookjes – losmaakte. Tientallen krasloten waar hij niets op had
gewonnen. En verder de verkreukelde verpakkingen van honderd
chocoladereepjes. Zo meelijwekkend waren de geheimen van hen
tweeën weggestopt. Ze klauterde in de bestelwagen en ging in de
weer met het schuifdak.

Door de natte sneeuw stappend keerde ze terug naar het huis,
waar ze de gootsteen opzocht, de kraan liet lopen en diverse long-
drinkglazen water dronk voordat ze naar de tafel liep waar ze op
haar rode kunstleren stoel neerplofte. Ze keek over de koude tegelvloer naar de zwijgende koelkast. Een hele week lang had ze geen
hap gegeten en nog klonken de akkoorden van de honger maar van
ver, iets wat Mary zich met evenveel genoegen als paniek realiseer-
de.

Aan tafel boog ze zich over de post , een ongewone taak aangezien
de post – wat in feite neerkwam op rekeningen – bij hun stilzwijgende taakverdeling aan Gooch was toegevallen, of misschien had

hij erop gestaan daar verantwoordelijk voor te zijn, dat kon ze zich niet meer herinneren. Ze legde de folders en knipselkranten apart, en maakte van de rekeningen een keurige stapel waar Gooch zich later mee kon bezighouden. Ze opende een verlate condoleance-kaart van een ver familielid en las de gevoelvolle woorden over Orin tweemaal, terwijl ze de kleine, vierkante envelop negeerde die haar meteen al was opgevallen, geadresseerd aan Mevrouw Mary Gooch, in Gooch' krabbelige handschrift. Even wierp ze nogmaals een blik op de Kenmore, maar als een afgewezen minnaar weigerde hij haar aan te kijken.

Ten slotte pakte ze de envelop op. Ze maakte hem open en trof er het briefje in aan dat ze altijd had verwacht, dat ze was opgehouden te verwachten, dat geheel onverwacht per post was bezorgd. Ze liet de clichématige trillende hand achterwege en las Gooch' gekrab-belde boodschap op het vierkantje zilverachtig papier.

Lieve Mary,

Het spijt me. Ik wou dat ik wat anders kon bedenken om te zeggen. Er staat geld op de bank. Vijfentwintigduizend dollar. Dat is van jou. Ik heb het met een kraslot gewonnen. Niets snoods, heus. Wees niet bang om het uit te geven. Ik heb dit niet zo gepland, Mary. Ik heb tijd nodig om na te denken. Ik haat mezelf omdat ik zo'n lafaard ben – als je daar wat mee opschiet. Ik beloof dat ik contact zal opnemen.

Hij had het briefje ondertekend met 'De jouwe', een term die hij nog nooit had gebruikt, waardoor zij het gevoel kreeg dat ze voor iemand anders was aangezien. Ze vouwde het papiertje op en stak het terug in de envelop. *Snood.* Wie gebruikte er nou zo'n woord? En *de jouwe*. Waarom schreef hij *de jouwe* als dat briefje toch duide-lijk maakte dat hij dat nu juist niet was?

Er was niets, helemaal niets, waarin Mary met overtuiging kon geloven. Het leek vrijwel onmogelijk, of in elk geval hoogst onwaar-schijnlijk, dat haar man een reusachtige som geld had gewonnen met een kraslot en haar op hun vijfentwintigjarige bruiloft had verlaten 'om na te denken', en 'contact zou opnemen', maar daar stond het in balpeninkt op briefpapier uit de drugstore dat hij waarschijnlijk speciaal voor dit doel had aangeschaft. Ze stond op, zette haar voet op de pedaal om het deksel te openen, en gooide zijn briefje in de afvalbak.

Op weg naar de badkamer hoorde ze de stem van haar man als de voice-over in een film: 'Ik heb dit niet zo gepland, Mary. Ik heb tijd nodig om na te denken.' Terwijl ze de douche liet loeien om hem te overstemmen, trok ze haar ochtendjas uit en schopte haar winterlaarzen van haar voeten. Geheel ontkleed greep ze de stang vast die Gooch jaren geleden voor haar had geïnstalleerd en stapte over de badrand, om haar evenwicht op de rubberen badmat te hervinden, waar haar voet linten bloed lekte.

Mary zocht de dure badspullen op die Gooch haar de Kerstmis daarvoor had gegeven en goot ze allemaal tegelijk over zichzelf uit. Zodra haar wangen roze geschrobd waren, droogde ze haar huid met een schone handdoek, waarbij ze merkte dat er een beetje minder van haarzelf was dan in de voorafgaande dagen. Haar bloedbevlekte nachtpon was te smerig om weer aan te trekken, dus rommelde ze naakt voor de badkamerspiegel in een la vol haarproducten tot ze eindelijk een grote kam had gevonden. Ze trok hem door haar haren tot alle slierten uit haar gezicht weg waren en ze alleen nog haar grijze uitgroei kon zien, voor het eerst van haar leven verbijsterd door de gelijkenis met haar moeder. Niet dat Mary de welving van een bot herkende, en evenmin haar neus of de manier waarop ze oud werd. Het was die blik van complete verbijstering in haar ogen. De blik die Irma over zich kreeg toen haar bestaan onbegrijpelijk was geworden.

Gooch was al een week weg. In de brief stond dat hij tijd nodig had om na te denken. Maar waar was hij heen? Hoeveel tijd was dan genoeg? En als hij nu nooit terugkwam? Had hij echt de loterij gewonnen? Complete verbijstering. Maar ook al zag ze de blik van haar moeder in haar eigen ogen weerspiegeld, ze maakte zich geen zorgen dat ze dezelfde ziekte had als zij. Ze was ervan overtuigd dat haar een poëtischer lot wachtte. Ze had zich voor zichzelf een hartaanval voorgesteld, en nu Gooch er niet was had ze het gevoel dat ze er elk moment een kon krijgen. Ze pakte de haardroger, waarbij haar oog viel op het doosje met rode haarverf van de dag dat Orin werd begraven.

De tijd verstreek zonder het getik van de klok. Mary ging voor de badkamerspiegel staan en trok de handdoek van haar hoofd. Ze schudde haar lange haren los, die eerder kastanjebruin dan rood waren, dacht dat haar moeder haar vast van zo'n brutale look had proberen af te brengen, en besloot dat het net even beter was dan die afschuwelijke grijze uitgroei.

In de slaapkamer vond ze in een van de laden een schoon marineblauw schortpak dat inmiddels losjes genoeg rond de taille zat om het touwtje te moeten aanhalen. Ze deed de kast open en vond na enig zoeken haar tweede marineblauwe schortpak, dat ze opvouwde en samen met een nog nooit gebruikte necessaire met gebit- en haarverzorgingsproducten, haar opgeladen mobiel en het bijbehorende kabeltje in een grote tas van nepleer stopte.

In de rommella in de keuken vond ze pen en papier, waarna ze in een van de kunstleren stoelen ging zitten. Ze schreef: 'Gooch, ik ben de deur uit, op zoek…' maar ze maakte de zin niet af. Op zoek waarnaar? Op dat moment wist ze dat niet echt.

Wie vertrekt en wie achterblijft

Er waren geen donkerrode seringen, het was immers oktober en de struiken langs het pad naar St. John's waren kaal, maar Mary wilde bloemen voor Irma meenemen. Bloemen stonden voor een ritueel, en dit ritueel was belangrijk. Omzichtig manoeuvreerde ze de rode Ford het met sneeuw bedekte parkeerterrein bij de kruidenierswinkel op, zeer ingenomen met het feit dat haar geïmproviseerde autodak het hield. De opklimmende zon die even achter de grijze wolken vandaan verscheen verwarmde haar gezicht toen ze over de parkeerplaats strompelde terwijl ze zich afvroeg waarom ze de lucht van frituurvet van de hamburgertent even verderop nauwelijks kon velen. Ze ging de kruidenierswinkel in maar nam geen wagentje.

De knappe caissière die volgens haar naamplaatje SHARLA heette, wierp een blik op de plastic klantenkaart die Mary uitgestoken hield en zei zonder op te kijken: 'Hallo mevrouw Gooch.' Een kleinhandelsgewoonte die Mary behoorlijk irritant vond. Het kon haar niet schelen of dat onbeleefd was, maar ze wilde anoniem zijn als ze winkelde.

Het had echter nauwelijks zin om net te doen alsof. De caissière zag haar vrijwel elke dag. 'Hallo Sharla.' Mary legde het boeket zonnebloemen op de band.

'Is dat alles, mevrouw Gooch? Geen boodschappen?'

'Het spijt me.'

Sharla keek op en flapte eruit: 'Goeie god, wat is uw haar rood.'

'Ja,' zei Mary, met wangen die al even gloeiend rood waren.

'Mooi.' Sharla zwaaide met de saffraangele bloemen langs de scanner. Geërgerd drukte ze op een knop naast de kassa. 'Het apparaat scant ze niet. Ik moet de manager erbij halen.'

Mary voelde haar beschuldiging branden: *Als jij niet zo dik was, zou hij die bloemen wel scannen.* 'Ik vond eigenlijk toch al dat ik iets kleiners moet nemen,' zei ze.

Het meisje tikte op de microfoon op haar kassa. 'Zack naar kassa drie, alsjeblieft. *Zack.*' Ze draaide zich naar Mary om en zei op samenzweerderige toon: 'Zo heet hij echt.'

'Het spijt me.'

'Ú kunt er toch niets aan doen?' Sharla bleef op de knop drukken en tuurde met haar welgevormde benen strakgespannen op haar tenen de gangen af. Plotseling barstten de lage noten van 'Proud Mary' los. Mary sloeg een kreet waar Sharla van schrok, om haar vervolgens te helpen haar mobiel vanonder de andere reisspullen in haar reusachtige bruine tas op te diepen. Het was zo overduidelijk dat de telefoon Mary volkomen vreemd was dat Sharla hem wel van haar moest overnemen om hem open te klappen en tegen Mary's oor te drukken.

'Hallo,' zei Mary ademloos. Het was een boodschap van haar provider, maar het duurde even voordat ze begreep dat het een bandje was.

Sharla lachte. 'En nu doet u hem weer dicht. Dichtdoen. Gewoon... precies... dichtdoen.'

Mary klapte de telefoon dubbel.

'Misschien moest u die ringtone maar wat zachter zetten,' zei Sharla, voordat ze nogmaals op de knop drukte. 'God, wat haat ik die manager van me.'

Mary knikte. 'Ik ook.'

'Een zak?'

'Een Ray, maar inderdaad.'

Sharla drukte Mary de bloemen in haar handen en met een gebaar naar de deur zei ze: 'Ik zet ze wel op mijn werknemersrekening en dan betaalt u me gewoon terug wanneer het u uitkomt.'

'Maar ik heb geld.'

'Neem ze nou maar gewoon mee, mevrouw Gooch,' drong Sharla met een wegwuivend gebaar aan.

'Het spijt me.'

'Zeg nou maar gewoon bedankt.'

'Bedankt,' zei Mary met het grote boeket tegen zich aan geklemd. Bij het verlaten van de winkel vroeg ze zich af of er al mensen in Leaford waren die wisten dat Gooch de vrachtwagen bij Chung achter had geparkeerd en was verdwenen. Misschien wist Sharla het. Misschien was het een gebaar uit medelijden geweest. Of uit solidariteit.

Ze liep bij St. John's door de voordeur naar binnen en veegde op verzoek van een handgeschreven bordje haar laarzen op de vochtige stukken karton die over het tapijt lagen uitgespreid. De onlangs ingehuurde jongeman achter de receptie keek geërgerd naar de omvang van het boeket in haar armen. Ze verontschuldigde zich niet toen ze hem de bloemen overhandigde, vooral omdat ze ook nog gepostdateerde cheques bij zich had voor het komende halfjaar zorg voor haar moeder. Ze vroeg of de jongeman zo vriendelijk wilde zijn haar nieuwe telefoonnummer te noteren voor in geval van nood. 'Mijn mobiele nummer,' zei ze monter, waarna ze het nummer van het kaartje oplas.

Trots op haar reputatie bij Raymond Russell dat ze zo goed met oudjes kon omgaan bleef ze even staan om een drietal bejaarde dames te begroeten die bij de deur naar de conversatiezaal zaten. Vlakbij zaten twee verschrompelde Williams en een pokdalige Paul om een pot vol penny's te pokeren. Ze was haar vlammend rode haar helemaal vergeten totdat de oudste van de twee Williams zachtjes begon te fluiten. 'Kijk nou, daar hebben we Ann-Margret,' juichte hij.

De oude Joe DaSilva, een van haar lievelingsklanten bij de drugstore, zei: 'Hallo, rooie. Wat vind je van mijn nieuwe ochtendjas, rooie?'

'Je lijkt sprekend op Hugh Hefner, Joe,' zei ze, terwijl ze de zijdezachte stof op zijn schouders streelde, waar de mannen om moesten lachen.

Ze bloosde toen de oudere William op haar borst klopte, die hij voor haar arm had aangezien, en zei: 'Blijf even bij dit potje. Wie weet breng je me geluk.'

'Je hebt weer wat meer kleur,' merkte ze op.

'Ik heb andere medicijnen gekregen.'

'Vandaar. Als je maar uit de buurt van mijn moeder blijft,' zei ze bij wijze van grapje, waarna ze de mannen aan hun kaartspel overliet.

In de conversatiezaal vond Mary haar moeder geparkeerd naast de nieuwe patiënt, een al even frêle blanke vrouw, Roberta, een onbekende die uit Kitchener kwam en nooit bezoek kreeg. Zoals ze daar zij aan zij in hun rolstoel met een deken over zich heen zaten te snurken deden ze Mary denken aan peuters in hun wandelwagen in het park, en ze begreep waarom moeders vaak zeiden dat ze er als engeltjes uitzagen als ze sliepen. Ze ging tussen haar moeder en Roberta zitten en legde haar hand op Irma's dodelijk benige schouder. 'Ma?'

Maar Roberta, die aan een of andere mysterieuze ouderdomsziekte leed, was degene die haar ogen opendeed. 'Ja?' Mary schrok te erg om te antwoorden. 'Ja?' zei Roberta nog eens, en ze ving haar blik op, zodat Mary zich niet kon afwenden. 'Wat is er?'

Mary weifelde. 'Ik kom afscheid nemen.'

De oude vrouw haalde haar schouders op.

Mary omklemde Irma's koele vingers en fluisterde haar moeder toe in de hoop dat Roberta haar niet kon verstaan. 'Ik kom afscheid nemen.'

'Wil je dat ik je vergeef? Nu ik op sterven lig? Ben je daarom hier?' vroeg Roberta.

Mary hoorde het verlangen van de oude vrouw en zweeg even voordat ze antwoordde: 'Ja.'

Roberta knikte langzaam. 'Daar heb ik lang op gewacht.'

'Goed.'

'Al die verspilde tijd.'

'Ja,' gaf Mary toe.

'Verspild.'

'Verspild.'

'Hoe zul je aan me terugdenken?' vroeg de oude vrouw met een onderzoekende blik. 'Waar zul je aan denken?'

'Zoals je mijn haar borstelde,' zei Mary, terwijl ze in Irma's hand kneep. 'Ik zal eraan denken hoe je mijn haar borstelde.'

'En waaraan nog meer?'

Mary zweeg even. 'En ik zal eraan denken... dat ik je kracht altijd heb bewonderd.'

'Ik heb altijd gezegd wat ik dacht en gedacht wat ik zei.'

'Ik weet dat je van me hield.' Mary kuste het perkamenten voorhoofd van haar moeder en ging samen met de vrouwen in de verte zitten staren.

Zonder te weten hoe lang ze daar had gezeten, omdat de tijd sinds de dood van de klok zijn normale opeenvolging was kwijtgeraakt en tegelijkertijd hier en nu en daar en toen was, kneep Mary nog een laatste maal in de benige vingers van haar moeder in een afscheidsritueel dat treuriger en natuurlijker was dan ze zich had voorgesteld.

Op weg naar buiten nam ze afscheid van de kaartende mannen, en ze zei nogmaals tegen de jongeman bij de receptie dat ze haar mobiele nummer moesten proberen als ze haar moesten bereiken.

Het pad dat zich voor haar uitstrekte helde. In de verte hoorde ze een hongerkreet – geen pijn in haar pens maar een seintje van haar verstand dat ze moest eten. De Oakwood-bakkerij was twee straten van St. John's vandaan.

Oakwood was de enig overgebleven zelfstandige bakkerij in Baldoon County, sinds de koffieketen van Tim Horton jaren geleden de hele concurrentie had weggevaagd, maar Mary was een trouwe klant gebleven, helemaal sinds ze het drive-inloket hadden geïnstalleerd en ze geen energie meer kwijt was aan het verlaten van haar auto en zich niet meer hoefde bloot te stellen aan de afkeurende blikken van de andere klanten, al moest ze hen nog zo gelijk geven. Wat moest een vrouw van haar omvang met een doos honingkrullen?

Toen ze de deur opende, moest ze denken aan de vele bezoeken die ze als kind met haar moeder aan de Oakwood-bakkerij had gebracht. Voordat ze op vrijdag naar de kruidenier gingen – want Irma deed nooit boodschappen op een lege maag – gingen ze altijd naar de bakkerij, waar ze een kruk aan het U-vormige buffet zochten en haar moeder duizend keer tegen haar moest zeggen dat ze niet moest tollen, voordat ze een klap op Mary's knie gaf. Irma bestelde dan een volkorenmuffin met rozijnen en sterke zwarte koffie in zo'n laag wit kopje waar je altijd een schoteltje bij kreeg. 'Ik ben gek op het licht hierbinnen om deze tijd van de dag,' zei Irma dan. Of: 'Wat is het toch heerlijk dat hier nooit wat verandert.'

Aan Mary de keuze uit een overweldigende collectie muffins, een beslissing die haar meer ellende dan plezier bezorgde, omdat ze vaak spijt had dat ze de met jam gevulde had gekozen in plaats van de muffin met pudding, of de beignet in plaats van de versierde muffin. Irma scheurde altijd kleine stukjes van haar muffin die ze in haar mond stopte en vervolgens bedachtzaam kauwde, en al zeiden ze zelden een woord, Mary had toch het gevoel dat ze verbonden waren in het zintuiglijke genoegen dat ze er beleefden.

Op de ochtend voor de begrafenis van Christopher Klik was het gezin Brody in de Oakwood-bakkerij gaan ontbijten. Mary was niet in de stemming om in haar nauwsluitende zwarte rok en krappe witte blouse te zitten tollen en zat bewegingloos op haar kruk tussen haar ouders aan het buffet in de buurt van de deur. De serveerster had een strakke grijns op haar gezicht terwijl zij aarzelde tussen de muffin met veelkleurig strooisel en het citroengebakje, en uiteindelijk voor een donut met extra chocoladeglazuur koos. Ze vroeg om een hapje van haar moeders muffin en een stukje van het kaneelbroodje van haar vader voordat ze aan haar ongewoon klein uitgevallen chocoladedonut begon die het obeest bij lange na niet zou bevredigen. Ze probeerde haar donut in kleine stukjes te scheuren, zoals haar moeder altijd deed, maar het enige resultaat was dat haar vingers vies werden. 'Netjes eten, Mary,' zei Irma.

Ze zag dat haar ouders geen trek hadden en vond het een hele opluchting te bedenken dat het hun vast niet zou opvallen als zij hun ontbijt ook zou opeten, omdat ze beiden verzonken waren in de dodelijke strijd van die dag. Ze duwde de rest van haar donut in haar mond en draaide zich om op het moment dat de deur openging en het silhouet onthulde van de oogverblindende Karen Klik, in het zwart gehuld vanwege de begrafenis van haar jongere broer, steil geföhnd lang blond haar, wimpers voorzien van een laagje waterproof mascara, en autosleuteltjes die aan haar lange vingers bungelden, ongetwijfeld om een boodschap gestuurd voor de bijeenkomst na de begrafenis. Hun blikken kruisten elkaar.

'Je hebt chocola op je blouse,' zei Karen.

Geschrokken stak Mary haar handen ernaar uit waardoor ze nog meer chocola op haar gesteven katoenen schouder smeerde.

'Hè, Mary,' riep Irma uit en ze ging onmiddellijk in de weer met een servet dat ze in een glas water doopte, terwijl ze aan Mary's blouse rukte. 'Hè, Mary.'

Toen Mary eindelijk de moed had om op te kijken, stond Karen Klik nog steeds te staren. Mary wist niet hoe ze de blik in de ogen van de treurende zuster moest benoemen. Achteraf was er tijdens de afscheidsdienst onder de dames nog een discussie geweest over hoe je de chocoladevlek het beste kon verwijderen, totdat de schoonzus van mevrouw Klik had opgemerkt: 'Ze barst er toch uit. Je kunt hem net zo goed bij de oude lappen gooien,' waardoor ze zich nog erger vernederd voelde.

Mary zette de schande van die dag van zich af, trok de deur naar de Oakwood-bakkerij open en stapte naar binnen. De verkoopster achter de toonbank keek verbaasd op. 'Hallo mevrouw Gooch,' zei ze, toen ze haar van het drive-inloket herkende. De gesprekken over de toonbank verstomden meteen, en aller ogen richtten zich op haar. Ogenblikkelijk besefte ze hoe dwaas ze was geweest zich af te vragen of iemand op de hoogte was. Iedereen wist dat Jimmy Gooch de loterij had gewonnen en zijn dikke vrouw had verlaten om een of ander midlifecrisis-visioen na te jagen.

Mary sloeg haar ogen neer en ving een glimp op van haar spiegelbeeld in een chromen tafel, getroffen door de diepe vuurkleur van haar haren, die ze zichzelf heel even toestond helemaal niet lelijk te vinden in combinatie met haar huidskleur.

Mary had sinds haar jeugd niet meer aan het u-vormige buffet gezeten, en nooit aan dit u-vormige buffet, omdat het kort na de begrafenis van haar klasgenootje bij de tweede brand uit de geschiedenis van de bakkerij voor een groot deel vernield was en Irma er sindsdien niet meer heen reed voordat ze op vrijdag boodschappen gingen doen. Mary vermoedde dat ze dat had gedaan omdat ze toen niet meer kon zeggen: 'Wat is het toch heerlijk dat hier nooit wat verandert.'

Om de stilte te vullen zei ze tegen de verkoopster: 'Ik denk dat ik maar een kop koffie neem,' en ze liep naar het buffet. De rest van de klanten keerde terug naar hun cliques: het viertal boeren, de moeder met haar vervelende kinderen, de drie gepensioneerde docenten die Mary van het Leaford Collegiate herkende maar die haar niet leken te herkennen. De caissière van de Zellers. De serveerster bracht haar een zwarte koffie. 'Neem me niet kwalijk,' zei Mary. 'Maar wat is de snelste route van hier naar de snelweg?'

Een van de boeren gaf antwoord voordat de serveerster haar mond had geopend. 'Je neemt deze weg naar de 2. Daar sla je links af en dan kom je zo op de 401 terecht. Hopelijk heb je goede banden. Er is meer sneeuw voorspeld.'

'Waar moet je heen?' vroeg de boer die geen basketbalpet ophad.

'Naar Toronto,' besliste Mary, aangezien de restaurantnota's haar enige aanwijzing waren.

Hij trok zijn bovenlip op en zei schor: 'Ik heb een bloedhekel aan Toronto.'

'We hebben uw bestelling in de diepvries gezet toen u hem vorige week niet kwam ophalen, mevrouw Gooch,' zei de verkoopster vanachter de toonbank. 'Wilt u ze nu hebben?'

'Wat bedoelt u?'

'Uw taarten van vorige week? Daarvoor bent u hier toch? Vier stuks, klopt dat? En de gebakjes.'

Mary kromp ineen terwijl het geroezemoes stilviel en aller ogen zich naar haar wendden. Rood aangelopen stond ze op en betaalde de rekening. 'Kunnen jullie de taarten bij St. John's bezorgen?' vroeg ze zacht.

'Dat kost extra.'

Terwijl ze naar haar geld zocht, probeerde Mary het trillen van haar hand tot bedaren te brengen.

De regel van drie

Terwijl ze in de grote Ford bestelwagen over de snelweg raasde onder begeleiding van het Motown-bandje dat Gooch jaren geleden voor haar had samengesteld, bekeek Mary het landschap met de platte boerderijen en de hoog optorenende silo's omzoomd door dichte bosjes. Een paar vasthoudende bomen hadden nog hun herfsttooi, maar de meeste waren kaal en zwart van de gesmolten sneeuw. Ze zag een bord waarop het eerstvolgende pompstation werd aangekondigd, en hielp zichzelf eraan herinneren dat ze moest plassen en iets moest eten. Zelfs met een pauze onderweg hoopte ze rond etenstijd het restaurant in Toronto te bereiken, omdat er dan meer personeel zou zijn om vragen aan te stellen over Gooch. Gooch was in elk geval iemand die je niet snel vergat. Misschien had hij het met iemand gehad over een reis die hij wilde ondernemen. Een plek waar hij had willen wonen. Iets om uit af te leiden waar hij zou kunnen zijn. Mary had altijd kritiek gehad op dat soort plots in televisiedrama's, maar nu begreep ze dat er in het echte leven niet veel anders op zat dan op vage aanwijzingen af te gaan, als dat het enige was waarover je beschikte.

Haar gewrichten waren stijf van het autorijden, en ze moest even naast de wagen op adem komen voordat ze naar het pompstation liep, met een linkervoet die tot aan haar enkel sliep. Met een blik naar de hemel vroeg ze zich af of de sneeuw echt zou komen of dat die ook tijd nodig had om na te denken.

Vanwege de rij voor de koffie en omdat ze zo snel mogelijk weer de snelweg op wilde, kocht ze een proteïnereep uit de automaat en was er langzaam op aan het kauwen toen haar oog op de pinautomaat er vlakbij viel. In dat leugenachtige briefje van Gooch had hij geschreven dat ze het geld moest uitgeven. Maar plotseling durfde ze er niet op te vertrouwen – hoe kon ze Gooch ook vertrouwen? –

dat het geld er nog was. Ze ging achter de lange rij voor de pinauto-maat op haar beurt staan wachten, en toen het eindelijk zover was, trok ze haar pinpas uit haar portemonnee, verrichtte de benodigde handelingen, en vroeg zich intussen af of Gooch had bedoeld: je mag het uitgeven, zolang je maar niet de creditcard gebruikt. Hij vond het vreselijk wanneer zij de creditcard gebruikte omdat dat zijn boekhouding in de war stuurde. En hoeveel van het geld moest ze dan uitgeven? Alles? De helft? En waaraan dan? Voor iemand die de touwtjes graag in handen had was hij nu irritant onduidelijk met zijn aanwijzingen. Ze vroeg de automaat om nog eens honderd dol-lar, voegde die toe aan het toch al dikke pak geld, en wachtte tot het apparaat het bonnetje uitspuugde. Het geld was er nog allemaal.

Omdat ze nu eenmaal de gewoonte had haar blik omlaaggericht te houden had Mary de sjofele jongeman niet opgemerkt die halver-wege de rij voor de pinautomaat achter haar stond. Voordat ze naar buiten ging, keerde ze zich om en merkte dat hij met een bepaalde blik in zijn ogen naar haar stond te kijken. Ze kende dat soort blik-ken. Er waren een paar varianten, en opmerkelijk genoeg stonden ze los van leeftijd, ras of geslacht. De blik waaruit sprak: die vrouw is gigantisch. Of de blik die zei: wat doodzonde van al die huid. Of: wat zou je moeten eten om zo dik te worden? In de loop van de jaren was er een nieuwe blik bij gekomen, die op een vergelijkend onderzoek leek te wijzen, in de richting van: die vrouw is net zo dik als mijn nichtje, oom, moeder, beste vriendin. Nu er een ware epi-demie van overmatige dikte in Noord-Amerika rondwaarde, leek er steeds meer op te wijzen dat veel mensen wel iemand kenden die net zo dik was als zij.

Op de parkeerplaats kon zij met haar slepende tred niet op tegen het pezige tempo van de man, en hij had haar al ingehaald voordat ze zijn rennende voeten hoorde. Het was de man uit de rij voor de pinautomaat. Hij haalde uit met een zilveren lemmet die hij onder de manchet van zijn overhemd had verborgen. Toen hij zijn arm naar voren stootte, sloot Mary haar ogen. Een gewelddadige dood. De regel van drie.

Toen ze geen gloeiende pijn van metaal in haar buikstreek voelde, dankte ze haar vetlagen dat ze haar beschermden, en deed ze haar ogen weer open, waarop ze tot haar verwarring tot de ontdekking kwam dat de man geen mes vasthield maar haar zilverkleurige bankpas. Zwijgend drong hij er met een gebaar naar het gebouw op aan dat ze de kaart in ontvangst nam, al was inmiddels wel duidelijk wat er was gebeurd.

'Neem me niet kwalijk,' zei ze.

De man knikte even en draaide zich weer om. Mary zag hem over het glibberige plaveisel de weg op springen waar net een vrachtwagen de bocht om kwam. De chauffeur drukte op de claxon. Het geschreeuw van omstanders bracht de man niet van de wijs en hij zag kans het trottoir te bereiken vlak voordat de vrachtwagen langsdenderde. Hij bleef even stilstaan, niet omdat hij de vrachtwagen had horen aankomen of de commotie die hij had veroorzaakt had opgemerkt, maar om met een strak gezicht naar Mary te zwaaien voordat hij weer in het gebouw verdween. Ze kon door het grote raam zien hoe hij achteraan in de rij voor de pinautomaat aansloot, aangezien hij zijn plaats had opgegeven, en ze dacht aan alles wat de onbekende voor zijn vriendelijke gebaar in de waagschaal had gesteld.

'Dank u wel!' riep ze, al wist ze dat hij het niet kon horen.

Nieuwe rekensommen compliceerden de voortzetting van Mary's rit omdat ze probeerde uit te rekenen wanneer haar man zou terugkomen. Als hij vijftigduizend dollar had gewonnen, en dat nam ze aan, zou dat bedrag uiteindelijk opraken. Over een paar weken? Maanden? Dat hing er maar van af waar hij was en hoe hij het spendeerde. Stel dat het een ton was die hij over de balk ging gooien, en dat hij niet in de verste verte de man was die zij dacht dat hij was? Of misschien was het een miljoen, en in dat geval zou ze hem waarschijnlijk nooit meer terugzien, moest ze toegeven. Ze besefte dat ze met haar pogingen te bedenken hoe groot de kans was dat Gooch uit zichzelf thuis zou komen zichzelf er alleen maar van afhield te bedenken hoe groot de kans was dat ze hem ooit zou vinden.

Naarmate ze dichter bij de grote stad kwam, nam het aantal rijbanen toe, net als de snelheid en de behoefte van andere automobilisten om daar te komen waarheen ze op weg waren. Ze nam rustig een bocht, diep onder de indruk van de oogverblindende zilveren einder. Ze kende de aanblik van de stad alleen van foto's en de televisie, en toch had ze een sterk gevoel van déjà vu. Niet alsof ze hier ooit eerder was geweest, maar alsof ze precies datzelfde gevoel had gehad toen ze van het gangpad langs de pijnstillers de bocht had genomen naar de tandverzorgingsproducten en Jimmy Gooch met zijn krukken en die blik in zijn ogen had zien staan, ruim vijfentwintig jaar geleden.

Het verkeer op de weg naar de stadskern reed langzaam, maar Mary besloot zich er niet aan te ergeren. Ze keek naar de mensen die dik ingepakt tegen de herfstkou over het pad langs het woelige grijze meer wandelden, met de dalende zon die hele gezinnen in een gezond gouden licht liet baden. Ze zag verliefde tienerstelletjes over bruggen slenteren, en skaters al figuren schaatsend over de trottoirs rollen. Zoveel mensen. Niet een die zij kende. Niet een die haar kende. Ze voelde zich aangenaam klein.

Terwijl het verkeer vrijwel tot stilstand kwam en het licht zijn romantische gloed kwijtraakte, waardoor grijs licht de kouwelijke gezinnen, de lompe hardlopers, de opschepperige skaters en de achteloze fietsers overspoelde, zag ze waar Gooch het over had gehad toen hij een redactioneel commentaar in een krant uit Toronto aanhaalde waarin de onophoudelijke discussie werd besproken over de wegen langs het meer, die altijd verstopt zaten en het meer onbereikbaar maakten. Ze kon zich nog herinneren dat ze zich weer eens had geërgerd aan Gooch' gewoonte artikelen voor te lezen, en alleen maar had gewild dat hij opschoot met zijn ontbijt en vertrok, zodat zij zich op de overgeschoten perzikentaart kon storten. De toesluipende duisternis bracht haar verlichting, en Mary besefte dat ze haar zin had gekregen. Gooch was verdwenen en nu kon ze perzikentaart eten tot ze bakvet zou zweten.

Het was makkelijk genoeg om het restaurant te vinden. Queen

Street was op een steenworp afstand van de snelweg, en ze volgde de huisnummers op de smalle winkeltjes totdat ze bij een kleine, vierkante winkelpui belandde met daarop een tegelmozaïek met BISTRO 555. Gooch had een voorkeur voor restaurants waar ergens in de naam 'grill' voorkwam, en als Mary een gokker was geweest, had ze er wat onder durven verwedden dat haar man niet bij deze tent zou willen eten. Maar dan had ze ongelijk gekregen. En het was getuige die zes nota's niet bij één keer gebleven.

Ze zocht naar een plek om te parkeren en toen ze er langs de weg geen vond, reed ze verder. En verder. En verder, door nauwe straatjes langs smalle Victoriaanse huizen met voortuintjes ter grootte van een postzegel, torenhoge flatgebouwen, etnische winkeltjes en filialen van grootwinkelbedrijven, waarna ze terechtkwam in een verwarrende doolhof van straten met eenrichtingverkeer waardoor ze via een omweg weer terechtkwam bij diezelfde straten, en nog steeds was er geen plek om te parkeren.

Ze had slechts een vaag besef van tijd en kon er alleen maar naar gissen dat ze al bijna een halfuur rondjes had gereden. Al rijdend door de krappe, levendige straten was ze tot de conclusie gekomen dat ze kon begrijpen waarom mensen van Toronto hielden en waarom ze er een hekel aan hadden. Uiteindelijk zag ze dat een paar straten van Queen Street vandaan een parkeerterrein stond aangegeven. Ze reed de Ford de parkeerplaats op waar ze een vrije plek vond, en ze schrok toen een zwaar behaarde man naast de bestelauto opdook. 'Twintig dollar,' vroeg hij bevelend.

Ze had het bord niet gezien. 'Om te parkéren?' vroeg ze verbaasd, en ze gaf hem een bankbiljet.

'Sleuteltjes, alstublieft,' zei hij met zijn onder de olievlekken zittende handpalm uitgestoken.

'Mijn autosleuteltjes?' vroeg ze verbijsterd.

'Ja,' zei hij onbeleefd.

'Moet ik mijn sleutels hier achterlaten?'

'Niet sleutels, niet parkeren.'

Met tegenzin gaf ze hem de sleutels en ze ging op pad naar het restaurant. Op straat merkte ze dat ze niet, zoals ze anders altijd deed, haar ogen neergeslagen kon houden, omdat er op de stoep te veel gevaren dreigden: joggers, winkelende mensen, huisdieren, skaters en de uitgestoken benen van haveloze bedelaars. Ze had nog nooit zoveel mensen van zoveel verschillende huidskleuren en afkomst gezien en durfde er wat onder te verwedden dat ze zeker de helft van de landen waar ze vandaan kwamen niet kon raden. Het gevolg van die opgeheven blik was wel dat ze in alle ruiten van winkels en restaurants met haar spiegelbeeld werd geconfronteerd. Ze was vergeten een jasje mee te nemen, maar ze had het niet koud. Er zaten donkere zweetplekken in haar marineblauwe schortpak en haar gezicht en hals glommen van de transpiratie. Toen tot haar doordrong dat er op zijn minst een kans was dat ze Gooch in BISTRO 555 zou aantreffen, moest ze stilstaan om weer op adem te komen. Ze stelde zich voor dat hij aan de bar bier stond te drinken en probeerde zich niet af te vragen wie er misschien naast hem gezeten met een slanke hand langs zijn strakke dij omhoogstreek.

Ze stak haar hand in haar tas en haalde er een koraalrode lippenstift uit die ze over haar lippen haalde. Daarna zocht ze haar andere blauwe schortpak op waarmee ze haar glimmende gezicht depte. Ze liep de drukke straat weer in en zag hoe mensen langs haar heen de ouderwetse tram in drongen, met hun tassen vol dit en hun zakken vol dat. Hoe de daklozen de gehaasten aanspraken. Een drietal prostituees die in de schaduw van een steeg rond een roodbruine Grand Marquis dromden.

Toen ze het tegelmozaïek met BISTRO 555 boven de ramen met dichtgeschoven gordijnen had teruggevonden, zette ze haar tanden op elkaar en stak haar hand uit naar de deurknop. Ze trok eraan, maar hij zat op slot. Ze las het bordje achter de ruit. Het restaurant ging pas om zes uur open. Zes uur?

Er waren zeker tien mensen binnen gehoorsafstand, maar niemand die in aanmerking kwam om de tijd aan te vragen. Ze bewogen zich te snel voort. Ze hadden het te druk om de moeite te nemen. Niemand maakte oogcontact. Ze draaide zich om en zag dat een pezige jongeman met droevige bruine ogen, een olijfkleurige huid en een sikje naar haar staarde. Ze stond in de weg.

'Voor de bus moet u daar wachten,' zei hij, met een gebaar naar het overvolle bushokje.

'Ik sta te wachten tot het restaurant opengaat,' zei Mary beleefd, toen ze zag dat de jongeman een sleutel in het slot stak en zichzelf binnenliet.

'Over een halfuur,' zei hij en hij glipte naar binnen.

Ontmoedigd als ze zich voelde, kon Mary zich nauwelijks voorstellen dat ze de laatste passen het restaurant in kon zetten, laat staan om nog een halfuur rond te dwalen in de sombere, onbekende straten. Ze bleef bij de ingang van BISTRO 555 staan en verving de gezichten van passerende vreemden door dat van Gooch, terwijl ze voor zichzelf de vorige aflevering en de hoogtepunten van alles waardoor ze op deze plek terecht was gekomen samenvatte, zoals dat op de televisie aan het begin van elke aflevering van een serie werd gedaan.

Waarom ging een restaurant pas om zes uur open? Allemaal stadse aanstellerij, dacht ze. Een van de vele aanstellerijen waar ze het in Leaford zo vaak over hadden. Die mensen uit de grote stad met hun stadse manieren die op plattelandsgemeenschappen neerkeken omdat ze daar geen musea, pretparken, overheidsgebouwen of schouwburgen hadden.

Om zes uur open. In de stad kregen mensen toch wel voor zes uur honger? Maar toen drong tot Mary door dat ze zelf ook geen honger had. Nog steeds niet. Haar hele wereld was op zijn kop gezet door de verdwijning van Gooch, en eigenlijk lag het heel erg voor de hand dat haar lichaam daar op zo'n tegendraadse manier op reageerde. Ze kon zich herinneren hoe ze elk vakje had aangevinkt in een vragenlijst uit een tijdschrift met de titel 'Ben jij een stresseter?' Ze was altijd jaloers geweest op stresshongerlijders, zoals haar moeder.

In Mary's jeugd stond het avondmaal in huize Brody altijd klokslag vijf uur op tafel – totdat Irma alleen nog 's ochtends begon te werken en het avondmaal een uur werd vervroegd, tot vier uur, wanneer Orin thuiskwam als hij in de middagploeg zat. Toen Orin met pensioen was, stond het avondmaal op tafel als Mary van school thuiskwam, en haar ouders hadden met hun bescheiden eetlust hun bord al afgeruimd en afgewassen voordat zij aan haar tweede portie begon. Irma noemde het ook niet het avondmaal *gebruiken*. Ze had het over het avondmaal *achter de rug krijgen*. Volgens Mary was Irma haar leven lang in bepaalde opzichten alleen maar bezig om dingen achter de rug te krijgen, alsof ze altijd al wist hoe haar levensverhaal zou eindigen en het gevoel had dat de middelste bladzijden de moeite van het lezen niet waard waren.

De tijd. Geen gebonk. Geen ritueel, geen vaste procedure. Geen loopjes naar de keuken en terug. De tijd die door niets werd ingedeeld. Geen Raymond Russell. Geen Gooch. Mary voelde zich verrassend opgelucht dat ze van de tijd was bevrijd en vroeg zich niet af hoe lang ze al voor het restaurant had staan wachten toen de deur tegen haar achterste opensloeg en de man met het sikje tevoorschijn kwam. 'U kunt wel binnen wachten als u dat wilt.'

Ze bedankte hem, en vroeg zich intussen af of hij haar binnen had genood omdat ze geen beste reclame was voor de chique tent – een enorme vrouw met vlammend rood haar in een zweterig marineblauw schortpak en op oude winterlaarzen. *Als u hier eet, kunt u zo worden.*

Toen ze eenmaal aan het licht was gewend, zag ze dat er alleen minieme bistrostoeltjes stonden, en ze liet haar grote, vermoeide lichaam voorzichtig zakken. Terwijl ze naar de jongeman keek die achter de bar bezig was, kwam ze op adem, en ze besloot recht op de man af te gaan. 'Ik ben naar iemand op zoek. Hij is hier onlangs een paar keer geweest, en ik dacht dat iemand zich hem misschien nog herinnert. Jimmy Gooch?'

'Zegt me niets.'

'Hij is lang. Heel lang, één meter negenenzeventig. Een beetje grijs aan de slapen. Breed. Knap. Mensen vergeten hem niet snel.'

De man haalde zijn schouders op. 'Ik ben veel minder diensten gaan draaien.'

'O.'

'Ik ben eigenlijk acteur.'

'O.'

'Ik lijk op de jonge Al Pacino,' zei hij en hij toonde zijn profiel.

'Dat is waar,' gaf ze toe.

'Dat krijg ik vaak te horen.'

'Is er iemand anders aan wie ik het kan vragen?'

'Is die vent die u zoekt soms in de problemen?' Ze schudde haar hoofd. 'U zou het aan Mary kunnen vragen.' Hij grijnsde heimelijk. 'Die kan hier elk moment zijn.'

'Mary?' vroeg Mary achterdochtig.

'Onze gastvrouw. Mary Brody. Hij klinkt als iemand die Mary zich wel zou herinneren.'

Net toen ze van de lippen van Pacino's dubbelganger haar eigen meisjesnaam vernam, ging de voordeur open en werd de figuur zichtbaar van een vrouw in een nauwsluitende roodjersey jurk en op zwarte naaldhakken. Haar donkerblonde haar viel in golven omlaag rond haar mooie gezicht tot net op haar benige schouders. Ze stapte het licht in, met haar blauwe ogen omringd door dikke zwarte mascara en een vermoeden van lipgloss op haar volle roze lippen. Gevaarlijke jukbeenderen. Rond haar zwanenhals droeg ze een grote zilveren hanger die tot een eind voorbij haar diepe decolleté reikte. Ze keek naar Mary en Mary naar haar en tegelijkertijd riepen ze uit: 'Mary?' 'Heather?'

De acteur keek op vanachter de bar. 'Heather?'

Heather Gooch wierp hem een snelle grijns toe. 'Hallo, superster,' zei ze flirterig. 'Waar heb jij gezeten?'

'Wie is Heather?'

'Mijn bijnaam.' Ze knipoogde terwijl ze heimelijk een wanhopig gezicht trok. 'Mary en ik kennen elkaar al van heel lang geleden.'

'Heten jullie allebei Mary?'

'Kun je ons even vijf minuten alleen laten? Vijf minuutjes maar. Wil je het koffiezetapparaat alvast voor me aanzetten, alsjeblieft?' koerde Heather.

Toen Mary haar knipogende, heupwiegende schoonzuster zag, bedacht ze dat Heather twintig jaar te oud was voor dat soort kokette gedrag. Ze was een paar jaar ouder dan Mary maar zag er zeker tien jaar jonger uit, en Mary had haar zes jaar niet gezien, wat omgerekend op twintig kilo neerkwam. Nog meer ingewikkelde berekeningen.

'Je gebruikt mijn meisjesnaam.' Mary was niet kwaad maar alleen verbaasd.

Heather keek of de zwaaideur naar de keuken goed dichtzat voordat ze bukte om een stoel te pakken, waarbij haar reusachtige hanger tegen het glas op de tafel sloeg, en zonder excuses opmerkte: 'Het was de eerste naam die in me opkwam toen ik me voor mijn laatste appartement inschreef. Sinds wanneer ben jij rood?'

'Maar waarom?'

Heather haalde haar schouders op. 'Ik wil niet gevonden worden. Door bepaalde mensen met wie ik vroeger omging. Het is gewoon eenvoudiger om iemand anders te zijn. Waarom ben je hier, Mary?'

'Vanwege die restaurantnota's,' antwoordde Mary. 'Hij kwam hier om jou op te zoeken. Waarom heeft hij me dat nooit verteld?'

Dit was niet de snakkende Heather, de tragische Heather, de afwezige Heather. Deze Heather was helder en aanwezig. Mary zag hoe ze met haar gemanicuurde vingers de inhoud van haar leren handtas doorzocht en een nicotinekauwgum uit folie drukte. 'Hij kwam hier. Hij lunchte. We praatten. Hij is mijn broer.' Ze stak haar hand uit en raakte Mary's dikke pols aan. 'Je weet in elk geval dat hij geen verhouding had.'

'Heeft hij jou geld gegeven?' vroeg Mary, van harte bereid om in heilige verontwaardiging te ontsteken.

'Ik heb hém geld gegeven. Ik heb hem terugbetaald. Deze tent is van mijn vriend. Die is steenrijk.'

'Wanneer heeft Gooch je geld geleend?'

'In een ver verleden.' Heather zat friemelend aan haar ketting op haar stoel te schuiven. 'Ik vind het heel naar dat je nou helemaal hierheen bent gekomen, Mary, maar wat er ook tussen jullie tweeën gaande is, het is helemaal jullie zaak. Je moet naar huis toe en het samen oplossen.'

'Hij is ervandoor, Heather.' Mary moest op haar lip bijten om niet te grijnzen. 'Dat weet je heus wel.'

Heather keek haar wezenloos aan. 'Waarheen dan?'

Mary wachtte op de tic, maar Heather had zo'n oprecht bezorgde blik in haar prachtige ogen dat Mary ineens de overbrenger van haar eigen slechte nieuws was in plaats van haar op een leugen te betrappen. 'Hij is vertrokken. Hij heeft me verlaten. Hij heeft met een kraslot geld gewonnen. Misschien wel een miljoen. Dat heeft hij niet gezegd. En hij heeft me verlaten.'

'Heeft hij geld gewonnen?' Heather knipperde met haar ogen.

'Hij heeft me over de post een brief gestuurd. Hij schreef dat hij in de loterij had gewonnen. Hij zei dat hij tijd nodig had om na te denken. En dat hij wel contact zou opnemen.'

'Jemig.'

'Zeg dat wel.'

'En toen vond ik die restaurantnota's en ik dacht... Ik wist het niet.'

'Jemig. Heb je mijn moeder gebeld?' vroeg Heather.

'Ik wil haar niet ongerust maken.'

'Je wilt niet dat ze het weet,' corrigeerde Heather haar. 'En bovendien, daar zou hij nooit heen gaan. Hij heeft een bloedhekel aan Jack.'

'Waar moet ik dan heen?'

'Naar huis. Ga nou maar naar huis.'

Mary schudde haar hoofd. 'Hij had het over iets in Myrtle Beach. Een golfhotel waar hij altijd al zo graag naartoe wilde. Hij wilde het Witte Huis zien. De monumenten in Washington. Las Vegas. Je weet hoe dol hij op gokken is.'

'Dat zou hij nooit doen.'

'Misschien is hij het wel allemaal over de balk aan het gooien in Las Vegas. Of in dat grote casino in het reservaat in de buurt van Montreal.'

'Dat zou hij nooit doen.'

'Of een cruise door de Caribische Zee. Hij had zo graag die cruise willen maken die ik vorig jaar had gewonnen.'

'Waarom zijn jullie eigenlijk niet gegaan?'

Gewoontegetrouw sloeg Mary haar ogen neer, maar ze dwong zichzelf op te kijken. 'Als je ook maar iets kunt bedenken wat hij heeft gezegd... Iets waaruit ik kan afleiden waar hij misschien heen is.'

'Als hij heeft gezegd dat hij tijd nodig heeft, waarom gun je hem die tijd dan niet?' Heather keek op de wandklok boven hun hoofd. 'Het komt vast allemaal weer op zijn pootjes terecht, Mary. En als dat niet zo is, dan is het misschien maar beter ook.'

Maar beter ook. Precies wat de artsen over haar baby's hadden gezegd. Ze voelde zich net zo beledigd door de suggestie dat haar huwelijk maar beter dood kon zijn.

'Ik vind dat rood heel leuk,' zei Heather. 'Je groene ogen komen er nog beter door uit.'

Mary knikte terwijl ze door het raam naar buiten keek. Een strak in het pak zittende oude man die ze afzichtelijk zou hebben genoemd als ze anders in elkaar had gezeten, liet zichzelf binnen, en nog voor hij met zijn vingers had geknipt, had Heather zich geëxcuseerd om naar hem toe te gaan. Ze liet zich door de oude man in de hals kussen voordat ze hem iets in zijn misvormde oor fluisterde. De oude man wierp Mary een geringschattende blik toe en verdween door de klapdeur de keuken in. Alles heeft zijn prijs.

Rood aangelopen en schuldig keerde Heather terug zonder iets uit te leggen. Ze ging niet zitten, waarmee ze duidelijk maakte dat ze waren uitgepraat. 'Zo,' zei ze.

Hijgend van de inspanning om haar benen uit de kooi van bistrostoeltje en tafel te bevrijden kwam Mary overeind.

'God, Mary, wat is er met jou gebeurd?' vroeg Heather, alsof het zich allemaal nog maar net had voltrokken.

'Ik heb een snee in mijn voet.'

'Kijk nou toch. Je kunt nauwelijks uit de stoel overeind komen.'

'Ik ben aangekomen sinds ik jou voor het laatst heb gezien.'

'Goeie god, Mary, hoe heb je jezelf zo kunnen laten gaan?'

Het eerste wat in Mary opkwam was: *Ik zou maar niet zo hoog van de toren blazen als ik jou was, Heather Gooch. Jij bent aan de drugs verslaafd.* Maar ze zei het tweede: 'Ik weet het.'

Heather wierp een blik op de klapdeurtjes naar de keuken en liet haar stem dalen. Toen ze Mary naar de deur begeleidde, sloeg ze een wat vriendelijker toon aan. 'Ik laat het weten zodra ik wat van hem hoor.'

Mary hield haar tegen. 'Ik geef je het nummer van mijn mobiel.'

Heather tikte de getallen die Mary opnoemde in het minieme telefoontje dat ze in haar tas had. 'Maak je maar geen zorgen. Hij zei toch dat hij contact zou opnemen?'

'Maar dan is het misschien te laat.'

'Waarvoor?'

Voor mij, dacht Mary.

Heather keek Mary Gooch' enorme gestalte na door de deur van het restaurant. Buiten moest Mary zich op de terugweg naar de Ford een weg banen door de menigte op het trottoir, verward door de onnatuurlijke staat van verscherpt bewustzijn waarin ze verkeerde, maar tegelijkertijd ervan overtuigd dat ze voortaan haar blik omhooggericht zou moeten houden als ze Gooch wilde vinden. Ze had het gevoel dat ze uren had gelopen en was bang dat ze de verkeerde kant op liep.

Heathers geschreeuw werd overstemd door het straatlawaai. Terwijl ze tussen de menigte door rende stuiterde de zilveren hanger op haar borsten. Gehinderd door haar naaldhakken en haar rokersverleden was ze volledig buiten adem toen ze binnen gehoorsafstand uitriep: 'Wacht even, Mary.'

Mary was dankbaar voor het bevel en bleef staan, en midden in de menigte stonden de twee schoonzusters los van elkaar, ieder met prachtig lang haar en mooie ogen. Heather een stuk langer vanwege haar hakken, Mary ter breedte van drie mensen. Drugsverslaafde. Dikke dame. Mary gaf de wetenschap de schuld, hersenchemie, anabole hormonen, ghrelin, leptine, aangeboren zwakte, de media, maar ze hield ermee op zodra ze voelde dat haar voorouders, die zich als pioniers van Baldoon County voor hun overleven op hun eigen verantwoordelijkheid hadden verlaten, zich in hun graf omdraaiden.

'Jimmy is naar Golden Hills,' hijgde Heather. 'Hij wilde ma opzoeken.'

Mary sloot het straatlawaai buiten, concentreerde zich op Heathers blauwe ogen en verwerkte de informatie. 'Is hij naar Californië?'

'Ik weet niet of hij er nog steeds is, maar hij ging er wel heen. Sinds hij vorige week hierheen kwam liften om zijn cheque bij het loterijkantoor te innen heb ik niets meer van hem gehoord.'

'Hij heeft vijfentwintigduizend dollar op de rekening gezet,' zei Mary. 'Hoeveel had hij gewonnen?'

Heather haalde haar schouders op. 'Dat wilde hij me niet vertellen. Hij zei alleen maar dat het genoeg was.'

Genoeg, herhaalde Mary voor zichzelf.

'En dan had hij nog de tien mille die ik hem heb terugbetaald.'

'Had Gooch je tienduizend dollar geleend?'

'Heel lang geleden, Mary. Het was het geld dat hij van pa had geërfd.'

'Heb jij met je moeder gepraat?'

'Je weet toch dat ik niet met mijn moeder praat?'

'Moet ik haar bellen?'

'Ze zal toch voor hem liegen, net wat ik heb gedaan.'

'Ik moet hem echt spreken.'

'Als je hem echt wilt spreken, moet je er gewoon heen.'

'Moet ik zomaar naar Californië gaan? Zomaar bij Eden op de stoep verschijnen? "Daar ben ik dan. Waar is Gooch?"'

'Of jij moet een beter idee hebben. Ik heb gehoord dat ze een paar jaar terug zijn verhuisd. Heb je het nieuwe adres?'

Mary knikte. 'Willow Drive 24, Golden Hills. Ik stuur ze nog steeds met Kerstmis een kaart.'

'Je hebt geld genoeg. Neem het vliegtuig.'

'Ik heb nog nooit in een vliegtuig gezeten.'

'Dat spreekt voor zich.'

'Inderdaad,' gaf Mary toe, al wist ze niet zeker wat haar schoonzus bedoelde.

Heather speurde de straat af, misschien om zich ervan te vergewissen dat ze niet door een van de mensen met wie ze vroeger omging in de gaten werd gehouden, voordat ze zei: 'Ik wil je iets laten zien.' Ze tilde de zilveren hanger op waarvan Mary nu zag dat het een medaillon was, opende hem met haar lange, gelakte nagels, en kantelde hem in de richting van het licht van de straatlantaarn om de foto aan de binnenzijde te laten zien. Het was Gooch, op zijn zestiende, schatte Mary: schandalig knap, dat golvende haar, die brutale grijns.

'Mijn zoon,' zei Heather. Hij heeft me afgelopen zomer opgespoord via een van die bureaus. Hij heet James. Hij is bijna net zo groot als Jimmy. Niet te geloven, hè?'

De jongen leek sprekend op zijn oom. 'Wat fijn voor je, Heather. Weet Gooch het?'

Heather knikte. 'Hij heeft hem ontmoet.'

Mary voelde iets vonken, iets heel ouds dat weer tot leven kwam.

'Ze hebben een paar keer in het park verderop gebasketbald. Hij studeert medicijnen. Hij woont twee straten bij me vandaan, Mary. Denk je dat het goed zal gaan?'

Dat stekende gevoel. Geen honger. Nu was Mary aan de beurt om 'Jemig' te zeggen.

'Ik heb je nummer voor als ik wat van hem hoor.' Heather nam Mary's gezicht op in het blauwe licht van de straatlantaarn. 'Ik hoop dat je krijgt wat je hebben wilt, Mary.'

'Bedankt.'

'Maar als dat niet gebeurt, moet je gewoon verder.'

Mary had dorst, en ze moest aan Orins praktische advies denken: 'Je neemt een slok water uit de tuinslang en je pakt de draad weer op.'

Terwijl Mary zich een weg baande over het trottoir onder het verwerken van al deze nieuwe gegevens, schrok ze op van het rinkelen van de mobiel in haar tas. Zeg dat wel, Proud Mary, dacht ze trillend.

'Mevrouw Gooch?' vroeg de stem aan de andere kant van de lijn.

'Ja.'

'U spreekt met Joyce, van St. John's.'

Mary keek om zich heen op zoek naar een bank, omdat ze ervan overtuigd was dat ze de rest van het telefoontje beter zittend kon aanhoren; ze vond er geen en zocht daarom steun tegen de etalage van een antiquair. 'Is er iets met mijn moeder?' vroeg ze zacht.

'Ik vond dat ik u moest laten weten dat mevrouw Shrewsbury vannacht is overleden.'

'Mevrouw Shrewsbury?'

'Roberta Shrewsbury.' De andere bejaarde vrouw.

'Waarom belt u mij dan?'

'Onze nieuwe receptionist heeft u pas met haar zien praten in de conversatiezaal, en omdat we haar familie niet te pakken krijgen... Ik wist niet dat u mevrouw Shrewsbury kende.'

'Ik ken haar ook niet.'

'Ze heeft anders wel naar u gevraagd.'

'Naar mij?'

'Vlak voor ze stierf heeft ze naar u gevraagd. Haar laatste woorden waren: "Zeg maar tegen Mary dat ik van haar houd." Ik nam aan dat ze u bedoelde.'

'Nee.'

'Er komt geen Mary voor op de lijst familieleden.'

'Een andere Mary, dan.' Ze moest denken aan Heather die haar naam had geleend en zei: 'We zijn echt overal.'

Roberta Shrewsbury hoorde bij andermans regel van drie, net als de Griek en zijn moeder in Athene – een geheel losstaande verdrietsdriehoek – maar Mary voelde zich toch bedroefd om haar dood.

Het raadsel rond Gooch' verdwijning was inmiddels enigszins ontrafeld, en Mary wist, of in elk geval had ze goede hoop, dat ze degene die al vijfentwintig jaar haar echtgenoot was weleens in Californië zou kunnen vinden. *Helemaal te gek.* Gooch was niet degene die het drietal zou completeren. Irma en zij zaten in een nek-aan-nekrace.

Vergeving. De oude mevrouw Shrewsbury had haar Mary – wie dat ook mocht zijn – een dochter of zus, veronderstelde Mary – vergiffenis geschonken en had de indruk gewekt dat ze opgelucht was, al had ze de verloren tijd betreurd. Was dat alles wat een mens wilde voordat hij stierf? Mensen vergeven? Vergiffenis krijgen? Het gaf haar een gevoel van voldoening dat de onbekende vrouw in St. John's de kans had gekregen afscheid te nemen. Van iemand.

Toen ze tot haar grote opluchting de parkeerplaats ontwaarde, hield ze even halt om op adem te komen, in de hoop dat de behaarde man, die ze door het raampje van zijn kleine hokje naar haar zag kijken, haar de sleutels zou komen aanreiken in plaats van dat zij de laatste stappen moest zetten. Toen ze dichterbij kwam zag ze hem het enorme gaatjesbord met tientallen autosleuteltjes afspeuren. Hij draaide zich naar haar om en trok het raam open.

'U geef sleutels?' vroeg hij achterdochtig.

'Ja,' antwoordde ze. 'Die rode Ford bestelwagen is van mij.' Ze wees hem aan.

'Ik heb niet. U niet geven.' Hij stak zijn handen in de lucht om aan te geven dat het haar probleem was.

'U zei: "Niet sleutels, niet parkeren," en toen heb ik ze u gegeven.'

'Ik niet herinner,' snoof hij. 'Kijk maar.' Hij draaide het gaatjesbord zo dat ze kon kijken, maar ze zag haar in het oog lopende sleutelhanger met flitslicht niet tussen de glimmende voorwerpen hangen.

'Hij is er niet bij,' zei ze.

'U niet geven.'

'Ik wel gegeven,' hield ze vol.

Hij stak opnieuw zijn handen in de lucht. Mary zuchtte diep.

'U andere sleuteltje?' vroeg hij.

'Nee.'

'Iemand kan brengen?'

'Niemand kan brengen.'

De man glimlachte meelevend. 'U naar huis gaan andere sleuteltjes halen. Ik aardige kerel. Ik niets voor parkeren rekenen. Kom mee.' Hij was niet alleen genereus maar ook galant, want hij pakte Mary's zware arm en begeleidde haar als een bruid terug naar de straat, waar hij om een taxi floot en haar hielp haar forse lijf op de gebarsten zitting van de achterbank te manoeuvreren.

'Waarheen?' vroeg de chauffeur.

God voor de ziel

In al haar drieënveertig jaar had Mary Gooch nog nooit een voet op een vliegveld gezet, en ze miste de context om de verschuivende sfeer in het reizen per vliegtuig in te plaatsen. Dankzij het televisienieuws dat als achtergrondgeluid functioneerde als Gooch thuis was, was ze op de hoogte van de aangescherpte beveiliging en de langere wachttijden, de stijgende kosten van brandstof, de verslechterende service. Wat ze niet wist, was dat een toeristenklasseticket naar Los Angeles een aanslag op de bankrekening betekende van bijna zevenhonderd dollar. En dat ze haar laarzen moest uittrekken.

Ze had altijd met angst en weerzin tegen vliegen aangekeken, net als tegen elke vorm van reizen, maar nu werd ze te erg in beslag genomen door gedachten aan de hereniging met Gooch – wat ze tegen hem zou zeggen en hoe ze het zou zeggen wanneer of als ze hem vond – om zich met iets anders bezig te houden. Toen ze bij het passeren van de controlepost opkeek, was ze zich nadrukkelijk bewust van de voorspelbare blikken, maar ze voelde zich volkomen losstaan van de bron en was niet gekwetst toen de kwaad kijkende douanier haar pasfoto bekeek en opmerkte: 'Als u dat rode haar houdt, moet u wel een nieuwe pasfoto laten maken.'

Strompelend op weg naar de uitgang waar ze op haar vlucht moest wachten, werd Mary overvallen door duizeligheid, en ze liep even bij een winkel binnen om een mueslireep te kopen om meteen op te eten, en een appel voor in het vliegtuig. Er was een hele wand tijdschriften, van sportbladen tot wooninrichting, roddelbladen, gezondheid en fitness, waar ze even een blik op wierp waarna ze tot de slotsom kwam dat ze niet echt hoefde te weten wie er de beste of slechtste beachbody had en dat het haar niet meer kon schelen of dat knappe stel nog een vluchtelingenkind adopteerde. Ze liep door naar de boeken en koos drie romans op grond van het omslagont-werp en de juichende kritieken.

Ze had al een lange wachttijd doorstaan maar begon niet net als de andere passagiers te kreunen toen er met oprechte excuses werd omgeroepen dat de vlucht een uur vertraging had. Wat deed het ertoe? Eén uur. Twee uur. Een dag. Mary werd niet verwacht. Even-min had ze zelf verwachtingen. Een reis naar een onbestemd oord was immers niets meer of minder dan een avontuur. Ze had nog nooit een avontuur meegemaakt. Het werd hoog tijd. Dat was wat haar schoonzuster had bedoeld.

Mary schommelde door de slurf naar het vliegtuig en perste zich door het gangetje naar haar plaats achterin. Ze zag wat de andere passagiers dachten: mensen moesten extra betalen als ze te veel ba-gage hadden, en me dunkt dat zij te veel bagage had. Sterker nog, ze waren al uren vertraagd en nu zorgde die vetzak van een verpleeg-ster ervoor dat ze nog later waren. Jazeker, dacht ze terwijl ze hun blikken weerstond, ik ben laat, ik ben dik. Knijpen jullie je handjes maar dicht.

Toen ze haar rij had bereikt, bleek dat haar plaats in het mid-den was, en veel te krap voor een vrouw van haar omvang. Ze zou eruit puilen en de stuurse jongeman aan het raam en de exotische vrouw met de gladde bruine huid en de diamant op haar neusvleu-gel ademruimte benemen. Toen ze zichzelf op de zitplaats propte, schoof de jongen zijn strakke lijf tegen de gewelfde wand, en hij stopte haastig de witte knopjes van zijn muziekspeler in zijn oren. Het vastmaken van haar veiligheidsriemen gaf een hoop trammel-lant, aangezien ze op één uiteinde ervan zat en niet over zichzelf heen kon kijken om het andere op te sporen. De bruine vrouw, die was opgestaan om haar voorbij te laten, legde de bal van lavendel-kleurig satijn die ze in haar handen had opzij, en zocht Mary's riem op, maar hij kon onmogelijk worden vastgemaakt omdat de vorige eigenaar van de stoel niet aan ziekelijke obesitas had geleden. In paniek probeerde Mary de te korte riemen vast te maken.

Voorzichtig, om te voorkomen dat ze de spullen op haar schoot op de grond schoof, reikte de bruine vrouw over Mary heen en ze trok de riem uit tot zijn maximale lengte, waardoor er net genoeg ruimte ontstond om de uiteinden over haar omvang bij elkaar te brengen. Toen de gesp dichtklikte, ontblootte de vrouw een rij oogverblindend witte tanden. Mary beantwoordde de glimlach en fluisterde haar vertrouwelijk toe: 'Ik vlieg voor het eerst.' De vrouw knikte op een manier waaruit duidelijk sprak dat ze geen Engels verstond.

De captain heette de passagiers welkom aan boord van deze vlucht, wat Mary een alleraardigst gebaar vond, tot ze te horen kregen dat er weer een vertraging was, waarvan ze de oorzaak door al het getier en gekreun niet kon verstaan. De bruine vrouw staarde met haar armen op haar lavendelblauwe kussen rustend sereen voor zich uit. De jongeman naast haar viste een klein elektronisch apparaatje uit zijn jaszak – zo'n Blackberry, nam Mary aan, of een iPhone – en begon de toetsen als een bezetene met zijn duimen te bewerken.

Mary stak haar hand in haar kunstleren tas en haalde er een van de romans uit tevoorschijn waarvan de flapteksten stuk voor stuk een lach en een traan beloofden. Ze begon te lezen en dankzij de bedreven verhalenverteller die achter de pagina's schuilging werd ze onmiddellijk en dankbaar meegenomen naar een andere wereld. Ze wist niet hoe lang ze zo had gezeten – ze was heel ergens anders geweest, onderweg met een fictief gezin op een reis die hen naar de verlossende kracht van de liefde zou voeren – toen het vliegtuig eindelijk in beweging kwam.

Terwijl het vliegtuig over de startbaan taxiede, verbaasde Mary zich erover dat ze het niet verbazingwekkend vond om zich in een kleine vliegtuigstoel geperst erop voor te bereiden dat ze naar een compleet andere wereld zou worden gevoerd die niet fictief was, en ze legde haar boek neer toen het vliegtuig snelheid begon te maken en vervolgens van de grond loskwam. Ze voelde haar maag omlaagzakken toen het vliegtuig opsteeg naar de stille, zwarte verte en raakte uitgelaten van de schuine lus die het in de richting van het uitgestrekte glazen meer maakte. Ze had nog nooit een ritje in de achtbaan gemaakt maar veronderstelde dat de maagomdraaiende opwinding die daarbij hoorde veel weg had van wat zij voelde terwijl ze de stad zag wegzakken en tegelijkertijd 'Ja!' en 'Nee!' wilde roepen. Voor het eerst van haar leven verliet Mary Gooch niet alleen Leaford, maar ook haar land. Vaarwel Canada, hoorde ze zichzelf denken, en ze werd met stomheid geslagen door de angst dat ze misschien nooit zou terugkeren.

Mijn geboorteland. Het was nooit in haar opgekomen zich af te vragen wat Canada voor haar betekende, dat soevereine land, waarvan een deel van de bevolking (in elk geval volgens Gooch) door de nabijheid van de Verenigde Staten als een afgunstige jongere broer of een ontevreden makker aan een veelbesproken minderwaardigheidscomplex leed.

IJshockey. Wapenbeperkingswetten. De Fransen. Rugspek. Bier. De nationale gezondheidszorg. De verknochtheid aan het Britse koningshuis die maar niet wilde verdwijnen. Ze nam de lange lijst sporthelden en beroemdheden door die in het Grote Witte Noorden geboren waren, al moest ze toegeven dat menigeen zijn roem en fortuin aan gene zijde van zijn vriendelijke grenzen had vergaard. Gooch had nog zeker duizend andere kenmerken kunnen opnoemen die het land karakteriseerden, en met een gevoel van schaamte besefte ze dat ze met haar gebrek aan interesse in politieke aangelegenheden al even weinig inzicht had in de wereld die ze verliet als in de wereld die ze ging betreden. Ze had Canada als iets vanzelfsprekends aanvaard, net als de standvastigheid van morgen.

Ze nam even de tijd om de gezichten van de passagiers aan de overkant van het gangpad te bekijken. Een Aziatische vrouw met haar tienerzoon, een sexy, broodmagere blondine van wie Mary aannam dat ze actrice of model wilde worden en nu op weg was naar Hollywood, en stuk voor stuk zaten ze dromerig voor zich uit te staren met dopjes in hun oren. Samen. Alleen. Zij waren al vertrokken.

Toen het toestel zijn kruishoogte had bereikt en er door twee knappe stewards een zilverkleurig karretje met drankjes het gangpad door werd geduwd, tikte de exotische vrouw Mary op de schouder en ze wees naar de wc's achter hen. Ze maakte een gebaar naar het kussen op haar schoot, en leek Mary te vragen om het vast te houden terwijl zij weg was. Mary stak haar handen uit en vroeg zich intussen af waarom de vrouw haar mooie kussentje niet gewoon op de stoel liet liggen, tot ze het gewicht en de warmte van het bundeltje voelde en een bruin baby'tje ontwaarde dat, nauwelijks groter dan een kalfsbout, tussen de satijnen plooien lag te slapen als een roos.

Toen de vrouw zich naar de wc haastte, tilde Mary de zuigeling met trillende handen op de heuvel van haar buik. Ze had nog nooit een baby vastgehouden – of die nu blank of bruin was, lag te woelen of te slapen, huilde of rustig was. Net als met de dozen beschadigde chocolaatjes bij Raymond Russell had ze glimlachend geprotesteerd als er baby's haar kant op werden doorgegeven. Liever niet. Wendy, Patti en Kim hadden haar stuk voor stuk hun kwijlende kroost aangeboden, maar zelfs Wendy had niet heel erg aangedrongen. Ze hadden Mary's verdriet verondersteld en haar afgunst begrepen. Gooch kende de waarheid: dat ze doodsbang was voor zulke breekbare wezentjes. Hij had geruststellend gezegd: 'Maar als ze van jezelf zijn, ben je niet bang.'

De vele verhalen in tijdschriften over overmatig dikke vrouwen die een kind kregen zonder ooit te hebben geweten dat ze in verwachting waren, waren ooit een bron van inspiratie voor Mary Gooch geweest. Maar na de twee miskramen van in het begin en ondanks dat het stel geregeld copuleerde, waren de opgezette borsten en de ochtendmisselijkheid verder uitgebleven. Alleen nog maar bezoeken aan de spreekkamer van dokter Ruttle en aan de specialist in London die niets kon ontdekken behalve haar toenemende gewicht. Haar menstruatiecyclus was onregelmatig, wat aan haar overgewicht werd geweten, en dus boden uitblijvende ongesteldheden niet werkelijk houvast, en toen ze halverwege de dertig voor het eerst kramp in haar bekkenstreek voelde en uitrekende dat ze zeven maanden daarvoor voor het laatst ongesteld was geweest, vroeg ze zich af of zij een van die befaamde dikke vrouwen zou worden die gewoon op een dag over straat liepen of bij K-mart schoenen aan het passen waren, plotseling instortten en een volkomen gave, zij het onverwachte, baby ter wereld brachten. Ze stelde zich voor hoe haar foto op de voorpagina van de *Leaford Mirror* zou verschijnen. Een enigszins twijfelachtige eer, maar dat had haar niet kunnen schelen.

Een knoestige verzameling fibromen had de krampen veroorzaakt, en geen foetus. Ze waren goedaardig maar vervelend en nadat ze enige tijd waren geobserveerd was duidelijk dat ze weg moesten. Samen met haar laatste restje hoop. *Ben naar het ziekenhuis vanwege bloeding.* Het verlies van de 'hele handel', legde de specialist aan Gooch uit toen hij dacht dat ze sliep, was net zo pijnlijk als het verlies van haar kinderen. Mary had troost gevonden bij de Kenmore. En Gooch, die niet over woorden beschikte en in stilte treurde, nam eclairs mee uit de Oakwood-bakkerij en kip van Kentucky Fried Chicken en drie avonden achtereen stelde hij kaasburgers voor omdat hij dacht dat hij haar daarmee blij kon maken.

Mary trok de lavendelblauwe stof opzij, zocht het piepkleine handje van de zuigeling op en begon de zachte handpalm te strelen. Ze rilde toen de botloze vingertjes zich om haar duim krulden. Donker haar in klitten, dikke uitstaande wimpers, opgezette ogen, een plat neusje, schilferige lippen. Ze zag de volmaakte bruine baby op haar moeizame ademhaling rijzen en dalen, hij in haar armen, zij door hem bevangen. Ze moest denken aan de foto die Heather haar had laten zien. James.

De magere beentjes van de baby verstijfden onder de stof en algauw lag hij heftig te woelen. Ze zag hem zijn ogen openen, en dan niet op de spleetjesmanier van volwassenen die wakker worden, maar plotseling wijd open. Ze staarde in de zwarte, vloeibare pupillen, en werd zich er pas van bewust dat ze lachte toen de baby teruglachte.

Na een langdurige afwezigheid, waarin het kind steeds onrustiger werd, keerde de bruine vrouw terug, met ronde natte plekken op haar blouse die ze met een tegenstribbelende shawl probeerde te bedekken, met in haar hand een flesje voor de baby gevuld met de moedermelk die ze op de wc had gekolfd. Met een glimlach om haar dank te betuigen stak ze haar armen uit om het kind over te nemen.

Mary kon de piepkleine bruine baby al net zomin loslaten als de echtgenoot die ze al vijfentwintig jaar had, en met een gebaar vroeg ze de vrouw om nog een paar minuten. De moeder leek opgelucht en met een knik gaf ze haar het warme flesje aan. Mary wist niet hoe ze zo'n grote speen in zo'n klein mondje moest krijgen en moest lachen toen ze zijn neus aanraakte met de rubberen speen en het kleintje zijn mond opensperde als een karper, waarop de moeder 'Honger' zei in haar ongemakkelijke Engels.

Honger. Eten. Voeding. Eenvoudig en volmaakt, en volmaakt eenvoudig te herkennen terwijl ze de warme fles tegen de schrokkerige lippen van de zuigeling hield. Water voor planten. Zon voor aarde. Adem voor longen. Gooch voor Mary. God voor de ziel. Ze stelde zich voor hoe Irma zo'n flesje (ze wist dat het geen borst was geweest) tegen haar eigen mondje had gehouden, en vroeg zich af wanneer voedsel zijn goddelijk eenvoudige nut was kwijtgeraakt voor haarzelf en voor iedereen die net zo was als zij, zoals de anorectische blondine in de rij naast haar. Op welk moment was voedsel opgehouden te voeden en een kwelling geworden?

De baby deed zijn ogen dicht en voortgedragen op de golven van Mary's pens bleef hij doordrinken uit de fles. Ze dacht aan de kinderen van Wendy, Kim en Patti, hoe ze op verjaarspartijtjes samen taart in hun mond zaten te proppen en hotdogs naar binnen werkten. Hun ouders leken zich niet te schamen voor hun fantastische vraatzucht maar er eerder trots op te zijn. Ze schepten op over die of die die zo goed at, en wisten zich geen raad met kinderen die precies genoeg aten. 'Ik zweer het je, die jongen leeft van de lucht,' had Wendy over haar jongste zoon gezegd.

Levend van en vliegend door de lucht zat Mary toe te kijken hoe de kleine oogleden van de baby dichtzakten en zijn zuigende mond het opgaf, waarop ze het flesje wegzette, het lavendelblauwe satijn van zijn zachte, warme huid wegtrok en met verwondering het lichaam dat de baby had geërfd opnam. Volmaakt functionerend. Eten. Slapen. Beminnen.

Toen ze opzij keek, zag ze dat de moeder van het kind lag te slapen, en de jongeman aan het raam had ook zijn ogen dicht. Aan de overkant van het gangpad zat de anorectische blondine een tijdschrift door te bladeren dat Mary op het vliegveld op de plank had zien staan, met op het omslag de kreet *Vandaag nog aan de slag voor minder buikvet.* De vrouw had geen spiertje vet, op haar buik noch elders. Ze had het skelet kunnen vervangen tijdens een anatomieles. Daar zitten de halswervels. Het spaakbeen. De ellepijp. De zwevende ribben. De vrouw kauwde op haar duimnagel. Ze had honger.

Dus hoe zat het dan met die kwestie van jezelf accepteren? Wie dun was wilde dunner zijn. Wie oud was jong. Wie lelijk was wilde mooi zijn. Was zelfacceptatie dan alleen weggelegd voor wie werkelijk verlicht was, mensen als Ms Bolt, of voor wie zichzelf misleidde, zoals Heather die eens schouderophalend tegen haar bezorgde broer had gezegd: 'Ik moet gewoon high zijn, Jimmy. Zo zit ik in elkaar.'

Mary kon zich nog een afgekapt gesprek met Gooch herinneren, van zo'n vijfentwintig kilo geleden, toen hij haar omzichtig had laten weten dat de Griek in opdracht van zijn dokter tien weken lang alleen koolsoep had gegeten en tien kilo was kwijtgeraakt. Gooch schreef het recept voor haar op en stelde onbeholpen voor het samen te proberen, onder het mom dat hij zelf ook wat was aangekomen.

'De diëten komen me de strot uit. Ik doe het niet meer,' had ze verslagen gezegd waarna ze het keurig uitgeschreven recept in de vuilnisbak had gegooid. 'Ik ben nu eenmaal een forsgebouwde meid. Misschien wordt het tijd dat ik me daar eens bij neerleg.'

Gooch had haar bij haar schouders gepakt en haar tegen zich aan gedrukt, zodat ze zijn ergernis niet kon zien, en had gezegd: 'Ik wil alleen maar dat je...'

Ze had zich losgerukt. 'Dat ik dun ben?'

'Nee.'

'Gezond? Want mensen kunnen best dik en fit zijn, Gooch.'

'Dat weet ik, Mary.'

'Jij wilt gewoon dat ik iets ben wat ik niet ben.'

'Ja.'

'Zie je wel?'

'Ik wil dat je gelukkig bent.' Hij had volgehouden dat haar gewicht haar bestaan beperkte en dat haar aandoening om die reden niet iets was om je bij neer te leggen maar om je tegen te verzetten. Net als een verslaafde. Een roker. Een gokker.

'Zo ben ik nu eenmaal,' hield ze vol.

'Maar je bent doodongelukkig.'

'Dat komt door de manier waarop de samenleving, waarop anderen tegen me aankijken. Door de manier waarop jij naar me kijkt, Gooch.'

'Je bent al buiten adem als je een trap op loopt. Je bent altijd moe. Je kunt nooit kleren vinden. Je gewrichten doen pijn.'

'Ik ben nu eenmaal gek op eten,' zei ze zwakjes.

'Je hebt een bloedhekel aan eten.'

In de daaropvolgende stilte vouwde Gooch zijn krant open en ging zitten lezen. Mary vroeg zich af of hij gelijk had. Ze haalde het recept voor koolsoep weer uit de vuilnisbak, veegde er het koffiedik van af, en zei voorzichtig: 'Gooch?'

Hij was geheel verdiept in het sportkatern en keek ternauwernood op. 'Doe jij maar waar je zin in hebt.'

'Ik zeg niet dat ik het opgeef,' zei ze. 'Geef jij het op, Gooch?'

Hij knikte, en ze wist dat hij niet luisterde. Ze besefte weliswaar dat Gooch haar niet in de richting van een broodmagere versie van volmaaktheid pushte, en dat hij haar helemaal niet had gepusht als ze alleen maar dik, stevig, gezet, rond was geweest en niet morbide obese, en toch voelde ze zich door zijn zwijgen in de steek gelaten. Daarna was hij in alle opzichten gestopt met pushen.

Kort na dat uitzonderlijke en heel even eerlijke gesprek waren

Mary en Gooch gestopt met vrijen, en de dagen van onthouding hadden zich langzaamaan opeengestapeld. Gooch had niet het oog voor de vrouwtjes van zijn vader geërfd, zoals veel van zijn vrienden van hun vader, in elk geval niet in het bijzijn van zijn vrouw, al wist ze wel dat hij naar andere vrouwen keek, naar slanke, naakte vrouwen met reusachtige borsten en bijgeschoren poesjes, in de tijdschriften die hij in de badkamer op de bovenste plank onder de handdoeken verstopte. In het begin van hun huwelijk had ze, toen ze zulke tijdschriften tussen de matrassen op hun bed had aangetroffen, gezegd: 'Ik heb een hekel aan die bladen. Zoals vrouwen daarin tot object worden gereduceerd.'

'Mannen kijken zo tegen vrouwen aan, vrouwen kijken zo tegen mannen aan, en mannen en vrouwen kijken zo tegen zichzelf aan. Zo is onze natuur, Mary. Je moet het niet persoonlijk opvatten.' Haar moeder had haar hetzelfde advies gegeven wat betreft de gewoonte van mannen om te masturberen.

Mary keek uit het raampje terwijl het vliegtuig de nacht verkende. Ze moest denken aan wat Sylvie Lafleur had gezegd toen ze bekende dat ze Gooch had verleid: 'Ik dacht dat het me nooit meer zou overkomen.' Mary vroeg zich af of het Sylvie nog eens was overkomen. En of het haarzelf nog eens zou overkomen.

Om de tijd door te komen begon ze vooruit te denken. Over een paar uur zou ze in Californië aankomen. Dan was het laat, te laat om nog bij Eden op de stoep te verschijnen, ergens in de buitenwijken van Los Angeles, voorbij de Santa Monica Mountains. Bovendien zou het wel even tijd kosten voordat ze vervoer had geregeld naar een adres waarvan Eden eens had gezegd dat het op een uur rijden van het vliegveld was. Ze moest maar een motel zoeken, een paar uur slapen en zich daarna opfrissen voordat ze op haar eindbestemming verscheen. Gooch zou daar zijn. Of misschien ook niet.

Ze bekeek de baby die op haar schoot lag te ademen. Het begin van een leven. Dagen en jaren die zich voor hem uitstrekten, een pad dat hij kon volgen of voor zichzelf moest banen, de concessies aan statistieken en waarschijnlijkheden, de hoop op eeuwigdurende liefde. Misschien was dit een uitzonderlijk kind dat zijn sporen op deze wereld zou nalaten. Mary dacht aan haar eigen pad van geboorte tot heden. Haar leven was nog niet voor de helft voorbij, en tot nu toe was het maar half geleefd.

De baby begon rillend te gapen voordat hij zijn tere rust hervatte. Toen ze haar gedachten liet gaan over het onbeschreven blad dat zijn leven was, besefte Mary dat haar eigen verhaal net zomin vaststond als het zijne. Ze had haar diep uitgesleten spoor al verlaten, en deze nieuwe weg had haar naar een scherpe ommekeer geleid. Ze ontleende hoop aan het wonder van tweede kansen, de warmte van de sluimerende zuigeling, en het ritme van haar hart dat niet bonkte of bonsde maar rustig en doelbewust klopte. Ze kon niet zeggen wiens God het was dus besloot ze dat het er ook niet toe deed, en ze wist heel zeker dat ze op dat moment niet alleen was.

Uit angst dat ze in slaap zou vallen en de baby zou loslaten deed ze haar ogen niet dicht, dus zat ze roerloos tussen de twee slapende onbekenden haar leven als echtgenote te overdenken totdat de wielen aan de overzijde van het continent op de landingsbaan stuiterden. Ze had niet slechts haar huis, stad, land en leven achtergelaten maar heel het gewicht van haar oude zorgen, omdat ze haar enige doel had ontdekt, om Gooch op te sporen. Niet als de echtgenoot die was weggegaan, maar als de man die de weg was kwijtgeraakt, zoals ze nu inzag.

Geagiteerd werd de bruine vrouw wakker en ze bevoelde haar lege schoot, totdat ze haar baby tot haar opluchting veilig in de armen van de dikke vrouw naast haar zag liggen. Opnieuw moesten ze wachten, na de mededeling van de piloot dat er geen gate beschikbaar was voor het te laat gelande vliegtuig, maar de passagiers waren te moe en te druk bezig hun mobieltjes tevoorschijn te halen en boodschappen naar hun beminden te sturen om te kreunen.

Eten. Om op de been te blijven. Mary at de appel uit haar tas op en vroeg zich af waarom hij nergens naar smaakte.

California Dreamin'

Mary keek niet zomaar recht voor zich uit maar betrapte zich erop dat ze zelfs de zonnige kant zag, dankbaar omdat ze niet net als haar uitgeputte medeluchtpassagiers op bagage moest wachten en buiten zichzelf geen gewicht had mee te zeulen het vliegveld van Los Angeles uit. Bovendien had ze honderden dollars in haar portemonnee en nog eens duizenden op haar bankrekening. Hoe geruststellend was groot geld.

Bij het verlaten van de bagagehal viel haar oog op een klein, kaal, in pak gestoken mannetje met een roodverbrande schedel die haar met een achterdochtige blik volgde. Toen hij haar achterna riep, nam ze aan dat hij haar voor iemand anders aanzag, of erger nog, dat hij haar een belediging nariep, en ze draaide zich niet om. De kale man kwam achter haar aan en maakte haar met een vriendelijke doch stevige hand op haar schouder aan het schrikken. Hij keek haar strak aan en articuleerde nadrukkelijk, alsof ze doof was: 'Miracle?'

'Wat zegt u?'

'Miracle?'

Paniekerig stak hij een bordje omhoog om het haar te laten lezen, en het drong tot haar door dat er een naam op stond. 'Mevrouw...?'

Ze had de naam niet kunnen uitspreken. 'Of ik dat ben?' vroeg Mary. 'Nee.'

Zijn gezicht betrok. Zonder afscheid te nemen schuifelde hij weg terwijl hij een mobiel tevoorschijn trok waarin hij in een onbekende taal schuldbewuste klanken begon te mompelen.

Op weg door de aankomsthal bespeurde Mary als een ratelslang in de aanval een verschuiving in het ritme van haar tred, een verandering in de orkestratie van haar vlees. De aantrekkingskracht van de aarde leek kleiner geworden, en al had ze er geen behoefte aan te raden hoeveel kilo ze de afgelopen dagen was kwijtgeraakt, omdat het aantal er niet toe deed, ze voelde zich wel kleiner.

Lang geleden, toen de parasieten aan haar hadden geknaagd, had Mary die reductie nooit toegejuicht, en ook nu hield ze zich er eerder mee bezig wat de reden achter dat slinken was. De grote afwezigheid. Honger? Ze taalde naar niets anders dan Gooch.

Wonderen, daar geloofde ze nog steeds in. Ze waren immers niets anders dan willekeurige gebeurtenissen die verwondering wekten in plaats van willekeurige gebeurtenissen die verdriet brachten. En de regel van drie? Gooch had die belachelijk genoemd. 'Het maakt niet uit of je je drama's nu in groepjes van drie of van dertig zet, Mare. Waar mensen zijn, gebeuren drama's. Dat je oma en tante Peg dood zijn, wil nog niet zeggen dat onze baby's doodgaan.'

De opkomende zon kwam al net boven de parkeergarage uit, toch was de lucht koeler dan ze had verwacht en ze rilde van de kilte. Onder het lopen merkte ze dat de pijn in haar hiel was afgenomen. Het is morgen, dacht ze, en ze begroette de dageraad als een oude vriend die haar onlangs een grote schuld had kwijtgescholden.

Buiten het gebouw volgde Mary de bordjes naar het vertrekpunt van vervoermiddelen, maar ze kwam tot de conclusie dat ze ergens verkeerd moest zijn gegaan, aangezien ze nergens wachtende taxi's of bussen zag staan die haar naar Golden Hills konden vervoeren en evenmin liepen er mensen rond aan wie ze om hulp kon vragen. Haar lichaam was ondervoed en ze had tijdens de vlucht niet geslapen, dus zocht ze een bank op om op uit te rusten terwijl ze haar gedachten liet gaan over wat haar volgende stap zou zijn. Haar mobieltje schoot haar te binnen en ze besloot de nummerinformatie te bellen voor het nummer van een taxibedrijf. Ze klapte de telefoon open, tikte de drie getallen van het informatienummer in en hield de telefoon tegen haar oor. Er gebeurde niets. Geen kiestoon. Ze wist ook trouwens niet welke toets ze moest indrukken om de verbinding tot stand te brengen.

Het was haar bedoeling geweest haar paspoort in een van een rits voorzien vakje van haar tas opgeborgen te houden, maar het lag los in haar grote kunstleren tas, en ze haalde het tevoorschijn om naar de foto te kijken die ze nooit eerder had gezien. Gooch had hem weggegraaid voordat zij de kans had om hem te bekijken – de slechte belichting, de grijze uitgroei, haar vollemaansgezicht – en hij had goedmoedig gelachen. 'Je bent precies een misdadiger.' Hijzelf stond natuurlijk weer heel knap op zijn pasfoto, maar ze had toch gezegd: 'Jij ook.' Hij had instemmend gegrinnikt. Zijn opgetogenheid vanwege de aanstaande cruise door de Caribische Zee werkte niet zozeer aanstekelijk maar eerder als een kwelling, aangezien ze al wist dat ze nooit op het Lido-dek van piña colada's zouden zitten nippen of een vrolijke dag lang de stromarkten van Negril zouden afschuimen.

Toen er een lange zwarte limousine langs de stoeprand tot stilstand kwam, vroeg Mary zich vanwege de plek waar ze zich bevond onmiddellijk af welke van een heel scala beroemdheden er achter de donkere ramen verborgen zat. Ze wachtte tot het portier zou opengaan, in de hoop dat het een sportster of een muzikant zou zijn, een nieuwtje om bij Gooch mee aan te komen, maar het portier ging niet open en de auto bleef met zacht draaiende motor staan. Plotseling drong tot haar door dat de inzittenden niet uitstapten vanwege haar, omdat zij zo zat te staren. Het raampje ging omlaag en de chauffeur tuurde vanonder zijn pet naar haar. Blijkbaar zat hij te wachten tot zij zou vertrekken, aangezien ze de enige levende ziel in de buurt was die de privacy van de beroemde rijkaard in zijn auto kon verstoren of met een mobieltje een weinig flatteuze foto kon maken. Ze moest hardop lachen bij de gedachte alleen al.

'Hallo,' riep de chauffeur. Ze besloot te weigeren als hij haar verzocht te vertrekken. 'Hallo,' riep hij nogmaals, waarop zij eensluidend reageerde.

'Waar gaat u heen?' vroeg hij.

Ze dacht dat hij vroeg: 'Wanneer gaat u heen?' en zette haar voeten ferm op de grond. 'Ik ga niet weg.'

'Waarheen?'

'Ik ga nergens heen,' snauwde ze. 'Ik blijf hier net zo lang zitten tot ik bedacht heb hoe ik een taxi moet bellen om me naar Golden Hills te brengen.'

De man stapte uit de limousine en liep op Mary af. Toen hij zijn pet scheef hield en Mary de roodverbrande plek op zijn schedel ontwaarde, herkende ze hem als de man met het accent die haar naar het wonder had gevraagd. Hij deed het achterportier open. De diepe, met leer beklede stoelen waren onbezet.

'Mijn passagier haalt de vlucht niet,' legde hij uit. 'Kom, ik breng u naar Golden Hills.' Toen Mary niet onmiddellijk overeind kwam, voegde hij eraan toe: 'Ik bereken u gewone prijs voor een taxirit. Kom.'

De achterbank van de limousine, met ertegenover eenzelfde achterbank, was ruimer en zachter dan alle banken waar Mary ooit lui op was geweest. Er waren kleine tafeltjes met daarop gekoelde flessen water, en een kristallen glas vol stuk voor stuk verpakte pepermuntjes, en een minikoelkastje, geen Kenmore, met een glazen deurtje waarachter een keur aan alcoholische drankjes zichtbaar was.

Toen hij van de stoeprand wegreed, wierp de chauffeur een blik in zijn achteruitkijkspiegel. 'Hoe heet u?'

'Mary,' zei ze. 'Mary Gooch.'

'Drink maar als je wilt, Mary Gooch. In de mand zit eten.'

Ze zag een rieten mandje op de vloer staan vol snacks – macadamianoten, die ze nog nooit had geproefd, en keurige plastic schaaltjes met verpakte kaas en crackers, dure chocola, verse vruchten. Ze maakte een van de gekoelde flessen water open en dronk dankbaar, terwijl ze verbijsterd door het raampje naar de overvolle wegen keek. Het was nog maar zes uur in de ochtend.

'Ik ben Grote Avi,' zei de chauffeur met een grijns.

Avi met het kale, roodverbrande hoofd was niet groot maar klein. Hij woog de helft van Mary en was een kop kleiner. Hij moest lachen om haar verwarde uitdrukking. 'Mijn zoon heet Kleine Avi,' legde hij uit. 'Mijn kaartje ligt daar.'

En inderdaad, in een klein zilverkleurig bakje lag een visitekaartje met daarop de naam Grote Avi, en de naam van het bedrijf. 'Miracle Limousine Service,' Mary las het hardop.

'Toen mijn schoonvader indertijd met het bedrijf begon, was het een mirakel om bij de bank een lening los te krijgen. Nu is het een mirakel om je weg te banen door het verkeer in Los Angeles.'

Zonder erbij na te denken stak Mary knikkend het visitekaartje in haar zak omdat haar tas buiten bereik was, en ze moest denken aan het vastzittende verkeer in Toronto een paar dagen, uren, een heel leven geleden. 'Weet je hoe je in Golden Hills moet komen?'

'Natuurlijk,' antwoordde hij. 'Ik woon ook in de vallei. Mijn dienst is voorbij en ik ben op weg naar huis. En nu heb ik een vrachtje. Dat is fijn voor jou en fijn voor mij.'

Toen zijn mobiel overging, viste hij hem uit zijn zak en hij begon razendsnel te praten in zijn buitenlandse taal. Toen hij klaar was met zijn gesprek, keerde hij via zijn achteruitkijkspiegel terug naar Mary. 'Je bent eerste keer in Los Angeles?' vroeg hij.

Duizelig van de vele auto's en het gebrek aan eten knikte ze. Ze keek in het mandje op de grond. 'Hoeveel kost de banaan?'

Grote Avi zwaaide met zijn hand. 'Kost niets. Eet maar.'

Onder het pellen van de banaan liep het water haar niet in de mond bij het vooruitzicht. Er was een tijd geweest dat het aroma van de vrucht, net opgegeten, verwerkt in een roomtaart, een parfait of een pudding, Mary in opperste verrukking had gebracht. Een extatische toestand waarin ze geen weerstand kon bieden aan een derde en vierde plak, de hele bakplaat of alle bakplaten. Nu drong tot haar door dat de geur maar vaag aanwezig was en dat de smaak niet meer was dan een idee. Ze moest aan de Oakwood-bakkerij denken, aan de appel en de mueslireep, en bedacht dat haar gebrek aan eetlust veroorzaakt werd door het ontbreken van reuk en smaak en de gespannen omstandigheden.

'Volgende keer de weg langs de kust nemen. Die is meer lang maar meer mooi. Vandaag we nemen de snelweg,' legde de man uit. Ze knikte nogmaals terwijl ze het uitzicht zag vervagen.

'De vliegmaatschappij raakt je bagage kwijt?'

'Nee, nee. Ik heb geen bagage. Ik had dit reisje niet echt gepland.'

Hij trok nieuwsgierig zijn wenkbrauwen op. 'U gaat weg van werk en zegt: oké, nu ik ga naar Californië.'

'Zoiets, ja.'

'Je bent heel dapper. En heel, hoe heet dat, spontaan?'

'Ik? Spontaan? Nee, hoor.' Maar misschien wel dapper.

Mary verloor zich in alle indrukken uit de voorbijflitsende wereld en merkte dat niets echt was zoals ze het zich had voorgesteld, behalve de struiken witte oleander en karmozijnrode bougainville, en de hoog oprijzende palmen die schuin hingen in de wind. Naast de tientallen rijbanen stonden dikke blokken beton die wel het fundament leken te vormen van de heuvels die hier en daar bezet waren met groepen kleine, en elders weer met enorme alleenstaande huizen.

'Hier is mooi weer,' merkte Grote Avi op. 'Heel warm in de vallei. Gelukkig je mist de branden.'

Mary knikte, al wist ze niet zeker over wat voor branden hij het had, en waar de vallei precies was.

Gevoelig als hij was voor de stemmingen van zijn klant, stelde hij voor: 'Als je wilt graag rust, ik kan de ruit sluiten.'

En meteen drukte hij op een knop waardoor een dunne plaat donker glas achter hem omhoog begon te komen.

Mary riep uit: 'Nee, ik wil helemaal geen rust, alstublieft.'

Hij grijnsde. 'Meeste passagiers willen de ruit hebben. Ik vervoer meestal showbizz.'

Tot Mary's verbazing kon het haar niet echt schelen met welk beroemd achterste ze zich erop kon laten voorstaan dat ze de bekleding had gedeeld, of wat voor smakelijk roddeltje hij misschien wel had opgevangen. 'Ik had nooit gedacht dat het er zo zou uitzien. Zo veel auto's,' zei ze.

'Toen ik eerst hier was, denk ik dat ook, en nu zijn dubbel zoveel, misschien wel driemaal zoveel. Ik dacht Los Angeles is Hollywood en Malibu.' Hij lachte. 'Zoveel buurten zijn in Los Angeles. Nu ik ken ze allemaal. Golden Hills is in de tien veiligste steden van Amerika. Ik woon in Westlake. Vlakbij.'

'En die bendes dan? Al die moord en doodslag waar je over leest?'

'Daar ga je niet heen. Dat is die kant op.' Hij wees. 'Naar het oosten. South Central. Niet voor toeristen.'

Mary dacht er even over na hoe in deze uitgestrektheid een select deel van de bevolking het veiligste bestaan in het hele land leidde, terwijl een ander deel volgens Gooch verwikkeld was in een schandalige burgeroorlog.

'Die kant op is Glendale. Daar zijn Armeniërs.'

'O.'

'In het centrum zijn de bedrijven. En de Aziaten. Elke buurt heeft eigen karakter.'

'Alsof je in een film zit,' zei Mary afwezig, overvallen door een gevoel van oneindige nietigheid in de voortsnellende machine te midden van de zwermen op de geluste wegen, en ze vroeg zich af of ze van hieruit Grauman's Chinese Theatre kon zien of het Scientology Center of een van de tientallen andere bezienswaardigheden die ze uit films en van de televisie kende.

'Goed. Verkeer is heel goed vanmorgen.' Grote Avi haalde opgelucht adem terwijl hij de slanke auto in de richting van een afslag manoeuvreerde en hun koers over een andere snelweg voortzette. In Mary's ogen was de zaak hier al even verstopt, maar de chauffeur was uitgelaten. 'Soms daar is het net een parkeerplaats. Alles staat stil. Je boft vandaag. Het is een wonder.'

De limousine doorkliefde als een haai de rijbanen, waarlangs nog steeds hier en daar beton oprees, terwijl je op andere plekken vanaf de snelweg uitzicht had over dichtbevolkte stukken. Een ogenschijnlijk onafzienbaar stuk weg doorsneed als de hoofdgang van een groot winkelcentrum een koopparadijs van doosvormige winkels, grootwinkelbedrijven en fastfoodrestaurants, sommige met de bekende gouden bogen, maar heel veel met namen die haar niet bekend voorkwamen. De schietschijf van Target was er, het Amerikaanse warenhuis waar Wendy en Kim haar een keer voor haar verjaardag mee naartoe hadden willen nemen. Kim had nog heel lief naar voren gebracht dat ze er heel leuke kleren in grotere maten hadden.

'Pollo Loco,' las Mary.

'Pojjo,' verbeterde Avi haar uitspraak. 'Dat is Spaans. Gekke kip.'

'Gekke kip?'

'Nu rijden we langs Woodland Hills.'

'Calabasas,' las ze op een bord.

'Pompoen betekent dat in het Spaans,' zei hij. 'Het is niet goede spelling.'

'Ben je Spaans?'

Hij wierp een blik in zijn achteruitkijkspiegel, omdat hij niet zeker wist of het een grapje was.

'Armeens?' probeerde ze.

'Israëlisch. Ik ben zeven jaar in de Verenigde Staten. Kleine Avi is in Amerika geboren een jaar nadat ik ben gekomen.'

Mary dacht aan haar eerste ongeboren kind, dat nu vierentwintig zou zijn geweest. 'Ik ben Canadese,' zei ze, een uitspraak die ze nog nooit had gedaan.

Het gezicht van de chauffeur klaarde helemaal op. 'Mijn neef woont bij Toronto. Wij bezoeken hem twee jaar geleden. Ik ga met mijn Avi naar een ijshockeywedstrijd. Naar de Maple Leafs,' voegde hij er grijnzend aan toe.

Mary liet onvermeld dat haar man, net als het merendeel van Leaford, fan van de Detroit Red Wings was, wat zonder context nogal onvaderlandslievend klonk.

'Kijk, Mary Gooch. Het zijn nu de heuvels.'

En inderdaad trok de voortwoekerende bebouwing zich terug en strekte zich een vergezicht voor hen uit van geelbruine bergen die borstelig waren van de struiken en bezet met groepjes eiken waar de snelweg zich gracieus doorheen slingerde. De schaduwen die de zon wierp brachten de heuvels tot leven zodat ze als rustende, gouden naakten met hun sluimerende ademhaling leken te rijzen en dalen.

'In het voorjaar alles is groen, net een saladebuffet, ik kan je niet vertellen,' zei Grote Avi met een armzwaai. 'En goud van de bloemen. Het is een onkruid. Maar heel mooi.'

Mary had dat ook altijd van paardenbloemen gevonden. Langs

de kant van de weg las ze 'Golden Hills'.

'Bijna. Nog een paar minuten. Welk adres, alsjeblieft?'

Gooch. Misschien nog maar een paar minuten bij haar vandaan. Mary keek omlaag naar zichzelf. De geur was weliswaar nog vaag, maar ze voelde dat haar huid iets ranzigs uitwasemde, en bedacht dat ze op zijn minst eerst moest douchen en haar andere marineblauwe schortpak moest aantrekken voordat ze het huis van Eden aan Willow Drive opzocht. 'Ach, doe maar een motel,' zei ze.

'Goed of goedkoop?'

Ze had 'goed én goedkoop' willen antwoorden, maar ze dacht aan het geld op de bank en veronderstelde dat ze toch maar voor één nacht zou hoeven betalen omdat Eden haar uiteraard te logeren zou vragen, zolang ze maar wilde. 'Goed.'

'Ik weet héél goed,' zei hij.

'Goed is goed genoeg. Dankjewel.'

'Pleasant Inn,' besliste Avi. 'Heel aangenaam.' Toen ze de helling op reden bij de afslag naar Golden Hills, wees hij naar links. 'Die kant op. Misschien een kwartier. Malibu.'

'O.' Ze zou Gooch voorstellen erheen te rijden. Ze zag hen samen hun broekspijpen oprollen en door de branding lopen en hoe ze zijn hand vastgreep uit dankbaarheid dat ze haar ontzag met hem kon delen. *Wat het ook is, we komen er samen wel uit.*

Hij wees naar voren. 'Je hebt de Stille Oceaan gezien?'

'Ik heb nog nooit een oceaan gezien.'

'Je moet de oceaan zien. Die raakt je ziel. Ik kan je niet vertellen.'

Ze hielden halt bij een stel stoplichten waar drie wegen en twaalf rijbanen elkaar kruisten, en waar op een stoffig stuk braakliggend terrein een menigte korte, donkere mannen in verschoten kleren en met honkbalpetten op rond een piramide thermosflessen groepte, die als een stel stokstaartjes op de uitkijk met hun hoofd hoog boven hun schouders getild de weg afspeurden.

'Wie zijn dat?' vroeg Mary.

'De Mexicanen?'

'Wat doen ze daar?'

'Het zijn dagloners. Ze wachten.'

'Waarop?'

'Tot mensen komen.'

'Dus er komen gewoon mensen die ze oppikken?'

'Misschien iemand die hulp nodig heeft om iets te bouwen, of om fruit te plukken. Van alles.'

'Dus ze wachten gewoon?'

''s Ochtends zijn er meer. Nu,' hij keek even op zijn horloge, 'een wonder iemand stopt. Vandaag deze mannen niet werken.'

'Wat doen ze dan?'

'Ze komen morgen terug. Ze hopen dat iemand stopt.' Hij haalde zijn schouders op, trok op en sloeg een zijweg in.

'Ik hoop dat er iemand stopt,' zei Mary, terwijl ze een van de mannen recht in de ogen keek, een breedgeschouderde man met een keurig bijgeknipte baard, die zich in diverse opzichten van de anderen onderscheidde. Toen de limousine hem passeerde, keek de breedgeschouderde man strak naar het raam, en Mary rilde, totdat ze besefte dat ze niet achter het donkere raam te onderscheiden was.

'Het is heel erg arm zijn. Dat zie ik in mijn leven,' zei Avi met een zucht, terwijl hij claxonneerde naar een glimmende suv omdat de bestuurder niet in de gaten had dat het licht op groen was gesprongen.

'Heb je nog familie in Israël wonen?' vroeg Mary.

'Allemaal weg. Allemaal dood.'

'Wat naar voor je.'

'Alleen nog hier,' zei hij met zijn vuist tegen zijn hart gedrukt.

'Die van mij ook. Ik heb alleen nog mijn man.'

De chauffeur keek in de achteruitkijkspiegel. 'En je kinderen?'

James, Thomas, Liza, Rachel. Met de blik op het voorbijglijdende landschap gericht schudde Mary haar hoofd. Ze merkte niet dat de auto tot stilstand was gekomen voor het hotelletje van zijn keuze, tot de chauffeur zijn pet afzette en zich naar haar omkeerde. 'Mary Gooch?' zei hij zacht. Maar toen ze opkeek, kon ze zijn gezicht niet zien en evenmin het gebouw waarvoor ze waren gestopt. Haar wangen gloeiden en waren nat. Grote Avi reikte over zijn rugleuning en gaf haar een papieren zakdoekje aan dat ze tegen haar ogen drukte, alsof een enkel zakdoekje of een hele doos de vloedstroom kon stelpen.

Nadat er achter de limousine ongeduldig was getoeterd, parkeerde de chauffeur de auto en ging hij op de achterbank tegenover haar zitten. 'Neem me niet kwalijk,' zei ze terwijl ze haar neus snoot. 'Zo ben ik helemaal niet. Ik weet niet wat me ineens bezielt.'

'Maar nu is over,' zei hij glimlachend.

'Zijn we bij het hotel? Dan moet ik...' Mary wilde haar tas pakken, maar hij hield haar met een vriendelijk duwtje tegen haar vingers tegen.

'Je moet nog niet naar binnen. Niet zo. Drink wat water.'

Ze dronk uit het flesje dat haar werd aangegeven en probeerde te kalmeren.

'Je bent niet spontaan. Loop je weg?'

Ze keek naar zijn rood aangelopen gezicht en kwam met de feiten. 'Mijn man heeft me verlaten. En nu ben ik hier om hem te zoeken. Hij is hier. In Golden Hills. Bij mijn schoonmoeder thuis. Dat denk ik tenminste.'

'Ik begrijp het.'

'Ik had het niet moeten doen. Ik wist... Ik wist gewoon niet wat ik anders moest doen.'

'Hij heeft een andere vrouw?'

'Ik geloof het niet.'

Avi zweeg even. 'Hij heeft een man?'

'Nee,' zei Mary gedecideerd.

'Je kunt niet zo naar hem toe,' zei hij en hij tuitte zijn lippen. Hij liet haar hand los, schoof van de achterbank en stapte voorin. Ze reden bij het hotel weg.

'Waar gaan we heen?'

'Ik breng je naar Frankie.'

Ongewone menselijkheid

De grote zwarte limousine had evengoed over elke andere straat in elke andere stad kunnen voortijlen in plaats van door de uitgebeten bruine heuvels van het noordelijke deel van de San Fernando-vallei. Mary was zo ingrijpend gelouterd dat ze de auto en zelfs haar lichaam had verlaten zoals ze dat op het gras onder de stormachtige hemel van Leaford had gedaan. Ze was bevrijd in een overvloed van tranen, tegelijk met honderd verliezen die ze had geleden, duizenden vernederingen, een miljoen kwetsuren. Ze voelde zich licht. En ze was verlicht genoeg om in te zien dat het allemaal niet alleen maar was losgekomen dankzij die stevige huilbui, maar ook dankzij die hele, extra lange aflevering van 'Leven na Gooch'.

Ze dacht er niet aan te informeren wie Frankie eigenlijk was, of waarom ze naar hem toe gingen, of hoe hij van pas kon komen in haar situatie. De chauffeur gedroeg zich zo zelfverzekerd dat hij net zo goed had kunnen zeggen: 'Ik neem je mee naar de wijze man op de heuvel. Die zal je wel vertellen wat je moet doen.' Ze had niet zozeer haar eigen wil laten varen, als wel dat ze zich geschikt had naar de alledaagse eigenaardigheid van het leven buiten Leaford. Bovendien had ze het gevoel dat ze nog niet helemaal toe was aan een ontmoeting met Gooch, als hij daar al was, en ze wilde nog een poosje ronddrijven in de droge, warme lucht boven de limousine, al besefte ze dat dit gevoel net als alles vergankelijk was.

En zo gebeurde het ook, toen de limousine zijn weg had gevonden naar een winkelpromenade en Mary weer uit de wolken de auto in werd gedreven, zo onder de indruk was ze van het contrast met elke winkelpromenade die ze ooit in Leaford of Chatham of zelfs in Windsor had gezien. Er was een reusachtige parkeerplaats met eilandjes van palmen, indrukwekkend gebladerte en imposante fonteinen die weerspiegeld werden in de glanzende voorruiten en portieren van auto's, waar geen oude Ford bestelauto's met een kapot schuifdak tussen stonden. Ze had nog nooit Hummers gezien, maar ze waren op de snelweg zo alom aanwezig geweest dat ze de stand al niet meer bijhield, en verder Escalades en Landrovers, Mercedessen, Lexussen, Corvettes en Jaguars. Gooch zou dit geweldig vinden, dacht ze, uitgelaten van het opwindende chroom, de sexy spoilers, de contouren, ontwerpen, kleuren en symmetrie. Misschien had Gooch wel een nieuwe auto gekocht van het geld dat hij in de loterij had gewonnen. Ze vroeg zich af in wat voor merk hij zou rijden.

Hier ontbraken de Dollarama-winkels met dozen vol afgeprijsde spullen op het trottoir. Geen belegde-broodjeswinkels of stoffige bazaars. Niets anders dan fonkelende gevels van chique dameskledingwinkels, juweliers en makelaarskantoren. Na nog een laatste maal haar neus te hebben gesnoten nam Mary het hele tafereel in zich op, de eerste glimp die ze opving van Californiërs die hun vervoermiddel hadden verlaten: gebruinde kinderen met op elkaar afgestemde kleren en gloednieuwe sneakers, welgevormde mannen in chique pakken of gênant krappe joggingshorts. En dan de vrouwen: slank en gemanicuurd, met glanzend haar, dure jeans, schattige schoenen met strikken en leren handtassen voorzien van opvallende metalen versieringen.

Grote Avi vond een parkeerplek tegenover een coffeeshop met voor de deur cederhouten stoelen en reusachtige canvas parasols waar vogels en elementen geen sporen op hadden nagelaten. Het was niet bij Mary opgekomen dat de omstanders op het trottoir en de klanten die hun cappuccino zaten te savoureren geïnteresseerd zouden zijn in wie er in de limousine zat, maar tot haar grote schrik richtten aller ogen zich op Avi die haar met pet op van haar plaats hielp. Ze zag zichzelf weerkaatst in de spiegelende ruit van de coffeeshop, met haar lange, rode haar in vuur en vlam in de oogverblindende Californische zon. Ze stelde zich voor dat ze er vast uitzag als een actrice die rechtstreeks bij Central Casting vandaan kwam: de excentrieke verpleegkundige of de psychiatrisch patiënt die een dagje op stap mag.

Grote Avi lachte haar toe, bood haar zijn arm aan, en begeleidde haar van de auto naar de promenade. 'Als je bij Frankie bent geweest, voel je je weer sterk. Daarna breng ik je naar je man.'

Niet dat een veel te duur kopje koffie Mary's probleem zou oplossen, maar het zou de zaak zeker geen kwaad doen, bedacht ze. 'Het spijt me dat ik je zo tot last ben,' zei ze, diep geraakt door zijn ongewone menselijkheid, 'maar ik zou best een kop koffie kunnen gebruiken, denk ik.'

Grote Avi liep de parasols echter voorbij, dirigeerde haar naar een grote blauwe deur naast de coffeeshop, en ging haar voor een spelonkachtige, botergele bijenkorf in waar in Irma's bewoordingen de 'schoonheidssalon' was gevestigd. Aan weerszijden van de kamer werd een hele schare vrouwen van uiteenlopende leeftijden op draaistoelen gecoiffeerd door een hele schare vrouwen van uiteenlopende leeftijden in witte jasschorten. Grote Avi liet Mary achter bij de receptie voordat ze kon vragen wat die Frankie met een schoonheidssalon te maken had, en hij verdween door zilverkleurige klapdeurtjes in een achterkamer.

Mary keek om zich heen naar de vier vrouwen die op zachtleren stoelen zaten te wachten: twee ervan waren opgehouden met het doorbladeren van hun tijdschrift, de andere twee hadden even van hun zaktoestelletjes opgekeken om de nieuwe klant op te nemen. Ze negeerde haar aanvechting op de vlucht te slaan en ging naast een tienermeisje met lang blond haar zitten, waarbij ze al het mogelijke deed om de anderen niet te ergeren met haar gezucht en gesteun. Ze kon niet uitmaken of ze nu hoopte of bang was dat ze droomde en vroeg zich af of ze ineens zou ontwaken met de barst in het plafond, de sneeuw buiten het raam en de lege plek in haar hobbelige bed. Ze werd afgeleid door een elektronisch gepiep en wierp een blik op het jonge meisje naast zich, waar het geluid vandaan leek te komen.

'Ik denk dat u het bent,' zei het meisje opkijkend.

'Pardon?'

'Dat bent u,' herhaalde het meisje. 'Uw telefoon.'

'Mijn telefoon?' Het gepiep klonk helemaal niet als 'Proud Mary'.

'U zal wel een bericht hebben.'

'O... O!' Mary zocht de mobiel op in haar tas. Als ze inderdaad een berichtje had, kon het weleens belangrijk zijn. Misschien was het Gooch. Ze keek naar de telefoon. Het gepiep hield aan. Nu keken de andere vrouwen ook op, en ze bleven kijken terwijl zij, al even gegeneerd vanwege het aanhoudende gepiep als om haar eigen onhandigheid, allerlei toetsen aanraakte. Ze haalde diep adem en zei: 'Het spijt me, maar ik weet niet of ik een bericht heb. En als dat zo is, weet ik niet hoe ik zoiets moet ophalen.'

Mary bleef met ingehouden adem op knopjes drukken tot een jonge vrouw die tegenover haar zat haar tijdschrift neerlegde en opmerkte: 'Het kan ook uw batterij zijn. Zet hem maar gewoon uit.' De vrouw stak haar hand uit, pakte de telefoon van Mary, opende hem en zei gedecideerd: 'Er is geen bericht. U moet hem alleen weer opladen.'

'Dank u wel,' zei Mary en ze nam de telefoon weer aan. Ze overwoog de vrouw om een spoedcursus mobiele telefoon te vragen, maar toen ze opkeek zag ze Grote Avi met een grijns van oor tot oor op zijn zonverbrande gezicht op haar af komen zeilen, met in zijn kielzog een omvangrijke vrouw met hoog opgetast platinablond haar en zo zwaar opgemaakt dat haar exotische trekken bijna in reliëf van haar gezicht leken te springen. De vrouw, die jaren jonger was dan Mary maar net zo fors, met zwartomrande amandelvormige ogen en enorme bessenrood gestifte lippen, nam haar zonder te glimlachen van top tot teen op, als een automonteur die een wrak taxeert.

'Dus dit is Mary Gooch?' vroeg ze met een Amerikaans accent dat buitenlandse wortels leek te verraden.

'Mag ik je Frankie voorstellen, Mary,' zei Avi formeel. 'Dit is haar winkel.'

Frankie had geen wit jasschort aan, maar een wijde, turkooizen paisley blouse op een bijpassende rok die de vetrollen op haar heupen en billen omspeelde. Ze was prachtig. Machtig en prachtig.

Dit was je reinste zelfacceptatie, dacht Mary. Of misschien leek het alleen maar of Frankie zich volkomen op haar gemak voelde met haar lichaam, net als bij die filmsterren die op het omslag van allerlei tijdschriften met hun omvang koketteerden en zich vervolgens aan de fabrikanten van dieetproducten verhuurden om klanten te lokken.

Mary kwam met enige inspanning overeind en stak haar hand uit, die de vrouw pakte maar niet schudde. 'Kom maar, lieverd,' zei ze en ze trok haar mee.

Grote Avi klopte Mary op haar schouder. 'Frankie zal helpen,' zei hij, waarna hij met een blik op zijn horloge beloofde: 'Ik kom terug. Een uur.'

Zelfs toen Mary in de wachtruimte van de schoonheidssalon zat, had ze nog niet bedacht dat Frankie een vrouw zou zijn, of dat de bedoeling van hun bezoek was dat ze een metamorfose zou ondergaan. Als ze het had geweten, had ze zeker bezwaar gemaakt, aangezien ze het gevoel had dat ze te ver heen was voor zulke oppervlakkige bijstand. Ze keek nooit naar metamorfoseprogramma's op de televisie, omdat die snelle oplossingen haar treurig stemden en ze in verwarring raakte door de dubbele boodschap. Enerzijds leek mensen, en niet alleen vrouwen, te worden wijsgemaakt dat ze hun uniekheid moesten aanvaarden omdat de buitenkant er niet toe deed, maar aan de andere kant kregen ze te horen dat een moderner kapsel en een paar goedgekozen accessoires hun levensloop ingrijpend konden veranderen.

Ze keek door halfgesloten oogleden naar het lillende vlees in Frankies hals terwijl die een crèmespoeling door Mary's haar masseerde, en kromp ineen toen de vrouw luid meedeelde: 'Ik ben ook in de steek gelaten door mijn eerste man. Dit voorjaar zes jaar geleden.'

'O,' zei Mary, en ze kwam tot de slotsom dat ze Grote Avi dankbaar was dat hij de vrouw haar verhaal had verteld, omdat zij het dan niet hoefde te doen.

'Het beste wat me ooit is overkomen. Twee weken later leerde ik

Bob kennen bij Ralph's, en ik zweer je, ik heb geen moment achter-
omgekeken.'

'O.'

'Ik sta aan de toonbank van de bakkerij, weet je wel, om een taart
voor de verjaardag van mijn neefje te bestellen, en Bob staat daar
ook. En we raken aan de praat over het verkeer, of weet ik veel.
Eerlijk gezegd schrok ik me dood toen-ie al na twee minuten vroeg
of ik met hem uitging.' Frankie boog voorover en fluisterde: 'Ik besloot het maar recht voor zijn raap te vragen, dus ik zeg: "Ben jij
soms zo'n engerd die graag met dikke meiden neukt?" En hij kijkt
me recht aan en zegt: "Als jij zo'n dikke meid bent die graag met
engerds neukt." Ik moest zo verschrikkelijk lachen. En sindsdien
zijn we samen.'

Mary vond het taalgebruik en de openhartigheid van de vrouw
schokkend, maar het verhaal had zijn charme. 'Dat is leuk,' zei ze.
'Ben jij ook Israëliet?'

De styliste die aan de wasbak ernaast een brunette in de shampoo
aan het zetten was, zei giechelend: 'Ze is Pérzisch,' alsof dat overduidelijk was.

Uit de buurt van de wasbakken en met zicht op de deur kreeg
Mary opnieuw de aanvechting op de vlucht te slaan, maar Grote
Avi was weg en haar haren waren drijfnat, dus had ze geen andere
keus dan in de draaistoel te gaan zitten die Frankie haar aanbood
en het uitborstelen van haar lokken te doorstaan. Irma, dacht ze,
en ze werd een beetje getroost door de gedachte dat haar moeder
niets zou merken van haar afwezigheid, hoezeer Mary er ook jarenlang onder gebukt was gegaan dat ze niets van haar aanwezigheid
merkte. Ze kneep haar ogen dicht.

'Ik weet het, lieverd, het is heel zwaar,' zei Frankie, terwijl ze een
fles met melkachtige ontklitter pakte. 'Avi vertelde dat ze bij de
luchtvaartmaatschappij je bagage zijn kwijtgeraakt.' Mary was te
moe om het uit te leggen. 'Is er een andere vrouw in het spel?' vroeg
Frankie.

Mary voelde dat de vrouwen om haar heen, de klanten en de stylisten, meeluisterden, en ze antwoordde zacht: 'Ik denk het niet.'

Frankie bekeek met een zucht de slierten vochtig rood haar. 'Je hebt vreselijk beschadigde punten, en dat lange haar maakt je wel tien jaar ouder. Ik denk dat we het tot op de schouder moeten afknippen.'

Toen Mary niet reageerde, verhief de vrouw op de stoel ernaast haar stem. 'Je bent zo knap. Heb ik gelijk of niet?'

Mary glimlachte naar hen tweeën in de spiegel. 'Knip het maar af,' droeg ze Frankie op. 'Doe maar wat jou goeddunkt.' Frankie greep de hele lengte van haar paardenstaart vast en knipte hem af als lastig onkruid. Mary keek toe hoe de rode staart op de grond viel alsof hij van iemand anders was.

Iemand van de rij achter haar riep: 'Goed zo, meid.'

Vuurrood aangelopen keek Mary toe toen Frankie met haar schaar over het groepje vrouwen heen en weer zwaaide alsof het een toverstokje was. 'Dit is Mary uit Canada, dames,' verklaarde ze. 'Haar man heeft haar verlaten.'

De vrouwen betuigden tongklikkend hun medeleven.

'Hij zit bij zijn moeder in Golden Hills, en als ze hier vandaan komt gaat ze hem eens flink de waarheid zeggen.'

Overal om haar heen werden steunbetuigingen gemompeld, en Mary was diep geroerd door de unanieme belangstelling van de vrouwen. *Ik mag mijn handjes dichtknijpen.*

'Ik denk bot tot op de schouders en wat krullen rond je gezicht,' ging Frankie verder, om meningen los te krijgen.

Een styliste achter haar rug riep over het lawaai van de föhns uit: 'Geen pony. Lana Turner met een scheiding opzij en bovenop een beetje volume.'

Mary voelde haar hart tekeergaan. Haar privacy was verstoord. Haar haren afgeknipt. Als ze ooit onzeker was geweest over haar identiteit, was ze dat nu helemaal. 'Ik had niet hierheen moeten komen,' fluisterde ze tegen het spiegelbeeld van de grote vrouw met het natte, schouderlange rode haar. 'Ik voel me totaal verloren.'

De vrouw die had gezegd dat ze zo knap was, ving haar blik op in de spiegel. 'We hebben het allemaal weleens meegemaakt, schat. We hebben het allemaal meegemaakt.'

Een vrouw die Mary eerst nog niet had opgemerkt, die onder een droogkap in de hoek zat, keek op vanonder een bizarre pruik van aluminium vierkantjes en riep: 'Hoe lang ben je al getrouwd?'

'Vijfentwintig jaar.'

'Dan was je zeker nog piepjong.'

'Achttien.'

'Het maakt me niet uit wat er is gebeurd, maar vijfentwintig jaar is de moeite waard om voor te vechten,' zei de vrouw stellig. Ze stond op en schuifelde de ruimte door om op de andere stoel naast Mary te gaan zitten. De ogen van de vrouw zaten gevangen in haar gladde, bewegingloze gezicht – een kalmte die in combinatie met zoenlippen en met collageen gevulde neusvleugels al net zo'n norm was geworden als de eerste de beste modetrend, maar Mary had zoiets nog nooit in levenden lijve aanschouwd.

Jaren geleden had Eden tijdens een van Mary's pijnlijke telefoongesprekken met haar schoonmoeder langs haar neus weg gezegd dat ze een facelift zou laten doen. Heel even voelde Mary een heilige verontwaardiging maar ze had zich ervan kunnen weerhouden om te vragen waarom. Ze had erg opgekeken van Gooch' reactie, toen hij alleen zijn schouders had opgehaald en had gezegd: 'Als ze dat nou leuk vindt.'

'En dat waardig oud worden dan?' had Mary gevraagd. 'Ik had gedacht dat je het vreselijk zou vinden dat je moeder zo ijdel is. Vind je dat dan niet verkeerd?'

'Mijn moeder is ijdel. Maar het is niet aan ons om daarover te oordelen,' had hij vinnig gezegd.

'Er gaan mensen dood aan plastisch-chirurgische ingrepen, Gooch. Ik wil alleen maar zeggen dat het volgens mij stom is om zo'n risico te lopen.' Haar overmatige omvang had in de hoek van de kamer met zijn stam gezwaaid, en verder was er geen woord meer vuilgemaakt aan Edens beslissing.

Overgeleverd aan de verfraaiing van haar uiterlijk sloot ze haar ogen en aanvaardde de golf van genot die de warme lucht uit de haardroger haar bezorgde. Een zeldzaam sensueel genoegen. Het mocht dan zeseneenhalf jaar geleden zijn dat Gooch en zij voor het laatst hadden gevreeën, Mary besefte wel dat de intimiteit van de daad al vele jaren en kilo's voordien was verdwenen.

Na de eerste paar jaar samen, toen de gedachte aan zijn lippen volstond om het bloed naar haar kern te jagen, was ze begonnen uitvluchten te verzinnen zodra Gooch in bed zijn handen naar haar uitstak, omdat haar begeerte slaaf was geworden van haar idee dat ze niet begeerlijk was. Wanneer Gooch erg aandrong, zonder ooit ruw of opdringerig te worden, maar met zijn mond in haar hals of met zijn vingers haar decolleté verkennend, had ze het hele gebeuren doorstaan zoals Irma het avondeten beleefde, als iets om zo snel mogelijk achter de rug te hebben.

Toen Mary haar ogen weer opendeed, herkende ze niet onmiddellijk de vrouw met schouderlang rood haar rond een knap gezicht. Het enige wat ze kon zeggen was: 'O.'

Frankie glimlachte als een kunstenares die haar meesterwerk heeft voltooid. 'Je bent bloedmooi,' zei ze ademloos, waarop een stroom van instemmende geluiden volgde. Mary knipperde dankbaar naar iedereen, terwijl ze hun gezichten afspeurde op tics. Ze vroeg zich af of dit vertoon van ruimhartigheid werkelijk was wat het leek. Zodra ze het verlies dat ze had geleden hadden vernomen en haar verwarring hadden ontdekt, hadden ze allemaal even in haar schoenen, of in dit geval in haar laarzen gestaan, en ze hadden geen dikke of dunne, oude of jonge, rijke of arme vrouw gezien, maar zichzelf, in een ziel die verlaten was en zich verloren voelde.

De plastic cape die Frankie over haar voorkant had gedrapeerd maar niet om haar hals had vastgegespt, zakte van haar schouders toen ze overeind wilde komen.

'Dat kan ze niet dragen,' zei een van de stylistes naar het marineblauwe schortpak wijzend, en Frankie fronste haar voorhoofd. De machtige, prachtige Perzisch-Amerikaanse vrouw hielp Mary overeind en trok haar mee door de zilverkleurige klapdeurtjes naar de privacy van een grote, mooi ingerichte toiletruimte.

'Ben je soms verpleegster?' vroeg Frankie terwijl ze de deur van een grote hangkast opendeed.

Mary schudde haar hoofd maar probeerde verder geen uitleg te geven voor het blauwe schortpak terwijl ze de van prijskaartjes voorziene collectie grote-matenkleding bekeek. Frankie haalde net zo'n paisley rok met bijpassende blouse tevoorschijn als ze zelf droeg, maar dan in het groen, en gaf het hangertje aan Mary. 'Trek dit maar eens aan. Ga je gang. Dit zijn kleren waar mijn man in handelt. Je krijgt ze voor de kostprijs. Pas ze maar.'

Toen Mary niet in beweging kwam, fluisterde Frankie: 'Jij wilt privacy. Maar ik zal je wat vertellen, omdat we allebei stevige meiden zijn, want daarom kan ik het zeggen. Als je denkt dat je man je verlaten heeft omdat je dik bent, mag je God op je blote knieën danken dat je nog een tweede kans krijgt.'

'Is jouw man daarom bij je weggegaan?'

'Die is bij me weggegaan omdat ik doodongelukkig was. Ik was eeuwig en altijd op dieet. Maar Bob vindt me dik het leukst. Die heeft me bijgebracht hoe je het moet omarmen. Als iets aan jezelf je niet bevalt, moet je het veranderen. En als je er geen moeite mee hebt, moet je het omarmen. Er is geen tussenweg.'

'Oké.'

Voordat Frankie wegging, zei ze nog: 'Twee winkelcentra verderop zit een schoenenwinkel. In Californië kun je geen laarzen aan.'

Toen ze in de mooie kleren door de klapdeurtjes kwam stappen, trof Mary daar Grote Avi en de hele winkel aan die op de grote openbaring stonden te wachten. Ze voelde zich iemand die met tegenzin aan een spelletjesprogramma deelnam, en draaide met rood aangelopen hoofd rond. Ze bleef stilstaan voor de spiegel, en Frankie deed haar tailleband goed en frummelde wat met de blouse.

'Wat ben ik je schuldig?' vroeg Mary terwijl ze haar creditcard tevoorschijn haalde.

Frankie schreef een getal op een rekening. Het bedrag was hoger dan drie weken boodschappen.

Er kwam een andere styliste uit de ruimte achter de salon aansnellen met een plastic tas met daarin haar marineblauwe schortpak. Ze gaf Mary de zak aan en fluisterde haar toe: 'Die laarzen kun je in Californië niet dragen.'

Grote Avi, die met een glimlach zijn ongeduld verhulde, pakte Mary bij de arm en loodste haar door de deuren het verblindende zonlicht in, rechtstreeks terug naar de leren cocon van de wachtende limousine.

Treurwilgen

Grote Avi grijnsde breed in de achteruitkijkspiegel. 'Je ziet sterk uit. Je voelt ook sterk, hè?'

'Ja,' gaf Mary toe, al kwam het niet door de metamorfose. Ze was ongetwijfeld oppervlakkig gezien veranderd, maar ze identificeerde zich niet met de roodharige, chic geklede (afgezien van de laarzen) vrouw die ze in de spiegel van de schoonheidssalon weerspiegeld had gezien. Haar kracht was niet het gevolg van deze transformatie, maar was opgewekt door de vrouwen die haar in groene paisley hadden gestoken en haar eropuit hadden gestuurd om namens hen allen strijd te leveren voor de liefde.

'Ik weet gewoon niet wat ik moet zeggen om je te bedanken,' zei Mary. 'Ik ken niet veel mensen die zouden doen wat jij voor een onbekende hebt gedaan.'

'Het is goed,' zei Grote Avi met een wuivend gebaar. 'Ik bereken je alleen de normale prijs voor de rit. Dat is alles.'

'Dankjewel.'

'Toen ik net in Amerika was, zoveel onbekenden hebben me geholpen, dat kan ik je niet vertellen. Mijn dank is dienstbaar zijn. Dat is genoeg. Begrijp je? Ken je dat gevoel?'

Mary kende dat gevoel niet, aangezien ze het grootste deel van haar leven in dienst van haar honger en de meeste dagen met neergeslagen blik had doorgebracht, worstelend en gefrustreerd, en veel te moe van haar eigen ontevredenheid om de ellende van haar medemensen te peilen. Ze had kunnen zeggen dat ze Gooch had gediend, maar dat was een leugen geweest. Ze had het hele idee van huishoudelijke dienstbaarheid onfeministisch gevonden, en Gooch had dan wel meer uren gewerkt en tweemaal zoveel geld in het laatje gebracht, zij had een hekel gehad aan karweitjes als het huis vegen en maaltijden klaarmaken en had nooit enige trots ontleend aan een schoongeschrobde oven, of tevredenheid aan de vouwen van de overhemden die ze op zondagochtend streek.

'Ik ken Willow Drive,' liet Grote Avi weten. 'Die is in de buitenwijk voor Oak Hills.'

Leaford had geen noemenswaardige buitenwijken. In het historische centrum van de stad stonden reusachtige, mooie Victoriaanse huizen, en aan de rand lagen bungalows die uit de oorlog stamden, en de rest van de bevolking woonde op het platteland, waar ze ofwel het land bewerkten waarop ze woonden, of in een huis woonden op land dat door anderen werd bewerkt. Mary had de buitenwijken van Windsor gezien, waarvan Gooch zei dat ze eentonig waren omdat de huizen zo op elkaar leken, maar die huizen waren stuk voor stuk uniek in vergelijking met het landschap dat ze nu binnen reed. Deze voorstedelijke huizen waren allemaal even monsterlijk grote bouwsels in zes voortdurend terugkerende modellen: met één verdieping, met twee verdiepingen, met een garage links, of rechts, een enorme erker, of een klein erkerraam – en steeds in een van drie nuances beige geschilderd, met een groepje van drie grote palmen of een fonteinachtige wilg in het midden van het landschappelijke ontwerp.

'Welkom in Willow Highlands,' zei Grote Avi.

Willow Highlands lag op de top van golvende heuvels, met hier en daar nog grotere huizen met brede, geplaveide oprijlanen en zo veel vrije parkeerruimte dat autobezitters uit Toronto en New York wel moesten barsten van jaloezie. In Mary's ogen leek het het beschilderde achterdoek van een film, alsof je de paradijselijke illusie met een verschuiving in het perspectief of een vingeraanraking kon vernietigen. Het was halverwege de middag, en de bewoners van de buitenwijken waren waarschijnlijk op hun werk of op school, en toch had ze het gevoel dat hun ziel nog in hun huis hing en hun Amerikaanse droombestaan leidde.

De weinige werkende mensen die ze vanuit de voorbijrijdende auto ontwaarde, waren piepkleine bruine types. 'Zijn dat Mexicanen?' vroeg ze.

Uit onzekerheid over haar gevoel voor humor keek Avi opnieuw in de achteruitkijkspiegel, maar toen hij tot de conclusie kwam dat ze geen grapje maakte, antwoordde hij: 'Iedereen heeft personeel. De tuinier. De huishoudster. De kinderjuffrouw.'

'Zijn die illegaal? Je hoort zelfs in Canada over al die illegale Mexicanen hier.'

Hij haalde zijn schouders op. 'Sommigen wel. Iedereen heeft mening over immigratie. Ik doe mijn immigratie legaal. Dat was heel moeilijk. Het kost zoveel geld, dat kan ik je niet vertellen. Maar ik vind deze mensen komen voor een beter leven. Ik begrijp dat. Ze willen werken.'

Mary zag hoe een van de Mexicaanse mannen met een reusachtig apparaat op zijn rug een dikke slang vasthield alsof het een machinegeweer was, en daarmee rommel van de witte stoep af blies. 'De bladeren vallen hier ook van de bomen,' merkte ze op.

'Een beetje wel, ja. Natuurlijk. We hebben hier seizoenen. In de winter is niet koud, maar je doet 's avonds een trui aan.'

'In Canada zeggen we dat we twee seizoenen hebben, het winterseizoen en het wegenbouwseizoen,' zei ze, maar toen hij in zijn achteruitkijkspiegel keek, zag ze dat hij het niet begreep. 'Omdat de wegwerkers alleen in de zomer wegen kunnen aanleggen.'

'O, het is een grapje.' Hij lachte en sloeg een andere straat in. 'Twee straten verderop is Willow. Welk nummer is het?'

'Vierentwintig.' Mary slikte. Toen ze een blik uit het raam wierp, ontdekte ze tot haar verrassing dat de limousine de wijk met uitgestrekte huizen achter zich had gelaten en in een aanzienlijk minder rijke buurt aan de voet van de heuvels terecht was gekomen, waarvan ze aannam dat dat dan wel Willow Lowlands zou zijn. Kleinere, bepleisterde huizen met minder rijkversierde gazons afgewisseld met reeksen twee verdiepingen hoge rijtjeshuizen. Aangezien haar schoonfamilie behoorlijk rijk was, vroeg ze zich panisch af of ze het verkeerde adres had. Of misschien wel de verkeerde plaats.

'Ik moet er snel vandoor,' zei Grote Avi met een blik op zijn horloge. 'Mijn kleine Avi moet naar voetballen.' Hij zette de auto langs de stoeprand naast een bescheiden wit huis met een hoge, boog-vormige ingang, waarvoor een paar verwaarloosde planten in aar-dewerken potten langs een kort pad vol barsten stonden opgesteld. 'Vierentwintig,' kondigde hij aan.

Er stonden twee auto's op de met bladeren bedekte oprit: een ge-blutste rode Camry, naar Mary's inschatting een model van eind jaren negentig, en een nieuwere witte Prius, een hybrideauto die Gooch prachtig had gevonden, maar wel te klein om er als grote kerel prettig in te kunnen rijden.

'Iemand is thuis, ja?' vroeg Avi terwijl hij haar creditcard door zijn apparaatje haalde.

'Ik kan me niet voorstellen dat dit het goede huis is,' zei Mary aarzelend. 'Mijn schoonfamilie is tamelijk rijk.'

'Rijkdom is anders in Californië,' waarschuwde hij. 'Dit huis kost bijna één miljoen dollar.'

'Nee.'

'Echt waar.' Hij stapte uit om haar van de achterbank te helpen. Nadat hij haar de hand had gedrukt en diep in de ogen had geke-ken, fluisterde hij: 'Ga met je man praten.'

Mary knikte hem glimlachend toe, en zwaaide hem na toen de auto wegreed. 'Alstublieft God,' bad ze, 'help me de juiste woorden te vinden.' Haar hart begon sneller te kloppen, en ze kon zich wel voor het hoofd slaan dat ze niet meer uit het mandje had gegeten. Ze draaide zich om naar het gepleisterde huisje, in de hoop dat ze er de aanwezigheid van Jimmy Gooch net zo zou waarnemen als de aanwezigheid van God.

Maar het werd allengs waarschijnlijker dat ze het verkeerde huis voor zich had, vanwege de 'verboden te roken'-sticker die op het glas in de voordeur zat geplakt. Ze had Jack noch in levenden lijve, noch op foto's ooit gezien zonder een Marlboro wippend tussen zijn lippen.

Op weg naar de voordeur luisterde ze gespannen om boven het gekras van de kraaien in een boom vlakbij iets te horen, maar er kwam geen geluid vanbinnen. Het verkeerde huis. Dan moest er een andere Willow Drive 24 zijn, in een andere Golden Hills in Californië. Ze kon zich herinneren dat er bij het vorige huis van haar schoonouders een zwembad en tennisbanen hadden gehoord. Eden had een foto opgestuurd van Jack en haar in bij elkaar passende joggingpakken, geleund tegen hun zilverkleurige Acura op de oprijlaan van hun reusachtige landhuis, en Mary kon zich nog herinneren dat Gooch zich had afgevraagd waarvoor ze die zeven slaapkamers nodig hadden.

Het verkeerde huis. Wat nu?

De voordeur ging open en een klein vrouwtje met mooie zwarte ogen en donker, in een wrong gedraaid haar kwam met een wantrouwige blik naar haar de veranda op stappen. 'Hola,' zei de vrouw.

'Mary,' verbeterde Mary haar.

'Hola?' probeerde de vrouw nogmaals.

'Nee, Mary,' herhaalde Mary en ze wees naar zichzelf. 'Mary.'

De vrouw zei iets in het Spaans dat Mary niet verstond en riep zachtjes in de richting van een verduisterde kamer: 'Señora.'

'Ik denk dat ik het verkeerde huis heb gekozen,' zei Mary verontschuldigend. Toen zag ze door de open deur een frêle bejaarde vrouw door de beschaduwde gang aan komen strompelen en haar hart begon te bonzen. Ze had Eden weliswaar twintig jaar niet gezien, maar toen ze het licht in kwam schuifelen, herkende ze haar onmiddellijk aan het zwarte bobkapsel dat ze altijd had gehad.

Als haar schoonmoeder haar gezicht al ooit had laten liften, was de onderste helft nu in elk geval weer weggezakt. Haar tranende blauwe ogen liepen schuin omhoog naar haar pony, en haar wangen en kaken hingen omlaag als wasgoed aan de lijn. Haar lichaam was verweerd en even breekbaar als hout dat in de regen is achtergelaten. Van de artritis tot klauwen getrokken handen vormden de afronding van haar spichtige armen. Eden herkende Mary niet of ze kon niet scherp zien. 'Wat is er, Chita?' vroeg ze.

'Eden,' hijgde Mary.

'Ja?' antwoordde de nieuwsgierig geworden bejaarde vrouw met toegeknepen ogen.

'Ik ben Mary, Eden.'

Op Edens ingezakte gezicht tekende zich een dageraad van her-kenning af. 'Mary?'

'Het spijt me dat ik zo ineens bij je op de stoep sta.'

'Ik had je nooit herkend,' zei Eden.

Mary raakte haar springerige rode haar aan en besefte meteen dat Eden het over haar extreme gewicht en niet over haar extreme metamorfose had. Ze stond op de veranda te wachten tot ze zou worden binnengenodigd.

Het geluid van een piepende magnetron dreef de Mexicaanse naar binnen, terwijl Eden vermoeid van de tocht naar de deur en geïrriteerd door het onverwachte bezoek steun zocht bij de deur-post. 'Hij is hier niet, Mary.'

'En Heather zei...'

'Heather?' vroeg Eden met opgetrokken wenkbrauw. 'Nou goed, hij is hier geweest, maar hij is weer vertrokken.'

Mary snoof de lucht op in de hoop zijn geur op te vangen, terwijl Eden de deur verder opende en met een gelaten zucht zei: 'Kom dan maar even binnen. Als je maar zachtjes doet, want Jack ligt te slapen.'

De geur in huis was vaag maar vertrouwd – een vleug urine, een vermoeden van bederf, net als bij St. John's in Leaford. Het huis van Christopher Klik op de dag van zijn begrafenis. Toen Mary een kleine woonkamer vol buitenmodel meubelen werd binnen geleid, drong tot haar door dat ze trilde. Zo dichtbij, dacht ze. Ze was Gooch met een paar uur of dagen verschil misgelopen, hield ze zichzelf voor, maar ze besefte dat het in werkelijkheid jaren waren. Ze voelde zich slap en wilde niets liever dan in een van de beklede stoelen neervallen. 'Ik vind het heel vervelend om je lastig te vallen, Eden, maar ik heb vandaag nauwelijks iets gegeten. Ik ben bang dat ik dadelijk flauwval.'

Eden sloeg haar ogen ten hemel en riep zachtjes naar de achter-kant van het huis: 'Wil je de pruimentaart en ijsthee brengen, Chi-ta?' Ze nam tegenover Mary op de bank plaats zonder haar best te doen haar minachting te verhullen. 'Je had hier niet moeten komen. En waarom heb je hier in Californië in vredesnaam winterlaarzen aan?'

'Ik moest gewoon hierheen.'

'Hij is een wrak. Dat weet je ook wel. Hij is een compleet wrak.'

In vijfentwintig jaar had Mary haar man nog nooit zo zielig horen beschrijven. Zij was altijd degene geweest die het wrak, de stumper of de sukkel was. En niet Gooch. Gooch vond zijn leven helemaal te gek. Gooch triomfeerde. Gooch aanvaardde zijn verhaal zoals het zich voordeed, terwijl zij haar op de vetrollen van haar buik balancerende biografie in het wilde weg doorbladerde en wenste dat de schrijver er een andere wending aan had gegeven.

'Volgens Heather had hij met een kraslot geld gewonnen.'

'Dat weet ik.' Eindelijk lachte Eden een stel parelwitte tanden bloot die langer en hoekiger waren dan haar oorspronkelijke stel. 'De Heer heeft mijn gebed verhoord.'

'Wanneer is hij hier geweest?' vroeg ze behoedzaam, uit angst dat Eden het als een wilde kat op een lopen zou zetten of ervoor zou kiezen zich als een kind van de domme te houden.

'Vorige week. Dinsdag of woensdag. Ik raak tegenwoordig mijn vat op de tijd een beetje kwijt.'

Als de omstandigheden anders waren geweest, had Mary wel over haar eigen inzichten in het kwijtraken van de tijd verteld. Nu zei ze alleen: 'Ik heb me zo'n zorgen gemaakt.'

'Hij doet het niet om jou pijn te doen, Mary.'

'We hebben een moeilijke tijd achter de rug,' zei Mary zacht en ze pakte het koude glas van de Mexicaanse aan, die met ijsthee en een schaal met stukken taart was verschenen.

'Hij geeft zichzelf de schuld.'

'Echt waar?'

'Maar waar twee vechten hebben twee schuld, waar of niet?' zei Eden. 'Dat heb ik ook tegen hem gezegd: "Geef jezelf nou toch niet steeds de schuld, Jimmy. Mary heeft er vast ook wel iets mee te maken." En hij heeft niets onaardigs over je gezegd. Geen woord. Hij heeft me niet eens verteld dat je zo dik was geworden.' Eden trok haar wenkbrauwen hoog op. 'Ik had je bijna niet herkend. Je bent tweemaal zo dik als de laatste keer dat ik je zag.'

Mary keek naar het gebak op tafel maar kon zich er niet toe zetten er iets van te nemen; bij de gedachte dat ze haar tanden in het zoete, kleffe baksel zou zetten werd ze opnieuw misselijk, en de vergeten pijn tussen haar ogen schalde reveille.

'Ik moet er niet aan denken wat het al die jaren voor die jongen moet zijn geweest. Hij was zo veelzijdig begaafd. Hij had schrijver moeten worden,' zei Eden, en alle oningeloste beloften van Gooch bleven samen met de overduidelijke impliciete boodschap van zijn moeder in de bedompte, pisachtige lucht hangen.

Het was waar, dacht Mary, Gooch had schrijver moeten worden. Hij had van alles moeten worden behalve wat hij geworden was.

'O wee als je thee morst,' zei Eden waarschuwend toen Mary scheef zakte op haar plaats. 'Dat is wel een Ethan Allen van tweeduizend dollar.'

'O,' zei Mary, terwijl ze kleine slokjes uit het overvolle glas dronk.

'Hoe gaat het met je moeder?'

'Hetzelfde.'

'Ik weet wel dat jij ook nogal wat teleurstellingen te verduren hebt gekregen, Mary.'

'Ja.'

'Maar dat is nog altijd geen excuus.'

'Waar is hij van hieraf heen gegaan? Als je het weet, vertel me het dan alsjeblieft, Eden. Ik ben tenslotte zijn vrouw,' zei Mary smekend. 'Ik ben zijn vrouw.'

'Hij zei iets over dat hij de sequoia's wilde zien. En over Big Sur. Om te trekken of zo. Hij had een wandelgids. Hij zei dat hij geen vastomlijnde plannen had maar gewoon tijd nodig had om na te denken.'

Tijd om na te denken. 'Zei hij er niet bij hoe lang?'

'Dat heeft hij niet gezegd. En het is niet dat hij naar mijn mening vroeg – dat heeft hij trouwens nooit gedaan –maar ik heb wel tegen hem gezegd dat hij echtscheiding moet aanvragen en er een punt achter moet zetten. Jullie moeten alle twee door met je leven. Hij is nog jong, hij kan nog dertig jaar gelukkig zijn met iemand anders. Kijk maar naar Jack en mij.'

Mary schraapte haar keel. 'En je weet echt niet waar hij naartoe is?'

'Hij was hier nog maar een uur toen Jack en hij elkaar alweer in de haren vlogen.' Eden snifte. 'Dat is nu eenmaal de prijs die je betaalt omdat je je man op de eerste plaats stelt. Want dat doe je. Dat had jij ook moeten doen.'

Mary vroeg haar maar niet of ze met het verlies van haar kinderen niet een te hoge prijs had betaald, want ze zag aan de zelfingenomen blik in Edens ogen dat ze vond dat haar kinderen degenen waren die iets hadden verloren.

'Ik wil Gooch helpen. Ik wil...' Wat ze aan dat willen had willen toevoegen was te ingewikkeld en te intiem om hardop te formuleren.

'Over een halfuur komen er zes mensen voor de gebedskring, anders zou ik je wel vragen of je bleef.'

Als ze al niet zo'n pijn in haar hoofd had gehad, had Mary met de muis van haar hand tegen haar voorhoofd geslagen en uitgeroepen: *Hoe kom ik daar ook bij?* Hoe had ze ooit kunnen denken dat Gooch zijn tijd om na te denken in de giftige nabijheid van Jack Asquith zou doorbrengen? 'Het spijt me, Eden. Wat vervelend dat Jack en hij elkaar in de haren zijn gevlogen. Dat was vast afschuwelijk.'

Eden werd iets vriendelijker. 'Hij zei dat hij nog langskomt voor hij uit de staat vertrekt. Ik heb gezegd dat we dan bij de delicatessenzaak verderop moeten afspreken.'

'Dus hij komt terug?'

'Hij heeft beloofd dat hij afscheid komt nemen.'

Afscheid. Gooch begreep dat ritueel dus ook. Hij moest afscheid van zijn moeder komen nemen omdat hij besefte hoe sterfelijk ze was. Of hoe sterfelijk hij zelf was. Zijn gebrek aan daadkracht was doorbroken door zijn prijs in de loterij. Mary stelde zich voor hoe hij in zijn vrachtwagen achter het restaurant van Chung had zitten watertanden bij de gedachte aan zijn Combo nr. 3. Ze zag zijn gezicht terwijl hij met een kwartje uit zijn jaszak over het kraslot kraste, en aan de drie juiste getallen de energie en de middelen ontleende om zijn vrouw te verlaten en over zijn bestaan na te denken. Vrij.

'Ik denk dat ik op hem moet wachten,' zei ze.

'Maar dan niet hier,' gaf Eden te kennen. 'Bovendien weten we niet wanneer hij terugkomt.'

'Hij raakt wel een keer door zijn geld heen.'

'Dat neem ik aan.'

'En hij zal een keer weer aan het werk moeten.'

'Uiteindelijk.'

'Hij heeft tenslotte geen miljoen. Heeft hij verteld hoeveel hij heeft gewonnen?'

'Genoeg. Hij zei alleen dat het genoeg was.'

Genoeg. Dat woord. Een woord dat evenwicht suggereert. Precies de juiste hoeveelheid. Een prachtig woord, totdat iemand het tegen je schreeuwt: *Genoeg!*

Mary vermoedde dat Eden loog, en zei: 'Nou ja, als hij beloofd heeft dat hij nog langskomt, dan doet hij dat ook. En als hij terugkomt, moet ik hier zijn.'

'Je gaat je gang maar, ik kan je alleen geen kamer aanbieden, en de goedkope motels hier in de buurt zijn onbetaalbaar. En stel nou dat het geen dag, of twee dagen of een week duurt? Stel dat hij een maand wegblijft? Of nog langer?'

'Dat doet hij vast niet.' Al ijsthee drinkend berekende Mary de kosten van een maand hotel en onvoorziene uitgaven.

'Wat ga je dan doen? In een hotelkamer naar de televisie zitten kijken? Kant-en-klaarmaaltijden laten bezorgen? En als je echt van plan bent hier te blijven, heb je al die tijd een auto nodig. Zonder auto kom je hier nergens. Met wat voor auto ben je?'

'Ik kreeg een lift aangeboden.' Toen ze er de autohuur bij optelde, waar ze alleen maar een slag naar kon slaan, begon Mary zich zorgen te maken. Moest ze in dit onbekende land op Gooch blijven wachten tot haar geld op was? Naar Leaford terugkeren om de draad van haar leven weer op te pakken? Maar wat voor leven dan? Meneer Barkley weg. Orin weg. Haar moeder een schim. Ze had zelfs geen werk om naar terug te keren, iets waarvan ze besefte dat ze er op een gegeven moment wel wat aan moest doen. 'Ik blijf hier,' besloot ze hardop.

'Nou ja, ik heb gezegd wat ik te zeggen heb,' zei Eden schouderophalend.

Mary haalde een pen en een papiertje uit haar tas. 'Ik schrijf het nummer van mijn mobiel op, en dan bel je me, hè? Als hij wat laat horen.'

Eden nam het papiertje aan en legde het op tafel. 'Volgens mij is het geen goed idee. Dat meen ik echt.'

De vrouwen kwamen overeind en gingen beiden worstelend met hun gebroken lichaam op weg naar de deur. Mary had bijna de veranda bereikt, toen ze zich haar tas en de plastic zak met haar marineblauwe uniform herinnerde. Ze liep het huis weer in en hoorde een geluid komen uit een kamer aan het eind van de gang. Gooch.

Dus Eden loog, net zoals Heather had gelogen, zoals iedereen loog voor degenen van wie ze hielden of bij wie ze in het krijt stonden. Hij was er en stond op het punt de kamer te verlaten omdat hij dacht dat zijn vrouw vertrokken was. 'Gooch?' gooide ze eruit.

Slaperig en murw, gekrompen en verschrompeld en met een zuurstofmasker tegen zijn ruw lederen gezicht, kwam Jack Asquith op een kleine, gemotoriseerde rolstoel uit de kamer tevoorschijn. Hier kwam de dood Mary angstig en hologig bij de deur tegemoet. 'Jack,' hijgde ze.

'Ga je maar vast klaarmaken voor de gebedskring, Jack,' droeg Eden hem op. Maar Jack bleef onafwendbaar op zijn koers over de terracotta vloer, terwijl hij Mary met toegeknepen ogen wantrouwig bleef aanstaren, alsof ze zonder speciaal pasje achter de coulissen was toegelaten. Vlak voor haar schoenneuzen hield hij halt, trok zijn masker van zijn gezicht en kraste: 'Wie?'

Eden wuifde hem weg. 'Niemand, schat. Ga je nou maar klaarmaken.' Ze sleurde Mary de veranda op, deed de deur dicht zodat hij hen niet kon horen, en zei smekend: 'Maak hem alsjeblieft niet van streek.'

'Goeie god, wat ziet hij er vreselijk uit,' riep Mary uit.

'We gebruiken Gods naam niet ijdel in dit huis.'

'Neem me niet kwalijk, maar ik...'

'Nou ja, je wist dat hij emfyseem had.' Mary schudde sprakeloos haar hoofd. 'Hij gaat heel snel achteruit.'

'Wat vind ik dat erg.'

'Moet je nagaan, dan heb ik ook nog mijn zoon om geld moeten vragen.'

'Waarom?'

'Hoe bedoel je, waarom? De ziektekostenverzekering van Jack dekt nog niet de helft van de kosten.'

'Dat wist ik niet.'

'Natuurlijk wist je dat wel.'

'We hebben elkaar een hele tijd niet meer gesproken, Eden.'

'Je wist dat we de zaak zijn kwijtgeraakt. En het huis.' Mary schudde haar hoofd. 'Ik heb niet meer zo'n vat op de tijd. Misschien heb ik het je wel niet verteld,' zei Eden. 'Je bent ook opgehouden met bellen.'

Dat was waar. Mary belde Eden niet meer elke laatste zondag van de maand. Heel vaak werd er opgenomen door een boodschappendienst, waarop zij zich in paniek afvroeg wat ze moest zeggen, om vervolgens te beseffen dat zij niets tegen Eden te zeggen had en Eden niets tegen haar. Ten slotte had ze hun hele schijnrelatie laten varen. Zoals Gooch al tijden geleden had gedaan. Ze vroeg zich af of hij met dat rituele afscheid van zijn moeder om vergiffenis had gevraagd. Of vergiffenis had verleend.

'Ik heb geld, Eden. Ik kan...'

'Jimmy heeft me vijfduizend dollar gegeven. Volgende maand komt er een obligatie vrij, dus dan kan ik weer een tijdje voort. Voor de rest ligt het allemaal in zijn handen.'

'In die van Gooch?'

'In die van God. Ik kan trouwens moeilijk jouw deel van het loterijgeld aannemen, Mary. Dat heb jij nodig om opnieuw te beginnen.'

Een *fait accompli*. Die uitdrukking kon Mary zich nog van de Franse les herinneren. Een voldongen feit. Afgehandeld. Voorbij. Besloten. Dood. Zo keek Eden tegen Mary's huwelijk aan, maar Mary had nog genoeg geldreserves om de hoop levend te houden. Ze verkeerde echter nog steeds in onzekerheid over hoeveel geld Gooch nu precies had gewonnen, en hoeveel er nog op de rekening stond. Ze moest een bank zien te vinden en dan maar hopen dat de Canadese pinpas ook op een Amerikaanse automaat werkte.

'In de buurt van de snelweg is een Pleasant Inn. Daar ga ik een kamer nemen,' zei ze.

'En dan?'

'Wachten. Ik ga op Gooch wachten.'

'Hoe lang?'

'Dat weet ik niet.'

'Ik kan je er niet heen brengen.'

'Ik loop wel.'

'Het is bijna twee kilometer ver,' lachte Eden.

'Ik kan best lopen, hoor,' verzekerde Mary haar. 'Je belt me, hè?' vroeg ze, en ze dwong Eden haar aan te kijken.

'Ik bel je,' antwoordde Eden, waarna ze de deur sloot en zichzelf, Jack en de zwartogige Mexicaanse in het bedompte huis begroef, om Gods genade in hun gebedskring tegemoet te zien.

Een doel voor ogen

De zon kroop langzaam omhoog terwijl Mary op de stoep bleef staan wachten, voor het geval Eden net als Heather had gelogen en elk moment naar buiten kon rennen om haar buiten adem en vol spijt na te roepen: 'Hij zit in het zus-of-zo!' Of: 'Hij logeert daar en daar in zus-en-zo!'

Toen de deur niet openging, besefte ze dat ze onmogelijk die twee kilometer naar de Pleasant Inn kon lopen. En ze kon evenmin blijven staan met de zon die op haar lichte huid brandde, haar rode haar in vuur en vlam zette en haar witte schedel schroeide. Ze had nog nooit zonnebrandcrème gebruikt, omdat ze niet aan zonnebaden deed, en stelde maar zelden haar huid aan de zonnestralen bloot. Nog een paar minuten meer op hoog vermogen en ze zou langs de randjes al aardig knapperig worden.

De lach en de traan die door de romans in haar zware tas in het vooruitzicht werden gesteld vochten in Mary's keel om de voorrang, toen ze over het trottoir op weg naar Willow Highlands ging. Aan de overkant van de heuvel was de hoofdweg waar ze een winkelpromenade had gezien. Daar was een bank waar ze de stand van haar saldo kon bekijken voordat ze op pad ging naar het hotel. Een kilometer. Over de heuvel. Vooruit.

De heuvel was niet zozeer een glooiing als wel een steile helling, en terwijl ze naar adem snakkend en met bezwete voeten in haar winterlaarzen over het witte trottoir omhoogklom, vroeg ze zich doelloos af hoe kinderen hier in Golden Hills ooit leerden fietsen. Voor zich uit zag ze een Mexicaan van middelbare leeftijd die naast een verlaten speelplaats een grasmaaimachine uit de laadbak van een rood vrachtwagentje tilde. Zijn verwarde uitdrukking negerend zwaaide ze naar hem, en boven het gekletter riep ze hem zinloos toe: 'Warm, hè?'

Met het beetje kracht dat ze nog in zich had, zag ze kans tot halverwege de steile heuvel te komen, voordat ze halt hield tegen de rand van een sprankelende rotsfontein in de schaduw van een reusachtige garage. Willow Highlands, dacht ze, terwijl ze hijgend om zich heen keek. Die schitterende overdaad waar heel het universum naar haakte. Ach, de schoonheid. Wat zou Gooch van dit uitheemse landschap hebben gevonden? Gooch had Mary eens een gesprek naverteld dat hij in een wegrestaurant had gehad met een immigrant uit West-Afrika, toen hij ten noorden van London iets had moeten afleveren. De man had Gooch verteld dat hij ervan droomde zijn kinderen in Amerika groot te brengen, zodat ze allerlei dingen vanzelfsprekend zouden gaan vinden.

Gooch wilde weliswaar dolgraag een Corvette en verlangde naar een Lincoln, maar van nature – of door de omstandigheden – was hij geen materialist. Hij taalde niet naar nieuwe dingen maar naar nieuwe ervaringen, zoals hij dat, in die eerste jaren dat Mary daar nog in meeging, op momenten van grote openhartigheid beschreef. 'We moeten eens een autotocht naar British Columbia maken,' zei hij dan, of: 'We moeten ooit een tocht over de St. Lawrence maken om naar de trek van de walvissen te kijken.' En: 'Ik neem je eens mee uit schaatsen op het Rideau-kanaal.' Hij had het nooit over de sequoia's of Big Sur gehad als bestemmingen waarvan hij droomde, maar misschien waren ze dat wel geweest. En hetzelfde gold voor Washington. Of Yellowknife. Of New York. Of Istanbul. *Ga met me mee, Mary. Ga met me mee.*

Op de rand van de fontein, met achter haar rug een nevel van water, zat ze naar de ruis van grasmaaiers en bladblazers te luisteren, terwijl ze lang en diep in- en uitademde. Verderop de arbeiders die voor de welgestelden ploeterden. Ergens anders Gooch die slokjes uit zijn veldfles nam met de wijde, blauwe oceaan die zich voor hem uitstrekte, op zoek naar zijn eigen waarheid – of misschien naar God – aan het eind van al zijn ontdekkingsreizen. Waar zou hij het over hebben met God? De wereldpolitiek? Klassieke films? Mary hoopte dat God kaneeltoast voor Gooch zou maken en hem zijn roes zou laten uitslapen in haar gewijde wildernis.

Zodra ze overeind probeerde te komen, was het Mary duidelijk dat ze haar beklimming niet kon voortzetten. Ze voelde hoe haar lichaam stilletjes op voedsel aandrong. Ze had niet genoeg gegeten, en nu nam het wraak door vast te lopen en te bokken, zoals het ooit had geboerd, gescheten en verkrampt was geraakt als ze te veel had gegeten.

Ze ontwaarde de Mexicaan die ze eerder zijn vermoeide rode vrachtwagentje heuvelopwaarts had zien manoeuvreren, en het drong tot haar door dat ze daar net zo lang had zitten rusten als het gekost had om het gazon rond de speelplaats te maaien. 'Wacht even,' riep ze terwijl ze met haar arm zwaaide. 'Alstublieft.' Hij kwam tot stilstand langs de stoeprand terwijl zij haar lijf van de fonteinrand hees. Ze lachte. 'Kunt u me alstublieft een lift geven naar de bank?'

De man leek het niet te begrijpen, en hij keek verbijsterd toen Mary het portier aan de passagierskant opentrok, haar grote tas op de stoel zette en zei: 'Ik kan u betalen.' Ze trok haar stapeltje bankbiljetten tevoorschijn, pakte er een biljet van vijftig dollar af en drukte dat in zijn groenbevlekte handen. Hij nam het geld aan, al begreep hij er nog steeds niets van. 'Dit is Canadees geld,' zei ze, 'maar u kunt het bij de bank wisselen.' Ze hees zich op de voorbank en zei gebarend: 'Kunt u me naar de bank brengen?'

Hij schudde zijn hoofd en uit zijn blik sprak spijt dat hij haar niet begreep of omdat hij was gestopt.

Het schoot haar te binnen dat er naast de bank een fastfoodrestaurant was, en ze zei vragend: 'De gekke kip? De Pollo?'

'*Pollo?*' vroeg hij. 'El Pollo Loco?' Hij knikte en zette de auto in de versnelling. Mary kon niet bij haar tas die op de grond stond, en stak het stapeltje bankbiljetten toen maar in de zak van haar paisley ensemble.

Omdat ze niet met de chauffeur kon communiceren, keek ze naar de voorbijkomende huizen terwijl het vieze rode vrachtwagentje eerst over de heuvel omhoog en daarna weer omlaag op weg naar de hoofdstraat reed. Toen ze voor een stoplicht stilstonden, zag ze dat er op de achterruit van een Chevy Suburban vóór hen iets geschreven stond. In eerste instantie zag ze het voor reclame aan, maar tot haar verbazing las ze: *Trent Bishop, 1972 – 2002. We zullen je nooit vergeten*. Ze had nog nooit een overledene op een auto herdacht gezien en was diep geroerd door de onvermoeibare rouw die eruit sprak – de oudere brunette achter het stuur liet de hele wereld met elk uitstapje naar de supermarkt en elke tocht naar haar werk weten dat ze een zoon met de naam Trent was verloren maar dat ze hem altijd bij zich zou dragen als een fotootje in een medaillon, en dat hij nimmer zou worden vergeten.

Bij de gedachte aan de grote Ford bestelwagen met het afgeplakte schuifdak die ze in Toronto had achtergelaten, vroeg ze zich af of zij ooit de behoefte zou voelen om haar huwelijk op zo'n manier te herdenken. Dat ze op de achterruit zou schilderen: *James en Mary Gooch, 1982 – ?*

Toen ze uitstapte, was Mary erg blij dat de Mexicaan haar niet probeerde het geld terug te geven dat ze hem had toegestopt. Hij reed juist heel snel weg, uit angst dat ze van overduidelijk getikte gedachten zou veranderen.

De pinautomaat was in zicht, maar op dezelfde afstand was een drugstore en Mary voelde de aantrekkingskracht die daarvan uitging. De toon was anders dan die van de Kenmore of van de fast-foodrestaurants, en eerder een waarschuwingssignaal dan de verleidelijke roep van een sirene. Eten. Elke stap die ze in de richting van de drugstore zette voelde aan als een blootsvoetse wandeling over gloeiende kooltjes, waarbij de zon haar uitdaagde tot stilstand te komen en haar geest haar uitgeputte lichaam voortdreef. Sinds Gooch' vertrek had ze meer stappen gezet dan in het hele jaar daarvoor, en niet over het vertrouwde, wrijvingloze pad maar elke stap nieuw, heuvelopwaarts, over stenen, en niet alleen gebukt onder het gewicht van haarzelf, maar ook van haar zware kunstleren tas en het compactere gewicht van haar toenemende verlichting.

De apotheek, met een vage geur die net zo vertrouwd was als

thuis, stond vol groepen moeders, en kinderen die kennelijk net uit school de wachtende auto's in waren gestroomd, want ze had er op de korte rit hierheen maar weinig gezien. Een paar mannen in pak met een beker meeneemkoffie in hun hand en een telefoon in hun oor, en bejaarde vrouwen die naar de toonbank achterin schuifelden om hun recepten af te halen. Mary hield haar ogen opgeslagen, want ze wist dat ze Gooch hier niet zou vinden, maar misschien ook weer wel.

In tegenstelling tot de uit de klei getrokken bewoners van Leaford en de vele kleuren en vormen die ze in Toronto op straat had gezien, leek de bevolking van Golden Hills voornamelijk uit gelifte en vergrote, geliposucte, geïmplanteerde Indo-Europeanen met strakke, op sport toegesneden spieren te bestaan. En zo láng. Mary had wel vijfentwintig jaar met een van de grootste mannen van heel Baldoon County samengewoond, dat nam niet weg dat ze diep onder de indruk was van de lengte van deze Golden Hills-bewoners, die wel allemaal naar de palmtoppen leken te streven.

Ze zocht de wand met koelkasten op, trok een deur open en haalde er vier grote flessen water uit. In combinatie met het gewicht van haar tas waren ze haar getormenteerde spieren eenvoudig te veel. Ze zocht een boodschappenkar op en zette er de flessen, haar tas en de plastic tas met haar marineblauwe uniform in, waaraan ze tien mueslirepen toevoegde, die op de verpakking energie, voedingsstoffen en proteïne in het vooruitzicht stelden. Ze voelde de pijn tussen haar ogen en zocht het gangpad met pijnstillers op waar ze een flesje met een extra sterk middel uitzocht. Op doortocht door de afdeling Seizoensproducten voegde ze nog een paar grote tubes zonnebrandcrème aan haar wagentje toe.

Nadat ze enige tijd in de rij voor de kassa had staan wachten, schoten haar de dollars in haar zak te binnen, en ze haalde het stapeltje tevoorschijn om ermee te betalen. Met een beleefde glimlach schudde de caissière haar hoofd. 'Wij nemen geen Canadees geld aan,' zei ze. Mary had zin om te schreeuwen: 'Ik heb in een drugstore gewerkt waar we altijd Amerikaans geld aannamen en netjes wisselgeld teruggaven, wanneer jullie dollar hoger stond.' Ze stopte de biljetten terug in haar zak en haalde haar creditcard uit haar tas.

De caissière gaf Mary de plastic tassen aan, die ze in haar winkelwagentje hees, waarna ze op pad naar de deur ging. Haar spieren waren tot het uiterste op de proef gesteld, dus ze was dankbaar dat ze op haar karretje geleund haar pakjes over de parkeerplaats naar de keurig verzorgde borders bij de bank kon vervoeren. Van daaraf zou ze haar tassen over het trottoir moeten zeulen, maar tot haar grote opluchting zag ze een overschaduwde bank die haar even rust bood om wat te eten en te drinken voordat ze verderging om het antwoord te vinden op de vraag hoeveel geld er nog op de rekening stond. Met elke stap, elke uitademing, voelde ze de calorieën verdwijnen.

Voordat het echtpaar Gooch diep in de buidel had moeten tasten voor het nieuwe zilverkleurige tapijt, in de tijd dat Mary nog massa's tijdschriften kocht, had ze met stijgende verontwaardiging een artikel gelezen van een voedingsdeskundige (dat Gooch opengeslagen aan haar kant van het bed had neergelegd) waarin gewaagd eenvoudig werd uitgelegd waarom de Eerste Wereld zo gevaarlijk dik aan het worden was, terwijl de Derde Wereld honger leed. Het stuk was opgehangen aan de vergelijking tussen calorieën erin en calorieën eruit, en de schrijfster vatte het voor de hand liggende als volgt samen:

We krijgen te vaak in restaurants maaltijden voorgeschoteld in porties die tweemaal zo groot zijn als we nodig hebben. Calorieën erin. We laten onze dagelijkse huishoudelijke klusjes aan apparaten over. Calorieën eruit. Bij restaurants wordt niet altijd informatie verschaft over vet en voedingswaarde, waardoor consumenten niet in de gelegenheid zijn betere keuzen te maken. Calorieën erin. We nemen de auto wanneer we ook de fiets of de benenwagen kunnen nemen. Calorieën eruit. We communiceren per computer. We kijken te veel televisie. We stellen tot morgen uit wat we vandaag kunnen doen.

Er stond zoveel beledigends in het artikel dat Mary, toen ze ervoor ging zitten om een brief aan de redactie te schrijven, bijna niet wist waar ze moest beginnen. Het eerste vergrijp was geweest dat Gooch het artikel voor haar had klaargelegd – alsof ze niet duizend van dergelijke stukken had gelezen, en geen miljoen getuigenissen van vrouwen waarin ze beschreven waaraan ze zoal hun inspiratie hadden ontleend om af te vallen – maar daar had ze het niet over in haar brief.

Het tweede vergrijp was dat de schrijfster de epidemie zo simplistisch en agressief ongevoelig benaderde. Op dezelfde manier als waarop ongevoelige mensen over longkanker zeiden dat iemand dan maar niet had moeten roken, en van hiv dat zo iemand dan maar een condoom had moeten gebruiken, leek de schrijfster Mary en haar soortgenoten aan te sporen gewoon minder te eten en van hun dikke reet te komen. Maar net als bij anorexia (gewoon meer eten, dan sterf je niet van de honger, sukkel) waren de implicaties van morbide obesitas aanzienlijk gecompliceerder dan dat. Nergens in het artikel had de auteur het over een gebroken hart. Nergens gaf ze toe dat eten een wondermiddel was dat bij alle vormen van verlies werkte. Nergens had ze het over de pijn die eenzaamheid brengt.

Tegen een gekleurde achtergrond stond onder het kopje 'Aan de slag' als bijvoegsel bij het artikel een suggestie van de schrijfster aan het adres van uitzonderlijk dikke mensen om te beginnen met sporten in de gewichtloosheid van water, waar de spieren op spanning konden komen voor zwaardere wereldse activiteiten. Alsof iedereen een zwembad had. Alsof mensen die veel te zwaar waren, erop zaten te wachten zich in een badpak te wurmen en hun hele hebben en houden publiekelijk tentoon te spreiden. Mary had gegrinnikt, maar toch had ze de bladzijde omgeslagen om het artikel uit te lezen, zodat ze, als Gooch aan haar vroeg wat ze ervan vond, kon zeggen dat ze het had gelezen.

En daar stond dan de finale belediging: een foto van de schrijfster, de voedingsdeskundige en auteur van het binnenkort op de markt verschijnende *Mamma Choco – waarom meiden zo dol op chocola zijn*. De vrouw leek begin veertig en was een lange, slanke blondine met een strakke spijkerbroek en cowboylaarzen, een fris wit T-shirt dat om parmantige borsten spande en een grijns die niet zozeer innemend als wel met zichzelf ingenomen was. Niet mooi zoals Heather dat was, maar wel aantrekkelijk, getrouwd met een cardioloog, moeder van twee tieners, en met een omgebouwde kerk in Vermont als huis, waar ze graag taarten bakte met het fruit uit hun boomgaarden, en van waaruit ze wekelijks een veelgelezen wekelijkse blog verzond. *Helemaal te gek.*

Mary las de biografische informatie door, maar nergens was er sprake van dat de schrijfster in het verleden obees was geweest, dat ze ooit iets anders was geweest dan het magere kreng dat Mary vanaf het witte tuinhek waarop ze zat aanstaarde. De schrijfster mocht dan taarten bakken, maar eten deed ze ze niet. Waar haalde ze de euvele moed vandaan?

De brief aan de redactie begon met een verwijt aan het adres van de schrijfster, waarin Mary haar erop wees dat er allerlei complexe verklaringen waren voor aankomen, en vele medische redenen waarom dat gewicht soms moeilijk kwijt te raken was. Maar al wegstrepend en bewerkend kreeg ze het tweede deel maar niet op papier, omdat haar uiteenzetting werd afgezwakt doordat haar verachting voor het uiterlijk van de auteur, voor haar lome benen, haar gebeeldhouwde armen, van elke venijnige zin afspatte. Ze was het niet zozeer oneens met de inhoud van het artikel, dat nauwelijks origineel en aangrijpend weinig controversieel was, maar ze vond dat de schrijfster gezien haar gebrek aan persoonlijke ervaring niet het recht had dat stuk te schrijven. De vrouw had duidelijk nooit het obeest leren kennen.

Hoofd omhoog, doel voor ogen. Plan op orde. Saldo bij de bank controleren. Naar het motel. Telefoon opladen. Telefoontje afwachten, van Heather, Eden, Gooch, of Joyce. Afwachten, net als die Mexicanen aan de kant van de weg. Wachten. En slapen. Dat dacht ze zonder angst of onzekerheid, omdat ze wist dat als ze een plan in plaats van een lijst had, de slaap zou komen om haar te bevrijden.

Dagdromen waren voor haar meestal nachtmerries geweest: waanideeën over haar eten, visioenen over haar geheime voorraad, angst dat ze betrapt zou worden. Maar nu ze haar boodschappenkar als een kinderwagen voortduwend in de blakerende zon de hele lengte van de parkeerplaats overstak, betrapte ze zich erop dat ze zich in een fantasie over Gooch vermeide. Ze stelde zich voor dat ze het forse lichaam van haar echtgenoot over de pinautomaat gebogen zag staan en dat ze haar armen om zijn stevige romp heen sloeg en tegen zijn rug fluisterde: 'Ik ben hier, Gooch. Ik ben vlak bij je.' En dat hij zich omdraaide en zou zeggen: 'Mare. Ach, Mare.'

Ze hield halt aan de rand van het parkeerterrein, sleurde de plastic tassen uit de kar, en viel bijna achteruit over een vlasblonde peuter die achter haar was opgedoken. Het kind keek naar haar geschrokken gezicht en zette het op een brullen alsof ze hem met de rug van haar hand een klap had gegeven.

'O,' hijgde ze terwijl ze intussen om zich heen keek op zoek naar een bezorgde moeder.

Het kind begon nog harder te brullen en Mary lachte hem toe. 'Rustig maar, kleintje. Niets aan de hand. We gaan samen mama zoeken.' Ze zette haar plastic tassen neer en bood hem haar hand aan, die het kind tot haar verbijstering wel erg gretig vastpakte. Ze liep achter de geparkeerde auto's vandaan en zag de moeder, die lang, blond en graatmager, met nog eens twee vlasblonde kinderen aan de hand 'Joshua!' schreeuwend kwam aanstormen.

Al kwamen zijn moeder en broertjes dichterbij, de kleine jongen bleef Mary's mollige hand stevig vasthouden, en nog steviger toen zijn moeder haar arm uitstak en dreigend zei: 'Je mag niet weglopen. Je mag niet bij mama weglopen.'

Mary voelde zich geagiteerd en schuldig, net als die keer dat ze de supermarkt had verlaten met een heel plateau met brownies die ze voor het oog van de andere klanten op de onderste plank van de kar had verborgen en vervolgens vergat op de band te zetten toen ze de rest afrekende. 'Ik draaide me om en daar stond hij ineens,' legde ze uit.

De vrouw keurde haar geen blik waardig, zozeer was ze erop gespitst haar spruit te straffen. 'Nu kun je die Happy Meal wel vergeten, jongeman,' zei ze tussen opeengeklemde tanden.

De kleine jongen schreeuwde: 'Je had het beloofd.'

'Als je je fatsoenlijk zou gedragen, heb ik gezegd,' corrigeerde ze hem terwijl ze zijn greep op Mary verbrak en hem zonder nog een woord te zeggen meesleurde.

Mary keerde terug naar de pakjes die ze op de grond had laten staan en met enige inspanning zag ze kans ze te verzamelen, waarbij tot haar doordrong dat ze weliswaar niet helemaal naar beneden hoefde te buigen om de plastic hengsel te pakken te krijgen, maar dat ze zichzelf toch aanzienlijk dieper voorover had gebogen dan ze zich van kortgeleden kon herinneren.

Zoals ze zichzelf had beloofd hield ze halt op de bank in de schaduw voor het bankgebouw, en ze zocht in haar tas een van de mueslirepen op. Ze rukte het papier eraf en at de reep langzaam op, waarbij ze een halve grote fles water opdronk en daarna nog even bleef zitten in de zachte bries terwijl de zon over het landschap verschoof, totdat ze zich sterk genoeg voelde om weer overeind te komen. Ze tilde haar tassen op en ging op weg naar de pinautomaat aan de andere kant van het gebouw, maar toen ze op zoek ging naar de pinpas in haar portemonnee, drong plotseling tot haar door dat ze wel de plastic boodschappentassen met het water en de mueslirepen en die met de zonnebrandcrème en de aspirine had, maar niet haar tas. De grote, bruine kunstleren tas. Die zat nog in de boodschappenkar, het laatste wat ze eruit had willen halen toen het kind haar aandacht had afgeleid.

Voortgestuwd door de adrenaline ploeterde ze om het gebouw heen terug naar de parkeerplaats waar ze de kar had achtergelaten. De kar stond er nog, de tas niet meer.

Terug naar de drugstore. Zwetend in haar paisley pakje duwde ze de deur met een zwiep open, en haar wilde energie trok al de aandacht voordat ze over de hoofden van de klanten heen uitriep: 'Ik heb mijn tas in het winkelwagentje laten staan. Heeft iemand hem teruggebracht?'

Schouderophalend schudde de caissière haar hoofd. Een paar klanten wierpen haar een medelijdende blik toe, de mannen omdat ze meelijwekkend was, de vrouwen omdat ze wisten wat het betekende om een tas kwijt te raken. Alles zat in die tas. Reisbenodigdheden. Nog niet gelezen romans. De pinpas. Het paspoort. Haar identiteit in de vorm van een legitimatiebewijs. Haar rijbewijs, creditcard, de pas van haar ziektekostenverzekering. Haar telefoon.

Nadat de caissière nog bij een paar andere schouderophalende employés navraag had gedaan, hobbelde Mary weer de deur uit naar de plek op de parkeerplaats waar ze wist dat ze haar tas had achtergelaten.

Daar was de kar. Daar. Maar geen tas. En geen redder die zich tussen de geparkeerde auto's door perste met de tas in zijn hand, zoals zij het vermiste kind had vastgehouden, op zoek naar de ongeruste eigenaar.

Kwijtgeraakte tas. Verdwenen echtgenoot. Ontheemde echtgenote. Mary bleef bewegingloos op de parkeerplaats staan en liet de zon op haar hoofd branden.

Een naam die je niet makkelijk vergeet

Mary had maar weinig ervaring met banken, aangezien Gooch degene was geweest die hun financiële zaken regelde, en alleen die enkele keer dat hij vergat voldoende geld voor de boodschappen op te nemen, kwam ze in de bank van Leaford om op een opnameformulier een bedrag in te vullen dat ze onveranderlijk met een leugentje aan Gooch openbaarde. 'Ik heb vandaag een beetje extra opgenomen,' zei ze dan, 'voor het verjaarscadeautje voor Candace,' of 'voor die liefdadigheidstoestand van Ray'. Terwijl het in werkelijkheid voor een kotelet was die ze zelf helemaal had opgegeten, of een extra bestelling Laura Secord-chocolade.

Toen ze de deur van de bank opendeed, was ze niet alleen opgelucht vanwege de scherpe, gekoelde lucht maar ook door het ontbreken van rijen voor de kassa. In de hele kantoortuin van de bank waren maar vijf employés zichtbaar: twee mannen die op krukken achter de balie elk op hun computer zaten te tikken, en drie andere die verbijsterd naar een scherm op het bureau van de manager achter in de ruimte zaten te kijken. Aller ogen richtten zich op Mary toen ze binnen kwam zwijmen. Na een korte taxatie van de nieuwe klant en elk voor zich een korte notitie – omvangrijke dame betreedt bank – keerden de managers terug naar het numerieke mysterie dat hun deelachtig was geworden.

Mary richtte haar schreden naar de kasbediendes die beiden met vreemd knipperende ogen van hun scherm opkeken alsof ze een verschijning was en zij erop wachtten dat ze zou vervagen.

In de paar seconden die het kostte om de met chroom en leer ingerichte koffiehoek te passeren waar zich geen klanten hadden geïnstalleerd, zetten Mary's hersenen zich aan de taak te bepalen welke van de twee kasbediendes ze zou benaderen, en daarnaast nam ze de opmerkelijke fysieke schoonheid van de beide mannen waar, want ze leken wel fotomodellen of acteurs of beroemde sport-lieden, boven hun boordje keurig verzorgd, en met strakke spieren onder hun donkere maatpak.

De man rechts, met op zijn naamkaartje COOPER ROSS, was de lich-tere uitvoering. Rossig haar dat over zijn gebruinde voorhoofd viel, een vierkante kaak en witte tanden. De man links, Emery Carr, had zijn zwarte haar met gel achterovergekamd, en zijn huidskleur was prettig bleek. Ze zag zichzelf in zijn ogen weerspiegeld en kon zijn gedachten luid en duidelijk lezen: ga naar Cooper. Ga naar Cooper.

Haar sidderende benen hadden zo hun eigen ideeën of werden door een hogere macht geleid, en ze voerden haar rechtstreeks naar de zwartharige man, waar ze de plastic tassen neerzette en begon: 'Ik ben zo-even mijn tas kwijtgeraakt. Daar,' voegde ze eraan toe, naar het raam wijzend. 'Mijn tas. Grote bruine kunstleren tas. In een winkelwagentje. Heeft iemand die hier misschien afgegeven?'

Emery Carr schudde zijn hoofd, maar raakte afgeleid toen de computer naast hem begon te piepen. Cooper Ross had meegeluis-terd en deed de suggestie: 'Als u hier klant bent, kunnen we uw re-kening via...'

'Ik ben Canadese,' onderbrak ze hem. 'Ik kom uit Ontario. Ik ben hier alleen. Alles zat in die tas.' Ze zweeg en wachtte op het moment dat ze zichzelf weer in de ogen van Emery Carr weerspiegeld zou zien, alsof ze die nodig had om zichzelf eraan te helpen herinneren dat ze in een bank was, en niet verdwaald in de optelsom van de inhoud van haar grote kunstleren tas. Toen ze nogmaals 'alles' zei, sloeg hij zijn ogen naar haar op.

'We kunnen uw bank in Canada bellen. Zit u aan de oost- of de westkust?' zei Cooper Ross terwijl hij zijn hand naar de telefoon uitstak.

'Ontario,' hielp ze hem herinneren en het schoot haar te binnen dat ze in een andere tijdzone zat. 'Dicht. Die is gesloten,' zei ze.

'Misschien is uw tas bij de sheriff afgegeven,' opperde Ross.

'O.' Mary was opgelucht dat iemand iets zei wat je als bemoe-digend kon beschouwen, en het viel haar op hoe Amerikaans het woord 'sheriff' klonk. Cooper Ross zocht een nummer op, draaide het, wachtte even, en toen hij de situatie had geschetst, gaf hij de hoorn aan Mary door, die daarna uitlegde: 'Groot, bruin en van kunstleer. Mijn paspoort, mijn portemonnee... Inderdaad... U kunt me niet bereiken. Ik heb geen telefoon.'

De kassiers hervatten hun werkzaamheden: Emery Carr sloot behendig zijn computer af en stond op om zijn werkplek op te ruimen, terwijl de lange vingers van Cooper Ross over de vierkantjes op zijn toetsenbord speelden.

'Mary Gooch,' zei ze na een pauze, 'Rural Route 5. Leaford, Ontario, Canada.' Ze zweeg even. 'Ik weet nog niet waar ik ga overnachten.' Even moest ze aan Eden en Jack Asquith denken. Toen ze haar keel voelde dichtknijpen, stak ze haar hand in de zak van haar paisley rok, tot ze zich herinnerde dat ze de papieren zakdoekjes die ze van de limousinechauffeur had gekregen in de zak van haar marineblauwe schortpak had gestopt. Ze ervoer het als een wonder, zij het klein, toen ze in plaats daarvan het stapeltje Canadees geld aantrof dat was overgebleven nadat ze de chauffeur van het rode vrachtwagentje wat had gegeven. Ze trok de kleurige biljetten tevoorschijn en legde het stapeltje op de balie, terwijl ze afrondend tegen de stem aan de andere kant van de lijn zei: 'Pleasant Inn. Als mijn tas wordt teruggevonden, kunt u me daar bereiken.'

Grote Avi had gezegd dat Golden Hills een van de veiligste plaatsen van heel Amerika was, en als hij op de vriendelijkheid van vreemden had kunnen rekenen, dan deed Mary dat ook. Toen ze haar Canadese geld in Amerikaans geld had gewisseld en ineens ruim vijfhonderd dollar in handen had, zei Cooper Ross: 'Laten we in elk geval maar uw bankpasjes blokkeren,' en hij hielp haar met de noodzakelijke telefoontjes.

Toen dat was geregeld, bedankte Mary hem omstandig waarna ze om nog één gunst vroeg, of hij een taxi wilde bellen, waarop Cooper Ross hoffelijk reageerde met: 'Emery kan u wel een lift naar het hotel geven. Over vijf minuten gaat hij naar huis.'

Emery Carr gaf een stralende glimlach weg en riep uit: 'Natuurlijk kan ik u een lift geven. Ik kom er toch langs.' Maar de vernietigende blik die hij zijn collega toewierp en de vage grijns onder de rossige pony van de ander ontgingen Mary niet.

De Samaritaan mocht dan onwillig zijn, een lift bleef een lift. 'Ontzettend hartelijk bedankt,' zei ze toen ze naar buiten liepen. De dalende zon scheerde kunstig over een rotsige heuvel in de verte, en Mary bleef even staan om ernaar te kijken. Net als zoveel andere dingen had ze de natuur aan zijn lot overgelaten, daarom voelde ze zich nu overspoeld door plezier bij de aanblik van de woeste pracht van de vervagende heuvels, als een visuele parfait, en tot haar opluchting merkte ze dat er een lichte kilte over de parkeerplaats leek te zijn opgetrokken in de tijd dat zij in de bank was.

Emery Carr, die ze tussen de vijfendertig en de vijfenveertig schatte, had een Mazda, een piepkleine, smetteloos schoongepoetste sportwagen met de kofferbak waar normaal een achterbank zat, waar hij haar verzameling plastic tassen in zette. Ze deed het portier open en maakte zich op om zich op de kleine, lage zitting te installeren. Toen ze aarzelde, grijnsde hij gespannen en hij liep naar de andere zijde van de auto, waar hij het gewicht van zijn afkeer samen met haar elleboog vastpakte. Misschien was er niemand van wie hij hield die zo dik was als zij.

Net als een bejaarde voelde ze haar last, en alles wat ze was kwijtgeraakt kwam als geesten opstijgen – Irma, Orin, meneer Barkley, Gooch, de bruine kunstleren tas – om haar slappe knieën en lillende kinnen belachelijk te maken. Waarom ging ze niet gewoon terug naar Leaford om daar de rest van haar dagen te slijten met de oude meneer DaSilva en Paul en de Williams en haar moeder onder de hoede van St. John's? Ze kon dit allemaal niet aan. Ze sloot haar ogen, terwijl haar hart tekeerging. *Iemand zal iets met mijn lichaam moeten doen.*

Emery Carr hielp er haar kalm aan herinneren dat de auto met gepiep aangaf dat de passagier zijn stoelriem niet had vastgemaakt. 'U moet uw riem vastmaken, mevrouw Gooch.'

'Mary,' zei ze en ze deed haar ogen open. 'Zeg alsjeblieft Mary.'

Ze trok de band van de stoelriem over haar lichaam en opnieuw viel haar op hoezeer ze de dagen na het vertrek van Gooch was geslonken. Calorieën erin en calorieën eruit. Toch vond ze dat slinken enigszins ontstellend. Aangezien ze even weinig vat had op haar afname als op haar toename, ervoer ze slechts het roemloze van haar ondergang. Ze was niet van plan hardop te zeggen: 'Ik wil dood.'

Emery Carr haalde diep adem en al vermoedde ze dat hij dacht: als je het maar uit je hoofd laat om in mijn auto dood te gaan, dame, hij zei: 'Er zal vast wel iemand je tas terugbrengen, maak je nou maar geen zorgen.' Waarop hij de parkeerplaats af spoot. Mary werd onmiddellijk overvallen door een gevoel van misselijkheid vanwege het lage zwaartepunt van de auto, en ze vroeg zich af of hij er net als de passagiers bij Grote Avi in de limousine wellicht de voorkeur aan gaf de ruit dicht te hebben.

Ze keek naar opzij, en toen hij haar erop betrapte dat ze zat te staren, voelde ze zich wel verplicht iets te zeggen. 'Wat ontzettend aardig van je om me naar het hotel te brengen.'

'Je bent een eind van huis.'

'Ja.'

'Ben je hier op vakantie?' vroeg hij afwezig, terwijl hij stukje voor stukje in de richting van een stoplicht opschoof in het spitsuurverkeer.

'Nee.'

'Voor je werk?' Ze schudde haar hoofd. 'Werk of vakantie. Meer mogelijkheden zijn er niet,' lachte hij.

Of een begrafenis, dacht Mary. Of een midlifecrisis.

'Er komt vast iemand je tas terugbrengen. Maak je geen zorgen. In Golden Hills stelen ze geen tassen.'

'Heb jij hier je hele leven gewoond?'

'Goeie hemel, nee! Ik woon hier niet. Ik zit in West Hollywood.' Met een blik naar haar wachtte hij af.

'West Hollywood?'

'Dat is wat anders dan Golden Hills.'

'Is dat die criminele wijk?' vroeg Mary met wijd opengesperde ogen.

'Nee.'

'De Armeense wijk?'

'Het is de homowijk.'

'Waarom woon je in de homowijk?' vroeg ze, om haar vraag enigszins verrast vervolgens zelf te beantwoorden. 'O.' Hij moest lachen om haar argeloosheid. 'Ik geloof niet dat ik ooit eerder een homo heb ontmoet,' zei ze.

'Jawel, hoor.' Hij grijnsde.

'Ik kom uit een heel klein stadje, in Cánada,' hielp ze hem herinneren. 'Ik heb wel een lesbische lerares gehad.'

'We komen overal voor,' zei hij.

'Heb je een vriend?' vroeg ze en ze genoot van haar vrijpostigheid. Intieme gesprekken met onbekenden. Ze had het zo vaak gezien in films en op de tv en had zich altijd afgevraagd of ze dat cliché wel vertrouwde, totdat ze angstig en wel in een vliegtuig zat en niets liever had gewild dan dat de bruine vrouw Engels had gesproken en haar misschien wel zusterschap had aangeboden.

'Kevin,' antwoordde Emery, en ze zag meteen dat hij niet verliefd was. 'Zes maanden, wat net zoiets is als twintig jaar. We vieren deze week ons jubileum. Met een wijnproeverijtje in Sonoma. En jij?' voegde hij eraan toe, toen hij zag dat ze geen trouwring droeg. 'Heb jij een vriend?'

Mary raakte het litteken op haar ringvinger aan. 'Ik ben al vijfentwintig jaar getrouwd. Onze trouwdag is net geweest.'

'Maar hij is er hier niet bij?'

Ze schudde haar hoofd. 'Hij is op trektocht. Ik kan hem niet bereiken.'

Ze hielden halt bij het stoplicht waar de drie wegen samenkwamen. Op de passagiersstoel gepropt draaide Mary zich om naar het stoffige terrein op de hoek om naar de samenscholende Mexicanen te kijken, maar de piramide van thermosflessen was verdwenen.

Twee mannen stonden als wachters elk op een hoek van het terrein en speurden de auto's af, nog steeds hopend dat ze een uur werk uit de dag zouden kunnen peuren, of misschien stonden ze gewoon op een lift naar huis te wachten.

Terwijl de zon achter de top van de verre heuvel verdween, keek Mary toe hoe een van de mannen – van haar lengte, schatte ze, met brede schouders, een zwarte haardos en een nette snor en baard – vooroverboog om zijn plunjezak op te pakken en traag op pad ging naar onbekende verten. Hij had iets over zich waardoor hij zich van de anderen onderscheidde. Het was de man van wie ze zich achter in de limousine had voorgesteld dat ze een blik met hem had gewisseld. Hij had staan wachten. Hij had niet gewerkt.

Op gewichtige toon gaf Emery Carr haar instructies: 'Je komt morgen naar de bank. Ik ben er dan niet, maar Lucy helpt je wel verder. Zij neemt contact op met de mensen van jouw bank om de boel te regelen. En je zult zien dat iemand je tas terugbrengt. Positief blijven. Het komt allemaal op zijn pootjes terecht.'

'Positief blijven,' zei Mary tegen zichzelf, terwijl ze haar knappe redder om de auto heen zag stappen om haar portier open te doen. Voordat hij afscheid nam, krabbelde hij een naam en telefoonnummer op de achterkant van een visitekaartje, dat hij haar vervolgens in de hand drukte. 'Dit is een oude vriend van me die je in contact kan brengen met iemand van je ambassade, als je echt vast komt te zitten vanwege je paspoort.'

Emery Carr trok de plastic tassen tevoorschijn, hing ze aan Mary's uitgestoken handen, en na een blik op zijn horloge vroeg hij: 'Heb je hulp nodig om binnen te komen?' Dat had ze zeker, of in elk geval dacht ze dat, maar ze kon duidelijk zien dat hij haast had. Ze schudde haar hoofd, bedankte hem nogmaals en ging op pad naar de deur van het hotel.

Bij de receptie pakte ze een verse appel van de schaal en boekte ze een kamer voor drie nachten. De frêle receptioniste trok een wenkbrauw op toen ze contant betaalde en uitlegde dat ze haar tas kwijt was en dat de kans groot was dat iemand haar daar zou proberen te bereiken. 'Mary Gooch,' hielp ze de vrouw herinneren. 'Een naam die je niet makkelijk vergeet.'

Op de appel kauwend liep Mary naar de lift. Onderweg bleef ze even staan en haar oog viel op een boekenkast in de lobby vol boeken en tijdschriften. Ze overwoog te kijken of ze iets te lezen kon vinden, maar besefte dat ze die extra passen niet kon zetten. Eenmaal op haar kamer schopte ze haar grote winterlaarzen uit en ze kromp ineen van de pijn in haar hiel.

Nadat ze de instructies op de telefoon naast haar bed had gelezen, drukte ze de toets in voor een buitenlijn en draaide het informatienummer, waarna tot haar verdriet bleek dat Jack en Eden niet in het plaatselijke telefoonboek voorkwamen. Ze kon haar schoonmoeder niet bereiken. Eden kon haar niet bereiken. Maar stel dat Gooch belde?

Ze legde de telefoon neer, pakte hem weer op en draaide een ander nummer, waarna ze wachtte terwijl hij overging. De stem van een jongeman zei: 'Hallo?' Op de achtergrond klonk gelach. 'Hallo,' antwoordde ze. 'Ik ben Mary Gooch. Volgens mij hebt u mijn telefoon. Hallo? Hallo?'

Daarna werd het gesprek aan de andere kant verbroken. Mary haalde diep adem en draaide opnieuw het nummer van haar mobiele telefoon, in de hoop op een wonder. Degene die haar telefoon had, had misschien ook haar tas. En zelfs al had die persoon de tas niet gevonden maar gestolen, ze kon hem misschien overhalen de dingen terug te bezorgen die naar haar idee niet interessant waren voor een dief. Haar paspoort, bijvoorbeeld. En haar identiteitsbewijs. Ze draaide het nummer opnieuw. 'Hallo?' Maar opnieuw werd het gesprek afgebroken. De batterij.

Ze zuchtte, en aangetrokken door het open raam en de oogverblindende aanblik van de duistere, golvende heuvels, stak ze haar hand uit naar de knopen van haar mooie paisley blouse. Het was geen minnaar die ze in de bries in Golden Hills vond, maar een ander soort redder. De moederlijke aanraking van verkoelende lucht die haar lichaam kalmeerde, haar geest streelde. En dan de sterren zoals ze ze nog nooit had gezien, zoveel, zo oogverblindend, zo dichtbij alsof ze elk moment op haar hoofd konden neerdalen.

Mary liet haar trots varen en smeekte haar oude vriend Morgen om nog een laatste kans.

Ze zocht de aspirine op in een van de plastic tassen van de drugstore, schudde er vier uit het buisje en nam ze met water in, waarna ze een van de mueslirepen uitpakte om de tabletten mee weg te slikken. Ze bedacht hoe ongezond het wel niet moest zijn om alleen maar mueslirepen te eten, en nam zich voor de volgende keer dat ze de schaal passeerde weer een appel te nemen. Tas verdwenen. Geen telefoon. Geen contact met Eden. Eden die geen contact kon opnemen met haar. Geen geld. Geen identiteitsbewijs.

Een plan. Ze moest een plan formuleren. Zo evident als de berekening van calorieën erin versus calorieën eruit en de regel van drie waren, zo duidelijk was het haar dat een mens een plan nodig had. Ze kleedde zich uit tot op haar onderkleding, liet zich op het bed vallen en sloot haar ogen.

Helemaal te gek

Irma was degene die in Mary's droomlandschap opdook, en niet zoals ze nu was, maar zoals ze ooit was geweest, met een vest met daaromheen een ceintuur, en een veeg roodpaarse lippenstift op haar dunne, opeengeperste lippen. 'Mary,' zei ze, achter het stuur van een verlengde limousine: 'Ach Mary! Je zit onder het bloed!'

Mary keek omlaag en zag verse vlekken op de voorkant van haar frisse witte blouse. 'Dat gaat er wel uit,' zei ze.

'Nee, schat. Bloed gaat er niet uit. Dat krijg je er niet uit,' wierp Irma over haar schouder kijkend tegen, zonder acht te slaan op de zwarte weg. Plotseling stond Gooch daar, woest zwaaiend met zijn armen, aangereden door de limousine, over de motorkap stuiterend als het in de koplampen gevangen hert.

Met bonzend hart schoot Mary wakker zonder gebarsten plafond in haar blikveld maar met een opkomende dageraad boven de heuvels rond de Pleasant Inn. Toen ze overeind probeerde te komen, hield een stekende pijn tussen haar ogen haar tegen. De plek waar ze haar hoofd tegen het stuur had gestoten. Leaford. Sylvie Lafleur. Het plattelandshuis met het stuk karton tegen de ruit in de achterdeur. Raymond Russell. Wendy. Kim. De Feragamo's. De Oakwoodbakkerij. Ze kon het bestaan van dat andere leven bevestigen noch ontkennen, maar ze herinnerde zich dat ze in haar huidige incarnatie behalve haar echtgenoot ook haar tas was kwijtgeraakt.

Nadat ze haar hoofdpijn had gemasseerd, hees ze zichzelf uit bed, nam een paar aspirines en at een mueslireep, waarop ze naar de wasbak in de badkamer liep, waar ze haar ondergoed en het mooie paisley ensemble dat Frankie haar had verkocht waste met het Franse zeepje dat ze naast de kraan aantrof. Ze hing de uitgewrongen kledingstukken over stoelruggen in de zon en bad om een sneldroogwonder.

Ze keerde terug naar de badkamer, draaide de douche op warm, en vond tot haar grote genoegen een klein mandje met alle reisbenodigdheden waarvan het hotel hoopte dat ze een verblijf extra aangenaam zouden maken. Daaronder shampoo en doucheschuim en een schoenpoetssetje, en tot haar grote opluchting ook een reistandenborstel en een klein tubetje tandpasta. Voor een beslagen spiegel poetste ze stevig haar tanden.

Onder de pulserende stralen uit de douchekop zeepte ze haar pijnlijke lichaam in. Nadat ze haar huid en haar met de donzige witte handdoeken had gedroogd, viel haar oog op haar naakte beeltenis in de lange spiegel tegen de achterkant van de deur. 'Ik ben Mary Gooch,' hoorde ze zichzelf zeggen, terwijl ze heel goed wist dat ze compleet iemand anders was. Vlammend rode haren op een sportieve schouderlengte met een scheiding opzij. Een heel knap gezicht. Ze bekeek haar gestalte, die andere dimensies had gekregen. Dit was geen lichaam dat een gerieflijk spoor in het tapijt had uitgesleten, maar een dat per vliegtuig duizenden kilometers had afgelegd, een lichaam dat een halve heuvel had beklommen.

Ze pakte de tubes zonnebrandcrème uit de plastic tas en ging zich voor de spiegel staan insmeren. Ze streek de witte lotion over haar gezicht waar Gooch haar had gekust. Haar nek, waar hij het onzegbare had gefluisterd. De schouders die hij ooit had gestreeld. Ze stelde zich voor hoe Gooch en zij lui op het zonovergoten dek lagen tijdens de Caribische cruise, dat ze hem de zonnebrandcrème met een kus aanreikte en poeslief vroeg: 'Wil jij mijn rug even doen, schat?'

Naarmate de lotion in haar huid trok, bleef Mary er meer op smeren. Die prachtige, zuivere huid, onaangeraakt door de schadelijke zonnestralen. Nog zo'n zegen bij gebrek aan beter. Ze bracht de lotion op haar borst aan, streek hem uit over haar decolleté, en alsof haar hand niet van haar was, keek ze toe hoe de rusteloze vingers zich stukje bij beetje over haar enorme, zwoegende borsten verplaatsten. Toen ze de dinerbordgrote tepelhof bereikte, voer er een rilling door haar heen, en ze kneep zachtjes in de roze tepel.

Ook al besefte ze dat er een kamermeisje zou langskomen om die taak te verrichten, toch maakte Mary het bed op en ruimde de troep op die ze rond de wastafel had gemaakt. Ze kon niet uitmaken of ze zich nu zorgen maakte omdat Eden geen contact met haar kon opnemen, of omdat ze vermoedde dat haar schoonmoeder dat helemaal niet van plan was.

Ze keek op de klok. Eerst naar de bank om weer toegang tot haar rekening te krijgen. Dan door naar Eden vanwege de verdwenen tas en hun telefoonnummer dat niet in het telefoonboek voorkwam. Ze probeerde niet voorbij dat plan te denken, aan de lange dag en de eenzame nacht in het hotel, in afwachting van het telefoontje van Gooch.

In een kast vond ze een strijkplank en strijkijzer, en ze kwam tot de conclusie dat de Pleasant Inn een uitstekende hotelketen moest zijn, als ze zulke voorzieningen aanboden. Ze streek het opbollende paisley op de laagste stand, omdat ze bang was de kwetsbare stof te beschadigen met een strijkijzer dat ze niet vertrouwde, en nadat ze haar ondergoed had geperst, hees ze zich in haar nog steeds vochtige kleren. Ondanks het gewicht van haar afgrijselijke winterlaarzen en zelfs al voelde ze dat haar wond weer was gaan bloeden, voelde Mary zich op een mysterieuze manier lichter dan tevoren.

Bij de receptie pakte ze een appel van de schaal en ze legde haar probleem voor aan de vrouw die de ochtenddienst waarnam. 'Ik ben degene die haar tas kwijt is. Bij de sheriff weten ze dat ik hier zit. Ik ben Mary Gooch. Wilt u een taxi voor me bellen?'

De vrouw fronste haar voorhoofd. 'Dat duurt een halfuur à drie kwartier.'

'O.'

'Het is hier niet New York.'

'Nee,' gaf Mary toe, en ze schuifelde naar de grote fauteuils bij het raam om er te gaan zitten wachten. Haar oog viel op de boekenkast waar ze wonder boven wonder de bestseller zag staan waarin ze in het vliegtuig was begonnen en die ze samen met de tas was kwijtgeraakt. In onzekerheid of ze net als in een bibliotheek het boek moest laten registreren, liep ze naar de balie en vroeg: 'Mag ik dit lezen?'

'Huhhuh,' antwoordde de vrouw zonder van het computerscherm op te kijken.

'Moet ik ervoor betalen? Moet het worden ingeschreven?'

'Ze zijn voor de gasten. De meeste zijn afkomstig van de boekenruil. Mensen komen hier heel vaak boeken afgeven.'

'Boekenruil?' vroeg Mary niet-begrijpend.

De jonge vrouw keek haar irritatie weglachend op. 'Mensen laten boeken achter voor andere mensen. Dat doen ze overal ter wereld. Dat is de boekenruil.' Voor hetzelfde geld had ze er het tienerrefrein *duh* aan toe kunnen voegen.

'Waarom?'

'Om boeken met elkaar uit te wisselen.' Opnieuw dat *duh*.

Terwijl ze een ruimbemeten leren stoel in de buurt van de boekenkast opzocht waar ze comfortabel al lezend kon zitten wachten, genoot Mary van het idee dat een volslagen vreemde het boek had achtergelaten voor de verheffing van een andere volslagen vreemde, met haar gedachten bij alle boeken die in die uitwisseling werden doorgegeven. Vlug zocht ze de bladzijde op waar ze in het vliegtuig was gebleven en al snel liep ze weer in de pas met het familiedrama, maakte ze zich zorgen om de tienerzoon die de weg kwijt was, was ze kwaad op de vader die een jonge maîtresse had genomen, en moedigde ze de heldin aan die ten onrechte van een misdaad was beschuldigd. Toen de taxi een dik uur later arriveerde, had ze het liefst nog drie minuten extra gehad om het hoofdstuk uit te lezen.

De taxichauffeur bleek een nors, zwijgzaam type te zijn, een prettige combinatie die Mary besloot maar niet persoonlijk op te vatten. Wie weet waardoor hij in beslag werd genomen. Wie weet om wat voor reden hij doodongelukkig was. Misschien was hij eenzaam. Vervuld van zelfverwijten. Misschien waren al zijn familieleden dood. Misschien was hij net als zij pas vanuit een afgelegen land aangekomen en wist hij niet meer wie hij was.

Terwijl de morgen zich in Golden Hills ontvouwde, was Mary

dankbaar voor deze kans stil op de achterbank van de auto te zitten om haar eigen levensverhaal te lezen, dat jarenlang doelloos had gemeanderd en nu in een stroomversnelling leek te zijn geraakt. Al schrijvend aan het volgende hoofdstuk raakte ze steeds uitgelatener als ze aan haar toekomst dacht. Een strakke zwarte Escalade, een echte benzinezuiper (maar Gooch zou zichzelf die luxe hebben vergeven toen hij hem huurde) die bij Eden aan Willow Drive achter de Prius geparkeerd staat. De deur gaat open en daar staat hij, langer dan ze zich herinnert. Hij kijkt er niet van op dat hij haar ziet. Hij heeft zitten wachten. Een neerwaartse rimpel in zijn voorhoofd smeekt om vergeving, een schouderophalen en een vage glimlach zeggen: 'Ach ja, zo is het leven.'

Toen ze halt hielden bij de kruising zag ze de Mexicanen, veel meer dan de dag ervoor, die bijeenstonden rond de elektriciteitsmast die het anker van hun collectief vormde. Er kwam een bruine bestelwagen het terrein op rijden met een stapelwolk van goudkleurig stof achter zich aan. Het duurde even, zolang het stof neerdaalde, voordat ze zag hoe de mannen die zo-even nog kameraden waren nu onmiddellijk met elkaar de strijd aangingen om de kans op een dagloon. Toen de laadbak eenmaal vol was, sloften de anderen terug naar de mast om de weg af te speuren naar de volgende werkgever.

Eenmaal op de hoofdweg keek ze opnieuw met verbijstering naar de hoeveelheid auto's en al die mensen die over de trottoirs liepen of erlangs fietsten in dezelfde outfit als de deelnemers aan de Tour de France, naar wie Gooch op de televisie keek, mager en grimmig over een zilverkleurig stuur gebogen. De lopers liepen in joggingpak en met muziek in hun oren met hun armen te zwengelen en met hun voeten te stampen. De meesten waren slank, maar niet allemaal. Een vrouw die bij lange na niet zo omvangrijk was als Mary maar een gemiddeld onaanvaardbare lichaamsmassa had, pufte met opgeheven hoofd en haar ogen op een doel gevestigd over straat, terwijl ze het hotsen van haar vlees op haar botten negeerde of misschien wel huldigde. Zet hem op, meid, dacht Mary, en ze betreurde het dat ze het niet zo overtuigend kon zeggen als andere vrouwen.

Ze betaalde de chauffeur en gaf hem een flinke fooi, al was ze diep geschokt dat ze voor zo'n kleine afstand zeventien dollar moest betalen. Als ze langer in Golden Hills wilde blijven, moest ze een goedkopere manier vinden om zich te verplaatsen. Er moest toch een bus zijn. Of hadden alle oppassen en kamermeisjes een auto? De kamermeisjes – het schoot haar te binnen dat ze geen geld voor hen had achtergelaten op het bed. Lang geleden had ze zich voorgenomen dat ze, mocht ze ooit in een hotel logeren, altijd een fooi zou achterlaten voor de kamermeisjes, een voornemen dat veroorzaakt was door een gesprek aan de kaarttafel, waarbij François Pete van gierigheid had beschuldigd, omdat hij op een vakantie die de twee andere stellen in Mexico hadden doorgebracht geweigerd had geld op het bed achter te laten. Gooch overnachtte weleens in een hotel als het niet anders kon, en hij was het ermee eens geweest: 'Je moet echt een fooi voor de kamermeisjes achterlaten, Pete. Niet zo gierig zijn.'

'Dat is helemaal niet gierig! Jezus, iedereen houdt zijn hand op. Dat haat ik. Ik heb een bloedhekel aan die kerels die je koffers proberen te dragen. Ik heb een bloedhekel aan die toiletten waar ze een dollar van je verwachten voor het uitreiken van zo'n stomme papieren handdoek.'

'Eigenlijk moet je er zo tegenaan kijken, Pete,' had Dave gezegd. 'Die mensen zouden allemaal in jouw schoenen willen staan.'

'Dus die willen zich allemaal afvragen hoe lang het nog duurt voor ze bij de autofabriek worden ontslagen? Ze gaan hun gang maar.'

'Dus je geeft wel een fooi aan de kelner die je een fles wijn brengt, maar niet de dame die jouw schaamhaar uit de badkuip verwijdert?' had Gooch lachend gevraagd, om de spanning te breken.

'Hij gaf de kelners ook geen fooi,' had Wendy geklaagd. 'Vreselijk gênant.'

'Het is mijn land niet eens!' had Pete boven het gezamenlijke gekreun uit geschreeuwd.

De bank had haar deuren nog niet geopend, dus Mary besloot nog wat door het winkelcentrum te lopen. Bij het oversteken van de parkeerplaats viel Mary's oog op een witte Prius die voor de delicatessenwinkel geparkeerd stond, en het schoot haar te binnen wat Eden had gezegd over de afspraak die ze met Gooch had gemaakt om hem ergens anders te ontmoeten, om Jack te ontzien. Ze tuurde door het raam naar de klanten die op de pluchen bankjes van de delicatessenzaak zaten. Gooch en Eden waren er niet bij.

Mary speurde het winkelplein af in de hoop haar verloren echtgenoot en haar kortharige schoonmoeder vanachter de spuitende fontein te zien opdoemen, of de coffeeshop verlaten waar ze vol liefde afscheid hadden genomen. Haar ogen gleden over de zee van auto's op de parkeerplaats, waar de paar auto's die geen suv's waren wel allemaal glanzend witte Priussen leken te zijn.

Nu Gooch nergens te zien was, zocht ze de bank voor het bankgebouw om daar de ochtendlucht op te snuiven. Eden had gezegd dat Golden Hills dicht genoeg bij de oceaan lag om gevrijwaard te blijven van de befaamde smog van Los Angeles. Mary deed net of ze de zee in de verte zilt en zoet kon ruiken. Ze had te weinig gegeten, haar spieren deden pijn van de ongewone inspanningen, en de verdwijning van zowel haar echtgenoot als haar tas was hoogst ongelukkig, en toch had ze het idee dat ze zich prettiger voelde dan ze zich sinds lang had gevoeld.

Vlak bij de bank waren ze in het fastfoodrestaurant net begonnen met het grillen van hun gekke kippen. Mary keek naar de vettige grijze rook die boven de lemen dakspanen opsteeg. Achter het restaurant zat een stel zwarte vogels krassend hun aanval op de vuilnisbakken bij het restaurant voor te bereiden. Kraaien. Mary's. Homo's. Ze kwamen overal voor. Maar deze kraaien leken net als de rest van de plaatselijke bevolking genetisch te zijn opgewerkt waardoor ze dankzij een gelukkige mutatie groter, sterker en zwarter werden. Ze fladderden heen en weer tussen de reusachtige stalen vuilnisbakken, die met zware, vergrendelde deksels waren afgesloten. Een van de vogels kraste tegen een andere: 'Je komt er niet in.'

Ze keek om zich heen. Er waren eenvoudig geen overvolle vuilnisbakken in de nabijheid. In deze wereld van overdaad was er voor kraaien maar weinig te halen, dankzij die overduidelijke gemeentelijke inzet voor reinheid, waardoor Mary zich afvroeg wat die arme vogels dan aten. Aas? Had ze maar wat broodkruimels bij de hand gehad om over het grasveld uit te strooien. Haar angst voor kraaien was altijd al een kwestie van vliegangst geweest, besefte ze nu.

Van de parkeerplekken voor een bedrijf voor zwembadonderhoud in de buurt van de drugstore vertrok een vloot blauwe bestelauto's. Ze zat naar de bestelauto's te kijken toen een aantrekkelijke vrouw van middelbare leeftijd met een glimlach op haar gezicht en een naamplaatje met daarop LUCILLE ALVAREZ verscheen om de deuren van de bank klokslag tien uur 's ochtends te openen. Mary beschouwde het als een teken dat alles goed zou komen, zoals Emery Carr haar had beloofd en zij zichzelf in het vooruitzicht had gesteld.

Maar het telefoontje naar haar bank, iets wat Mary ook best eerder zelf vanuit het hotel had kunnen doen, besefte ze nu, leek iets anders te suggereren. Aangezien ze geen middel had om zich te identificeren, kon haar identiteit niet worden vastgesteld. Nog vervelender was dat ze vrijwel onbekend was bij het bankpersoneel in Leaford. Ze kon zichzelf er nog net van weerhouden om te zeggen: 'Ik ben dat dikke mens.'

Toen ze hen in herinnering bracht dat ze net iets meer dan een week geleden bij hen binnen was geweest en toen door een nieuw meisje was geholpen, kon de manager zich alleen maar verontschuldigen dat ze toch meer bewijzen nodig hadden. Hij begon allengs achterdochtiger te klinken toen bleek dat ze alleen de meest voor de hand liggende en toegankelijke informatie over de rekening kon verschaffen. Bij vragen over de eerste lagere school van Gooch, de meisjesnaam van zijn moeder (iets Oekraïens) of zijn toegangscode, stond ze met haar mond vol tanden. Toen ze haar bankrekeningnummer niet kon oplepelen werd zijn toon uitgesproken ijzig. De volgende stap zou een gesprek worden met een andere manager, die op dat moment niet beschikbaar was.

De bankmanager in Leaford stelde voor dat Mary over een uur opnieuw zou bellen. Ze zei dat ze hem over twee uur zou terugbellen. Hoe gefrustreerd ze zich ook voelde door haar financiële debacle, ze wilde per se naar Jack en Eden voor het geval zij iets van Gooch hadden gehoord. Ze nam twee flessen water uit de kleine watercooler in het zitgedeelte mee voor onderweg naar hun huis, en verliet de bank.

De heuvels van de Highlands strekten zich voor haar uit. Mary was al bezweet en moest zich schrap zetten voor de stijging. Been optillen. Laars neerzetten. Met armen zwaaien. Been optillen, laars neerzetten, met armen zwaaien. Stilhouden. Rusten. Water drinken. Verder omhoog. Water drinken. En nog verder. Met armen zwaaien. Hart klopt. Verder omhoog. Ademhalen.

Op het trottoir voor een van de monsterlijk grote huizen die over Willow Lowlands uitkeken, hield ze halt om nog wat aspirine te slikken. Ze knipperde met haar ogen en ontwaarde een bekend gezicht, die vervloekte moeder van de parkeerplaats, met in haar kielzog de vluchtgevaarlijke Joshua en zijn twee kibbelende broertjes – een drieling dus – die uit een glanzend zwarte Lincoln Navigator kwamen klauteren naast een reusachtige witte Dodge Ram pick-up voor een uitgestrekt huis met één verdieping. De achterbak stond open, afgeladen met papieren tassen vol boodschappen. De vrouw, in spijkerbroek en mouwloos truitje met precies de juiste hoeveelheid zilveren sieraden, droeg twee tassen in haar welgevormde, blote armen. Als een stel pulletjes volgden de drie blonde ettertjes, terwijl ze giechelend een liedje zongen. Mary ving een glimp op van een grote, ruige hond die in de richting van de garage sjokte.

Terwijl ze naar het zachte haar en knappe gezicht van de vrouw stond te kijken, voelde Mary hoe haar wangen begonnen te branden van woede en zij overvallen werd door een groot verlangen naar wraak, een behoefte om het op een schreeuwen te zetten vanwege de kwijtgeraakte tas en alle ellende die de vrouw met haar achteloosheid had veroorzaakt. Maar ze legde haar aanvechtingen het zwijgen op. Ze zou nooit een scène trappen waar de kinderen bij waren, en bovendien zag ze nu met overweldigende scherpte hoe totaal zinloos het was iemand de schuld te geven. Ze stond op meters afstand naar ze te kijken, buiten het blikveld van de moeder, die ze smekend tegen de jongens hoorde zeggen: 'Help mama nou een paar tassen naar binnen dragen.'

'Nee,' riepen ze.

'Als jullie me helpen, mogen jullie televisiekijken. Als jullie een paar tassen naar binnen dragen, maak ik vlaflips.'

Wendy en Kim hadden er eenzelfde merkwaardige manier van opvoeden op na gehouden. *Laat mama nou even rustig met tante Mary praten, dan kopen we op weg naar huis een ijsje.* Maar welbeschouwd had haar eigen drukbezette moeder precies hetzelfde gedaan. Zij had pakjes koek uit de winkel op tafel gezet als lekkernij voor na school voor Mary, en net gedaan of ze niet merkte dat ze de hele schaal had leeggegeten. Het aanbieden van verboden voedsel als beloning voor haar discretie. 'Niet tegen je vader zeggen. Kom mee naar de Oakwood voor een honingkoek.' Of: 'Als je je gemak houdt terwijl ik kleren pas, koop ik straks een Teen Burger voor je.'

Tolerant ouderschap. Kinderen aan de macht. Leuke lekkernijen voor dekselse dreumessen. Ze had altijd hard geoordeeld over het gebrek aan gezag van moeders, maar uiteindelijk was ze tot de conclusie gekomen dat ze waarschijnlijk zelf net zo slap zou zijn en net zo goed etenswaren zou aanbieden als beloning voor zelfs de bescheidenste verwachting waaraan was voldaan of om haar eigen knagende schuldgevoel te onderdrukken.

Mary moest aan haar voorouders denken die de ontgonnen grond van Leaford hadden bewerkt. Wat zouden die pioniersvaders en -moeders tegen hun kinderen hebben gezegd als die klaagden dat ze weer wortels moesten uitrukken en stenen moesten verwijderen, vroeg ze zich af. *Werk nou maar hard, dan redden we het weer een dag.*

De kleine Joshua draaide zich om en stond plotseling oog in oog met haar. Zijn moeder keerde zich snel om om te zien waar hij naar keek, en schrok toen ze Mary in haar paisley ensemble en zware winterlaarzen op het trottoir zag staan. 'Hallo,' riep de jongere vrouw behoedzaam.

'Hallo,' antwoordde Mary.

'U bent die mevrouw van het parkeerterrein.'

'Ja.'

De moeder kneep haar ogen toe. 'Woont u in de Highlands?'

'Ik ben op bezoek bij mijn schoonouders. Ze wonen heuvelafwaarts,' legde Mary met één hand wijzend uit, terwijl ze met de andere het zweet van haar voorhoofd wiste.

De vrouw zette haar boodschappen neer en kwam met een verontschuldigende glimlach op haar afstappen. 'Ik geloof dat ik u niet eens heb bedankt.'

'U hebt uw handen vol,' gaf Mary toe toen de jongens elkaar grommend en gillend tegen het zachte, groene gazon duwden, als een onduidelijke wirwar van uithalende pootjes en scherpe witte tanden.

'Joshua, Jeremy, Jacob,' zei de moeder om de kluwen jongens voor te stellen. 'Waar is de hond?'

'Die zit in de garage,' zei Mary boven het geschreeuw van de kinderen uit.

'Schei daarmee uit, jongens! Jongens!' De moeder klapte eenmaal in haar handen, en toen nog eens, toen de herrie aanhield. 'Joshua! Jacob! Jeremy!'

'Wat een schatjes,' zei Mary, om de scherpe toon van de vrouw te verzachten.

'Kan het zijn dat ik uw schoonfamilie ken?' vroeg de vrouw, verzoend met het kabaal. 'Vast wel. Het is maar een klein stadje.'

'Jack en Eden Asquith.'

'Ik ken Jack,' zei ze, en uit haar gezichtsuitdrukking viel af te lezen dat ze van Jacks prognose op de hoogte was. 'Hij had vroeger dat bedrijf voor huisdierbenodigdheden. Hij heeft nog samen met mijn vader aan de oostkust gestudeerd. Hoe gaat het met hem?'

'Niet best,' zei Mary.

'Waar komt u vandaan?' vroeg de vrouw, terwijl ze uit alle macht probeerde niet op Mary's winterlaarzen te letten.

'Canada.' Mary hoopte namens haar land dat ze niet zou worden opgevat als een modeambassadrice.

'Dan geniet u vast helemaal van dit weer,' zei de moeder, voordat ze opmerkte dat Mary transpireerde. 'Ik dacht dat Jack alleen dochters had. Dan bent u zeker Edens…?'

'Ik ben de vrouw van Gooch. Van de zoon van Eden.'

'Logeren u en uw man bij hen tot Jack…?'

'Ik ben hier alleen.' De woorden bezorgden haar een gevoel van eenzaamheid.

De mobiel van de vrouw rinkelde in haar leren handtas, en ze verontschuldigde zich om hem te kunnen opnemen. Na een korte, verhitte discussie hing ze op, waarna ze Mary uitlegde waarom ze zo'n toon aansloeg. 'Ik heb vanavond een Lydia Lee-party. De verkoop van sieraden aan huis. Zegt je dat iets?' Ze trok een visitekaartje uit haar tas. 'En nu belt de oppascentrale dat ze een nieuwe oppas sturen.' Ze draaide zich om naar de kluwen drieling op het gras en voegde er somber aan toe: 'De jongens hebben het niet op nieuwe oppassen.'

'Nee,' schreeuwde een van hen tegen zijn broer, als om de bewering te staven.

De vrouw stak glimlachend een prachtige hand met gemanicuurde nagels uit. 'Ik ben Ronni Reeves.'

'Mary Gooch,' zei Mary en ze drukte haar hand, waarbij haar het contrast opviel tussen haar eigen mollige handen vol kloofjes en de slanke vingers van de vrouw.

'Aangenaam kennis te maken, Mary Gooch. Nogmaals bedankt voor gisteren. En doe de groeten aan Jack. Kom mee, jongens.'

Mary zag ze hun onbescheiden stulpje in verdwijnen: *helemaal te gek.*

Een overdaad aan voedsel

Heuvelafwaarts zag Mary de witte Prius op de oprit van het huisje van de Asquiths geparkeerd staan, maar verder geen auto. Misschien had Gooch een lift gekregen. Ze stelde zich voor hoe haar reusachtige man op de dure bank tegenover zijn moeder gezeten het uitzicht vanaf de wandelpaden beschreef, en de hoop op een verzoening met zijn vrouw uitsprak. Haar voeten waren warm in haar laarzen en plakkerig van het bloed uit haar wond.

Zodra ze eindelijk de deur had bereikt, drukte ze op de zoemer. Toen niemand aan de deur kwam, werd ze ongeduldig. Nogmaals drukte ze op de zoemer. Even later trok Eden de deur op een kier. 'O, ben jij het, Mary.'

'Hallo Eden. Het spijt me dat ik je stoor…'

'Je kunt hier echt niet elke dag aan de bel hangen, totdat hij eens een keer belt, Mary. We hebben hier veel te veel omhanden.'

Er hing een doodse stilte in het huis. Geen piepende magnetron. Geen gemotoriseerd voertuig. Geen ademtocht. 'Is Jack…?'

'Hij slaapt. Chita heeft zich ziek gemeld en ik moet eten klaarmaken voor de gebedskring. Ik heb gezegd dat ik zal bellen en dat doe ik ook.'

'Ik ben mijn telefoon kwijt.'

'Ben je je telefoon kwijt?'

'Nou ja, eigenlijk mijn hele tas.'

'Ben je je tas kwijtgeraakt?'

'Ik wilde je eraan helpen herinneren dat ik in de Pleasant Inn logeer, voor als je contact met me moet opnemen.'

'Al je identiteitsbewijzen!'

'Ik weet het.'

'Je bankpas?'

'Daar wordt aan gewerkt.'

'Goed, Mary, dan bel ik je wel in het hotel als ik wat van Gooch hoor. Ik moet nodig aan de slag.'

'Maar ik heb jullie telefoonnummer niet. Ik heb jullie nummer nodig. Dat staat niet geregistreerd.'

'Het ging me ontzettend aan mijn hart om extra te betalen voor dat geheime nummer,' klaagde Eden. 'Maar de telefoon bleef maar rinkelen. Die arme Jack. Je laat de warmte erin.' Ze deed de deur open en liep de gang in met een gebaar naar Mary dat ze haar moest volgen, terwijl ze haar met een vingertopje tegen de lippen tot stilte maande. Achter in het huis liepen ze een rommelige keuken binnen met glazen schuifdeuren naar een kleine patio en een verwaarloosd groen zwembad.

Eden zocht een pen en een stukje papier en schreef met haar knoestige vingers haar telefoonnummer op, waarna ze de tassen vol boodschappen op de tafel begon uit te pakken. Mary zag borden in de gootsteen staan. Volle vuilnis- en recyclebakken. 'Ik wil niet dat Jack je hier aantreft en vragen gaat stellen. Het is tegenwoordig veel te vermoeiend voor hem om zijn hoofd te moeten gebruiken.'

'Dat kan ik me voorstellen,' zei Mary terwijl ze de zware fles vruchtensap uit Edens misvormde handen aanpakte en boodschappen uit de tassen op het aanrecht haalde.

'Chita doet dat meestal. Ze verwachten hier meer dan een glas ijsthee en een cracker. Ze verwachten dat je ze een compleet feestmaal voorzet.'

'O.'

Edens blik viel op Mary's schoeisel en afkeurend met haar tong klakkend verdween ze de gang in om een ogenblik later terug te keren met een paar platte, zwarte instappers die ze aan Mary gaf. 'Zulke laarzen kun je in Californië echt niet dragen.'

Mary knikte dankbaar, schopte haar laarzen uit en probeerde haar voeten met kousen en al in de schoenen te proppen.

'Zonder je sokken,' snoof Eden.

Mary ging op een van de krukken naast het aanrecht zitten, en probeerde uit alle macht haar sokken over de zwelling van haar pens te bereiken, in de hoop dat haar schoonmoeder niet merkte wat een moeite haar dat kostte.

'In vredesnaam, Mary,' zei Eden verwijtend. Ze boog voorover en begon met vertrokken gezicht Mary te helpen haar klamme, vlekkerige sokken uit te trekken, geschokt toen ze de snee in haar bloederige hiel ontwaarde. 'Die moet worden schoongemaakt.'

'Ik weet het.'

Zuchtend doorzocht Eden de laden tot ze de kleine EHBO-doos had opgespoord waar ze naar op zoek was. 'Ik hoop dat ik een verband heb dat groot genoeg is.' Het was duidelijk dat Mary onmogelijk haar eigen wond kon verbinden, daarom trok Eden er een stoel bij en ze legde de mollige voet van haar schoondochter op haar benige schoot. 'Heb je je nog nooit laten pedicuren?' vroeg ze.

Mary wist dat het een retorische vraag was. Ze keek naar Edens strenge gezicht, terwijl de bejaarde vrouw de snee schoonmaakte. 'Eden?'

'Ja?'

'Je belt me toch echt als Gooch belt, hè?'

'Dat heb ik toch gezegd?'

Mary zweeg even. 'Heather zei dat jij voor hem zou liegen.'

'Dus Heather zei dat ík zou liegen?' Eden moest lachen.

'Ze zag er heel goed uit, Eden. Heather zag er goed uit.'

Eden waakte er zorgvuldig voor op te kijken. 'Dat zei Jimmy ook al,' gaf ze toe.

'Ze is gestopt met roken.'

Eden snoof, maar ze bleef bezig met het droogdeppen van de wond en het aanbrengen van een geneeskrachtige zalf, en ze stelde geen vragen over haar grillige dochter. Mary vroeg zich af of Gooch zijn moeder had verteld over de zoon die Heather had teruggevonden, en ze stond op het punt haar het nieuws te vertellen toen ze merkte dat haar schoonmoeder geprikkeld raakte omdat ze het verband met haar onhandige vingers probeerde uit te pakken. 'Laat mij dat maar doen.'

Voordat ze het verband teruggaf, keek ze Eden aan. 'Dankjewel.'

'Het was minder erg dan het eruitzag.'

Mary stak haar voeten in de nog steeds nauwe zwarte instappers. 'Ik heb er niet echt aan gedacht om te gaan winkelen. Vanwege mijn verdwenen tas.'

'Als je mij maar niet om geld gaat vragen.'

'Nee.' Mary zag Eden de koelkast opendoen, die tot haar verrassing afgeladen was met eten, terwijl het er toch alle schijn van had dat de frêle vrouw en haar op sterven liggende man van weinig meer dan hoop leefden.

'Want ik ben de hele week al cheques aan het uitschrijven en zelfs al wilde ik het...'

'Nee, Eden, ik heb geen geld nodig. Ik weet zeker dat de bank in Leaford het allemaal rechtzet. Of dat mijn tas wordt teruggebracht. Wie weet is die nu al bij het bureau van de sheriff afgegeven.'

'Ik moet met het eten aan de slag.' Eden stak haar hand uit naar een mes, maar haar vervormde vingers raakten hun greep kwijt en het mes kletterde op het aanrecht.

Mary hield haar tegen. 'Ik doe het wel.'

'Ze verwachten een compleet feestmaal,' hielp Eden haar herinneren, terwijl ze toekeek hoe Mary in haar kasten op zoek ging naar een snijplank en te dankbaar was om te protesteren.

'Wat is jouw meisjesnaam, Eden?' vroeg Mary toen het haar te binnen schoot dat dat een van de vragen was geweest die de bankmanager haar had gesteld.

'Hoezo?'

'Dat vroegen ze me bij de bank. Om te verifiëren dat ze me toegang kunnen geven tot mijn rekening. De eerste lagere school van Gooch. De meisjesnaam van zijn moeder. Als ik hiervandaan kom, ga ik weer naar de bank.'

'Katholieke school St. Pius. En ik had ruzie met mijn familie.' Edens familie kwam uit het westen van Canada. Haar vader was boer, haar moeder naaister. Zelf was ze enig kind, ze was op haar vijftiende het huis uit gegaan, op haar zeventiende getrouwd, en op haar twintigste had ze als weduwe James Gooch senior leren kennen in een restaurant in Ottawa. Ze was van Oekraïense afkomst. 'Mijn vader heette Gus Lenhoff.'

Mary voelde de zwaarte die in haar reactie tot uitdrukking kwam – wat het ook mocht zijn dat zich tussen Eden en haar ouders had afgespeeld, ze kon het een mensenleven later nog steeds niet opbrengen de naam als de hare op te eisen. Mary had wel meer over de verwijdering te weten willen komen maar zag dat de oudere vrouw te kwetsbaar was om zulke herinneringen op te halen.

In de koelkast trof Mary aardbeien en een verse meloen aan, en dure, scherpe kazen, gekookte eieren, gerookt vlees en olijven. Een paar weken terug had ze die dingen schoon opgegeten, handenvol aardbeien naar binnen geschrokt, de kazen met brokken tegelijk verorberd, met de grote baguette weggewerkt, geboerd en nog niet genoeg gehad. Nu keek ze ertegenaan als tegen een palet kleuren waarover ze moest beslissen op wat voor manier ze het moest mengen en componeren. Halve aardbeien ter garnering van geitenkaas op crostini. Parten meloen omwikkeld met gerookte ham.

'Chita doet meestal de boodschappen. Ik moest het vanochtend zelf doen en Jack alleen laten,' zei Eden. 'Ik zou het mezelf nooit vergeven als die man op zijn eentje stierf.'

Mary had zich vaak genoeg een eenzame dood voorgesteld. Een hartaanval in bed, terwijl Gooch overwerkte. In een duistere greppel langs een landweg. Op de wc.

'Ga toch lekker even liggen. Ik maak dit af en dan kun jij nog wat rusten voordat je bezoek komt.'

Eden hoefde niet te worden overgehaald. Ze verdween verderop in de gang en liet de toebereiding van het feestmaal aan Mary over. Onder het ontpitten, schillen, uitrollen en smeren schoten Mary duizend recepten uit haar tijdschriften te binnen die ze Morgen allemaal beloofd had te zullen maken, maar haar gretige mond was altijd te ongeduldig geweest. Ze had uit zakken, tassen en blikjes gegeten. Ze had eerder de neiging voor de 'gooi inhoud in pan en roer op matig vuur'- of de 'zet elf minuten in de magnetron op de hoogste stand'-variant te kiezen dan voor het soort waarbij snijden, hakken en karamelliseren kwam kijken. Misschien leek ze wel meer op Irma dan ze besefte. Misschien had Gooch wel gelijk gehad en had ze al die jaren nooit echt om voedsel gegeven.

Uren later, toen ze het eten had klaargemaakt en de vaat had gedaan, verscheen Eden weer en ze liet een kritische blik door de keuken gaan. 'Wij gebruiken altijd de blauwe borden,' zei ze, 'maar dat maakt niet uit.'

Het geluid van Jacks gierende hoest vanachter de gesloten deur van zijn slaapkamer joeg Mary de rillingen over haar rug. Eden kromp ineen en zei: 'Hij kan je maar beter niet zien, Mary. Je hebt ons nummer nu. En je moet voortaan echt eerst bellen.'

'Dat zal ik doen.'

'We kunnen wel net de handen vol hebben.'

'Natuurlijk.'

'En de ochtenden zijn altijd het ergst. Een vreselijk slecht moment voor bezoek. Vreselijk.'

De rinkelende telefoon verbrak de stilte. Eden nam op. 'Hallo? Ja? Hallo? Ik kan u niet verstaan. Hallo?' Ze hing op en legde Mary uit: 'Verbinding verbroken.'

'Verbinding verbroken?'

'Dat gebeurt zo vaak.'

Met haar gedachten nog bij de verbroken verbinding verliet Mary het huis. Het had Gooch kunnen zijn. Ze keek op haar horloge, en het drong tot haar door dat ze nog maar een uur had voordat de Canadese banken dichtgingen. Dankbaar voor de nauwsluitende zwarte instappers spoorde ze haar voeten aan sneller te lopen.

Een staat van onthechtheid

Licht achterdochtig, zonder helemaal het gevoel te kunnen kwijtraken dat ze gelijk had gehad met haar vermoeden dat Eden Gooch beschermde, liep Mary de heuvel weer op. Waarom had ze tegen Mary gezegd dat ze niet moest komen omdat ze weleens de handen vol konden hebben, terwijl overduidelijk was dat Eden en haar doodzieke man aan het eind van hun Latijn waren? En waarom had ze beweerd dat de ochtenden het ergst waren terwijl je van haar gezicht kon aflezen dat het áltijd vreselijk was? Ineens wist Mary zeker dat het telefoontje van Gooch afkomstig was geweest en dat de verbinding helemaal niet verbroken was.

Toen ze de fontein halverwege de heuvel had bereikt, hield ze even halt, maar ze ging niet op de stenige richel zitten. Er waren geen fietsers op de weg, geen mensen die over de trottoirs marcheerden. Het was halverwege de middag en veel te warm voor dat soort lichamelijke inspanning. Daarom gingen mensen hier allemaal 's ochtends joggen, fietsen en marcheren. Net als de dieren in een dierentuin hadden ze periodes van verhoogde activiteit. In de verte hoorde ze het geruis van bladblazers en grasmaaimachines – de arbeiders. Was het voor hen dan niet te warm? Voetje voor voetje sjokte ze heuvelopwaarts en daarna dankte ze de zwaartekracht dat hij haar omlaag hielp. Toen ze eenmaal het laagste punt had bereikt, kon ze zich alleen maar overgeven aan haar lichaam, dat zwoer dat het geen stap meer kon verzetten.

Ze zocht een hoge palm op om tegenaan te leunen, dankbaar dat ze haar gewicht kon delen met de ruwe stam. Maar de boom bood geen bescherming tegen de doordringende zonnestralen en ze voelde zich duizelig van de warmte. Misschien was dit wel weer een droom, een nachtmerrie uit een onbewoonde Dystopie. Als er auto's in de buurt waren geweest, had ze zich er misschien vóór geworpen. Een coma, dacht ze hoopvol, even een coma om uit te kunnen ontwaken met zicht op de barst in haar plafond en Gooch aan haar zijde. 'Laat iemand anders het maar doen,' hoorde ze zichzelf zeggen. 'Ik kan het niet. Ik kan niet verder.'

Met een blik op het eeuwigdurende blauw richtte Mary zich tot God. *Dit is het moment waarop U die onwillige redder stuurt, waarmee mijn gebeden worden verhoord.* Maar er gebeurde geen wonder. Er verscheen geen kleine Grote Avi in zijn zwarte limousine. Geen Mexicaan in een stoffig rood vrachtwagentje. Geen Gooch die achter haar rug begon te schreeuwen: 'Ik heb je overal proberen te bereiken.'

Dus waar was God als je Haar nodig had? Voor het toedienen van het heilig oliesel in de Derde Wereld? Nam Ze deel aan de gebedskring bij de Asquiths? Vierde Ze de goddelijke overwinning van een of andere sportclub? Mary duwde zich van de palm af en begon richting bank te lopen. Ze moest wel. En daarom deed ze het. En daar had je God – niet tussen de coulissen, maar in de handeling. Of het was een zonnesteek. Ze masseerde de plek tussen haar ogen.

Toen ze het winkelcentrum bijna had bereikt, besefte ze dat ze het laatste stuk in een staat van onthechtheid had afgelegd. Ze was slechts haar ademhaling, de stuwkracht van haar spieren, een herkauwde meditatie. Pas op dat moment voelde ze de blaren van de krappe instappers.

Bij de bank trok ze de deuren open en gaf ze zich over aan de goede zorgen van de knappe, rossige Cooper Ross, die haar naar de bank van chroom en staal hielp, de telefoon aansloot op het stopcontact naast haar, en zelfs het nummer van haar bank in Leaford draaide.

De manager aan de andere kant van de lijn was niet ingeseind over haar situatie, daarom moest ze het hele, treurige verhaal opnieuw vertellen, alle vervelende details als naam, adres en telefoonnummer incluis. Haar hersenen leden aan een gebrek aan voeding, dus kon ze zich de naam van Gooch' eerste lagere school niet herinneren. Sint en dan nog iets. En de meisjesnaam van de moeder van haar man 'Gustoff' was niet correct, al wist ze zeker dat Eden dat had gezegd. De manager bleef erbij dat hij het geld niet kon vrijgeven en geen details over haar rekening kon onthullen totdat ze over de juiste papieren beschikte en die ter attentie van hem kon faxen. Ze dacht aan het nummer dat Emery Carr voor haar had opgeschreven, van iemand bij de Canadese ambassade.

Voordat ze overeind kwam van de bank vroeg ze om nog één enkele gunst, dat ze een taxi terug naar het hotel zouden bellen. 'Dat kan wel een uur duren,' zei Lucy. 'Het is hier niet New York.'

Ze kon geen uur zitten wachten. Ze mocht dan nog zo opzien tegen een avond alleen in het hotel, ze wist dat ze geen ogenblik langer kon blijven zitten op de zwarte leren bank in dat steriele bankgebouw. Ze bedankte de bankemployés en ging op weg naar de uitgang.

Buiten de bank kon Mary met haar pijnlijke voeten in de krappe instappers haar benen ternauwernood de oprit naar de parkeerplaats af slepen. De laserstralen van de zon bestookten haar ogen. De parkeerplaats. De tas. Die was hier, dat kon niet anders. Hij moest door een geparkeerde auto uit het zicht zijn geweest. Voorlopig had ze wel weer genoeg van tranen, daarom wilde ze in lachen uitbarsten toen ze besefte dat ze naar haar tas snakte.

Vlakbij ging een mobiele telefoon over, waardoor ze op de gedachte kwam dat iemand misschien het hotel zou bellen met informatie over haar kwijtgeraakte identiteitsbewijzen. Of Heather. Stel dat Heather iets van Gooch had gehoord? Heather kon evenmin contact met haar opnemen. Ze moest niet vergeten de bistro in Toronto te bellen. En Gooch? Stel dat die verbroken verbinding geen telefoontje van Gooch was geweest? Misschien had hij niet eens een telefoon. Stel je voor dat hij tijdens zijn trektocht een ongeluk had gehad? Of dat hij verdwaald was en geen mogelijkheid had om hulp in te roepen? Ze voelde de vertrouwde kracht van de middelpuntvliedende angst. Een herinnering aan schaatsen op de rivier de Thames. Het knallen van een zweep: Mary is aan de beurt om achteraan te staan. Put in het ijs, snee in het voorhoofd – Irma die met rubberlaarzen aan kwam opdraven. Een overvloed aan bloed. Een nog steeds zichtbaar litteken.

Als de zon niet zo op haar glimmend roze wangen had geschenen en ze niet zeker had geweten dat ze alle lagen zonnebrand had weggezweet, had ze zich misschien op de parkeerplaats aan wanhopige herinneringen overgegeven. Maar ze kon onmogelijk blijven stilstaan en het schoot haar te binnen dat ze een plan moest bedenken. Teruggaan naar het hotel. De man bellen die Emery Carr kende. Heather bellen. Wachten. Uitrusten. Een ritje naar het hotel regelen.

Afgezien van klanten in de drugstore vragen of ze misschien hulp nodig hadden bij het opsporen van een bepaald product, had Mary niet de gewoonte onbekenden aan te spreken, van wie er trouwens toch al weinig in het kleinsteedse Leaford te vinden waren. Toen ze een vriendelijk ogende jonge vrouw het portier van haar Subaru zag openen, schraapte Mary haar keel. 'Neemt u mij niet kwalijk. Ik moet naar de Pleasant Inn, in de buurt van de snelweg, en ik vroeg me af of ik u misschien om een lift kon vragen.'

De vrouw, die jonger bleek te zijn dan Mary aanvankelijk had gedacht, antwoordde: 'Dit is dus de auto van mijn vader, weet je. Dus ik mag geen passagiers meenemen, helemaal als het onbekenden zijn, dus.'

Natuurlijk, dacht Mary. Ze was een onbekende en voorzichtigheid was geboden. Aan de andere kant was dit wel Golden Hills, een van de veiligste steden van Amerika, waar geen tassen werden gestolen en onbekenden andere onbekenden een lift gaven.

Een oudere vrouw in gestreken zwart joggingpak die haar boodschappen in de achterbak stond te laden, voelde Mary naderen, maar ze draaide zich niet om. 'Neemt u mij niet kwalijk,' riep Mary naar haar. 'Het spijt me dat ik u stoor. Ik moet naar de Pleasant Inn en…'

De vrouw draaide zich met onbewogen gezicht om. 'Als u een taxi wilt bellen, in de drugstore is een telefoon.'

'Het duurt hier zo lang voordat er een taxi komt,' legde Mary uit.

'Het is hier tenslotte niet New York.'

'Nou ja, ik kan u geen lift geven. Ik heb diepvriesspullen bij me,' zei de vrouw en als bewijs liet ze haar boodschappen zien. 'Volgens mij is er ergens een bus. Daar verderop ergens. Ik zie er de Mexicanen weleens staan wachten.'

Een zwangere vrouw achter een kinderwagen kwam naderbij, maar Mary probeerde haar blik niet te vangen. Ze had al lang geleden geleerd zwangere vrouwen te ontlopen, omdat die op een samenzweerderige manier naar haar ronde buik keken en opgewekt informeerden wanneer ze was uitgerekend. Twee scherpe pijlen in één enkel zusterlijk gebaar.

Een andere vrouw, van middelbare leeftijd, met een gebleekt blonde paardenstaart en een strenge uitdrukking op haar gezicht liep met grote passen op een gebutste vijfdeursauto af, die vol stond met schoonmaakmiddelen, zwabbers en een kleine stofzuiger. Mary liep naar haar toe. 'Neem me niet kwalijk.' De vrouw draaide zich om en glimlachte toen ze haar verzoek om een lift afstak.

'Ik kan u wel meenemen,' zei ze met een zwaar accent waarvan Mary de herkomst niet kon raden. Voordat ze de kans kreeg haar dankbaarheid te uiten, verschenen er nog drie vrouwen naast de auto, stuk voor stuk al net zo blond en grimmig. De eerste vrouw legde het in haar moedertaal – Russisch? – aan de anderen uit. Zij namen Mary even op, haalden instemmend hun schouders op en wurmden zich op de krappe achterbank.

Te midden van het verkeer op de hoofdweg had Mary een soort déjà vu. De vriendelijkheid van onbekenden. De vrouwen praatten met harde stemmen in hun moedertaal en sloegen elkaar op de dijen. Armeens? Ze wilde dat ze begreep wat ze zeiden en had deel willen uitmaken van hun glorieuze zusterschap. De rit naar de snelweg verliep vlugger dan met Emery Carr. Ze kon aan de zon die boven de heuvels in de verte neerdaalde zien dat het vroeger was, nog voor het spitsuur.

Toen de vrouw achter het stuur stilhield in de buurt van de kruising waar de drie wegen samenkwamen aan de kant van de weg, begreep Mary niet meteen dat het de bedoeling was dat ze de rest van de weg zou lopen. De vrouw lachte verontschuldigend. 'Is goed dat u loopt? Deze kant op is eenrichtingverkeer. Ik moet terugrijden en weer voor stoplicht wachten.'

'O.'

'Ik wil groene licht niet missen.'

'Natuurlijk. Dank u wel. Heel erg hartelijk bedankt.'

Toen het autootje weer optrok, zwaaide Mary de vrouwen na, waarna ze op de knop voor het voetgangerslicht naast de weg drukte. Ze stapte de weg op zodra het voetgangerslicht op groen sprong. Ze schatte de uitgestrekte breedte van de weg in en was bang dat ze nooit op tijd kon oversteken voordat de rode hand begon te knipperen. *Sneller*, zei ze tegen zichzelf, en ze wiste haar voorhoofd af. Ze was zo volledig op het verspringen van het licht geconcentreerd dat ze de rennende voetstappen achter zich niet hoorde. Ze schrok toen een kleine, donkere man langs haar heen de kruising op vloog.

Alles gebeurde daarna zo snel als geweervuur – als snel geschoten foto's. Een flits van de man voor haar, een roodgeruit overhemd, een riem die de tailleband van een te grote spijkerbroek bijeenhield, versleten, bemodderde werkschoenen. Een wijder shot van een wit busje dat roekeloos door rood licht de bocht nam. Het ogenblik van de botsing – de grille van de auto die de romp van de man raakte. Zijn lichaam dat de lucht in werd geslingerd. Met een klap neerkwam. De bruine man die onbeweeglijk en uit zijn mond bloedend op het groene tapijt van een oase langs de weg lag uitgestrekt.

Mary was de eerste die de man bereikte. Hij was ouder dan hij er van achteren had uitgezien. Ze zakte op haar knieën en raakte zijn schouders zacht aan. 'Meneer? Meneer?'

Hij opende verward zijn ogen en greep haar hand vast terwijl hij haar gezicht scherp probeerde te krijgen. 'Angelica?' stamelde de man, bloed op haar arm spattend.

'Mary,' fluisterde ze. 'Ik ben Mary.'

De tijd die wordt opgeschort. Stokkende seconden die minutenlang leken aan te houden terwijl ze in de angstige ogen van de man keek. 'Het is goed,' zei ze. 'Het komt allemaal goed.' Ze vroeg zich af of het mogelijk was dat niemand anders had gezien wat er was gebeurd, terwijl het verkeer achter haar rug voortraasde. Alles was zoals het was geweest, behalve de man op het gras en haar hand in zijn greep.

Aan de rand van haar blikveld zag Mary een duizendpoot van verschoten spijkerbroeken die in een stofwolk kwam oprukken. Een paar benen maakte zich los uit de troep en zakte op de grond naast haar om in het gezicht van de aangereden man te kunnen kijken. De stem was laag en ernstig. 'Ernesto. *Ernesto?*' Als op bevel duwde de gewonde zichzelf met zijn ellebogen omhoog, waarbij hij bloed over Mary's paisley ensemble spuugde.

Ze keek op en zag dat het witte busje aan de kant van de weg was gaan staan en dat de chauffeur net uitstapte. Hij was begin zestig, schatte ze, met plukken grijs haar boven op een bol, rood gezicht, slanke ledematen, en een strak rond buikje waar ze met liefde tegenaan had gestompt alsof het een meloen was. Hij had een werkhemd aan en toen hij dichterbij kwam, kon ze de naam onderscheiden die op zijn borstzakje geborduurd was. *Guy.*

Guy kwam handenwringend boven hen staan. 'We moeten hem naar het ziekenhuis brengen,' zei hij, de drukke weg afspeurend.

Zachtjes duwde Mary de geschaafde wang van de man opzij en ze wees op de diepe snee aan de zijkant van zijn tong. 'Het is van zijn tong,' zei ze. 'Hij heeft in zijn tong gebeten.' Ze pakte de stof van haar rok bijeen en drukte die tegen zijn mond.

'Angelica,' zei hij nog eens, met een glimlach naar haar groene ogen.

Vol ongeduld tikte de chauffeur de andere man op zijn schouder. 'We moeten hem nu meteen naar het ziekenhuis brengen. Leg hem achter in mijn busje. Dat gaat sneller dan een ambulance waarschuwen. Vooruit.'

Zijn dringende toon bezorgde Mary kippenvel. 'We moeten hem niet verplaatsen,' zei ze waarschuwend, toen de gevallen man ineenkromp en naar zijn buik greep.

Maar de andere man stond snel op en hielp zijn gewonde vriend overeind. 'Vooruit,' zei hij, en toen duidelijk werd dat Ernesto niet van plan was haar los te laten, stak hij zijn vrije hand uit om Mary te helpen opstaan. Terwijl ze zich met moeite omhooghees keek ze in de smeltend bruine ogen van de onbekende. Hij was de man die ze eerder op het stoffige terrein had gezien. De brede schouders. De keurig geknipte snor en baard. Nieuwsgierig en met iets van herkenning beantwoordde hij Mary's strakke blik.

Guy liep voor hen uit, rukte de achterportieren open en verdween op de voorbank van zijn busje, dat van een bumpersticker was voorzien met daarop WAPENBEHEERSING BETEKENT DAT JE ALLEBEI JE HANDEN GEBRUIKT. Ernesto hield Mary's hand stevig vast en trok haar mee naar het wachtende busje terwijl hij in het Spaans aan het smeken was. Zijn vriend vertaalde: 'Hij wil dat je meegaat.'

'Waarom?'

'Hij denkt dat je een engel bent,' antwoordde de man, met een vaag vermoeden van spotternij en zonder een spoor van een accent.

'Hij heeft zijn hoofd gestoten,' zei ze om hem te verdedigen, terwijl ze achter in het busje stapte en, nog steeds in de greep van de aangereden onbekende, op een naar de achterkant gerichte achterbank ging zitten. Ze stond op het punt in het geweer te komen tegen haar rol in het geheel, toen ze de bange man een gebed hoorde fluisteren en zag hoe zij het antwoord in zijn opengesperde zwarte ogen was. Of ze nu een geestverschijning was of niet, ze zat gevangen in zijn nood. Als een moeder bij haar zuigeling. Een bruid bij haar bruidegom.

Het witte busje scheurde weg over het grind maar reed vervolgens behoedzaam de weg op. Mary zag de mannen in spijkerbroek naar het stoffige terrein in de bocht terugkeren. Er konden nog geen vier minuten zijn verstreken sinds ze de oversteekplaats op was gelopen en nu zat ze achter in het busje van een onbekende en hield ze de hand vast van een bloedende Mexicaan. Dat kreeg je als mensen hun vertrouwde spoor verlieten.

De chauffeur riep naar achteren: 'Hoe gaat het met hem?'

Ernesto maakte een gebaar naar zijn geribde borstkas en zei in rap Spaans iets tegen zijn vriend. Mary draaide zich om en ving in de achteruitkijkspiegel de bezorgde blik van de chauffeur op. 'Misschien heeft hij een gebroken rib,' zei ze.

De chauffeur hield zijn ogen op de weg gericht en wiste het zweet van zijn voorhoofd, waarbij hij de grijze kuif van zijn voorhoofd streek. 'Spreekt iemand van jullie jongens Engels? Engleese?'

'No Engleese,' zei Ernesto.

'No Engleese,' herhaalde de andere man, met een doorborende blik naar Mary.

'Ze gaan in het ziekenhuis een heleboel vragen stellen,' waarschuwde de chauffeur.

'Is er dan niet iemand die kan vertalen?' vroeg Mary.

'Niet dat soort vragen.'

Ze draaide zich om op haar plaats en keek naar de borden. Het vertrouwde symbool voor ziekenhuis kwam voorbij – de volgende afslag. De man reed er voorbij. Misschien wist hij een snellere route. 'Hij zou weleens inwendige verwondingen kunnen hebben, ben ik bang,' riep ze naar hem.

'Als we naar het ziekenhuis gaan, halen ze er de politie bij,' zei hij. '*Policio*, Julio. *Policio*, Juan.' Ze reageerden niet. Mary kon zich niet herinneren dat iemand van hen de chauffeur verteld had hoe hij heette.

'U bent mijn getuige, dame. Hij stak over door het rode licht.'

'Het was nog groen, hoor. Ik stak zelf ook over. U bent zonder op te letten afgeslagen,' zei Mary en ze dacht: als ik sneller had kunnen lopen, had je mij aangereden. Ik mag mijn handjes dichtknijpen.

Met zijn ogen knipperend schatte hij zijn risico's in. 'Kan hij zijn nek bewegen? Hoe staat het met zijn ademhaling?'

Ernesto keek omhoog naar zijn vriend maar zei niets. Aarzelend antwoordde Mary: 'Hij haalt al beter adem. Zijn ogen staan helder. Maar ik denk wel dat hij een gebroken rib heeft.'

De vriend riep met een zwaar Spaans accent naar de chauffeur: 'Geen 'ospital.'

'Maar hij moet naar een dokter,' protesteerde Mary.

'Geen 'ospital,' zei hij nogmaals, terwijl hij haar met een blik het zwijgen oplegde.

'Geen 'ospital,' sloot Ernesto zich bij hem aan.

'Geen *policio*, geen *hospitale*,' zei de chauffeur opgelucht. 'Heel verstandig, jongens.'

'Er moet een röntgenfoto worden gemaakt,' merkte Mary op.

De man achter het stuur moest hartelijk lachen. 'Heb je een ziektekostenverzekering, Miguel?'

De twee mannen leken de vraag niet te begrijpen en gaven geen antwoord.

'Bij Avenida de los Árboles. Hundred Oaks,' zei de vriend, nog steeds met hetzelfde zware accent. 'Naar huis. *Por favor.*'

De chauffeur knikte. 'Hundred Oaks. Komt voor de bakker.'

Ze zwegen toen ze de snelweg afsloegen en door het verkeer kropen op weg naar de hoofdstraat van een plaats met een woester gebergte als achtergrond en verdroogde middenbermen die de prijs betaalden van de gemeentelijke verwaarlozing. Na een tocht over een brede weg met aan weerszijden doosvormige winkels kwamen ze in een buurt vol uit planken opgetrokken huisjes, met aan hekken geketende fietsen die de plaats innamen van in vorm gesnoeid gebladerte, en plastic speelgoed in plaats van rozenperken. In de smalle straten ontbrak het bladerdek van de honderd eiken waar de buurt zich op liet voorstaan. Mary ontwaarde slechts wat esdoorns, een paar hoge coniferen en een enkele plataan. Terwijl het busje langzaam door de straat reed, zaten buldogachtige schepsels achter roestige ijzeren hekken te grommen.

De vriend van Ernesto wees naar een vierkant huisje op de hoek van de straat waar een verzameling kinderen op een lapje stijf bruin gras door een heen en weer zwaaiende sproeier aan het springen waren. Binnen, achter de openstaande ramen, zag Mary een wirwar van mensen bewegen, en door de latten van de omheining rond de achtertuin een groep mannen rond een rokende houtskoolbarbecue.

Toen het busje de oprit insloeg, verdwenen de kinderen, en de mannen die Mary in de tuin had zien staan stroomden het huis in. Toen de chauffeur om het busje heen liep om het portier aan de achterkant te openen, verstilden alle bewegingen achter de ramen. Eindelijk liet Ernesto Mary's hand los. Ze klauterde het busje uit en keek toe hoe de sterke jonge man zijn gewonde vriend het huis in sleurde. Even hield hij halt voordat hij de deur opendeed en hij wierp over zijn schouder een blik naar Mary, met een fletse glimlach die ze beantwoordde voordat ze zich omdraaide naar de chauffeur. 'Hij moet naar het ziekenhuis.'

'Hij moet terug naar Tijuana,' zei de chauffeur verachtelijk. 'En waar mag u dan wel naartoe moeten, nu Pancho en Raul me toch als taxi hebben gebruikt? En zeg alstublieft niet Reseda, want ik ga echt niet nog eens dat verkeer in.'

'U kunt hem niet zomaar aan zijn lot overlaten. U hebt ze niet eens uw naam en telefoonnummer gegeven,' hield Mary hem voor.

'Hoor eens hier, dame.' Zoals hij dat 'dame' zei. 'Als die lui aan de grens hun werk goed hadden gedaan en hem daar meteen hadden ingerekend, had ik hier niet met u staan praten. Kijk nou.' Hij wees naar het huisje, en het tiental fietsen dat aan het hek zat vastgeketend. 'Mijn kop eraf als d'r geen stuk of twintig in dat huis zitten.'

'Een stuk of twintig?'

'Die klootzakken zullen me geen moeilijkheden bezorgen.' Hij nam een intimiderende houding aan. 'U wel, dan?'

'U moet hem geld geven,' gooide ze eruit. 'Voor als hij toch nog naar een dokter moet.'

'Ik zou de vreemdelingenpolitie moeten bellen.'

'Dan moet u mij maar geld geven,' zei ze met stemverheffing, terwijl ze inwendig trilde. 'Ik heb je nummerbord gezien, Guy.'

Hij keek haar een langgerekte tel aan met de zurige geur van de heilige verontwaardiging die uit zijn poriën wasemde. Hij trok een portefeuille uit zijn zak en telde een stapeltje dollars af. 'Ik heb hier tweehonderd dollar. Dan zijn we uitgepraat. Dit is nooit gebeurd.'

Daarop stapte hij naar de voorkant van het busje, hij ging achter het stuur zitten, en voordat hij wegstoof merkte hij afrondend op: 'Wat ben jij een dik klotevarken.'

De belediging kwam aan als een zandkorrel. Ze was dik. Maar ze had geen kloten en ze was al evenmin een varken. Ze was Mary Gooch, die op weg naar een ongewoon bestaan ineens zag dat ze in de gaten werd gehouden door een stel Mexicaanse kinderen achter een open raam in een stadje dat Hundred Oaks heette. Ze telde het geld nog eens na, liep de paar treden op naar het huis en belde aan. Ze belde nog eens, maar er kwam niemand aan de deur. De kinderen hielden zich stil achter de gordijnen. Ongeduldig vanwege haar hachelijke situatie klopte ze luid op de deur. Ze zou nog een uur op een taxi moeten wachten en het was maar afwachten hoeveel zo'n lange rit wel niet zou kosten.

Ze ademde diep in en klopte nogmaals, terwijl haar hele lichaam van haar tenen vol blaren tot haar roodverbrande schedel tintelde van de kleine krampjes. Ten langen leste opende de sterke man met de baard de deur op een kier. Ze wachtte niet tot hij wat zei maar stak hem het geld toe en zei: 'Dat heeft hij voor jullie achtergelaten. Voor als uw vriend iets nodig heeft.'

Met een blik over haar schouder constateerde hij dat de man haar had achtergelaten, en hij pakte het geld aan. 'Ik heb een taxi nodig terug naar Golden Hills.'

'Ik breng je wel, zodra mijn oom terug is met de truck.' Voordat hij de deur opendeed, keek hij even rond. 'Vooruit, kom binnen.'

Het eerste wat Mary opviel, waren de schoenen die op het vierkant van linoleum bij de voordeur gerangschikt stonden: een rij werkschoenen, een rij gympen, een stapel sandalen in alle soorten en maten. Het leek wel honderd paar. De overmaat aan kamers voor zo'n klein huisje was in felle kleuren geschilderd: granaatappel, saffraan, azuurblauw, aubergine. Toen de man iets in het Spaans riep wat zoiets moest betekenen als dat de kust veilig was, kwamen volwassenen en kinderen uit een achterkamertje stromen, met een onderzoekende blik naar de vreemde vrouw in hun midden, en druk pratend in rijke, gerekte klinkers die als een subtekst in de lucht bleven hangen. Ze hadden het ongetwijfeld over het ongeluk, en vroegen zich af wat voor rol zij daarbij had gespeeld vanwege de bloedvlekken op haar kleren, en waarom de man die ze duidelijk met alle egards behandelden haar had binnengelaten.

Ze liep achter hem aan de opgeruimde keuken achter in het huis in en trof daar de oude Ernesto onderuitgezakt op een stoel aan, zonder overhemd, waardoor de ernst van zijn verwondingen duidelijker te zien was. Een bont en blauwe romp waarin waarschijnlijk een paar ribben gebroken waren. Lagen huid die van zijn benige schouder waren geschaafd. Een wang die door grassprieten aan flarden was gesneden. Een tong die nog steeds bloedde. Een rimpelige vrouw met een zakdoek om haar hoofd gebonden was zijn schaafwonden aan het verzorgen terwijl een klein meisje met een ernstig gezicht een handdoek tegen zijn bebaarde kin drukte.

Zodra Ernesto Mary ontwaarde sperde hij zijn ogen open. Toen hij de dollars zag die de andere man vasthield, begonnen zijn ogen te glimmen. 'Gracias,' zei hij. 'Gracias, María.'

'Hoe zeg je "graag gedaan"?' vroeg Mary aan de andere man.

'De nada,' antwoordde hij geamuseerd. 'Dat betekent "het is niets".'

En dat was ook zo, dacht ze. Hij hoefde haar niet te bedanken. Ze had gedaan wat je als mens deed. Iemand te hulp komen die in nood verkeerde. Het was geen beslissing geweest. Het was geen kwestie van kiezen geweest. Ze had alleen maar een angstige man troost geboden door zijn hand vast te houden. 'De nada,' herhaalde ze verlegen.

Ze moest blozen toen ze opkeek en merkte dat de andere man haar stond op te nemen. Hij stak zijn hand uit, niet om haar de hand te schudden, maar om hem vast te pakken en op te tillen en hem stevig en toch teder vast te houden terwijl hij zich voorstelde. 'Ik ben Jesús García.'

'Gee-soes?' zei Mary hem na, waarbij ze de ongewone naam van haar tong duwde.

'Het is Spaans voor Jezus.'

'O.' Ze giechelde en vroeg zich af of ze misschien zou flauwvallen van de hitte in de piepkleine, klam benauwde kamer. 'Ik ben Mary. Mary Gooch.'

Hij was van haar leeftijd, schatte ze. Misschien iets ouder of jonger. Zijn bruine gezicht was diep doorgroefd. Zijn wangen boven zijn bijgeknipte baard waren strak en bol, bijna engelachtig. Zijn fysieke verschijning suggereerde jeugdigheid: een krachtige, rechte rug, de naar binnen gerichte tenen van een sporter. Ze voelde zich duizelig worden onder zijn strakke blik.

Alsof hij haar gedachten kon lezen, of misschien door Mary's wankele bewegingen, trok Jesús García een stoel naar zich toe en hielp hij haar naast Ernesto te gaan zitten. 'Je doet me denken aan iemand die ik vroeger gekend heb,' merkte hij op. 'Die heette ook Mary.'

Mary had zoiets nog nooit te horen gekregen en kon zich geen wereld voorstellen waarin een man als Jesús García een vrouw als zij had gekend.

Hij trok de aandacht van een van de kinderen: '*Agua por la señora.*' Het meisje schudde haar hoofd en maakte met een gebaar duidelijk dat de kraan boven de gootsteen het niet deed. Jesús García sloot even zijn ogen, waarna hij de koelkast opende en er een fles bier uit haalde. Hij trok de dop eraf en stak Mary het flesje toe. Zij vertaalde voor zichzelf: *agua* – water.

Het scherpe geelbruine vocht prikte in haar keel, maar ze dronk door, beschaamd toen ze het flesje van haar lippen haalde en een boer liet.

'Je jurk is verpest,' zei Jesús García naar de bloedvlekken op haar jurk wijzend. 'Bloed krijg je er niet uit.'

Ze knikte en dronk door, maar toen hij zich omdraaide om uit het raam te kijken wierp ze heimelijk een blik op zijn brede rug. De reusachtige schouders en armen – hij moest wel gewichtheffer zijn – gebeeldhouwde billen boven dikke, gespierde dijen. Hij draaide zich om en zag haar staren. Zijn gezicht verried geen oordeel.

Nadat Jesús García de anderen in huis op de hoogte had gesteld van de details van het ongeluk en Mary's onbeduidende heldendaad, keerden ze ieder terug naar hun taak: de mannen naar de barbecue, de vrouwen naar het ophangen van natte was in de rook van de grill; iedereen behalve de kinderen, die niet terugkeerden naar de sproeier maar in de keuken bleven. De oudsten gingen met scherpe messen aan de slag om tomaten voor het avondmaal te snijden, terwijl de anderen maïs uit een zak naast de waterloze kraan gingen pellen.

Een mobiel ging over. Jesús García stak zijn hand in zijn zak, controleerde het nummer en gebaarde naar de groep, die onmiddellijk stilviel. Hij nam op en liep rap Spaans sprekend naar een afgelegen plek in de achtertuin.

Bij het raspende geluid van een hark werd Mary overweldigd door heimwee naar Leaford, waar de zon weliswaar niet elke dag scheen maar waar ze de gebruiken kende en de taal verstond. Het piepkleine, landelijke Leaford waar maar een handjevol nieuwe immigranten was, van wie de meesten ook nog redelijk goed Engels spraken. Ze dacht aan de kleur van Baldoon County. Hoofdzakelijk blank. Met een beetje zwart. Even verderop lag Rusholme, waar de afstammelingen van uit het zuiden van de Verenigde Staten gevluchte slaven woonden – de families Jones, Bishop en Shadd, die de helft van Baldoon County hadden ontgonnen naast de Brody's, de Zimmers en de Flooks – maar hun immigratie dateerde van ruim een eeuw geleden en hun worstelingen waren al bij de eerste steken met het weefsel van het district verstrengeld geraakt. Van recenter datum had je meneer Chung, de eigenaar van het restaurant. De vier Koreaanse gezinnen die het koninkrijk van de Quick Stop bestierden. En een enkele Indiase familie die de twee Tim Hortons coffeeshops in Leaford runden.

Orin en Irma hadden er niet zozeer opvattingen als wel gevoelens op na gehouden over de nieuwe immigranten. Voor de mensen met een bedrijf hadden ze minachting en jaloezie gekoesterd. 'Als ik een winkel had en ik kon vier dollar vragen voor oud brood, zou ik ook rijk zijn,' had Irma over de Koreanen gezegd. 'Ik zag dat die Chinees een zwembad in zijn tuin aanlegt,' had Orin eens opgemerkt. 'Die denkt vast dat-ie gestorven is en in die hemel van hun terecht is gekomen.' En toen hij eens bij een van de Tim Hortons koffie had gedronken, had Orin klaaglijk gezegd: 'Die gozer van Vikram rijdt maar liefst in een Lincoln.'

Voor minder geslaagde immigranten – zoals de alleenstaande moeder verderop in de straat die uit West-Indië kwam, wier tiener-zoon op het slechte pad was geraakt en die boodschappen deed met voedselbonnen en van een werkloosheidsuitkering leefde nadat haar onderneminkje failliet was gegaan – hadden ze alleen maar minachting. 'Die sabbelen aan de overheidstiet,' zei Orin dan. Waarop Irma reageerde met: 'Dat vind ik nogal een weerzinwekkend beeld, Orin.'

Achter Mary's rug droeg een kind een mand ingevette, gekruide maïskolven voor de barbecue naar buiten, net toen een schaal met glanzend gegrild vlees de keuken binnen werd gedragen. De kinderen lachten breed toen de schaal als een verjaardagstaart werd gepresenteerd, waarbij de kleintjes op hun tenen gingen staan om er een glimp van op te vangen. Mary telde de kinderen in de keuken, de oude vrouw, Ernesto, de mannen die ze door het raam in de achtertuin zag staan, de vrouwen die de kamers verderop aan de gang in en uit liepen. De chauffeur van het busje had gelijk gehad, het waren er zo'n twintig. De hoeveelheid vlees op de schaal was weliswaar aanzienlijk, maar nooit voldoende voor zoveel mensen. Hetzelfde gold voor de platte, ronde broden, het tiental maïskolven, en zelfs voor de in kleine blokjes gesneden aardappelen die in de aftandse oven lagen te roosteren.

Mary vreesde paniekerig dat ze uitgenodigd zou worden te blijven eten. Ze kon zich al niet voorstellen dat ze in gezelschap van deze onbekenden eten zou zitten kauwen en doorslikken, laat staan dat ze erover piekerde hun toch al magere porties nog kleiner te maken. Ze bad dat Jesús zijn telefoongesprek zou beëindigen en dat de oom met de truck snel zou verschijnen. Ze richtte haar aandacht op een verzameling foto's die met magneetjes op de deur van de oude Frigidaire zaten geplakt. De meeste waren kiekjes van een gezin – het gezin van Jesús García. Een mollige, knappe vrouw met amandelvormige ogen en donker, golvend haar. Twee zoontjes met net zo'n piekerige, zwarte haardos en net zulke smeltend bruine ogen als hun vader. Mary was heimelijk blij geweest dat ze enig kind was. Ze wist zeker dat haar zus anders dun was geweest.

De voordeur ging open en een bejaarde man kwam met een sleutelbos de keuken in strompelen. Hij was ouder dan Ernesto, uitgedroogd door de zon. Hij staarde Mary strak aan en uit zijn blik sprak duidelijk wat hij dacht: die hoort hier niet. Zijn frons werd nog dieper toen hij zich omdraaide en de gewonde Ernesto ineen zag krimpen van een pijnscheut door het ontsmettende middel op de lap die de oude vrouw in haar hand had. Brommerig pratend tegen de mannen die de maïskolven op de barbecue aan het keren waren, hing hij de sleutels aan een haak naast de deur. Hij sprak weliswaar Spaans, maar Mary kon het voor zichzelf vertalen: wat is er met Ernesto gebeurd? Wie is die dikke blanke vrouw?

De maaltijd werd op tafel gezet en een van de vrouwen bood Mary met een uitnodigende glimlach een bord aan. '*Buen provecho*,' zei ze. '*Metele mano.*'

'*Bwen proveitsjo*,' zei Mary haar na.

Een van de jongens die vlak bij haar stond vertaalde voor haar. 'Eet maar. Ze zegt dat u moet eten. Smakelijk eten.'

Mary wilde niet onbeleefd zijn maar kon alleen haar hoofd schudden en vergeefs uitleggen dat ze nog veel te geschokt was van het ongeluk. De menigte kwam gretig maar beslist niet wanordelijk naar de keuken drommen. De kinderen schepten als eersten op en kozen de kleinere stukken vlees die aan de ene kant van de schaal waren geschoven, halve maïskolven, en drie olijven uit een kom. Daarop schepten de volwassenen op, naargelang van hun rang en eetlust. Alom gepraat. Mensen die staand of leunend stonden te eten. Borden die onder de kin werden gehouden. Vochtige, hongerige monden die rond een vork open en dicht gingen. Tanden die gele maïskorrels ontwortelden, dobbelsteentjes aardappel vermorzelden. Mary kon het eten niet ruiken maar ze voelde de pijn die het leed. Ze wist steeds stelliger dat ze zou gaan kokhalzen als ze nog langer aan de aanblik van de maaltijd zou worden blootgesteld.

'Kom mee,' zei Jesús en hij pakte de sleutels van de haak. 'Ik breng je naar huis.'

Vallende sterren

Opgesloten in de smerige truck te midden van andere voertuigen op weg naar de snelweg stelde Mary zich voor hoe Wendy de anderen zou e-mailen: *Mary Gooch is in Californië bij een griezel van een Mexicaan in de auto gestapt en die heeft haar de keel afgesneden. Stom van haar, hè?*

Ze wierp een heimelijke blik op het profiel van de onbekende. De manier waarop de rest van de bewoners naar hem had gekeken was haar niet ontgaan: hij was niet groot maar hij torende boven hen uit dankzij zijn onverzettelijke kin en zijn ondoordringbare blik. Zijn pathos en ernst. De mollige vrouw van de foto's op de koelkast had ze niet bij de anderen in de kamer gezien. Zijn vrouw. Ze had geen idee wie van de kinderen van hem waren.

De nacht was snel gevallen doordat de oprijzende bergen de zon hadden weggekaapt. De sterren die gaten prikten in de fluwelen nacht deden haar denken aan een kinderrijmpje dat Irma haar had bijgebracht: *Lichte ster, heldere ster, eerste ster die ik vanavond zie staan, ik wou dat de wens die ik vanavond wens in vervulling zal gaan.*

Jesús García schraapte zijn keel. 'Dankjewel.'

'Ik heb niks gedaan.'

'Ernesto vroeg of je meeging. Dat heb je gedaan. Daar is hij je dankbaar voor.'

'Hij dacht dat ik een engel was.'

Jesús was met zijn aandacht bij de weg en zweeg. Hij vloekte niet, zoals Gooch had gedaan, toen een blauwe BMW hem sneed. Hij trok niet op om de chauffeur een woedende blik toe te werpen, zoals Orin vaak had gedaan. Ze volgde zijn blik naar de sterren.

Ze voelde zijn warmte, zoals ze Gooch naast zich had gevoeld in de auto, op de bank, in bed – een standvastige bron van warmte. Plotseling was er vuur tegen de nachtelijke hemel, een explosieve kosmische staart die een streep langs de zwarte horizon trok. Schitterend. Een vallende ster. Van korte duur, als een bliksemflits. Als een mensenleven. Goddelijke goochelarij. *Hoe deed Ze dat toch?*

'Zag je dat?' vroeg Mary wijzend, in de hoop dat het een teken was.

Jesús knikte, duidelijk niet onder de indruk.

'Ik heb nog nooit een vallende ster gezien,' fluisterde ze.

'Echt niet?'

'Mag ik nu niet een wens doen? Doe jij geen wens als je een vallende ster ziet?'

Jesús García wierp haar met één oog toegeknepen een zijdelingse blik toe, alsof het hem aan het hart ging om het haar te moeten vertellen: 'Het zijn niet echt vallende sterren.'

'O?'

'Het zijn brokken van meteoren die door de druk van de atmosfeer verbranden. Daar is niets wonderbaarlijks aan.'

'Het ziet er anders wel wonderbaarlijk uit.'

'Sommige van de sterren die we nu zien zijn allang dood.'

'Dat klinkt wonderbaarlijk. Ik geloof dat ik dat wel wist. En ik ga toch een wens doen.' Ze kneep haar ogen toe en wenste dat Gooch snel terug zou komen. Ze deed haar ogen weer open en vergaapte zich aan de hemel. 'Zelfs op de allerhelderste nachten zien de sterren er thuis niet zo uit als hier.'

'En waar is thuis?'

Ze vertelde de details van haar situatie eigenlijk liever niet aan deze onbekende, maar ze wilde niet wantrouwig overkomen. In de hoop dat hun beider ontheemdheid een band zou smeden zei ze: 'Ik ben Canadese.'

'Canada,' herhaalde hij met een goedkeurende knik.

'Alleen een kwestie van een andere grens.'

Hij wierp haar een niet-begrijpende blik toe.

'Mexico, Canada,' legde ze uit.

'Ik ben Amerikaan,' zei hij gepikeerd.

'O.' Ze had het gevoel dat ze haar excuses moest aanbieden maar wist niet wat ze precies voor beledigends had gezegd.

'Geboren en getogen in Detroit.'

'Detroit! Dat is maar een uur bij Leaford vandaan. Vlak over de grens. Daar kom ik vandaan.'

'Mijn ouders hadden een restaurant in Mexican Village,' zei hij hoopvol. 'Casa García?'

Mary schudde haar hoofd. 'Ik ben nog nooit in Detroit geweest.' Hij keek verrast. Of teleurgesteld. 'Mijn man ging vroeger altijd naar de autobeurs,' voegde ze eraan toe.

Mijn man. Mijn man. *Mijn man.* Hoe vaak had Mary Gooch dat de afgelopen vijfentwintig jaar gezegd? 'Mijn man maakt het goed.' 'Mijn man heeft zijn rundvlees het liefst kort gebakken.' 'Mijn man en ik hebben een lopende rekening.' Ze opende een heleboel zinnen ook met 'Gooch zegt' of 'Gooch denkt'. Naar wie zou ze moeten verwijzen als Gooch haar man niet meer was?

Jesús García gaf aan dat hij ging voorsorteren. 'Wacht je man in het hotel op je?'

'Ik ben eigenlijk op dit moment niet echt met mijn man samen hier nu,' zei Mary, en ze besefte dat ze behoorlijk geschift klonk. Ze slaakte een zucht. 'Een wens doen op een brok meteoor klinkt toch anders, hè? Is de hemel hier 's nachts altijd zo helder?'

Hij wees naar de einder. 'Ken je de sterrenbeelden? Die streep licht daar? Dat is de Melkweg. Zie je de Grote Beer?'

'Die ken ik.' Ze keek hoe zijn dikke vingers de soeplepel aan de hemel natrokken.

'Draco, de draak. Dat is het patroon daar tussen de Kleine en de Grote Beer.'

Ze zag de draak niet maar knikte wel. 'Rij nou maar gewoon, Geesoes.'

Hij lachte en sloeg vervolgens een bedachtzamer toon aan. 'De beste plek om naar de sterren te kijken is bij de oceaan.'

'Ik heb de oceaan nog nooit gezien.'

'Die moet je zien.'

'Dat zeggen ze altijd.'

Hij draaide zich om en zond haar een stralende glimlach toe, de eerste die ze tot nu toe had gezien.

'Ik heb die sterrenbeelden vast met natuurkunde gehad,' zei ze. 'Ik zal echt wel hebben geleerd dat vallende sterren geen sterren zijn. Volgens mij sla ik alleen informatie op die ik nodig heb. En ik heb dat soort informatie nooit nodig. Herinner jij je al die dingen over de sterren van wat je op school hebt geleerd?'

'Uit de bibliotheek. Daar heb ik vaak gezeten toen... toen ik geen werk had.'

'En dan zat je de sterrenbeelden te bestuderen?'

'Ik liep langs de kasten en haalde er in het wilde weg boeken uit.'

'Dat is natuurlijk net zoiets als wat jonge mensen tegenwoordig doen als ze zitten te googelen, of hoe dat ook heet.'

'Ik ben niet zo'n computermannetje.'

'Jij bent meer een "in het wilde weg boeken"-mannetje.'

'Het lag niet alleen aan de boeken. Ik hield van die plek. Van de bibliotheek. Dat stoffige. Die stilte.'

Als om zijn voorkeuren te bewijzen verviel de man opnieuw in zwijgzaamheid. Mary keek naar de nachthemel, in de hoop nog een brok meteoor in de atmosfeer te zien opvlammen. 'Ik zit vlak bij de snelweg. De Pleasant Inn,' merkte ze op.

Aangemoedigd door de vallende ster, of misschien dankzij de roes van het flesje bier dat ze soldaat had gemaakt, vroeg ze: 'Waarom deed je net of je geen Engels sprak?'

Hij haalde zijn schouders op. 'Dat is soms het makkelijkst.'

Heather had hetzelfde gezegd. *Het is makkelijker om iemand anders te zijn.*

Toen ze halt hielden bij de kruising viel Mary's blik op het stoffige terrein, de plaats van de misdaad, waar ze Jesús García voor het eerst de weg had zien afspeuren. Ze voelde zich betrapt toen hij haar blik volgde naar de elektriciteitsmast. Ze zei: 'Het is vast afschuwelijk om dagloner te zijn,' en ze zag kans het tegelijkertijd meelevend en neerbuigend te laten klinken.

'Ik werk bij het winkelcentrum verderop,' zei hij. 'Mijn oom…

De oude man met de slechte heup, weet je wel? Die pikt op de weg terug uit de vallei Ernesto en mij hier op, als hij in de gelegenheid is.'

'En als hij niet in de gelegenheid is?'

'Dan nemen we de bus.'

Aan zijn uitrusting was duidelijk te zien dat hij niet bij de bank werkte. Hij ging niet nader in op het soort werk dat hij deed, en Mary voelde zich niet geroepen ernaar te vragen. Maar ze was wel nieuwsgierig. De drugstore. Het reisbureau. Ze had een uithangbord van een schoenenwinkel gezien. De vestiging van de restaurantketen.

Nadat hij Mary de truck uit had geholpen en met haar mee was gelopen de hotellobby in, pakte Jesús García haar hand. 'Dankjewel, Mary. *Gracias.*'

'Graag gedaan, Gee-soes.' Onder zijn snor verscheen een glimlach, en ze hoopte dat hij haar nog eens die stralende grijns zou toewerpen. 'Zeg ik het verkeerd? *Gee-soes?*'

'Je zegt het prima.'

Mary volgde hem met haar ogen door de dubbele deuren van het hotel naar buiten, naar zijn wachtende truck. De receptioniste achter de balie, die Mary herkende als het meisje van de avond ervoor, riep: 'Mevrouw Gooch?'

'Ja?'

De receptioniste zag de vlekken op Mary's pakje. 'Is dat bloed?'

'Er is een ongeluk gebeurd,' legde ze uit. 'Het is een lange dag geweest.'

Het meisje glimlachte. 'Ik heb uw tas.'

Bloed krijg je er niet uit

Mary's vreugdevolle hereniging met haar tas was onmiddellijk bedorven zodra de receptioniste vertelde wat de politie tegen haar had gezegd. De tas was in de bosjes in de buurt van het terrein bij de kruising teruggevonden door een snuffelende hond. De opgetrokken wenkbrauw van het meisje beduidde dat zij de Mexicaanse dagloners verantwoordelijk hield, wat Mary heel onrechtvaardig vond. Er zaten nog wat persoonlijke spullen in de tas, maar geen portemonnee. Geen telefoon. Geen paspoort. De sheriff koesterde weinig hoop dat haar identiteitsbewijs nog zou worden teruggebracht. 'De manager heeft gezegd dat we een afdruk van uw creditcard nodig hebben als u na morgennacht nog wilt blijven.'

Bij haar kamer kwam ze tot de ontdekking dat ze onbedoeld het bordje NIET STOREN aan de deurknop had laten hangen. Binnen trof ze alles aan zoals het was geweest. Het opgemaakte bed. De mueslirepen op tafel. Het water. De zonnebrandcrème. Ze schopte haar krappe schoenen uit en installeerde zich op de sprei om haar tas open te maken, kwaad omdat de tas zonder haar portemonnee boven water was gekomen.

Haar oog viel op haar reflectie in de spiegel boven de commode. Zonder anker, ongeïdentificeerd, niet te identificeren. Zaten er maar twintig mensen net als zij in deze kamer bijeen gestouwd, uit dezelfde wereld, in dezelfde precaire situatie, net zo onzeker over wat hun nu te doen stond. Geen gezelschap om haar ellende mee te delen, maar een groep broeders en zusters, net als die Mexicaanse immigranten. Een stam. Ze begreep dat ze een stam nodig had, en hoe dwaas ze was geweest om Gooch tot haar hele bestaan te verheffen.

Jesús García had een stam. Hij was koning van de stam in dat kleurige huis dat bewaakt werd door de honderden schoenen bij de deur. Ze dacht terug aan de foto's van zijn gezin op de koelkast, de mooie vrouw met de amandelvormige ogen en de knappe, donkerharige jongens. Misschien deed hij geen wensen op vallende sterren omdat hij al alles had wat hij ooit had gewild. Ze moest denken aan zijn gezicht toen hij de Melkweg aanwees. Hij zei dat er niets wonderbaarlijks aan de sterren was, en toch leek hij in hun ban.

Nadat ze het nummer van nummerinformatie had opgezocht en was doorverbonden met een Canadese telefoniste vroeg Mary het telefoonnummer aan van BISTRO 555. Een plan. Een twijfelachtig plan, maar het enige dat ze had. Ze zou de hachelijke situatie aan Heather uitleggen en vragen of zij haar een bescheiden som kon overmaken, die ze onmiddellijk zou terugbetalen als de situatie aantrok.

Mary wachtte ademloos, en ze herkende meteen de stem aan het andere eind van de lijn. 'Hallo,' zei ze. 'Ik bel voor He… Mary Brody. Kan ik Mary Brody spreken?'

'Wie kan ik zeggen dat er belt?'

'Haar schoon… vriendin. Een oude vriendin van haar. Ik ben deze week bij jullie langs geweest. Jij bent de acteur, hè?'

'Inderdaad. Ik kan me je herinneren.' De dikke vrouw die op zoek was naar een lange man. 'Blijf even hangen.'

De telefoon kletterde op de geschuurde nikkelen toog ruim vierduizend kilometer verderop. De achtergrondruis was oorverdovend. Onder het wachten controleerde Mary haar toilettas die zo te zien niet was geopend. Ze was blij dat ze haar haarborstel aantrof, aangezien het hotel alleen een kam had gefourneerd. Wie stal er nou haar blauwe reserveschortpak? Na een hele tijd kwam de acteur/barkeeper weer aan de lijn. 'Volgens iemand is ze de stad uit.'

Mary bedankte hem voor zijn hulp en gaf hem Edens nummer, dat Mary Brody bij terugkeer meteen moest bellen.

Waar had ze het visitekaartje waarop Emery Carr dat telefoonnummer had geschreven? Ze keek de kamer rond. De kamermeisjes waren niet binnen geweest om schoon te maken, dus het kaartje kon niet zijn weggegooid. Ze stond op en speurde de tafelbladen af. Controleerde de prullenmanden. Ze stelde zichzelf voor zoals ze naast de sportieve Mazda van Emery Carr had gestaan. Hij had haar het kaartje aangegeven en... en zij had het in de zak van haar paisley ensemble gestoken! Yes!

Die ze de avond tevoren had gewassen. Met een angstig voorgevoel stak ze haar hand in de zak van de ruime rok en voelde het slappe rechthoekje. Het zwarte schrift was doorgelopen. Onleesbaar. En Emery Carr was met zijn vriend in Sonoma wijn aan het proeven.

Ze kon Wendy bellen, bedacht ze, toen het tot haar doordrong dat ze wanhopig was. Of Pete. Ze kon Pete op zijn werk bellen. Hem vragen geld over te maken. Of Joyce. Ze had gepostdateerde cheques in St. John's achtergelaten – misschien kon ze via die cheques aan haar geld komen.

Het was halfnegen, maar vanwege het tijdverschil van drie uur was het inmiddels na sluitingstijd en te laat om haar oude vriendenclub te bellen, die ze toch al nooit als haar vrienden maar als die van Gooch had beschouwd. Tegen de stevige tafel geleund ontdeed ze een mueslireep van zijn verpakking. Voordat ze een hap kon nemen, viel haar oog op het opgedroogde bloed op haar arm en ze boog het moede hoofd om de roestige bloedspatten, die zich al in de fragiele stof hadden vastgezet, eens goed te bekijken.

Ze knoopte de blouse los, stapte uit de rok, rolde de prachtige kleren tot een bal en mikte ze in de prullenmand. *Bloed krijg je er niet uit.* Opnieuw had ze niets om aan te trekken. Toen schoot haar het andere blauwe schortpak te binnen dat in de plastic zak uit de schoonheidssalon had gezeten.

Terwijl er koel water in de ondiepe wasbak kletterde, doorzocht Mary de diepe steekzakken en tot haar opluchting trof ze daar een ander visitekaartje aan. Grote Avi. Miracle Limousine. Nog nooit had ze zo in wonderen geloofd. Ze stak haar hand in de andere zak waar ze een klein, dun boekje aantrof waarvan ze meteen wist dat het haar paspoort was. Het schoot haar te binnen dat ze het in haar zak had gestoken toen de limousinechauffeur op het vliegveld van

Los Angeles langs het trottoir was gestopt. Haar paspoort.

Die afgrijselijke pasfoto. Mary Gooch. Canadees staatsburger. Geboren op 1 maart 1964. Terwijl ze naar haar foto staarde, dat bewijs van haar identiteit, destilleerde ze de dag in gewone en ongewone drama's, de kleine en grote zegeningen. Ze kon vreugde toevoegen aan haar repertoire van nieuw verworven emoties, en ze dacht: ik ben genezen. Ze was niet langer het slachtoffer van ongrijpbare malaise. Haar gevoelens waren niet ongrijpbaar. Ze had elke glorieuze sensatie kunnen benoemen – hoop, uitgelatenheid, paniek, droefheid, angst – en een kaart kunnen schetsen van al hun afgeleiden. Dit was ook iets wat gebeurde als mensen hun uitgesleten spoor verlieten, dacht ze. Ineens zaten ze in een achtbaan en raakten ze verslingerd aan het ritje.

Het was nauwelijks negen uur in Californië. Die late eters in Toronto waren nog maar net bijna uitgegeten. Eten! Ze had alweer vergeten te eten. Of nagelaten te eten. Of ze was te misselijk geweest om te eten. Ze keek om zich heen op zoek naar de mueslireep maar liet zich afleiden door de taak om haar blauwe schortpak te wassen. Het paspoort. Ze had niemand aan wie ze het nieuwtje kon vertellen, dus bedankte ze maar God, de voorzienigheid, het lot en Grote Avi.

Nadat ze haar kleren stevig had geboend, wrong ze ze uit en perste ze met de hotelstrijkbout op de hoogste stand, waarna ze de vochtige kledingstukken bij het raam over rugleuningen drapeerde. Terug in de badkamer stapte ze onder de pulserende warmwaterstraal van de douche. Omhoog. Omlaag. Vooroverleunen voor de ronding. Ze voelde dat ze leefde.

Het paspoort. Verloren en teruggevonden. Net als de zoon van Heather. Een wonder. Alles wat er was gebeurd omdat zij haar paspoort kwijt was geweest. Anders was ze niet teruggegaan naar de bank. Ze had de schoonmaaksters niet om een lift gevraagd. Had de witte bestelauto Ernesto dan aangereden? Wie had zijn hand dan vastgehouden? En dan alle dingen die konden gebeuren nu ze hem had teruggevonden. Ze kon haar saldo opvragen. Aan haar geld komen. Ze kon in het hotel blijven zitten om op Gooch te wachten. Dat kon maar een paar dagen duren. Misschien een week. Op zijn hoogst twee.

Nadat ze haar haren had drooggedept en geföhnd, stapte Mary in bed, maar ze kon niet slapen. Haar hand vloog naar de afstandsbediening van de televisie maar aarzelde. Die roman. Ze had hem op de bovenste plank verborgen voordat de taxi haar voor de rest van de dag had weggevoerd. Maar ze had geen droge kleren om naar de lobby aan te trekken. Ze pakte de telefoon en belde de receptie. 'Het spijt me dat ik u stoor,' begon ze, 'maar ik heb in de lobby een boek zitten lezen. Ik heb het daar laten liggen, nou ja, ik heb het eerlijk gezegd verstopt achter de reisboeken op de bovenste plank. Is er misschien iemand die het me even kan brengen?'

'Het komt eraan, mevrouw Gooch,' antwoordde de vrouw, al had Mary haar naam niet genoemd.

Het komt eraan, mevrouw Gooch. Dus het was echt waar. Vraagt en gij zult ontvangen. Mary had nooit veel gevraagd, vooral niet van zichzelf.

Na een paar minuten klonk er een verlegen klopje, en ze pakte het boek aan door de smalle kier waarnaar ze de deur had opengetrokken. 'Wacht even,' riep ze, bang dat ze hotemetoterig klonk. Ze zocht het rolletje dollars op en haalde er een Amerikaans vijfje van af voor de gedrongen bruine jongen voor de deur. '*Gracias*,' zei hij enthousiast.

'*De nada*,' antwoordde ze, beseffend dat ze een te grote fooi had gegeven.

Snakkend naar het verhaal rukte Mary het boek open zoals ze eens de doos met afhaaleten van Chung had opengescheurd. Ze zette zich aan het lezen van de familiesage, een fictieve achtbaan die daarom niet minder meeslepend was; in de volgende hoofdstukken bleek de beschuldigde hoofdpersoon onschuldig te zijn; vond de tienerzoon, na op een haar na aan een tragische dood te zijn ontsnapt, verlossing in de hulp die hij verleende bij de zelfmoord van zijn terminaal zieke tante en bleek de schuinsmarcherende vader in een laatste wraakactie van de schrijver impotent te zijn. Naarmate er minder bladzijden overbleven ging ze langzamer lezen. Ze wilde niet dat het boek uit zou zijn.

De sterren werden omkaderd door het grote raam achter het bed. Ze legde het boek weg en ging op een stapel kussens de kosmos in zitten staren, met haar gedachten bij de manier waarop Jesús García had gekeken toen hij voor het eerst haar gezicht zag, een tedere herinnering, en zijn commentaar, dat een verklaring was geweest voor zijn strakke blik: *Je doet me denken aan iemand die ik gekend heb. Die heette ook Mary.* Voor het eerst sinds zij zich kon herinneren waren haar laatste gedachten voor het slapengaan niet bij Jimmy Gooch.

Een voldongen feit

's Ochtends kon Mary zich niets herinneren van haar dromen. Ze wist nog wel dat ze midden in de nacht was gewekt door een klaaglijk geluid en dat ze door het duister naar het raam was gestrompeld omdat ze aan meneer Barkley de kat moest denken. Ze kon de verduisterde helling niet zien maar besefte dat het geluid afkomstig was van coyotes die in het dichte struikgewas huilden. In een telefoongesprek lang geleden had Eden het over coyotes gehad, nadat het hoofd van een buurman die in zijn bubbelbad had liggen sudderen voor een harig prooidier was aangezien en de man verrast was door een paar coyotekaken die zich om zijn schedel hadden geklemd. Maar dat kon niet waar zijn. Mary bedacht dat ze de dingen die Eden zei niet kon vertrouwen. Zeker niet wat Gooch aanging. Iedere moeder zou liegen om haar zoon te beschermen.

Terwijl ze haar onder de blaren zittende voeten in Edens instappers propte, moest ze denken aan de honderden schoenen bij de voordeur van Jesús García's huis. Het geruite hemd. Het ongeluk. De doorgebeten tong en de blauwe plekken op de geelbruine huid van de oude man. Het vlees op de schaal. De vriendelijke glimlach van de vrouw die aanmoedigend had gezegd: 'Buen provecho.' Afwezig raakte ze haar rechterhandpalm aan en ze moest denken aan Jesús García die haar hand vastgreep.

Ze wilde zo snel mogelijk naar de bank, maar die ging voorlopig nog niet open. Mary wist dat Eden wel al op zou zijn, als ze al ooit een oog dichtdeed. Ze keek rond in de keurig opgeruimde hotelkamer en dacht aan de dag tevoren toen ze met angst en vreze een lange, eenzame nacht had voorzien. In plaats daarvan was ze over een totaal ander pad geleid, met achter het stuur een raadselachtige onbekende.

Ze trok haar geperste blauwe schortpak aan, legde op het bed een biljet van vijf dollar voor de kamermeisjes neer en ging op pad naar de lobby. Daar verzocht ze de mannelijke receptionist, die ze nog niet eerder had gezien, of hij zo vriendelijk wilde zijn voor haar het taxibedrijf te bellen. Voordat hij kon reageren zei ze: 'Ik weet dat het wel even kan duren. Ik ga daar zitten lezen.'

'De man van de taxi zit daar,' zei de jongeman naar het restaurant van het hotel verderop aan de gang wijzend. 'Het is een grote, dikke kerel met een toupet.' Plotseling liep hij rood aan, toen hij besefte wat een flater hij had geslagen.

In het restaurant zag ze de dikke taxichauffeur in zijn krant verdiept aan een tafel bij het raam zitten. 'Neem me niet kwalijk,' begon ze, naar een auto op het parkeerterrein wijzend. 'Is dat uw taxi?'

Met een vriendelijke glimlach legde de man zijn krant neer. 'Waar wilt u heen?'

Mary onderdrukte de aanvechting om zijn haar goed te doen, en antwoordde: 'Willow Drive.' In tegenstelling tot de chauffeur met wie ze de dag ervoor was meegereden, bleek deze man vriendelijk en spraakzaam toen ze in de auto stapten. 'U boft dat ik nog niet besteld had,' zei hij. 'Ze zetten hier een goed ontbijt op tafel. En u zou hun lunchbuffet ook heel lekker vinden.'

Van een afstand telde ze zo'n tiental dagloners die bij de elektriciteitspaal stonden te wachten. Ze tuurde en tuurde naarmate de taxi dichterbij kwam, maar ze vond het gezicht van Ernesto niet. Jesús García had gezegd dat hij bij het winkelcentrum werkte, maar toch was Mary teleurgesteld toen ze hem niet bij de hongerige mannen op het stoffige terrein zag staan.

Tussen de verschoten blauwe broekspijpen van de mannen ving ze een glimp kleur op – een tuil roze rozen in een priklimonadevaas. En nog een boeket bloemen dat er vlakbij op de grond lag verspreid. Ze stelde zich voor dat een van de dagloners de bloemen had meegenomen om hun omgeving op te fleuren. Of misschien hadden jonge geliefden hier de avond tevoren een afspraakje gehad. 'Mexicanen,' mopperde de chauffeur zachtjes toen ze hen passeerden.

De taxi voegde zich in het gedrang op de hoofdweg richting Willow Highlands, en intussen beweerde de chauffeur dat hij elke steeg en zijstraat van Camarillo tot Pasadena kende en liet hij haar ruimhartig delen in zijn grootste geheimen over de beste routes naar plekken waar ze nooit heen zou gaan, op diverse tijdstippen van de dag en bepaalde dagen van de week. 'Maar als je Los Angeles in wilt, moet je voor zessen op pad zijn, anders wordt het je dood op de 405.'

'24,' zei Mary wijzend.

'U bedoelt de 23, als je die neemt kom je in Simi Valley.'

'24,' zei ze nog eens. 'Daar. Dat huis. Alstublieft.' Ze zag de Prius op de oprit staan, maar verder geen voertuig. Gooch was er niet. Nog niet.

Terwijl ze het gebarsten pad naar het witte huisje op liep kon ze de kilte die ze voelde niet in overeenstemming brengen met het verblindende zonlicht. Een geur. Vertrouwd. Elektriciteit maar niet van onweer – het onweer was voorbij. Iets branderigs. De haren in Irma's krultang. Popcorn in de magnetron. Een voldongen feit.

Ze klopte één keer en voelde een aanwezigheid. Eden deed de deur open met haar half opgeheven, volledig ingevallen gezicht en wijd opgesperde, geschrokken ogen. Die radeloze blik van het hert in de koplampen had ze in Irma's ogen gezien. Verlamde verwarring – die kende ze maar al te goed. Daar kwam die kilte vandaan.

'Ik heb thee gezet,' zei Eden en ze liep terug naar de keuken. Mary trok de deur achter zich dicht en volgde haar. Jack. Waar was Jack? Nu zag ze het duidelijk. Jack was dood en Eden was verbijsterd. Dat was die blik. Zelfs een dood die verwacht werd, een dood die een zegen was, bleef schokkend. Zo ben je er nog, zo ben je dood. Jack aanwezig, Jack weggerukt.

'Je hebt je tas gevonden,' zei Eden toen ze de keuken hadden bereikt.

Mary knikte, met een blik voorbij haar de kamer in waar de zieke sliep. Het bed was leeg. Ze deed een stap naar voren om naar de gemotoriseerde rolstoel te kijken. Die stond niet in de kamer. 'Eden? Waar is Jack?'

'Hij was er niet, godzijdank.'

'Waar is hij dan?'

'Het is dinsdag. Of is het donderdag?' Mary wist het niet zeker maar dacht dat het woensdag was. 'De kerkgroep neemt om de dag een stel zieken mee naar het park. Ik kan nooit onthouden welke om-de-dagen dat zijn.' Ze hing tegen het aanrecht. 'Ik heb thee gezet.'

'Dat klinkt goed.'

'Ze drinken hier allemaal ijsthee. Daar kan ik maar niet aan wennen. Ik hou van warme thee. Met twee klontjes. Wil jij een klontje?'

Mary nam er meestal vier, en een scheut room in plaats van melk. 'Ik hoef er niks in.'

'Het geld en zo was zeker allemaal verdwenen.'

'Mijn portemonnee is weg,' zei Mary terwijl ze slokjes thee nam, 'maar ik heb mijn paspoort teruggevonden.'

Eden knikte maar had het niet verstaan. 'Je hebt zeker niets van Jimmy gehoord, hè?' De toon waarop haar schoonmoeder het vroeg wees erop dat ze open kaart speelde over Gooch.

'Hij kan geen contact met me opnemen, Eden. Hij weet toch niet waar ik ben?'

Edens aandacht werd ineens door iets getrokken en ogenblikkelijk vloog ze door de schuifdeuren naar de patio langs het troebele zwembad met een bezem in haar hand om een ineengedoken struik ervan langs te geven. 'Wegwezen, jij,' krijste ze. 'Wegwezen.'

Dit was de moeder die Gooch die eerste avond onder het ernstige maanlicht aan Mary had beschreven. De moeder die scènes schopte. De moeder die de kleren van haar man in het Rideau-kanaal had gegooid. Ze vroeg zich even af of Eden weer was gaan drinken.

Mary liep achter haar aan naar buiten maar zag geen beest vanonder de struik wegschieten terwijl haar schoonmoeder er zo erg op los sloeg dat er takken afbraken en bladeren in het rond vlogen. 'Eden? Eden?' De rondzwaaiende bezem ontwijkend stapte Mary naderbij. Ze riep: 'Dat beest is verdwenen. Hij rende die kant op.'

Eden zette de bezem weg. 'Was het een rat?'

'Goeie god, nee zeg. Hebben jullie ratten?'

'Natuurlijk hebben we ratten. Iedereen heeft ratten. En wij misbruiken Gods naam niet. Jack zou diep geschokt zijn als hij dat had gehoord.'

'Godzijdank dat Jack er niet was, zei je. Waarom?' vroeg Mary.

'Vanwege dat telefoontje,' zuchtte Eden, terwijl ze de tuin op knaagdieren afspeurde.

'Dat telefoontje?'

'Ze hebben Heather gevonden.'

Mary vond de verwarring van de arme vrouw meelijwekkend, maar raakte vervolgens in paniek. 'Je bedoelt toch niet dat ze Gooch hebben gevonden? Eden? Wie heeft er gebeld?'

'De politie.' Mary's hart ging als een razende tekeer. 'Ze hadden Heather in een motelkamer in Niagara Falls gevonden.'

'Heather?'

'Ze zeiden dat ze onopzettelijk een overdosis had genomen.'

'Heather?'

'Ik moest bijna lachen toen ze zeiden dat er geen vermoeden bestond dat er misdaad in het spel was. Het is een en al misdaad. Dat hele verspilde leven van haar.'

'Een overdosis?' herhaalde Mary, er vast van overtuigd dat Eden zich vergiste. Ze had Heather net gezien, met haar knappe gezicht, haar grote zilveren medaillon, haar nicotinekauwgum en haar pasgevonden zoon. 'Wanneer? Wanneer is dat gebeurd?'

'Gisteren.'

'Maar ik heb haar pas gezien. In Toronto. Ze was heel anders geworden, Eden. Ze was veranderd. Dat zei ik nog tegen je.'

'Ik verwacht dat telefoontje al sinds ze een tiener was, Mary. Mensen veranderen niet.'

Mensen veranderden wel. Hele landen konden veranderen. Ze waren allemaal niets meer of minder dan de som van hun gewoonten. 'Ze was echt veranderd.'

'Ze zeiden dat ze een schuilnaam gebruikte,' merkte Eden onbewogen op. 'Mary Brody.'

Mary kon bijna geen adem krijgen. Heather Gooch was op haar negenenveertigste gestorven. In een motelkamer in Niagara Falls. Een onopzettelijke overdosis? Nee, dacht Mary, een weloverwogen risico. Gestorven aan een weloverwogen risico. Dat ze eraan gestorven was, was onopzettelijk geweest, maar ze had geweten wat voor risico ze nam. Misschien had ze tegen zichzelf gezegd: nog één laatste keer, toen ze die smerige tocht ondernam, op een dwaalspoor gebracht door bepaalde oude vrienden, de verleidelijke lokroep van een ongewone gemoedstoestand. Mary, die zich een groot deel van haar leven in verleiding had laten brengen door de Kenmore, begreep het maar al te goed.

Misdaad. Een verspild leven. En hoe dan? Op de wc? Alleen? Of was er misschien iemand bij geweest om haar hand vast te houden? Haar om vergiffenis te horen smeken? Een afscheid te fluisteren? Heather. Ach, schoonheid. Een voldongen feit. De regel van drie. De driehoek was compleet. Maar Jack zou binnenkort een nieuwe driehoek beginnen, de angst voor de tweede en het piekeren over de derde op gang brengen. *Het maakt niet uit of je je drama's nu in groepjes van drie of van dertig zet, Mare.* Misschien had Gooch daar ook wel gelijk in gehad.

'Wanneer is de begrafenis?'

Eden schudde haar hoofd. 'Ze had een testament. Het is toch niet te geloven dat iemand die zo roekeloos en onverantwoordelijk was als Heather toch de moeite neemt om een testament op te stellen? Ze wilde worden gecremeerd. Geen begrafenis. Ze heeft alles aan Jimmy nagelaten. Niet dat ze iets anders dan schulden zal hebben gehad. Jimmy zal wel bedenken wat er met haar as moet gebeuren zodra hij terug is. Ik heb geen flauw idee.'

'Gooch weet vast wat er moet gebeuren,' stemde Mary in, ontroerd omdat Eden kennelijk zo zeker wist dat hij terug zou komen.

'Moge de Heer haar ziel genadig zijn,' fluisterde Eden met een blik naar de hemel.

'Amen,' zei Mary tot haar eigen verbazing.

Eden haalde diep adem en liet haar blik over het groene zwembad gaan. 'Bij ons vorige huis hadden we zo'n langgerekt zwembad om baantjes te trekken. Ik zwom er elke dag honderd.'

'Honderd baantjes?' Honderd eiken. Honderd schoenen. Honderd Heathers.

'Ik was in een uitstekende conditie voor mijn leeftijd.' Eden was uitgepraat over de vroegtijdige dood van haar dochter. Geen bekentenissen over wroeging of spijt. Geen bedroefde jammerklachten. Geen hete tranen in haar ogen.

Toen ze in het huis waren teruggekeerd, zag Mary hoe rommelig het er was, en ze vroeg: 'Heeft je hulp zich alweer ziek gemeld?'

'Deze keer is het haar zoon. Ze heeft vier kinderen en er is er altijd wel eentje ziek. Ze is al het derde dienstmeisje sinds we hierheen zijn verhuisd.'

'Hoe laat is de gebedskring?' vroeg Mary.

'Om halfdrie.'

'Wil je dan niet even gaan liggen?'

'Ja, Mary, heel graag,' antwoordde Eden, en ze schuifelde naar de deur. Ze hield halt, zuchtte diep en fluisterde in de richting van de gang: 'Ik wou dat Jimmy hier was.'

Het had geen zin om tegen de droogogige Eden te zeggen dat ze het er allemaal maar eens uit moest gooien. Mary wist dat het er wel vanzelf uit zou komen als de tijd rijp was. 'Ik ook,' zei ze.

Kort daarna, toen Mary bezig was plastic folie over het aanbod aan culinaire versnaperingen strak te trekken, ging de voordeur open met het geluid van kletterend metaal en zachte stemmen. Ze gluurde de gang in en zag hoe Jack in zijn gemotoriseerde rolstoel het huis in werd geholpen door twee aangenaam ogende mannen. Ze wachtte tot de mannen hem in zijn slaapkamer hadden geïnstalleerd voordat ze door de schuifdeur naar buiten glipte. Al popelde ze nog zo om bij de bank haar rekening weer op orde te krijgen, ze voelde zich toch geroepen daar te blijven totdat Eden weer wakker was, omdat ze nu eenmaal een groot voorstander was van afscheid nemen.

Ze bleef in de achtertuin staan om van de zoele bries te genieten, veegde de afgebroken takken op de grond opzij, en zocht een stoel uit om aan de rand van het groene zwembad uit te rusten. Toen ze omhoogkeek naar de blauwe lucht, moest ze aan de vallende ster denken en ze werd overspoeld door een gevoel van schaamte bij de gedachte aan de dankbaarheid die in de ogen van de bloedende man te lezen was geweest. Ze had zo weinig voor Ernesto gedaan. En helemaal niets voor Heather. Ze had de afgelopen vijfentwintig jaar bij lange na niet zoveel voor haar ontspoorde schoonzus gedaan als een paar onbekenden de afgelopen dagen voor haar hadden gedaan. Ze stelde zich Heathers overlijdensbericht in de *Leaford Mirror* voor. Zij laat een moeder na, Eden Asquith te Golden Hills in Californië, haar broer James en schoonzuster Mary Gooch te Leaford in Ontario, en haar zoon James, student medicijnen in Toronto.

Ze moest denken aan wat ze zelf had achtergelaten. Een moeder, een man, de botten van een kat. Heather Gooch liet een zoon na die misschien ooit kanker zou genezen. Of talloze levens zou redden. Of doodgewoon iemand zou worden die zijn steentje bijdroeg aan de maatschappij. Mary gunde zichzelf een zweempje verbittering. Zij zou niemand moederloos achterlaten en had geen sporen nagelaten. Ze stemde niet eens.

Ze hoorde een ritmisch getik, niet van de klok maar van een specht in een hoge eucalyptus bij de omheining. Ze moest aan de wekker op het tafeltje naast het bed in haar plattelandshuisje denken. Het wegtikken van de tijd. De machinaties van de ontkenning. Maar zij had haar behoefte aan ontkenning samen met haar eetlust achtergelaten in de geribbelde bruine kuipjes van Laura Secord.

Met een blik op haar brede, rimpelende spiegelbeeld in het vettig groene zwembad vroeg ze zich af hoe zo'n enorme vrouw zo weinig sporen kon hebben nagelaten in haar kleine wereldje. Natuurlijk waren er mensen die haar zouden missen, die haar nu al misten. De oudjes in verzorgingstehuis St. John. Een paar klanten bij Raymond Russell hadden vast al naar haar geïnformeerd. Maar wat liet ze nu eigenlijk echt achter? Een mens had niet alleen een stam en een plan nodig, maar ook een nalatenschap. Dat zag ze nu zelf ook in.

Om twee uur kon Mary niet langer wachten, dus ze sloop naar de achterste slaapkamer en maakte Eden met een zacht duwtje tegen haar schouder wakker. 'Ik heb alles met plastic afgedekt.'

Eden knikte, kwam overeind en schoot de gang op toen er uit Jacks kamer een kokhalzend geluid klonk. Mary bleef onzeker staan terwijl het kuchen en kokhalzen doorging. Even later verscheen Eden met een met lillend, bloederig slijm besmeurde handdoek. Mary wendde haar blik af.

'Als je daar alsjeblieft maar nooit naar binnen gaat,' zei Eden bij wijze van afscheidsgroet.

Popelend om te vertrekken liep Mary naar de deur.

'Mary?' riep Eden. Mary draaide zich om en wachtte. 'Wil je morgen terugkomen?' vroeg ze met een klein stemmetje. 'Ik kan gewoon niet op Chita rekenen.'

Mary knikte zonder haar verrassing te laten blijken. 'Ik kan morgenavond terugkomen,' bood ze hoopvol aan.

'Kom maar 's ochtends. Dan is hij een paar uur wakker. Soms moet hij huilen.'

Arme Eden, dacht Mary. Een dochter verloren. Een man op sterven. Mary had nooit gedacht dat ze op een dag zoveel met haar schoonmoeder gemeen zou hebben.

Beschadigde kunstwerken

Mary liep de voordeur uit. Ze kon de gedachte aan Heather niet uit haar hoofd zetten. Ze was zo verdiept in haar overpeinzingen over leven en sterven van haar schoonzus dat ze de zwarte auto die aan de grens van haar blikveld kwam optrekken over het hoofd zag en niet de stem van Ronni Reeves herkende die vanuit het raampje naast de bestuurder riep: 'Heb je soms een lift nodig?'

De jonge moeder zag er anders uit. Geen lippenstift. Slierterige blonde lokken die vanonder een gebloemde shawl tevoorschijn kwamen. Puistjes op haar voorhoofd die Mary nog niet eerder had gezien. Ze besloot dat ze het verschijnen van de vrouw niet als een wonder zou opvatten. Zelfs niet als een idioot toeval – dit stadje was immers net zo klein als Leaford en ze woonde aan dezelfde straat. 'Graag,' zei ze onder het openen van het portier. 'Ik moet even naar de bank in het winkelcentrum.'

'Geen punt,' zei Ronni terwijl ze cheerio's van de leren bekleding veegde.

Op de achterbank zag Mary de drieling zitten in witte karate-kleding, twee van de jongens oor aan oor vast in slaap. Wegloper-tje Joshua hield een reusachtige zak cheeto's vast, en zijn lippen en witte pak waren zo oranje als de ondergaande zon. Hij nam haar vanuit zijn autostoeltje met een verwrongen grimas op.

'Is je auto kapot? Je heette toch Mary, hè?' vroeg Ronni Reeves toen Mary zich op de stoel had geïnstalleerd.

'Mary Gooch. Ik heb geen auto.'

'Geen auto?'

'Nee.'

'Ben je verpleegkundige?'

'Nee,' zei Mary met een blik omlaag naar haar vochtige marine-blauwe schort.

Ronni keek even achterom naar de achterbank en zei: 'Je kunt je die aardige mevrouw toch nog wel herinneren, Joshua? De mevrouw die jou op de parkeerplaats had gevonden? Zeg eens: "Dag mevrouw Gooch".'

Het jongetje wierp een zijdelingse blik naar Mary. 'Je stinkt,' zei hij, en slingerde een oranje cheeto naar haar hoofd.

'Joshua!' schreeuwde zijn moeder terwijl ze zich omdraaide om de zak cheeto's uit zijn handen te rukken. 'Bied je excuses aan, dan krijg je ze terug,' zei ze tegen hem.

Mary dacht aan het Engelse tv-programma over kinderjuffen waar ze weleens naar had gekeken. En de film die ze had gezien met die fantastische Engelse actrice die Mary bewonderde om haar elegantie en die er in haar ogen op foto's ter gelegenheid van prijsuitreikingen altijd precies goed uitzag. Die kinderjuffen met hun Britse accent zouden de cheeto's nooit aan zo'n stoute jongen teruggeven, zelfs al bood hij zijn excuses aan. Mary vermoedde dat ze aan de overkant van de oceaan vast heel lieve kinderen hadden.

'Hoe gaat het met Jack?' Mary schudde somber haar hoofd en voelde een pijnscheut toen er aan haar achterhoofd werd gerukt. 'Joshua!' brulde Ronni. 'Blijf met je smerige vingers van haar hoofd.' Mary maakte de oranje vingers uit haar haren los.

'Mijn man heeft ons zes weken geleden in de steek gelaten.' Ronni zweeg even om op adem te komen, alsof ze opnieuw door de schok getroffen was. 'Sindsdien zijn de jongens niet te harden.'

'Hoe was de nieuwe oppas?' vroeg Mary, toen ze niets anders kon bedenken om te zeggen.

Ronni Reeves, de echtgenote die met een drieling alleen was gelaten, schudde somber haar hoofd terwijl ze op het stoplicht af racete, opgelucht dat haar zoon zijn aandacht inmiddels had gericht op het beschilderen van het autoraam met vochtige oranje vingers, totdat hij tegen de achterkant van Mary's stoel begon te schoppen. 'Schei daarmee uit,' siste ze. Ze wierp een blik op Mary en zei: 'Hij zou nu eigenlijk zijn slaapje moeten doen. Maar ik moest hun karateles verzetten. Jacob moest naar de oogarts. Ik moet nog steeds naar de advocaat. Het was de bedoeling dat we crèches zouden gaan bekijken.'

De lijst. Mary kon Ronni's lijst dingen-die-niet-werden-gedaan zien, en ving een vleug op van haar ongrijpbare malaise. Zelfs haar overdaad was een last.

De tas van de jonge moeder begon te rinkelen. Mary keek toe hoe de knappe vrouw met één hand stuurde, en kon aan de hand van wat zij zei volgen waar het gesprek over ging. Ze vroegen Ronni om vanavond weer een Lydia Lee-party waar te nemen, maar ze moest nee zeggen omdat ze op zo korte termijn geen oppas kon regelen.

'Ik kan wel komen oppassen,' onderbrak Mary haar, al had ze haar twijfels over haar impuls.

'Nee, dat kan ik onmogelijk van je vragen.'

'Je hebt het ook niet gevraagd. Ik bied het aan.'

'Kun je goed met kinderen overweg?'

'Ik kan goed met bejaarden overweg.'

'Ik ken je nauwelijks.'

'Je kent Jack toch?' zei Mary, en het drong tot haar door hoe verschrikkelijk ze tegen de lange avond in het hotel opzag.

'Dat is waar. Je bent bijna een huisvriendin. En de vrouwen die de oppascentrale stuurt ken ik tenslotte ook niet echt,' hield ze zichzelf voor. 'Het is maar voor een paar uur. Weet je het zeker?'

Toen ze langs het trottoir bij de bank stilstonden, wisselden de vrouwen telefoonnummers uit en spraken een tijd af dat Mary zich zou melden. Zes uur. Ronni bedankte haar omstandig, maar Mary wuifde het weg. Ze keek de grote suv met een nummerbord dat *RoNTom* beloofde na tot hij uit zicht was.

Met haar bruine kunstleren tas onder haar arm met daarin haar paspoort veilig weggeritst, stapte ze de bank binnen. Met haar paspoort als bewijsmateriaal en de hulp van Cooper, Lucille en de bankmanager van Golden Hills loste de Canadese bank de situatie op en men beloofde haar per adres van de bank in Golden Hills een nieuwe pinpas toe te sturen.

Ze nam een paar honderd dollar op voor de tijd tot de pas arriveerde en wachtte ademloos op het moment dat ze haar saldo te zien kreeg op het bonnetje dat Cooper Ross haar aanreikte. Het was sinds de laatste keer dat ze had gekeken onveranderd gebleven. Dus dat was dat. Wat dat dan ook mocht zijn. Gooch had geen geld van de rekening gehaald. En als hij dat wel deed? Dat kon hij doen, besefte ze. Hij kon alles opnemen.

Mary moest denken aan de spannende romans die ze in haar jeugd had gelezen, de thrillers waar ze op de televisie van genoot. Ze vroeg zich af of haar eigen mysterie stukje bij beetje zou worden opgelost, of in één tragische, verrassende finale zou worden onthuld. Zoiets als de dood van Heather.

Toen ze het bankpersoneel had bedankt en de biljetten in het vakje met ritssluiting van haar tas had gestopt, stak ze de parkeerplaats over naar de schoenenwinkel. Buiten stond een rek met koopjes, maar er was niets bij wat geschikt was voor haar extra brede voeten. In de winkel vond ze een paar gympen in haar maat, een pakket met zes witte sokken, en op een stelling met handtassen bij de etalage een sportieve blauwe canvas boodschappentas met zilverkleurige details. Ze betaalde voor de spullen, hield meteen de gympen aan, en hevelde de andere dingen van de oude naar de nieuwe tas over, waarbij ze zo zorgvuldig was om het paspoort niet te vergeten, en gooide met enig ceremonieel de bruine kunstleren tas in de vuilnisbak.

Mary's aandacht werd getrokken door een weerspiegeling in de etalageruit van het zwembadservicebedrijf. Een schepsel kwam breekbaar en gebogen op haar af schuifelen, met een nest gesponnen goud op haar scheef gehouden hoofd balancerend. Ze deed Mary denken aan een bejaarde klant die ze bij Raymond Russell had gehad, die in tranen was uitgebarsten toen haar Elizabeth Arden-lippenstift niet meer te krijgen was. De vrouw leed zo erg aan botontkalking dat haar ruggengraat zich tot een kleine letter r naar binnen had gekruld. Deze vrouw had een vergelijkbare kromming, al was hij minder dramatisch. Maar wat nog opmerkelijker was dan haar houding en de schuifelende gang die dat veroorzaakte, was het gezicht van de vrouw: de huid was zo strakgetrokken dat ze het risico liep dat die scheurde als ze met haar ogen knipperde of haar mond dichtdeed; de ogen stonden zo wijd opengesperd dat het leek of ze op de rand van de doodsangst verkeerde. Ze had een aangesloten spijkerbroek aan die in de losse huid rond haar middel sneed, en een strak T-shirt met lange mouwen dat de indruk gaf alsof ze getatoeëerd was. Mary besefte niet dat ze stond te staren en had pas door dat ze de doorgang blokkeerde toen de vrouw tegenover haar stond en 'Pardon' zei.

Mary stapte achteruit om haar voorbij te laten en zag het platte achterste van de oude vrouw in de aangesloten spijkerbroek, en een bobbel die ze herkende als een incontinentieluier. Toen de vrouw omkeek en haar erop betrapte dat ze stond te staren, schaamde ze zich diep maar ze kon het niet laten zich aan het lijf van de vrouw te vergapen alsof het een beschadigd kunstwerk was, en zich af te vragen hoe het ooit was geweest en waardoor het zo veranderd was.

Toen ze zich weer omdraaide, viel haar oog op een bord in een etalage waarop stond SCHOONMAAKSERVICE POOL'S GOLD, LEUKE AANBIEDINGEN VOOR NIEUWE KLANTEN. In een opwelling stapte ze naar binnen en regelde met het bedrijf dat ze iets aan het zwembad van haar schoonmoeder zouden doen. Eden kon dan misschien geen honderd baantjes meer zwemmen, maar wie weet nog wel een of twee, dacht ze. Toen ze korte tijd later weer naar buiten stapte, zag ze een man naar de afgeprijsde schoenen staan kijken die voor de schoenenwinkel even verderop stonden uitgestald. Hij kwam haar bekend voor, maar de zon scheen in haar ogen dus ze kon niet meteen zien wie daar stond met een paar gele damessandalen in zijn grote, bruine handen. Haar ogen pasten zich aan en nu zag ze dat het Jesús García was. Net toen ze op het punt stond zijn naam te roepen, stopte hij de gele sandalen onder zijn jas en beende weg.

Er flitste een herinnering aan de buurtwinkel van Klik door Mary heen. Ze kocht zoveel snoep bij het echtpaar dat ze nooit hadden vermoed dat ze het ook pikte. Ze jatte, pikte, griste repen weg en verstopte ze diep in haar zakken terwijl het echtpaar andere aankopen op de kassa aansloeg en zij haar best deed onschuldig te lijken, in afwachting van het moment dat ze kon gaan schrokken.

Sprakeloos door de snelheid waarmee de vreemde diefstal was gepleegd, keek ze Jesús García na terwijl hij over de winkelpromenade in de verte verdween. Omdat ze graag wilde weten hoe het met Ernesto ging, stond ze op het punt hem te volgen maar zag ervan af uit vrees dat hij zou vermoeden dat ze hem de misdaad had zien plegen. Ze was bang dat ze hem in verlegenheid zou brengen of, erger nog, kwaad zou maken. Ze zou hem nooit voor een dief hebben aangezien, maar ja. Iedereen had geheimen.

Niemand was wie hij leek te zijn.

Cuatro chicas

Sinds Gooch was vertrokken, ging lopen haar steeds makkelijker af, en haar nieuwe witte gympen vormden nog eens een extra bevrijding voor Mary. Ze had nauwelijks gemerkt wat voor afstand ze had afgelegd voordat ze bij de kruising op de knop van het voetgangerslicht drukte. Ze tuurde het stoffige terrein op de hoek af en zag tot haar verrassing kleine, bruine vrouwen om de elektriciteitsmast heen staan, en er lagen nog eens een tiental boeketten veldbloemen meer over de grond verspreid. Hadden de vrouwen die meegenomen? Ze had nooit eerder vrouwen op het terrein gezien.

Aangetrokken door de bloemen stak ze de straat over, terwijl ze zich voorhield dat het geen eerbewijs voor Ernesto kon zijn, omdat Jesús García geen schoenen aan het stelen zou zijn geweest als zijn vriend net was overleden. Dat nam niet weg dat ze nieuwsgierig was naar het gedenkteken langs de weg en de vrouwen die eromheen stonden. Zonder zich druk te maken om het fijne stof op haar nieuwe gympen liep ze op hen af.

Op de paal zat een briefje bevestigd dat versierd was met een guirlande van verschoten plastic bloemen. Een tekst in het Spaans. 'Waar is dit voor?' vroeg ze.

Ze barstten allemaal tegelijk in rap Spaans los.

'Niet voor Ernesto?' vroeg ze, plotseling aan het twijfelen gebracht.

De vrouwen, die bijna allemaal van omstreeks haar leeftijd leken te zijn, begrepen het niet. Ze wees naar het bordje. 'Gaat dit over een man die Ernesto heet?'

Maar de vrouwen werden afgeleid door een zilverkleurig busje dat het stoffige terrein kwam opdraaien. De chauffeur, een slanke man met stekelhaar en pokdalige wangen, hield halt. Zijn blik viel even op Mary toen hij het raampje omlaagdraaide en naar de dikste van de

Mexicaanse vrouwen, die ook de oudste, de meest grijze en de vermoeidste was, riep: 'We moeten weg, Rosa. We hebben een uur de tijd.'

De norse man stapte uit de wagen en liep om, om het zijportier open te maken. De vrouwen stapten in. Hij wierp even een blik op Mary.

'Ik hoor niet bij ze,' legde ze uit.

Toen hij begon te lachen, voelde Mary zich vaag beledigd en ze draaide zich om om weg te lopen, tot ze plotseling een pijnscheut voelde alsof ze door een kogel was getroffen, een brandend gevoel tussen haar ogen dat zich naar haar borst verspreidde en haar hart deed bonzen. Ze greep de elektriciteitsmast vast.

De man hield op met lachen. 'Gaat het? Moet ik een ambulance bellen?'

'Nee,' zei Mary. 'Ik moet alleen even op adem komen.'

Hij glimlachte schouderophalend alsof hij wilde zeggen: 'Nou ja, ik heb mijn best gedaan,' en stond op het punt de deur te sluiten toen hij de vrouwen in het busje nog eens natelde. 'Ik heb gezegd dat je met vier meisjes moest komen, Rosa. *Cuatro chicas.*'

'*Si,*' zei de vermoeide vrouw op de achterbank. '*Cuatro chicas.*' Ze telde de vrouwen in het busje nog eens na om het te bewijzen. '*Cuatro.*'

'Vier met jou meegeteld. Niet vier en dan jij. Mijn baas heeft vier gezegd. Ik kan niet met vijf komen aanzetten.'

'Dat geeft niet,' zei ze geruststellend. 'We delen het geld.'

'Ik kan niet met vijf komen aanzetten. Ik kan niet met vijf komen aanzetten als hij vier heeft gezegd. Een van jullie moet eruit.'

De vrouwen zwegen gekrenkt. Mary tuurde door haar pijn heen en zag hoe ze zich in het busje naar Rosa richtten en een stil overleg begonnen met opengesperde ogen, op en neer gaande wenkbrauwen en opeengeperste lippen, totdat er een beslissing was gevallen. Acht bruine ogen wendden zich naar de kleinste vrouw, die ook de jongste was, en toen ze uit het voertuig stapte zag Mary dat ze hoogzwanger was.

Hoestend van het stof dat het wegrijdende busje opwierp haalde de jonge vrouw een mobieltje uit haar tas en ze deed een poging om te bellen. In haar moedertaal vloekend wendde ze zich naar Mary, met een glimlach die het diepe litteken aan de rechterkant van haar bovenlip meesleepte. Ze zag er veel te zwanger uit om als schoonmaakster te werken. En veel te jong om zwanger te zijn. 'Jij hebt een mobiel?' vroeg ze.

'Nee, ik heb geen mobiel,' zei Mary verontschuldigend.

Het zwangere meisje telde de zakken die ze vasthield en keek lijkbleek op naar het busje dat over de weg uit het zicht verdween. Ze vloekte in het Spaans.

Mary kende die blik maar al te goed. 'Ben je iets kwijt? Heb je iets vergeten?'

'Mijn lunch,' zei het meisje in voorzichtig Engels, voordat ze weer in het Spaans begon te vloeken. Ze wreef over haar in de weg zittende buik en keek naar de straat. 'Er is een bus?' vroeg ze.

Mary draaide zich om om naar een bushokje te zoeken en opnieuw voelde ze de rampzalige pijn in haar hoofd.

'Jij bent ziek?' vroeg de jonge vrouw en ze deinsde bijna onmerkbaar achteruit.

'Nee,' zei Mary wankelend. Ze deed haar ogen dicht en kon haast de wekker onderscheiden in het gebrul van het verkeer. Ze wachtte, maar het gevoel trok niet weg, zoals ze daar stond bij het met guirlandes versierde gedenkteken in Golden Hills in Californië, en begreep dat dit het einde was. Zo'n sterfscène had ze zich nooit voorgesteld, en op een vreemde manier vond ze deze onverwachte wending opwindend. Dus het laatste wat ze op aarde zag, waren de blauwe lucht en de helende zon. Het laatste wat ze op aarde hoorde, was het getoeter op snelweg nummer 101. En de laatste persoon op wie haar blik zou rusten was een fijngebouwd, zwanger Mexicaans meisje met een litteken op haar bovenlip. Misschien was dit meisje God. En misschien had ze de macht om vergiffenis te schenken.

Mary deed haar ogen open in de hoop een glimp van het goddelijke op te vangen. Het meisje was verdwenen. Ze was nergens op de weg te bekennen. Misschien was ze er wel nooit geweest. Mary telde de slagen van haar hart in afwachting van de laatste steek, maar de beklemming in haar borst nam af en met een diepe ademteug zoog ze het gouden stof haar longen in. Ook de pijn in haar hoofd verstomde. Niet nu. Niet hier. Nog niet. In de stilte, bad ze.

Als er al iemand onder de passerende chauffeurs was die de aanblik vreemd vond van een grote, blanke vrouw die tegen de elektriciteitsmast op het stoffige hoekterrein van de Mexicanen geleund stond, nam die in elk geval niet de moeite het nader te onderzoeken. Terwijl ze de mast omklemde had Mary een déjà vu van haar eigen dappere jonge zelf dat tijdens een onweer de metalen steel van een zwabber vasthield, in een poging net als nu iets uitzonderlijks te doen.

Ze duwde zich van de paal af en ging eerst met voorzichtige stapjes, maar allengs met grote passen op weg naar het hotel. *Niet ik. Niet hier. Niet nu.* Was ze maar een schrijver, zoals Gooch, dan kon ze een gedicht maken van haar dankbaarheid voor de tweede kans die haar geschonken was.

Buiten adem en stralend van de glans der overwinning betrad ze de hotellobby, waarop haar te binnen schoot dat ze beloofd had op te passen. Ze vroeg zich af of de warmte die haar overspoelde van de endorfinen afkomstig was die haar inspanningen hadden veroorzaakt of werd opgeroepen door het vooruitzicht van de avond die voor haar lag, nu tot haar doordrong dat de kleine jongens misschien wel de stam waren waar zij zo naar had verlangd. Onder het langslopen wierp ze een blik door het raam van het hotelrestaurant, waar ze tot haar verrassing het zwangere Mexicaanse meisje van het hoekterrein in een van de zitjes achterin met een ijsthee zag zitten.

Ze bestudeerde het meisje, dat van het horloge om haar pols naar de parkeerplaats achter de ramen naar het onaangeroerde ontbijtbord voor een bejaarde man een tafeltje verderop keek. Mary had weliswaar de gewoonte restaurants te mijden en ze bleef altijd uit de buurt van buffetten, maar ditmaal ging ze in een mysterieuze opwelling naar binnen. Aangezien alle ogen in de volle zaal, sommige discreter dan andere, haar beweging richting koud buffet volgden, begon ze te transpireren. Geluidloos schreeuwde ze zichzelf toe: *Waar ben je verdomme mee bezig?*

Toen ze eenmaal voor de uitgestalde overdaad stond – dikke plakken sappige rosbief en citroen-peperkip, romige macaroni, hartige aardappelblokjes, beboterde rijst – begreep ze ineens waarom ze binnen was gekomen. Ze haalde een dienblad en een bord en boog zich over de afdeling Vlees. Omdat ze niet kon kiezen tussen rundvlees en kip, besloot ze van allebei wat te nemen, daarna een schep macaroni, rijst, een gloeiend hete maïskolf, en een paar broodjes met boter. Ze voelde de ogen van de andere eters door het weefsel op haar rug boren toen ze een hoog glas pudding en een punt kersentaart aan haar dienblad toevoegde. Twee pakjes melk. Een flesje ijsthee. De caissière keek haar niet aan toen ze afrekende.

Ze schoof tussen de andere eters door, zocht het meisje met het litteken op haar lip op, en zette de berg eten voor haar neer. Het meisje keek op. Mooie amandelvormige ogen, net als op de foto van de vrouw van Jesús García. Jong genoeg om zijn dochter te zijn. Of die van Mary. '*Buen provecho*,' zei ze. 'Eet nou maar.'

De dankbaarheid van het meisje sprak uit het feit dat ze het aanbod accepteerde en op het vlees aanviel. Mary bleef bij de tafel staan en bewoog mee met haar gekauw, leefde mee met haar honger, zij het niet naar eten. Duizelig van de gulzigheid als ze was, zag het zwangere meisje niet dat Mary, een brok in haar keel wegslikkend, het restaurant verliet, maar de andere eters wel.

Terug in haar hotelkamer installeerde Mary zich om te gaan lezen, maar ze kon zich niet concentreren. Ze had nog twee uur voordat ze bij Ronni Reeves werd verwacht om op te passen. Ruimschoots tijd genoeg om rekening te kunnen houden met het uur wachten op een taxi. De kleine letters vervaagden toen de pijn tussen haar ogen verscherpte en het gezicht van Heather haar blikveld binnen drong.

Ze sloot het boek en schoof de gedachten aan Heather terzijde om over de terugkeer van Gooch te kunnen fantaseren. Ze moest iets vinden om aan te trekken. Iets groens dat haar ogen beter deed uitkomen. Ze besloot dat ze hun hereniging het liefst bij Eden thuis wilde, in plaats van in het hotel, in de achtertuin, onder de glanzende eucalyptus. Ze stelde zich voor hoe Gooch zou kijken als hij haar zag, hoe hij zijn schouders zou optrekken en dat vage glimlachje van hem zou lachen – zijn manier om te zeggen: *Ach ja, zo is het leven* – en hoe Mary met haar hoofd scheef tweemaal zou knikken, haar manier om te zeggen: *Ik weet het.*

Tot wat voor conclusies hij ook mocht zijn gekomen, wat voor inzichten hij ook in zijn gesprekken met God mocht hebben opgedaan, hij zou kapot zijn van de dood van zijn zus. Mary hoopte dat Eden het hem niet zou hoeven vertellen. Voor haar geestesoog zag ze Gooch en zichzelf op te krappe vliegtuigstoelen gepropt op de terugvlucht naar Canada overleggen wat ze met Heathers resten moesten doen. 'Ze hield van water,' zou Gooch kunnen fluisteren. 'Toen ze jong was, was ze echt een halve vis.' Of anders gooide hij het over de boeg van de zwarte humor en stelde hij voor om haar as over een veld klaprozen of hennep uit te strooien.

Mary belde de receptie voor een taxi, en toen die verscheen ging ze stil op de achterbank zitten. Toen ze het aanwassende gedenkteken op de hoek passeerden, speurde ze de gezichten in het uitgedunde groepje mannen af, zich afvragend of Jesús García erbij zou zijn, wachtend op zijn oom met de slechte heup, met de gestolen gele sandalen weggeborgen in de plunjezak die hij meenam naar zijn werk.

Toen ze zich de gele sandalen voorstelde te midden van het schoenentapijt bij de voordeur van het propvolle huis, schoot haar te binnen dat Jesús had gezegd dat hij bij het winkelcentrum werkte, wat zijn misdrijf des te brutaler maakte. Ze veronderstelde dat de sandalen een cadeautje voor zijn mollige, knappe vrouw waren. Maar zou ze dat dan niet vreemd vinden? Of had hij al vaker schoenen gestolen, in allerlei stijlen en maten, om aan de verzameling bij de voordeur toe te voegen?

Mary ergerde zich aan haar nieuwsgierigheid naar Jesús García, en keerde in gedachten terug naar Gooch. Het mysterie van een enkele man was voorlopig wel voldoende. Ze vroeg zich af of Gooch haar rode haar leuk zou vinden.

Tot de dood ons scheidt

De zwarte Lincoln Navigator stond naast de grote Ram op de oprit van de in de steek gelaten echtgenote Ronni Reeves, toen Mary om kwart voor zes per taxi arriveerde. Terwijl ze op het huis afliep, hoorde ze hoe er door ramen en deuren een symfonie kwam lekken: het percussieve geschreeuw van de moeder, het tremolo spelende trio kinderen, de bas van de blaffende hond. Plotseling leek een avond alleen in het hotel een erg aanlokkelijk vooruitzicht, maar Mary kon niet voorkomen dat haar voeten haar over het pad voerden, of dat haar vinger op de bel drukte.

Terstond maakte het geschreeuw plaats voor het gebabbel van een televisie die te hard was gezet. Een lang ogenblik later ging de deur open. Ronni Reeves probeerde met rood aangelopen gezicht en opgezette ogen te glimlachen. 'Hallo Mary. Kom binnen.'

'Ik hoorde vanaf de straat... Het klonk alsof...'

'Niets aan de hand,' zei Ronni, die ervan opkeek dat Mary nog steeds het marineblauwe schortpak aanhad dat ze eerder ook had gedragen. 'Ze zijn vanavond gewoon een beetje doorgedraaid.'

Mary trok haar schortjas glad over haar ronde buik alsof ze daarmee haar slechte kledingkeuze kon excuseren. 'Ik neem aan dat je op den duur aan het lawaai gewend raakt.'

Opschudding achter de deur. Een kreet van pijn. Gillende kinderen. Ronni ademde scherp in. 'Jongens!' schreeuwde ze, in haar handen klappend. In een afgelegen kamer blafte de hond, terwijl de jongens om het hardst gilden.

'Lieve hemel,' zei Mary.

'Mijn man heeft ons zes weken geleden verlaten,' zei Ronni. 'We kunnen er geen van allen erg goed mee omgaan.'

'Dat vertelde je, ja.'

'Had ik je dat al verteld? Jemig, de buren weten het nog niet eens.'

Het geluid van brekend glas. De vrouwen wisselden een blik voordat ze de gang door stoven en de drie jongens te midden van de scherven van een grote tv in de achterkamer aantroffen. De drieling was met stomheid geslagen door het ongeluk en bleef netjes staan toen Mary hen opdroeg niet te bewegen. Ze plukte de jongens één voor één over het glazen-kiezelstrand naar de veiligheid van de armen van hun geradbraakte moeder.

'Ik heb zin om het op een schreeuwen te zetten,' zei Ronni zachtjes.

Dat begreep Mary en ze nam haar mee naar de voordeur. 'Ga nou maar.'

'Weet je het zeker?'

'We redden ons best. Ik heb je telefoonnummer. Wegwezen, jij.'

'Dankjewel, Mary. Dankjewel.' Ronni pakte haar handtas, kuste de jongens op hun hoofd en zei: 'En aardig zijn voor mevrouw Gooch, hoor.' Waarop ze niet zozeer vertrok als wel de benen nam. Mary keek toe hoe ze de oprit af reed, en keerde zich om naar de kinderen die vlak achter haar bleken te staan.

'Ik wil tv-kijken,' schreeuwde Joshua.

De andere jongens waren het daar luidruchtig mee eens. Mary nam ze even op. 'Oké.'

Ze nam hen mee naar de achterkamer, waar ze zogenaamd verrast bleef staan. 'Ach jeetje, jongens. De televisie is stuk.'

'We willen kijken,' gilde Joshua.

'Maar hij is stuk.'

'Snie eerlijk,' schreeuwde hij.

'Tv, tv, tv,' zongen de andere twee.

'Het spijt me, jongens, maar ik heb jullie tv stukgemaakt,' legde Mary uit.

Joshua hield op met jammeren. 'Dat heb jij niet gedaan.'

'O nee?'

'Dat hebben wij gedaan,' zei hij verontwaardigd.

'Nou ja, dan is het jullie eigen schuld,' zei Mary schouderophalend.

De drieling bestudeerde de vreemde vrouw die hun keuken in liep. 'Wat gaan we doen?'

'Ik vond vroeger kleuren leuk. Zal ik jullie laten zien hoe je een puppy tekent?'

Ze haalden hun schouders op en zochten een plaatsje aan de keukentafel. 'De doos met knutselspullen staat daar,' zei Joshua, naar een mand wijzend die halfvol gescheurde kleurboeken en kleurpotloden met afgebroken punten zat. Mary zocht een paar blanco pagina's op en ging bij de jongens zitten. 'Ik heb een paar trucjes om een puppy te tekenen. Zelfs een kind van twee kan dat.'

'We zijn drie,' zeiden ze in koor.

'O, drie. Nou, dan moeten jullie er al helemaal geen probleem mee hebben. Als jullie drie zijn, kan ik je ook de trucjes voor een katje en een paard laten zien.'

Toen de kinderen eenmaal opgingen in hun artistieke bezigheden, met dikke vingertjes die kleurpotloden voortbewogen en met een roze tong uit hun mond, keek Mary even rond in het prachtige, open opgezette huis. Ze dacht aan het plezier dat Ronni moest hebben ontleend aan het inrichten, ook al waren haar keuzes niet allemaal even weloverwogen. Het meubilair was te elegant voor een huis waar drie jongens woonden. Het was gedeukt en gescheurd en zat onder de vlekken en blutsen. Wat zei dat over het huwelijk van de arme vrouw? Het was ondenkbaar dat de drie mooie jongens die verbintenis net zo hadden geruïneerd als de inrichting, maar Mary kon zich de weg erheen wel voorstellen: de jonge moeder uitgeput en overbelast, de man die zich ondergewaardeerd en verwaarloosd voelt. Zij te moe en te wrokkig om tot liefde in staat te zijn, waarna hij er elders naar op zoek gaat. Het was eigenlijk een wonder dat zelfs maar één huwelijk standhield, dacht Mary.

Tot de dood ons scheidt. Zeiden bruid en bruidegom dat nog steeds tegen elkaar? Zou dat niet het toppunt van hypocrisie zijn, als je in aanmerking nam dat ze allebei die verbintenis aangingen in het besef dat ze een kans van vijftig procent hadden om het vol te houden? Mary vroeg zich af of de obesitas die zich onder de bevolking van Noord-Amerika verspreidde wellicht gelijke tred hield met de toename van het aantal echtscheidingen. Vraatzucht aanzien voor vervulling. Hoe vaak had een van de echtgenoten het niet over méér willen? Meer nodig hebben? Niet genoeg krijgen? Met haar eigen huwelijk was het niet zozeer een kwestie van duren als wel van verduren geweest, in elk geval wat Gooch betrof, getuige zijn vertrek. Dus wat had hen beiden dan al die jaren bijeengehouden? Afgezien van gebrek aan daadkracht?

Er moest een kracht zijn geweest die ook toen ze in lichamelijk opzicht geen contact meer met elkaar maakten nog steeds door hun lichaam werd uitgewisseld. Liefde, of een sterke herinnering eraan, geheimzinnig en complex. Ze bedacht dat het nog maar de afgelopen Dag van de Arbeid was geweest dat ze Gooch lachend had verteld wat ze Ray over haar kont had horen zeggen. Gooch was ziedend overeind gekomen van de rode kunstleren stoel in de keuken en naar de deur gelopen. Ze had hem ervan weerhouden naar Raymond Russell te rijden om verhaal te halen bij haar baas, al had ze zijn woede heimelijk heerlijk gevonden. Loyaliteit. Een loyaliteit die niet voortvloeide uit een gouden ring om de daartoe bestemde vinger maar gekoesterd werd in je kern, als een orgaan waar je niet buiten kon.

Ze zat bewegingloos met een purperrood kleurpotlood boven het maagdelijk witte papier, met haar geest verstard bij een beeld van haar trouwdag, toen ze geprikt werd door een klein vingertje met afgekloven nagel. 'Jij bent dik,' zei Joshua, en zijn hand verdween in de plooi bij haar navel.

De opdringerige vingertjes kietelden, en geroerd door het vertrokken mondje van de vlasharige jongen, zocht Mary zijn hand op. 'Je kunt beter niet tegen iemand zeggen dat hij dik is,' zei ze vriendelijk.

'Waarom niet?' vroeg hij met knipperende ogen.

'Omdat die iemand dat toch al weet,' zei Mary met een knipoog.

'Jij bent dikker dan oom Harley,' concludeerde Jacob.

Ze moest lachen. Je kreeg de indruk dat de jongens geen negatieve connotaties bij het woord hadden, alsof het doodgewoon de zoveelste vorm was in hun primaire gedachtewereld. Cirkel. Vierkant. Dik.

Nadat ze een tijdje hadden zitten kleuren, vouwde Mary papieren vliegtuigjes voor Jacob en Jeremy. Toen ze potloodbommetjes op elkaar begonnen los te laten, vond ze een boekenkast vol kinderboeken, en ze nam de kleine jongens mee naar de bank in de formele zitkamer. De drie kronkelende lichaampjes drapeerden zich al snel tegen haar grote, warme lijf, terwijl zij uit de boeken voorlas die zij haar aangaven, de een met plakkerige vingers op haar arm, de ander die afwezig aan een pluk van haar rode haar zat te draaien, de derde die aan boord van haar dij klom, alle drie in de ban van een simpel verhaal. Mary zuchtte, teder aangeraakt door handen die niet de hare waren.

Nadat ze elf boeken had voorgelezen, waarvan drie twee keer, was ze compleet uitgedroogd, en toch was ze teleurgesteld toen ze op de oprit een auto hoorde. Ze duwde zich van de bank omhoog en liep naar het raam, waar haar hart een slag oversloeg toen ze zag dat het niet de zwarte Navigator was, maar een zilverkleurige Mercedes. Ze zei tegen de jongens dat ze op de bank moesten blijven zitten, en ging de voordeur opendoen. 'Hallo,' zei ze tegen de pezige, donkerharige man op de veranda.

'Wie bent u?' kaatste de man terug, terwijl hij langs haar heen het huis in probeerde te kijken.

'Ik ben de oppas.'

Uit zijn blik sprak kritiek op zowel haar omvang als haar tenue. 'Bent u van de oppascentrale?'

'Een huisvriendin,' zei Mary zelfverzekerd.

'Waar is Ronni?' Hij probeerde zich langs haar heen te wringen, maar zij blokkeerde de doorgang. 'Jongens,' brulde hij het huis in. 'Joshua! Jacob! Jeremy!'

De jongens stormden door de gang en stortten zich gillend in de armen van de pezige man. 'Papa!' De grote, ruige hond, die naast de bank had liggen slapen, hapte blaffend en jankend naar de hielen van de vader.

'Ik neem ze mee om een ijsje te eten,' schreeuwde de man boven de hond uit en hij duwde de uitgelaten jongens naar de auto die met draaiende motor klaarstond.

'Nee!' wierp Mary tegen. 'U kunt ze niet zomaar meenemen. Nergens heen!'

Terwijl Mary bleef roepen en de grote hond met zijn eigen kwade geblaf protesteerde, duwde hij de jongens de auto in. Zij danste rond de auto terwijl hij de kinderen erin opsloot. 'U hebt ze niet eens hun stoelriem omgedaan!' riep ze. Maar hij schoof achter het stuur en zette de wagen in zijn achteruit. In paniek rende Mary naar de achterkant van de auto en bracht de zilveren kofferbak met haar handen tot stilstand. De hond kwam naast haar staan, en begon tegen haar in plaats van tegen de man te blaffen.

In lachen uitbarstend om de idiotie van dat dikke roodharige mens dat achter zijn auto door de blaffende hond in het nauw was gedreven draaide de vader van de jongens zijn raampje omlaag. 'Dat meen je toch niet serieus,' riep hij. De hond rende om de auto heen naar zijn kant en begon naar hem te springen. Mary sloeg haar armen over elkaar en liet haar achterste tegen de kofferbak rusten. Hij trok zijn voet van de rem om haar op de proef te stellen. Ze brandde haar been aan de hitte uit de uitlaat, maar hield stand.

Uit haar ooghoek zag Mary Ronni Reeves in haar Navigator aan komen scheuren en de Mercedes blokkeren. Al scheldend tegen haar woedende echtgenoot kwam de moeder uit haar auto stappen. Mary deed het portier van de Mercedes open en tilde er de jongens uit, waarna ze door de ruige hond met zijn allen het huis in werden gedreven, om ze tegen een lesje in onbetamelijk taalgebruik te beschermen, terwijl hun oorlog voerende ouders elkaar op de oprijlaan stonden uit te schelden.

Toen Ronni een paar minuten later door de voordeur naar binnen kwam, zag ze er murwgebeukt uit. 'Het spijt me vreselijk dat dit is gebeurd, Mary.'

'Nu weten de buren het,' zei Mary.

Ronni kromp ineen. 'Het is ook zo'n klootzak.'

'Dadelijk horen de jongens je nog,' zei Mary waarschuwend, maar die waren al naar de keuken gevlucht om de hond, die nog steeds blafte, te pesten.

'Nou pas je natuurlijk nooit meer bij me op,' zei Ronni op haar lip bijtend. 'Je hebt geen idee hoe moeilijk dit allemaal is.'

Even zweeg Mary. 'Mijn man heeft me ook verlaten.'

Ronni stak haar mooie hand uit en raakte Mary's vlezige arm aan. 'Voor een jongere vrouw?'

'Hij had tijd nodig om na te denken.'

'Dat zei Tom ook. Maar hij zei er niet bij dat hij tijd nodig had om na te denken over zijn pik in de mond van zijn vriendin, maar die conclusie heb ik zelf getrokken.' Mary schrok behoorlijk van het taalgebruik van Ronni Reeves, maar tegelijkertijd vond ze haar woede fascinerend. 'Neem me niet kwalijk,' voegde Ronni eraan toe. 'Maar je kent het gevoel vast ook wel. Ik had je nog wel voor morgenavond willen vragen.'

'Morgenavond? Tja, ik weet niet,' hakkelde Mary.

'Ik kan nog een sieradenparty doen. En ik kan het geld goed gebruiken.' Ze haalde haar portemonnee tevoorschijn en drukte Mary een paar bankbiljetten in de hand.

Mary duwde de biljetten weg en zei: 'Nee, alsjeblieft.'

'Ik betaal mijn oppas altijd.'

'Beschouw het maar als een aardig gebaar. Ik ben tenslotte een huisvriendin, weet je nog wel?'

'En komt mijn huisvriendin morgen weer?'

'Ik denk wel dat ik morgen kan komen.' Mary vroeg zich af hoeveel boeken ze kon voorlezen zonder haar stem kwijt te raken.

'Misschien kunnen we er wel iets vasts van maken. Zolang je nog hier zit. Een paar uur 's middags en op de avonden dat ik Lydia Lee doe?' vroeg Ronni hoopvol.

'Ik heb geen idee hoe lang ik hier nog ben.'

'Natuurlijk. Je wacht tot Jack…'

'Ik wacht op Gooch. Mijn man.'

'En je zei dat die je had verlaten.'

'Dat is ook zo, maar niet voor altijd.'

'O. Wanneer komt hij dan terug?'

'Als hij genoeg tijd heeft gehad om na te denken. Hij is ergens op trektocht en dan komt hij terug om zijn moeder nog eens op te zoeken,' legde Mary uit. 'Ik wil er zijn als hij terugkomt.'

'Zodat je hem kunt overhalen om mee terug naar huis te gaan?'

'Ik heb hem zoveel te vertellen.'

Ronni Reeves kneep in Mary's arm. 'Maakt niet uit wat je zegt en hoe je het ook zegt, ik geef je op een briefje dat hij toch al een beslissing heeft genomen.'

Meteorenregens

Het lied van de lange, slapeloze nachten dat Mary eens zo vertrouwd was geweest, was van het bombastische requiem dat ze in Leaford hoorde, omgevormd tot een oorverdovende rockopera in Golden Hills. Het getokkel van de Kenmore had plaatsgemaakt voor huilende coyotes, het getik van de wekker voor nachtvogels die hetzelfde refrein bleven herhalen: *Hij heeft toch al een beslissing genomen.* Er flitsten taferelen voorbij van vreemdelingen in een vreemd land begeleid door riedels op een elektrische gitaar. De verbitterde echtgenote Ronni. De ontrouwe echtgenoot Tom. Zelfs haar schoonouders waren vreemde familieleden. De blonde schoonmaaksters. Ernesto, die dacht dat ze een engel was. Jesús García en zijn gestolen gele sandalen.

Toen de dageraad aanbrak boven de helling, moest Mary aan het zwangere Mexicaanse meisje denken met de donkere amandelvormige ogen, en hoe gulzig ze had gegeten. Mary kon zich niet herinneren wanneer ze voor het laatst een volledige maaltijd had gegeten. Ze hield zichzelf voor dat ze honger moest hebben, en antwoordde dat dat niet zo was.

Ze boog zich over de agenda van die dag. Naar de bank om de nieuwe pinpas op te halen die vandaag zou binnenkomen. Ze wilde het saldo controleren, uit angst dat het geld net zo plotseling zou verdwijnen als het verschenen was. Ze had geen vertrouwen in de standvastigheid van voorwerpen. Na de bank zou ze naar Eden gaan om daar eten klaar te maken voor haar gebedskring en wat er zoal nog meer in huis moest worden gedaan als Edens huishoudster niet was komen opdagen. 's Middags in het hotel uitrusten met een goed boek. 's Avonds op de jongens Reeves passen.

Toen ze naar de weg liep, was de zon al een eind hoger geklommen, en ze besloot bij wijze van lichaamsoefening naar de bank te lopen.

Ze moest haar ogen toeknijpen tegen de schittering van de brede betonnen weg. De plek tussen haar ogen begon weer te kloppen, en ze maakte zich zorgen dat ze misschien ernstiger letsel had opgelopen dan ze had gedacht, toen ze op de parkeerplaats in Chatham haar hoofd tegen het stuur had gestoten. De aspirine werkte niet. Ze had wat sterkers nodig tegen de pijn.

In de verte zag ze uitsluitend mannen op het terrein staan wachten. Inmiddels was het gedenkteken met tientallen boeketten versierd, en eronder stond een grote pot naast de verlepte bloemen in het priklimonadeflesje, waarin munten en dollarbiljetten werden verzameld. Onder het bordje was een foto op de elektriciteitsmast bevestigd. Ze kwam dichterbij. Het was een zwart-witfoto, duidelijk van lang geleden. Een jongeman met staalharde ogen onder een gleufhoed. Duidelijk niet Ernesto. Ze lachte naar een paar arbeiders, die haar wantrouwig opnamen. 'Spreekt iemand van jullie Engels?' vroeg ze verlegen.

'Heb je arbeiders nodig?' reageerde een van de mannen gretig.

'Nee. O nee. Ik heb niet eens een auto. Ik wilde naar Ernesto informeren. Hij heeft een paar dagen geleden een ongeluk gehad. Ik weet dat dat hem niet is,' zei ze, met een gebaar naar de foto, 'maar kent een van jullie hem? Weet iemand hoe het met hem gaat?'

De man die op werk had gehoopt, schudde zijn hoofd. 'Dat is Ernesto niet.'

'Dat weet ik, ja.'

'Dat is Guillermo.'

'Guillermo?'

'Hij is op het land gestorven. Van de hitte,' zei hij, met een beschuldigende vinger naar de zon.

'O, wat erg. Wat ontzettend erg.'

'Ja.'

'Is dat voor zijn gezin?' vroeg ze naar de pot met geld wijzend.

Hij schudde zijn hoofd. 'Voor zijn begrafenis.'

De andere mannen keken vanonder hun honkbalpetten toe toen Mary naar de elektriciteitsmast liep. Nadat ze de foto even had bekeken, stak ze haar hand in haar nieuwe blauwe boodschappentas met de zilverkleurige details, haalde er een stapeltje biljetten uit en boog voorover om alle contanten die ze bij zich had in de pot te stoppen.

Samen met de joggers, de wandelaars en de fietsers begaf Mary zich over de landschappelijk aangelegde trottoirs in de richting van de bank. Onderweg vroeg ze zich af of Gooch de tragedie van Heather zou aanvoelen en aangetrokken door de gebedskring van die dag naar zijn moeder zou terugkeren.

Zoals beloofd was haar nieuwe pinpas gearriveerd, en ze popelde om hem uit te proberen in de automaat aan de buitenkant van het gebouw. Ze nam het maximumbedrag op en keek naar het saldo op het bonnetje. Er was nog een ander bedrag van de rekening gehaald. Nog eens vierhonderd dollar. Gooch – dat kon alleen Gooch zijn. Die opname was de intiemste communicatie die ze hadden gehad sinds hij aan de vooravond van hun trouwdag met die bepaalde blik naar haar had gekeken en had gezegd: 'Niet opblijven, hoor.'

Bij het oversteken van de parkeerplaats voelde ze haar hart hoopvol opspringen. Dat er geld was opgenomen bewees dat hij niet dood was. Hij was niet van een klif gevallen. Hij was niet in de bossen verdwaald. Het kon best zijn dat hij op ditzelfde moment over de snelweg kwam aanracen omdat hij de antwoorden had gevonden waarnaar hij op zoek was geweest. Hij had misschien geld opgenomen voor de laatste etappe terug naar Eden. Ze stapte door de gangpaden van de drugstore terwijl haar optimisme langzaam werd gewurgd door die pijn tussen haar ogen. Ze liep naar de apotheker bij de toonbank achterin om naar de sterkste pijnstiller te informeren. Ze besefte dat ze te voet Edens huis niet zou halen en vroeg de apotheker of hij zo vriendelijk wilde zijn een taxi voor haar te bellen. 'Ik zit in de schaduw bij het restaurant te wachten,' zei ze.

'Het duurt wel…'

'Dat weet ik.' Ze glimlachte.

De buitenlucht opsnuivend nam Mary niet zozeer een geur waar als wel iets vochtigs. De chauffeur van de limousine had gezegd dat de oceaan de tegenovergestelde kant op was van Golden Hills. Een kwartiertje rijden van waar ze stond. Ze verlangde ernaar om daarheen te gaan, om met opgerolde broekspijpen in de branding te staan en de zoute spatten op haar knappe gezicht te voelen en tot de zeegod te bidden om de terugkeer van haar man.

De weg werd vanaf haar plek op de bank aan het oog onttrokken door een rij slanke cipressen. Big-banddansmuziek schetterde uit een luidspreker die verborgen zat in een namaakrotsblok bij haar voeten. In de omhelzing van een paar sterke, forse armen sloot ze haar ogen en ze deinde zachtjes mee met de muziek. Ze kon het aantal keren dat ze met haar man had gedanst op de vingers van haar twee handen tellen, en het was altijd op een bruiloft geweest. Steevast stond Gooch erop dat hij de laatste dans kreeg, waarbij hij haar overeind trok en zich dan naar voren boog om haar oor te kussen, omdat hij wilde vrijen.

De rest van de avond bracht ze dan op haar stoel door met een voorraadje amandeldragees uit witgazen zakjes om op te sabbelen. Bruiloft na bruiloft had Mary zichzelf gelukkig geprezen dat ze zo zelfstandig was. Ze had Gooch niet nodig om de hele avond naast haar te zitten omdat zij nu eenmaal niet van dansen hield, of niet kon dansen, of zich eenvoudig niet kon voorstellen dat ze te midden van onbekenden met haar overdadige achterste zou gaan schudden. En ze was niet zomaar onafhankelijk, ze was zelfverzekerd en moedigde Gooch aan met andere vrouwen te dansen. *Ga maar met Wendy dansen. Ga lekker swingen met Kim en Patti.*

Alle vrouwen wilden met Gooch dansen. Ze wilden zich klein voelen in die grote, sterke armen, in de greep van die enorme hand tegen het smalle deel van hun rug, net doen of ze niets merkten als dij langs heup streek en zachte haren blozende wangen beroerden. Flagrante overtredingen die dankzij de kater van de ochtend erna werden vergeven of vergeten. Ronddraaiende onderbuiken. Schuddende borsten. Pompende achterwerken. Een hele rits strafschoppen wegens vasthouden.

Gooch maakte vaak het grapje dat Mary hem op bruiloften 'voor hoer liet spelen'. 'Ga even met de tante van Dave dansen. Haar man is vijf jaar geleden gestorven,' zei ze dan. Of: 'Ik heb tegen Joyce gezegd dat ik jou in haar balboekje zou zetten. Haar man heeft jicht.'

Op de laatste bruiloft die ze hadden meegemaakt, het huwelijk van de oudste dochter van Theo Fotopolis met een jongen uit Athene, waren ze vreemdelingen geweest. De tafel voor tien personen waaraan ze waren geplaatst, was het verst verwijderd van de bruid en bruidegom, waarmee rang en aanzien van het echtpaar Gooch duidelijk was weergegeven. Die positie kwam Mary heel goed uit, aangezien ze niets fatsoenlijks om aan te trekken had gehad en een veel te huiselijke blouse en rok droeg in een zee van geflonker en geglim. Toen ze zich voorstelde aan haar tafelgenoten, merkte ze dat dit het eiland was van de loslopers en de verschoppelingen: de zwartgallige weduwnaar, de kwebbelende ongetrouwde tante, de alleenstaande fotograaf, de priester en zijn moeder.

De stoel naast Mary was leeg gebleven gedurende het lange, heerlijke Griekse diner dat voor Mary's mond was wat seks ooit voor haar kern was geweest. Een instantverslaving. Ze wilde alles en meer, en ze mocht er dan een hekel aan hebben om in het openbaar te eten, ze at bij elke machtige gang tot aan het nagerecht alles weer schoon op. En toen verscheen de laatste gast om de plaats naast haar in te nemen.

Mary was indertijd halverwege de dertig. De vrouw was omstreeks dezelfde leeftijd maar zag er jonger uit. Ze was een stuk langer en slank, ze droeg haar bruine haar in een modieus kort kapsel en een eenvoudige blauwe jurk die haar hoge boezem en ronde heupen omspeelde. Ze ging zitten en fluisterde Mary zusterlijk toe: 'Dit is zeker de vrijgezellentafel, hè? Ik heb een hekel aan bruiloften.' Maar toen haar blik op Gooch in zijn donkere pak viel, grijnsde ze en voegde eraan toe: 'Of misschien ook niet.'

Omdat er ineens een toost op de bruid werd uitgebracht, kreeg Mary niet de kans Gooch als haar man voor te stellen. Zodra ze de winderigheid in haar darmen voelde, besefte ze dat ze te veel en te snel had gegeten. Ze liet het met honing doordrenkte gebak op haar bord liggen en excuseerde zich om op zoek te gaan naar de toiletten.

Net toen ze terugkwam, zette de band de eerste maat in en de pas gearriveerde gast trok Gooch de dansvloer op terwijl de band een langzaam nummer speelde. Gooch zag Mary in de menigte staan. Hij haalde zijn schouders op, alsof hij wilde zeggen: *Wat moet ik anders?* Mary keerde zich om, liep naar de wagen op het parkeerterrein en ging tegen de grille aan geleund naar de muziek staan luisteren die door de wind werd aangevoerd, terwijl ze zich afvroeg hoeveel nummers het zou kosten voordat Gooch in de gaten had dat ze was verdwenen.

Hij was er in een oogwenk, vanaf de grote eikenhouten deuren van de zaal speurde hij het parkeerterrein af. Zijn lange benen joegen hem voort. Hij was kwaad. 'Je mag niet zomaar weglopen.'

'Laten we naar huis gaan.'

'We gaan niet naar huis,' zei hij gedecideerd.

'Ik ga naar huis.'

'En ik blijf, Mary,' zei hij uitdagend en hij keerde zich om en vertrok.

Mary mocht dan nog zoveel ervaring hebben met dingen ontkennen, ze kon haar echtgenoot eenvoudig niet alleen op de bruiloft achterlaten. Bij terugkeer in de zaal zag ze hoe de mooie vrouw Gooch opzocht in de menigte bij de bar. Ze bekeek hun lichaamstaal terwijl hij boven het lawaai uit met de vrouw sprak. Ze keek Mary's kant op en richtte toen met een grijnslach haar aandacht weer op Gooch. Gooch zei nog iets. De vrouw keek opnieuw in Mary's richting, verbijsterd, vervolgens berouwvol, verontschuldigend, gegeneerd. Mary kon het haar wel vergeven, wie had er immers ooit een potloodlijntje tussen Mary en Gooch kunnen trekken, zoals dat bij associatieoefeningen voor peuters werd gedaan?

Toen de laatste dans van die avond kwam – de laatste die ze ooit samen zouden dansen – kwam Gooch met dat brutale lachje van hem op haar af, met zijn hand uitgestoken. 'De laatste dans, Mare.'

Ze glimlachte, tilde haar hand naar de zijne en liet zich door hem naar de dansvloer trekken. Met zijn hand tegen haar rug, waarop geen smalle plek te vinden was, trok hij haar tegen zich aan en leidde haar in een trage cirkel door de weinige dansers die nog waren overgebleven, en hij boog naar voren om haar oor te kussen en haar toe te fluisteren: 'Ik hou van je.'

Onder het rondzwieren zong Gooch met hete adem en de schorre stem van een popster in haar oor. Mary nestelde zich tegen zijn lichaam en sloot haar ogen, tot ze de duw van een andere derrière op de dansvloer voelde. De mooie vrouw met de blauwe jurk, die met het neefje van twaalf van de bruidegom danste. De wangen van de jongen waren bloedrood van gelukzaligheid, zijn mond in een ongeneeslijke grijns. Die was in de zevende hemel. Mary werd misselijk.

Elk uitzicht op de mooie vrouw dat Mary onder het dansen kwijtraakte, was een winstpunt voor Gooch. Ze beeldde zich in dat hij al helemaal niet meer draaide en zijn blik geen moment de bloedmooie buit van de jongen losliet. Ze kromp ineen toen ze hem in het vet op haar rug voelde knijpen. Zodra ze zijn erectie voelde zwellen duwde ze hem van zich af en zei: 'We gaan, Gooch.'

Gooch vatte het gebaar verkeerd op en raakte in verwarring toen de greep naar haar borst met een tik werd beantwoord. 'Niet als ik achter het stuur zit,' zei ze verwijtend. Ze kuchte en deed haar best geen beschuldigende toon aan te slaan. 'Ik weet waar je aan denkt, Gooch.'

'Ik nam aan dat jij hetzelfde dacht,' zei hij lachend en hij stak zijn hand naar haar dij uit.

'Ik weet waar je aan denkt, Gooch,' zei ze nog eens en ze stelde zich de vrouw met de blauwe jurk voor.

Zijn opwinding stond zijn bevattingsvermogen enigszins in de weg, maar omdat hij wel zag dat het de verkeerde kant op ging, schudde hij zijn hoofd. 'Ik denk alleen maar dat het al een tijd geleden is, Mare. Ik denk alleen maar dat ik met mijn vrouw wil vrijen,' zei hij.

Mary zat net bij de herinnering aan die laatste dans met Gooch te huiveren, toen de taxi veel eerder dan verwacht kwam aanrijden, met achter het stuur de vriendelijke man van de verkeerstips.

Toen ze bij Eden arriveerde, zag ze de Prius op de oprit staan maar geen andere auto. Blijkbaar was Chita alweer niet komen opdagen, zoals Eden al had gevreesd. Ze belde aan, en toen er niet werd opengedaan, begon ze zich af te vragen of haar schoonmoeder alweer ratten uit de bosjes aan het jagen was. Uiteindelijk verscheen Eden rood aangelopen en buiten adem. 'Hij ligt in het ziekenhuis. Hij heeft een attaque gehad toen de zuster hier gisteravond was. Ik heb de hele nacht aan zijn bed gezeten. Ik ben net terug.'

'Ach, Eden,' zei Mary, en ze liep het bedompte huis in. Toen ze achter de oude vrouw aan door de gang naar Jacks kamer liep, viel haar de wanorde op.

'Chita heeft ontslag genomen,' zei Eden. 'Ze heeft gisteren gebeld.'

In Jacks kamer waren de gordijnen gesloten, maar Mary kon in het schemerlicht de holte in het matras onderscheiden waar hij had gelegen, de medicijnen die over de nachtkastjes verspreid stonden, een berg smerig beddengoed op de grond. Voor het eerst was ze dankbaar dat haar reukvermogen achteruit was gegaan. Eden trok het gordijn voor de glazen wand weg, maar er zat een ring vast. Ze bleef aan de stof rukken tot ze tot haar schrik de roe compleet van de haken trok en het gordijn op de grond viel. Nu de ziekenkamer ineens in helder zonlicht baadde, stapte ze bij het raam vandaan en deed de kastdeur open. 'Ik moet uitzoeken welke pakken van Jack moeten worden gestoomd.'

Mary's oog viel op een verzameling foto's op Jacks commode en ze moest denken wat voor prachtig knipselboek Wendy daar wel van kon maken als bewijs voor de eeuwigdurende liefde van het stel. Foto's van de exotische vakantiereizen die ze hadden gemaakt. Kiekjes van hen tweeën hand in hand op de zeilboot die Jack had gehad, of voor het landhuis met het lange zwembad. 'Heeft Jack een zeilboot gehad?'

'Hij was dol op de zee. Het was vreselijk voor hem toen hij niet meer kon zeilen. Dat miste hij meer dan autorijden. Kun je me helpen kiezen tussen de blauwe en de grijze?'

Mary begreep dat ze de kleren gingen kiezen waarin Jack begraven zou worden en nam even de tijd voordat ze antwoord gaf. 'De blauwe.' Toen ze opnieuw de foto's bekeek, schoot het haar ineens te binnen. 'Heeft Jack geen dochters?'

'Hij heeft er drie. De oudste woont in Redding. De andere meisjes wonen in Bay Area.'

'Zijn ze nu hier?'

'Nee.'

'Komen ze nog?'

Eden haalde haar schouders op.

'Weten ze het wel?'

Eden gaf geen antwoord.

'Vind je niet dat ze het moeten weten, Eden?'

'Ze hadden nooit tijd om langs te komen, dus waarom zouden ze dan afscheid moeten nemen?'

'Het zijn zijn kinderen.'

'Ze bellen nooit. Ze komen nooit op bezoek. Ze zien die arme kerel als een duivel. Ze geloofden alles wat zijn ex zei. Jack heeft zijn kleinkinderen zelfs nog nooit gezien. Elke avond heeft hij gebeden dat die meisjes nog eens het licht zouden zien. Ze hebben zijn hart gebroken.'

Ze schrokken allebei van het gerinkel van de telefoon naast het bed.

'Hallo,' zei Eden tegen de hoorn. 'Hallo? Hallo?' Even later legde ze hem neer. 'Verbinding verbroken.'

'En als het Gooch nou eens was? Of iets over Jack?'

'Als het iets belangrijks is, bellen ze nog weleens.'

De twee vrouwen stonden naar de telefoon te staren. 'Onze zilveren bruiloft is in januari,' zei Eden, terwijl ze de diamanten clusterring rond haar kromgetrokken linkerringvinger draaide.

Mary keek bewonderend toe hoe de stenen het licht verstrooiden.

'De onze is een paar weken geleden geweest.'

Eden draaide zich om. De herinnering kwam terug. 'In oktober. Ja. Dat weet ik nog.' Haar oog viel op Mary's ringvinger. 'Je trouwring.'

'Die heb ik jaren geleden moeten laten doorsnijden. Mijn vinger werd te dik.'

'Jimmy had de zijne nog om toen hij hier was,' zei Eden. 'Het viel me op dat hij zijn trouwring omhad, als dat al iets betekent.'

Mary glimlachte.

'Nou ja,' zei Eden met een blik op de telefoon. 'Het was blijkbaar niets bijzonders. Ik moet even gaan liggen.' Ze ademde in, maar zei verder niets toen ze overeind kwam, door de gang schuifelde, met haar wreed kromgetrokken vingers de deurknop omdraaide en haar kamer in glipte.

Mary wierp een blik omlaag naar haar eigen handen, dankbaar voor hun schitterende mechaniek, dankbaar jegens alle tien haar vingers voor hun jarenlange steun. Toen ze zich omdraaide om de kamer te verlaten ving ze een glimp van iets op in de spiegel op Jacks commode. Een zilveren flits op haar schedel. Haar haarwortels waren alweer zichtbaar.

Aangetrokken door de zon liet ze zich door haar voeten mee naar buiten nemen, naar de patio naast het zwembad. Ze vroeg zich af of er al iemand was langs geweest om het zwembad schoon te maken maar door Eden was weggestuurd, of dat ze niemand thuis hadden getroffen. Ze zag hoe de weerspiegeling van haar ziel haar van het troebelgroene water aanstaarde, maar anders dan zoals ze hem eerder had gezien. Door haar veranderende tijdwaarneming was ook de som van haar spiegelbeelden gewijzigd. Ze was niet langer dienstbaar aan het verleden, niet langer samenzweerder maar kameraad voor de spiegel. En dat ongrijpbare geluk waar ze zo vaak over had nagedacht? Misschien werd geluk wel door iedereen verkeerd opgevat, dacht ze. Misschien was geluk het ontbreken van angst. Ze had het gevoel dat ze bij de tewaterlating van haar eigen transformatie aanwezig was, en had gewild dat ze een fles champagne bij de hand had gehad om tegen haar knie kapot te gooien. Ze nam haar gestalte in het rimpelende water op en voelde de merkwaardige aanvechting om 'Dikke-meidenrevolutie!' te schreeuwen.

Kwam het daar allemaal op neer? Het vertrek uit Leaford? Het afscheid van haar honger? Het afleggen van haar angst? Een revolutie – en dan niet tégen zichzelf maar juist als steunbetuiging. In veel opzichten mocht ze Gooch dankbaar zijn. Maar ze zag wel in dat ook een revolutionair de juiste verhoudingen uit het oog kon verliezen. En zijn geduld kon kwijtraken.

Even later hoorde ze geluiden uit de keuken komen, en binnen trof ze Eden aan.

'Ik ga terug naar het ziekenhuis.'

'Wil je dat ik meega?'

'Nee. Maar je kunt wel hier blijven, als je dat wilt.'

'Wil je dat ik blijf tot je terug bent?'

'Ik dacht alleen dat het voor jou misschien prettiger was dan in een hotel zitten.'

Toen Eden vertrokken was, haalde Mary de lakens van Jacks bed en zette ze de ramen open om de bedompte lucht naar buiten te vegen. Met de stofzuiger zoog ze dode huid van de golven versleten tapijt en ze stofte de ingelijste foto's op zijn commode af. Toen ze zijn kamer grondig had schoongemaakt, waste ze af, zette ze een was op en veegde ze de terracotta vloer van de gang. Onderwijl dacht ze al neuriënd na over haar tevreden gevoel. 'Dienstbaar zijn. Ken je dat gevoel?' had Grote Avi haar gevraagd.

De echtgenote van de zoon

Eden was nog steeds niet thuis, dus schudde Mary de kussens van de Ethan Allen op en ging zitten uitrusten. De gordijnen waren gedeeltelijk dichtgetrokken en de kamer was in schaduw gehuld toen ze haar blik langs de boekenkast liet gaan waar tientallen oude boeken stonden, waaronder titels die haar bekend voorkwamen, en een grote in leer gebonden bijbel. Ze sloeg de bijbel open, haalde een deel van de contanten in haar portemonnee tevoorschijn en stopte ze er netjes tussen, waarna ze het boek weer op de plank terugzette. Ze schrok toen de telefoon naast haar begon te rinkelen. Ze twijfelde of ze moest opnemen, tot ze paniekerig bedacht dat het Gooch kon zijn.

'Hallo?' zei ze aarzelend.

Aan de andere kant viel de lijn dood. Of er was nooit iemand geweest. Weer zo'n verbroken verbinding. Volgens Eden gebeurde het voortdurend – net zoals het verschijnsel verlaten vrouwen, nam Mary aan.

Net toen ze de telefoon neerlegde, zag ze een turkooizen Chevy de oprit in draaien. Een schitterende oude auto, waar Gooch dol op zou zijn geweest, maar ze zag dat de man achter het stuur niet Gooch was, en evenmin was hij bij de mensen die uitstapten. Ze had besloten niet open te doen en had zich verdekt opgesteld in de gang toen ze iemand hoorde kloppen. Een stem riep: 'Hallo?'

Toen Mary zich omdraaide zag ze het gezicht van een jongeman met blauwe ogen die door het kleine raampje naast de voordeur naar binnen tuurde. Na opening van de voordeur trof ze vier mensen aan die haar vanaf de veranda aankeken. De jongeman met de blauwe ogen. Een bejaarde vrouw met grijze ogen. Een knokige oude man met een donkere baard en zwarte ogen. De man van middelbare leeftijd die een elastisch sportbroekje aanhad en eruitzag alsof hij op de atletiekbaan of in een sporttijdschrift thuishoorde, had groene ogen.

'Ik ben Berton,' zei de knokige man. 'Dit is Michael.' De hardloper. 'Donna.' De oude vrouw. 'Shawn.' De man met de blauwe ogen. Ze lachten vriendelijk terwijl de knokige man verderging: 'En jij bent vast Mary.'

'Ja,' zei ze, en intussen vroeg ze zich af wie dit kwartet wel mocht zijn en waarom ze haar naam kenden.

'We zijn hier voor de gebedskring,' zei de man met een blik over haar schouder het huis in.

'O jeetje,' zei Mary. 'Heeft Eden jullie niet gebeld? Jack is opgenomen.'

Zijn ziekte in aanmerking genomen leek de groep buitenproportioneel verrast.

'Ik neem aan dat de gebedskring is afgelast,' voegde ze eraan toe. Ze hield de deur vast.

De jongeman stoof op. 'De gebedskring wordt niet afgelast.'

'De gebedskring wordt nooit afgelast,' sloot Berton zich bij hem aan met een gebaar het huis in.

Mary stapte opzij om het viertal binnen te laten. Ze had zich een minder uiteenlopende groep voorgesteld. Had Eden trouwens niet gezegd dat het er zes waren? Ik heb geen eten klaargemaakt, schoot haar te binnen, en ze was opgelucht toen de oude vrouw, Donna, glimlachend op haar arm klopte.

'Doe je mee, Mary?' vroeg Berton, op weg naar de woonkamer.

Ze wilde helemaal niet meedoen maar kon geen goede reden bedenken om te weigeren, dus knikte ze en liep achter hen aan. Ze kneep haar ogen dicht toen Shawn de gordijnen opentrok om de zon toe te laten. Berton en Michael gingen op de stoelen bij het raam zitten. Mary koos een plaatsje op de bank tussen de andere twee.

'Gil en Terri zijn er vandaag niet bij,' liet Berton weten, voordat hij zijn handen uitstak en aan de ene kant de hardloper en aan de andere kant de blauwogige man vastpakte. Mary stak de jongeman en de oude vrouw een hand toe, en de laatste pakte ook een hand van de hardloper vast.

Ze namen elkaar op, waarbij Mary hun voorbeeld volgde en in de blauwe, de grijze, de zwarte en de groene ogen schouwde. Tot haar verrassing had geen van de deelnemers aan de gebedskring een bijbel bij zich, dus vroeg ze zich af of ze die van Eden zouden lenen en dan het geld vonden dat ze tussen de bladzijden had verstopt. Shawn was degene die uiteindelijk begon te praten. Zijn soepele jonge stem maakte trillingen in zijn keel los die via zijn arm omlaagliepen en van zijn hand in die van Mary overvloeiden. 'Wij zijn uw nederige dienaren. Shawn, Donna, Berton, Michael en Mary,' zei hij met een blik naar haar. 'Wij zijn hier vandaag tezamen om te bidden voor Jack. Wees onze broeder Jack genadig, Heer.'

Gezamenlijk mompelde de groep: 'Laat ons bidden.'

'En we zijn hier tezamen om voor Mary te bidden,' voegde hij eraan toe, en aller ogen wendden zich naar haar.

Ze rukte haar handen los uit die van de onbekenden. 'Voor mij hoeven jullie niet te bidden.'

Shawn hield zijn hoofd scheef. 'Eden heeft ons verteld waarom je hier bent.'

De vrouw van de zoon. Natuurlijk had Eden haar gebedsgroep verteld over die dikke schoondochter van haar die naar Californië was gekomen op zoek naar haar eigenzinnige echtgenoot. Ze kon aan hun gezichtsuitdrukking zien dat ze al eerder voor haar hadden gebeden. Voor Gooch ongetwijfeld ook. Mary vroeg zich af of Eden deze mensen ook over Heather had verteld. De blauwogige man had niet gezegd dat ze voor de ziel van de verloren dochter zouden bidden.

'Toe nou, Mary.'

Ingeklemd tussen de oude vrouw en de jongeman, doordrongen van haar verplichtingen jegens Eden, en omdat ze nu eenmaal niets meer te verliezen had, pakte Mary zijn hand vast en ook Donna stak ze opnieuw haar hand toe. In het felle licht van de warme zon rilde ze toen Shawn zei: 'Help Mary Gooch te vinden waar ze naar op zoek is, Heer.' Mompelend gaf de groep blijk van zijn instemming. 'Laat ons bidden.'

Samen met de anderen sloeg Mary haar ogen neer in afwachting van het moment waarop de gebedskring zou beginnen. Ze nam aan dat ze om beurten uit de Schrift zouden voorlezen, gevolgd door speciale gebeden voor Jack. En overdenkingen over haar eigen zoektocht. Ze hoopte dat ze voor Heather zouden bidden. Iemand moest voor Heather bidden.

De klok tikte voort, maar niemand deed zijn ogen open. Met de zon op haar gezicht, de tegen haar aan gedrukte lichamen en de hitte van de onbekende handen in de hare bekeek Mary de vier gebogen hoofden. Waren ze echt tegen God aan het praten? Viel zo'n soort gesprek van iemands gezicht te lezen?

Ze dacht aan Jack, begaan met zijn sterven, ook al was hij nauwelijks meer dan een vreemde. En begaan met Eden die net als zij alleen zou achterblijven. Moge God Eden helpen, dacht ze, en ze vroeg zich af of dat voor een gebed kon doorgaan. Hoe vaak had ze in hoeveel nachten tot God gebeden? Wensen uitgesproken? Onoprecht dankgezegd. Oppervlakkige verzoeken gedaan. Onzeker over wie of wat het precies was dat ze probeerde te bereiken. Ze dacht na over haar veranderde verhouding met haar eigen ziel; duizenden kilometers ver weg was ze, anders dan ze was geweest. Mensen veranderden wel degelijk. Het pad van je leven kon een plotselinge bocht naar links maken en een volkomen andere toekomst opleveren.

Met haar aandacht bij haar ademhaling en haar gedachten bij het ten halve geleefde leven van Heather was Mary vastbesloten dat haar eigen einde geen kwestie van een weloverwogen risico zou zijn. Ze zag hoe haar eigen pad omhoogliep, maar niet uit een geul in de modder, maar als een met kinderkopjes bestrate weg onder een bladerdak. Ze wachtte nog steeds op het begin van de gebedskring tot ze besefte dat die al begonnen was.

Toen hij voorbij was, voelde ze zich bedrogen dat hun gezamenlijke gebed in stilte zo kort had geduurd, totdat ze tot haar schrik op de klok zag dat er een heel uur was verstreken. Het viertal vertrok al even stil als ze gekomen waren, zonder donderslag, schreeuwerige retoriek, gemeenplaatsen of zieltjeswinnerij. Zonder één woord.

Toen de Prius even later kwam voorrijden, zat Mary net even van haar rust te genieten op de Ethan Allen.

'Ik had vergeten wat foto's voor hem mee te nemen,' zei Eden toen ze de gang binnen kwam stuiven.

'Hebben ze gezegd hoe lang hij daar nog ligt?' vroeg Mary. 'Ik heb zijn kamer schoongemaakt. De lakens zitten in de droger.'

'Hij komt niet meer thuis, Mary,' zei Eden vormelijk.

'Kom toch lekker even zitten.' Eden koos een plaats naast haar op de bank. 'Zal ik thee voor je zetten?'

'Ik wil geen thee,' zei Eden. 'Ik wil Jimmy. Ik wil Heather. Wat heb ik gedaan, Mary?'

Mary pakte Edens vingers vast.

'De laatste keer dat ik haar heb gezien, had ze braaksel op haar trui zitten,' zei Eden. 'Daar moet ik de hele tijd aan denken.'

'De laatste keer dat ik haar heb gezien, lachte ze,' zei Mary en ze moest aan Heather denken met haar medaillon.

Toen ze na verloop van tijd Edens rustige ademhaling naast zich voelde, begreep Mary dat de oude vrouw sliep. Als een vermoeide moeder met een ziek kind, deed ze zelf ook haar ogen dicht. Toen ze ze weer opendeed, was ze alleen. Eden was in de keuken verderop in de gang met borden aan het kletteren. Mary ging op het geluid af en bleef in de deuropening staan toen Eden liet weten dat ze iets moesten eten.

'Ja,' stemde ze in, al liepen ze vervolgens geen van beiden naar de koelkast.

'Voor ik terugga naar het ziekenhuis, moet ik eerst het bureau bellen,' hielp Eden zichzelf herinneren.

'Je hoeft geen vervanging voor Chita te regelen. Ik kan helpen, Eden. Ik help je wel.'

Eden zweeg even. 'Blijf je dan hier logeren?'

'Wil je dat ik blijf logeren?'

'Je kunt in Jacks kamer slapen.'

Mary dacht aan haar oppasklusje en keek op de klok. 'Ik ben alleen pas om negen uur weer terug.'

'Waarom?'

'Ik pas op de kinderen van een vrouw verderop in de straat.'

'Oppassen?'

'Voor iemand die ik hier heb ontmoet. Ze kent Jack en jou. Ronni Reeves. Ik heb er gisteravond ook opgepast.'

'Nou ja, je was altijd al zo'n type dat snel vrienden maakte.'

Niets was minder waar, dacht Mary, maar ze zei: 'Ach ja.'

'Ik zit zelf ook tot laat in het ziekenhuis. Ik kan er alleen absoluut niet tegen om in een leeg huis te slapen.'

Nadat ze zichzelf en haar schoonmoeder een paar geroosterde boterhammen en wat aardbeien had opgedrongen, ging Mary op pad om zich uit te checken bij het hotel. Toen ze de helling naar de Highlands op liep, kon ze zich absoluut niet voorstellen waar haar kracht vandaan kwam, en ze vroeg zich af hoeveel invloed de mensen van de gebedskring eigenlijk bij hun schepper hadden.

Daar had je de achtbaan weer. Tussen hoop en wanhoop heen en weer slingerend. In het voorbijdreunende verkeer zag ze achter het stuur van elke auto Gooch zitten. Gooch hoorde hier te zijn. Zijn moeder had hem nodig. Zijn vrouw had hem nodig. Ze deed haar ogen dicht en zond een smeekbede met de wind mee. *Jack ligt op sterven, Gooch. Kom alsjeblieft hierheen.*

Met haar verschrompelde schoonvader in zijn rolstoel in gedachten, schoot haar te binnen dat Gooch Jack ook had gezien en moest hebben geweten dat de man niet lang meer te leven had. Gooch had niet eens een telefoonnummer achtergelaten om hem te bellen als Jack was gestorven. Sodemieter op, Gooch, dacht ze plotseling. Sodemieter ook maar helemaal op. Er schoot haar een woord te binnen uit de brief die hij haar had gestuurd. Lafaard. *Inderdaad.*

Onderweg door de voorbarig inzettende schemering schoot haar te binnen dat ze eigenlijk van plan was geweest in het winkelcentrum een taxi te bellen. Nu was het te laat. Te moe om verder te gaan. Te ver om terug te gaan. De straten zaten verstopt met verkeer, maar op de trottoirs liepen slechts weinig mensen. Toen ze achter zich stappen hoorde, klemde ze haar sportieve blauwe boodschappentas tegen haar borst. De voetstappen kwamen dichterbij. Had ze maar een blikje Mace bij zich gehad zoals ze op de televisie had gezien, voor als de enige straatdief van heel Golden Hills achter haar aanzat.

In een vlaag testosteron kwam een tienerjongen langs haar heen stuiven in de richting van een tienermeisje dat uit de beschutting van de bomen vandaan kwam stappen. Volledig in elkaars ban vielen ze met dwalende handen en hongerige monden elkaar in de armen. Ze moest aan zichzelf en Gooch denken in die begintijd. Zij waren net zulke losbandige geliefden geweest.

Het was Mary niet opgevallen dat het meisje een koptelefoon ophad, totdat ze een van de oortjes lostrok en hem in het oor van de jongen stopte. Hij sloeg zijn armen om haar middel en begon met zijn bekken tegen het hare gedrukt en in haar ogen starend te zwieren. Hoe razend ze ook was om zijn lafheid, op dat moment had Mary haar leven gegeven voor nog één dans met Gooch.

Bang in het donker

Hoe uitgeput ze ook mocht zijn, toen Ronni Reeves de deur opendeed, zag ze er chic uit in haar rode jersey jurk, leren laarzen met
hoge hakken en rammelende zilveren sieraden. 'Tom is vandaag de
stad uit gegaan, Mary, dus je hoeft je geen zorgen te maken dat er
vanavond weer zo'n toestand komt. Hoe gaat het met Jack?'

'Hij ligt in het ziekenhuis,' zei Mary. 'En hij komt niet meer thuis.
Ik ga bij Eden logeren.'

'Wat naar allemaal.'

Mary knikte, en om de stemming wat op te vrolijken wees ze
naar Ronni Reeves' jurk. 'Die kleur staat je goed.' Ronni bedankte
haar terwijl ze uit alle macht probeerde niet op het marineblauwe
schortpak te letten. 'Ik heb nog niet veel tijd gehad om te winkelen,'
legde Mary uit, haar schort rechttrekkend. 'Ik heb je gisteravond
vergeten te vragen wat de bedtijd van de jongens is.'

Ronni trok haar neus op. 'Ze hebben niet echt een bedtijd.'

Toen hun moeder was vertrokken, bleken de jongens op de bank
in de zitkamer naast een stapel boeken op Mary te zitten wachten. Ze installeerde zich naast hen terwijl zij zaten te dringen om
haar hun lievelingsboek in handen te duwen. 'Deze lezen, mevrouw
Goochie,' smeekte Joshua.

'Goochie!' gilden de andere jongens.

'Wat dachten jullie ervan om me Mary te noemen?' zei ze lachend.

Toen ze zo'n tien boeken had voorgelezen, zag ze dat de knaap-
jes slaperig begonnen te worden en ze zei: 'Laten we jullie pyjama's
maar eens gaan opzoeken.'

Aangezien er nu eenmaal geen televisie was waar ze om konden
zeuren, volgden ze haar stilletjes de chique trap op naar de reusachtige slaapkamer die ze deelden. Daar kwamen de slaperige jongens

weer helemaal tot leven en ze begonnen elkaar over het drietal minieme bedjes achterna te zitten. Mary probeerde ze tegen te houden en schreeuwde: 'Dat doen we niet voor we naar bed gaan.'

Jeremy begon te lachen. 'Dat doen wíj wel voor we naar bed gaan.'

'Jongens!' zei ze, net als hun moeder in haar handen klappend, wat al even weinig effect had als het bij haar had opgeleverd. Jacob gooide een kussen naar haar hoofd. Ze stak haar hand uit naar het lichtknopje, deed het licht uit en sloot de deur, zodat ze in het donker zaten.

Jeremy schreeuwde: 'Nee!'

Jacob gilde: 'Doe aan!'

Ze deed het licht weer aan. Ze namen haar bevreemd op en hervatten al kussens gooiend en op de bedden springend hun spel. Ze deed het licht uit. 'Doe aan! Doe het licht aan!' Ze deed het weer aan. Zo ging het door totdat de drieling het uiteindelijk opgaf, aangezien het stoppen en starten van hun spel meer inspanning vergde dan haar inspanningen.

Toen ze de kleine mormels in bed had gestopt, gaf Mary ze ieder een kus op hun voorhoofd. 'Wilt u het licht op de gang aanlaten, mevrouw Mary?' vroeg Jeremy. Ze wilde dat ze tegen ze had kunnen zeggen dat ze beter voor andere dingen bang konden zijn dan voor het donker.

Toen Ronni thuiskwam, keek ze erg op van de rust en van het feit dat Mary op de bank een boek zat te lezen. 'Waar zijn ze?'

'Ze slapen.'

'Zonder gedoe? Zonder driftbuien?'

'Helemaal niets.'

'Jij bent niet Mary Gooch, maar Mary Poppins.' Ronni telde een paar bankbiljetten uit haar tas af en gaf ze aan Mary. 'Voor mijn gevoel klopt het niet als ik je niet betaal. En ik heb een goede omzet gedraaid, vanavond. Dankjewel,' hield ze aan.

Mary duwde de bankbiljetten terug en zei: 'Ik kan dat geld niet aannemen. Ik mag hier helemaal niet werken. Ik ben Canadese, weet je nog wel? En ik heb het ook niet echt nodig.' Ze deed de deur open en stapte de veranda op, waar ze de lucht opsnoof.

Ronni kwam naast haar staan en zei: 'Iedereen heeft geld nodig,' terwijl ze haar de bankbiljetten weer toestopte.

'Ik niet. Heus waar. Mijn man heeft de loterij gewonnen.'

'Aha.'

'Echt waar. Met zo'n kraslot. Hij heeft vijfentwintigduizend dollar op mijn rekening gezet.'

'Dus hij won de loterij, zette vijfentwintigduizend dollar op je rekening, en toen nam hij de benen,' zei Ronni ironisch.

'Ja.'

Ronni besefte dat ze het echt meende. 'Hoeveel heeft hij dan gewonnen? Je bent zijn vrouw, dan heb je recht op de helft.'

'Dat weet Gooch vast ook wel. Ik hou het erop dat hij vijftigduizend heeft gewonnen.'

'Maar dat weet je niet zeker.'

'Ik ken Gooch. Die is fatsoenlijk.'

'Hij heeft je in de steek gelaten. Hij heeft geld gewonnen en dan laat hij je in de steek. En dan zeg jij nog dat je weet dat hij fatsoenlijk is.'

Mary rilde van de toon die ze aansloeg. Ze begon het pad af te lopen. 'Ik moet maar eens gaan, voor het geval mijn schoonmoeder…'

'Waarom huur je geen auto?'

'Mijn tas is gestolen en ik heb nog geen nieuw rijbewijs.'

Ronni Reeves glimlachte om een gedachte die in haar opkwam en liep het huis weer in om even later te verschijnen met een sleutel bungelend aan haar prachtige hand. 'Neem de Ram maar.' Ze wees naar de grote witte bestelwagen op de oprit.

'Pardon?'

'Jij hebt geen auto. Dan neem je de Ram. Als dank voor het oppassen. Hij staat tot je beschikking voor zo lang als je hier zit. Zo ga ik je terugbetalen.'

'Kan ik de Ram gebruiken?'

'Die is van Tom. Voor zijn woeste weekenden. Hij zei dat hij een poosje de stad uit is. Heb je weleens in een truck gereden?' Ze drukte Mary de sleutels in handen.

In de Dodge Ram heuvelafwaarts denderend in de richting van Edens huis, werd Mary helemaal duizelig bij de gedachte aan de vrijheid die zo'n auto verschafte, en het schoot haar te binnen hoe vreselijk graag ze die dag lang geleden op de gemotoriseerde fiets van Christopher Klik had willen rijden. Ze parkeerde op de oprit, waar ze tot haar verrassing de Prius zag staan, aangezien Eden toch van plan was geweest tot in de avond in het ziekenhuis te blijven.

Ze sloop het huis in, voor het geval dat Eden in slaap was, maar ze vond haar schoonmoeder zittend op de Ethan Allen met de telefoon op haar schoot. Ze zat wezenloos voor zich uit te staren en schrok toen Mary sprak. 'Ik heb een auto geleend. Een truck. Is het goed dat ik hem op de oprit heb gezet?'

'Van wie heb je een truck geleend?'

'Van Ronni Reeves. Mijn vriendin van verderop in de straat. Degene voor wie ik heb opgepast.'

'Je vriendin?'

Mary moest denken aan Irma op middelbare leeftijd, toen die verlamde verwarring van haar was begonnen. 'Ik heb haar een paar dagen terug leren kennen, Eden. Dat heb ik je al verteld. Haar vader heeft met Jack gestudeerd. Ronni Reeves?'

Eden schudde haar hoofd. 'Jack kende ontzettend veel mensen. Als we uit eten gingen, kwamen we altijd wel iemand tegen. Dat werd op den duur erg vervelend. Maar goed, fijn dat je een auto hebt. Je hebt inderdaad iets over oppassen gezegd.'

'Ik dacht dat ik misschien wel even naar de oceaan kan rijden.'

'Het is anders wel al laat, Mary.'

'Maar het is toch niet ver? En ik ben nog helemaal niet moe. Ga je mee?'

'Ik ga nog een paar uur naar het ziekenhuis. Ik ben alleen maar even naar huis gekomen om wat telefoontjes af te werken.' Ze zweeg even en kondigde toen aan: 'De twee uit Bay Area komen morgenochtend hierheen rijden.'

'De dochters van Jack?'

'En de andere belt zodra ze een vlucht heeft geboekt.' Eden stond op. Haar zwarte haar zwaaide langs haar ingevallen wangen. 'Ik heb een paar van Jacks oude poloshirts opgediept. Hij is een tijdje dik geweest. Dat zou je nou niet meer zeggen als je hem ziet. Misschien is er een bij die je past, Mary.' Ze pakte een trui van een haak naast de deur. 'Het is vreselijk koud in dat ziekenhuis.'

Nadat ze Eden had uitgezwaaid, vond Mary diverse pastelkleurige poloshirts op het bed uitgespreid, waarvan ze de grootste, een mintgroene, uitkoos. Na zich van haar blauwe schort te hebben ontdaan trok ze het katoenen shirt aan en kwam opgelucht tot de ontdekking dat hij over de bult van haar pens paste.

Verwachtingsvol hees Mary zich in de Ram, en ze bedacht dat het nooit in haar hoofd was opgekomen dat ze ooit een oceaan te zien zou krijgen totdat Grote Avi haar de weg had gewezen, en dat ze het inmiddels als een soort queeste was gaan beschouwen. De weg naar de kust was alweer een achtbaan, maar ditmaal in het donker. Kronkels en bochten, omhoog en omlaag, voorbij onzichtbaar landschap dat ze zich nauwelijks kon voorstellen. Na een bocht in de weg ving ze in de verte een glimp op van het glas van de Stille Oceaan overhuifd door een zwarte, sterrenrijke nacht. Ze reed verder, langs de verlichte landhuizen tussen de heuvels in de richting van de kust; ze opende de ramen van de truck en liet de wind tegen haar gezicht striemen.

Bij de kust aangekomen vond ze een plek naast de weg om haar auto te parkeren. Het strand was verlaten en duister, maar haar angst werd overstemd door de lokroep van de branding. Ze stapte uit de truck, schatte de afstand tot het zwarte water, trok haar gympen uit en begon door het koele zand te lopen.

Op weg naar de branding hijgde ze van de inspanning, ze voelde hoe haar ziel in haar lichaam verschoof, alsof ze haar best deed een beter uitzicht te krijgen, waar alleen de vage gloed van de snelweg haar bijlichtte. Bij de waterlijn bleef ze staan, met haar hand tegen haar hart, niet omdat ze die vertrouwde pijn voelde, maar omdat ze getroffen werd door de schoonheid van de avond, het zwarte water dat voor haar oprees, de nabijheid van de hemel en het gevoel dat ze net zo klein was als een zandkorrel onder haar voeten, en zo licht dat ze door de avondbries kon worden meegevoerd. Ze nam even de tijd om de oceaan te aanbidden, onder ogen te zien hoe klein en kort het leven was, om voor de mensen in verre landen aan de overkant van het water te bidden en dank te zeggen omdat de wereld een wonder was.

'*Agua*,' zei ze hardop.

Ze tilde haar broek op en stapte met haar mollige, roze voeten in het water, geschokt toen het ijskoud bleek te zijn, en stelde zich Gooch voor die in de branding van dezelfde oceaan stond. Wat zou er door hem heen gaan? Hij moest intussen toch wel een paar conclusies hebben getrokken over zijn leven, zijn huwelijk. *Hij heeft toch al een beslissing genomen.*

Ze zocht een koele, droge plek op het zand op en ging zitten. Nadat ze om zich heen had gekeken of ze echt alleen was, strekte ze zich uit op de witte zandkorrels met haar armen langs haar lichaam als een door een kind gemaakte sneeuwpop. Opnieuw moest ze denken aan die nacht in Leaford dat ze naakt was gaan liggen in de storm. Ze zocht de Grote Beer op, de Kleine Beer, het lint van licht waarvan Gee-soes had gezegd dat het de Melkweg was, en liet haar blik ronddwalen in de hoop dat ze weer een vallende ster zag en een wens zou kunnen doen. Jesús García mocht dan beweren dat de kosmos niets wonderbaarlijks was, maar onder dat oogverblindende hemelgewelf gelegen begreep ze heel goed waarom mensen hun doden in de hemel plaatsten. Waarom ze zich voorstelden dat God daar was. Na verloop van tijd sloot ze haar ogen om haar oogleden af te speuren op zoek naar duidelijkheid, in de hoop dat God ook haar steentje zou bijdragen.

Orin had altijd tegen haar gezegd dat ze een slok water uit de tuinslang moest nemen en verdergaan. Heather had hetzelfde gezegd. Maar als verdergaan inhield dat ze naar Canada terug moest zonder Gooch te zien, dan kon ze dat niet. Zodra ze zich voorstelde dat ze zou vertrekken, was er een zeurderig stemmetje dat haar waarschuwde dat ze iets van levensbelang zou mislopen als ze vertrok. Ze kwam tot de slotsom dat de wachttijd op zijn minst niet voor niets was. Ze voelde dat ze gewaardeerd werd door Eden. En door Ronni Reeves en haar jongens. Ze had een wagen, en ze had geld op de bank. Dat nadenken over haar lastige situatie kwam haar niet bekend voor. Er was geen neergaande spiraal van wanhoop. Alleen een rustige overweging van haar bestaan. Een inwendige revolutie.

Zonder conclusies te trekken en metaforen te mengen liet Mary de bespiegelingen over haar man voor wat ze waren en boog ze zich over de curiositeit van haar verdwenen honger. Ze kon elk hapje dat ze de afgelopen paar weken naar binnen had gewerkt opnoemen, en bij elkaar was het minder voedsel dan ze in haar vorige incarnatie meestal op één dag at. Die duivelse honger die haar nooit verliet was in een poortwachter veranderd.

Maar iets wat je verloor, kon je terugvinden. Haar tas. Haar man. Of misschien was de honger voor altijd verdwenen, net als haar baby's. Heather. Gooch? Ze wilde nooit meer het gebrul horen van het obeest, maar ze wist wel dat ze zich niet voor onbeperkte tijd op de been kon houden met een vaag gevoel van misselijkheid rond het thema voedsel.

Ze stond op, ploegde door het zand en viste de sleutels van haar truck uit de zak van haar klamme marineblauwe broek. Ze vond het vreemd genoeg een troostrijke gedachte dat ze Jacks oude poloshirt aanhad – alsof ze daarmee zijn wezen had meegenomen om afscheid te nemen van de zee.

Op de terugweg naar Golden Hills hield Mary halt voor het stoplicht waar de twaalf rijbanen samenkwamen en ze richtte haar blik naar het duistere, verlaten terrein met het gedenkteken voor de gevallen man. Plotseling verergerde de pijn tussen haar ogen, die ze met de tabletten van de apotheek had bestreden, en even vroeg ze zich af of ze moest blijven stilstaan. Maar de pijn trok weg.

Zoals alles. Alles.

Het blinde derde oog

De volgende ochtend bij het ontwaken verwachtte Mary niet anders dan dat ze de dageraad de uitgebeten heuvels achter het hotel zou zien begroeten, en ze besefte hoe snel dingen die haar niet vertrouwd waren, veranderd waren in dingen die ze verwachtte. Tot een dag of wat geleden was Leaford haar enige thuishaven geweest, en ofschoon ze nooit had willen weggaan en dat ook nooit de bedoeling was geweest, was ze heel snel gewend geraakt aan het uitzicht vanuit haar raam in Golden Hills, de keurig verzorgde middenberm van het stadje, de stralend blauwe lucht en de felle, geneeskrachtige zon. Ze vroeg zich af hoe lang het zou duren voordat Eden eraan gewend was dat Jack er niet meer was. Of zij aan de afwezigheid van Gooch. Wie miste Heather? Was haar zoon op de hoogte gesteld?

De kamer van Jack. Achter de kamerhoge ramen waar de gordijnroe omlaag was gekomen, was de achtertuin met de torenhoge eucalyptus en het troebele, rechthoekige zwembad. Jacks aanwezigheid hing nog steeds als een geur in de kamer, sporen van zijn energie hadden de hele nacht gevonkt, en Mary had onrustig geslapen in het al te zachte bed. Ergens die nacht was ze oververhit wakker geworden, ze had het schort dat ze bij wijze van pyjama droeg uitgetrokken en op het tafeltje met de foto's van Jack en Eden gegooid. Ze zag dat een bandje van haar versleten grijze beha nog maar aan een enkel draadje hing.

Met haar blik op de bries die de parelmoerkleurige bladeren van de struiken omspeelde, omarmde ze haar vrijwel naakte lichaam onder het frisse, witte laken, zonder aan haar proporties te denken maar genietend van wat het vat van haar lichaam de laatste tijd had gepresteerd. Heuvels beklimmen. Kilometers lopen. Tillen, draaien, ophijsen, verschuiven. Kleine blonde hoofdjes kussen. Aan de kust van de oceaan staan. Als een slapende kat streelde ze haar slinkende buik.

Ze schrok van de schimmige gedaante van een man die achter de bomen in de achtertuin wegschoot. Met toegeknepen ogen en bonzend hart kwam ze overeind. Gooch? Niet lang genoeg. De man droeg een blauwe overall en een honkbalpet met lange flappen van stof om zijn hals en gezicht tegen de zon te beschermen. Hij glipte een schuurtje aan de achterzijde van het groene zwembad in. Mary zat met bonzend hart te wachten. Toen de deur van het schuurtje weer openging, zag Mary dat de man zich van de bovenhelft van zijn overall had ontdaan en de lege mouwen rond zijn middel had geknoopt, waardoor zijn brede, bruinverbrande, gespierde borstkas zichtbaar was. Hij had een schepnet bij zich en floot onder het werken.

Toen ze zich zo ver mogelijk naar links boog, zag ze in de spiegel het blauwe busje van het bedrijf op de oprit staan – dus hij was van het zwembadservicebedrijf. Ze had geen enkele ervaring met zwembaden dus ze moest wel aannemen dat die legende dat die lui die je zwembad onderhielden blijkbaar altijd sexy waren, aan het echte leven was ontleend.

Aangezien er geen gordijnen voor het raam in Jacks slaapkamer hingen, was ze vanuit de achtertuin goed te zien. Ze trok de witte lakens tot boven haar versleten grijze beha en bad om onzichtbaarheid. Zonder van het bed te komen, kon ze haar marineblauwe schortpak niet bereiken, en ze mocht gewoon het risico niet lopen dat ze werd gezien. Ze zag de onderhoudsman steeds dichterbij komen en sloot haar ogen om te voorkomen dat hij haar zou zien kijken.

Algauw kon ze de spanning niet langer verdragen en heel even gluurde ze om te zien waar hij zich bevond. Ze kon haar ogen niet afhouden van zijn lichaam. Ze zag hoe hij bladeren opschepte, hoe de knoestige spieren van zijn brede schouders en rug zich samentrokken bij elke inspanning, de dikke golvingen die onder de krulhaartjes op zijn romp verhardden, tepels die stijf werden binnen de bruine tepelhof. Gooch had gezegd dat de neiging om het lichaam tot voorwerp te maken in onze natuur lag. Mary merkte de kuiltjes op boven de gebeeldhouwde billen van de man, en tot haar schrik voelde ze iets opkomen wat ze herkende als de blos van opwinding.

Hij schrobde de wanden van het zwembad, strooide tabletten in het groene water die hij met gele handschoenen hanteerde. Mary hoorde de specht in de eucalyptus, en opnieuw het tikken van de klok, die niet bonkte maar voortjoeg met een snelheid die je gezicht vervormde. Het leek of de man net was begonnen toen hij alweer uit de achtertuin verdween en op de bel naast de voordeur drukte.

Ze stapte haastig uit bed, schoot de marineblauwe broek en het oude groene poloshirt van Jack aan, toen haar te binnen schoot dat ze had toegezegd dat ze het servicebedrijf contant zou betalen. Ze hoopte dat ze eerder dan Eden bij de deur was. Maar de witte Prius was al van de oprit verdwenen. Onder het natellen van het geld in haar handen opende ze de deur. Ze kon zich er niet toe zetten de man aan te kijken, ook al had hij zijn overall weer helemaal aan.

Hij was de factuur aan het uitschrijven en keek niet op toen hij uitlegde: 'We hebben hem schoongemaakt en het water een shock-behandeling met chloor gegeven. Eind deze week kunt u alweer zwemmen.'

Ze herkende zijn stem meteen. Die zware bariton. Achter de flappen van de pet ging het gezicht van Jesús García schuil. 'Gee-soes!'

'Mary?'

'Goeie hemel,' zei ze lachend terwijl ze hem het geld gaf. 'Dus je werkt voor het zwembadservicebedrijf?'

'Jij zat toch in het hotel?'

'Dit is het huis van mijn schoonmoeder. Ik logeer nu bij haar.' Mary en Eden die een klein huis deelden, in afwachting van het vertrek van de ene en de terugkeer van de andere echtgenoot. 'Hoe gaat het met je vriend Ernesto?' schoot haar te binnen.

Jesús García knikte. 'Gebroken ribben. Die is voorlopig nog niet aan het werk.'

'Wat naar nou. En jij, Gee-soes? Gaat het goed met je?'

'Jawel, bedankt.'

'En je vrouw en zoons? Die kijken vast al erg naar Kerstmis uit.'

Hij kuchte maar reageerde niet. Toen hij zag dat Mary het geld verkeerd had geteld, gaf hij twintig dollar terug.

'Hou maar,' drong ze aan. 'Als fooi.'

'We nemen geen fooien aan. Bedrijfsbeleid.'

'O.'

'Water mogen we wel aannemen,' zei hij met een opgetrokken wenkbrauw.

Mary deed de deur helemaal open en nam Jesús García mee naar de keuken, waar ze hem een flesje koud water uit de koelkast gaf. Met toegeknepen ogen van de hoofdpijn zocht ze haar pijnstillers op en schudde er te veel op haar hand. Ze zei: 'Ik heb al een tijdje zo'n pijn. Precies tussen mijn ogen. En het wil maar niet weggaan.'

'Je derde oog,' zei hij.

'Mijn derde oog?'

'In sommige oosterse godsdiensten geloven ze dat we in het midden tussen onze ogen een derde oog hebben waarmee we een hoger bewustzijn kunnen vinden. De toekomst kunnen zien.'

'Je hebt blijkbaar echt heel veel tijd in de bibliotheek doorgebracht.' Hij wendde schouderophalend zijn blik af. Ze glimlachte. 'Misschien is mijn derde oog blind geworden.' Maar toen ze daarover doordacht, vroeg ze zich af of ze misschien het licht in haar derde oog niet aan het verliezen was, maar juist aan het voortbrengen, en dat de pijn een soort barenswee was.

'Je zou wilgenbast kunnen koken. Dan hoef je die pillen niet te slikken.'

'Wilgenbast?'

'Daar zit salicylzuur in, denk maar aan de salicylzuur in aspirine.'

'Nog zo'n in het wilde weg gekozen boek uit de bibliotheek?'

'Mijn moeder. We hadden geen apotheek, maar Achtertuin. Grootbloemig vingerhoedskruid tegen de hoge bloeddruk van mijn vader. Wilgenbast tegen pijn en zwellingen. En voor vrijwel al het andere: yerba buena. Er staan er een paar daarachter.' Hij wees in de richting van de onschuldige struik die Eden met haar bezem had bewerkt.

Ze liep met hem naar de voordeur. Toen ze langs haar blauwe boodschappentas kwam die aan een haak er vlakbij hing, voelde ze een sterke aanvechting. 'Wacht even.' Ze opende haar blauwe portemonnee en haalde er een dik stapeltje biljetten uit. 'Misschien kun je wat extra kerstcadeautjes voor de kinderen kopen.'

Hij sloot zijn vuist tegen het geld en klemde wegkijkend zijn kaken op elkaar. 'Nee. Alsjeblieft.'

Ze had onmiddellijk spijt van het gebaar, dat duidelijk verkeerd was opgevat, en propte de biljetten in het zakje van haar poloshirt.

'Ik moet ervandoor,' zei hij.

'Het was niet bedoeld als liefdadigheid, Gee-soes,' zei ze vlug, toen ze zag dat ze zijn trots had gekrenkt. 'En dat geld is toch al eigenlijk niet van mij. Niet echt. Mijn man heeft het gewonnen bij een loterij.'

Hij zette de pet met de flappen weer op zijn hoofd. 'Ik moet ervandoor,' zei hij nogmaals, en hij was net zo snel verdwenen als toen hij de schoenen had gestolen. Ze zag de blauwe bestelbus de oprit af rijden en liet haar blik op de witte Dodge Ram rusten. Ze pakte de sleutels en startte de wagen.

Ronni Reeves keek verbaasd op toen ze Mary op de veranda zag staan. 'Hé, Mary. Heb je gisteravond iets laten liggen?' De jongens kwamen naar de deur rennen en begonnen haar naam zingend rond haar voeten te buitelen. Ze voelde hoe er een blos van verwarring naar haar wangen steeg, tot ze zag dat hun affectie oprecht was, al leek ze hun vertrouwen dan wel erg snel te hebben gewonnen. Bijna vergat ze waarvoor ze was gekomen.

'Ik kom de auto terugbrengen,' zei ze, toen de jongens zich hadden teruggetrokken.

'Je kunt hier niet zonder vervoermiddel.'

'Maar hij is van je man. Dat hoort niet.'

'Ik heb toch gezegd dat Tom de stad uit is en voorlopig niet terugkomt? Bovendien doet het me genoegen dat die Ram van hem nu eens voor iets goeds in plaats van iets slechts wordt gebruikt. Alsjeblieft. Doe het voor mij. Het is heus een eerlijke ruil voor het oppassen.'

'Goed dan,' zei Mary met tegenzin.

'Wat is dat lichtknopspel eigenlijk?'

'Pardon?'

'De jongens willen dat ik het lichtknopspel met ze speel.'

'We hebben gewoon lol gehad.' Mary ademde diep in en besefte dat ze niet alleen vanwege de auto was gekomen. 'Volgens mij heb ik de man die het zwembad kwam schoonmaken beledigd.'

'Hè?'

'De man van het zwembad. Ik probeerde hem wat extra geld te geven voor de... voor zijn gezin. Dat wilde hij niet aannemen.'

'Ik zou me maar niet al te veel zorgen maken om de gevoelens van de man,' zei Ronni, die wel voelde dat Mary nog meer op haar lever had. 'Misschien is zijn Engels niet zo goed.'

Mary zweeg even. 'Ik wilde je gisteravond geen verkeerde indruk van mijn man geven.'

'Degene die de loterij had gewonnen en je toen in de steek liet?'

'Dat is nou precies wat ik bedoel.'

'Let maar niet op mij, Mary,' zei Ronni wat vriendelijker. 'Ik zit in mijn kwade fase. Jij zit nog in de ontkenning.'

'Je kent Gooch niet.'

'Heb je zin in een kop koffie?'

Ineens wist Mary dat dat was waarvoor ze eigenlijk was gekomen – een koffie-uurtje met een andere verlaten echtgenote. Ze liep achter Ronni aan naar de keuken en tintelde van de nerveuze uitgelatenheid, een gevoel dat ze niet kende aangezien ze nog nooit een poging had ondernomen om vriendschap te sluiten.

Met koffie aan de keukentafel gezeten terwijl de jongens rond hun benen aan het spelen waren, wisselden de vrouwen hun verhalen uit. Ronni vertelde Mary over haar jeugd in het oosten van het land, haar uitzinnige verkeringstijd met Tom toen ze allebei rechten studeerden, hoe blij ze was toen de drieling werd geboren en de beproeving die haar huwelijk was geworden. Mary vertelde over de colitis van Orin, de alzheimer van Irma, en haar eigen smerige affaire met de willoosheid.

'Ik vind dat je man jou niet verdient,' zei Ronni.

'Zo zit het niet.'

'Ik hoop dat je niet denkt dat je hem niet waard bent. Vrouwen die zichzelf onderschatten, daar heb ik zo'n hekel aan.'

'Er waren… misverstanden.'

Ronni knikte. 'Hun hersenen zitten in hun ballen.'

'We konden niet goed communiceren.'

'Mars en Venus.'

'We waren niet eerlijk.'

'Híj was niet eerlijk. Híj was degene die niet wilde praten, waar of niet?'

'Gooch praatte aan één stuk door. Het leek alleen net of we het nooit over de juiste dingen hadden. We hebben zo'n groot deel van ons leven samen hunkerend doorgebracht.' Mary sloot haar ogen.

De vrouwen praatten door totdat Mary zag hoe laat het al was. Ze zwaaide naar Ronni door het raampje van de grote Dodge Ram en beloofde dat ze nog eens zou langskomen. De zonsondergang was boven de bergrug in de verte ingezet, en onmiddellijk raakten de wegen verstopt door het spitsuurverkeer. Mary keek er niet van op dat ze rechts afsloeg in de richting van de snelweg, in plaats van links af naar Edens huis. Zonder zichzelf een rad voor ogen te draaien reed ze linea recta naar het stoffige terrein op zoek naar Jesús García. Ondanks de opmerking van Ronni maakte ze zich wel degelijk zorgen om de gevoelens van de onderhoudsman. Ze wist nog niet precies wat ze tegen hem zou zeggen als ze hem vond. Het kon zijn dat hij liefdadigheid nodig had, maar hij wilde het beslist niet, en ze voelde zich geneigd nogmaals haar verontschuldigingen aan te bieden.

Bij de stoplichten waar de twaalf rijbanen elkaar kruisten zag ze hem staan, zoals ze had gehoopt, in een groepje met drie andere mannen die thermosflessen bij zich hadden. Zijn verschijning leek een wonder. Langzaam draaide ze het terrein op, om de arbeiders niet met het stof te bestuiven. Alle mannen behalve Jesús renden naar de Ram en voordat Mary ze kon tegenhouden waren ze al in de laadbak geklauterd. Ze draaide het raampje omlaag en riep: 'Geesoes?'

Verbaasd om haar te zien liep hij met zijn plunjezak naar de wagen. 'Heb je arbeiders nodig?' vroeg hij perplex.

Ze schudde haar hoofd. 'Ik ben hier voor jou.'

'Voor mij?'

'Ik wilde mijn excuses aanbieden. Het was niet mijn bedoeling om…'

Hij onderbrak haar door in het Spaans naar de mannen te roepen die in de laadbak waren gaan zitten.

'Zijn ze dan niet op weg naar huis?' vroeg ze. 'Het is bijna donker.'

'Als je werk hebt, werken ze.'

'Was het maar waar. Maar goed, ik ben hier om mijn excuses aan te bieden.'

'Je hebt niets verkeerds gedaan.'

'Ik heb je beledigd door je geld aan te bieden.'

'Geeft niet.'

Niet geheel overtuigd beet ze op haar lip. 'Sta je op je oom te wachten?'

'Hij is laat.'

'Ik breng je wel naar huis.' Toen hij zijn hoofd schudde, bleef ze aandringen. 'Toe nou.' Onder kreten van protest in het Spaans van de andere mannen liep hij op een sukkeldrafje naar het portier aan de passagierskant.

Mary reed naar de snelweg. 'Je moet even aangeven welke afslag ik moet nemen. Ik weet dat het ergens in Hundred Oaks is.'

Hij ademde in. 'Je moet niet zomaar mensen geld toestoppen. Zelfs al heeft je man miljoenen in de loterij gewonnen.'

'Geen miljoenen.'

'Het gaat me niets aan. Je moet mensen niet blindelings vertrouwen.'

'Vijfentwintigduizend. Dat heeft hij op mijn rekening gezet.'

'Zoiets moet je mensen niet vertellen.'

'Ik vertel mijn leven lang al niemand iets, Gee-soes. Gooch, mijn man, won de krasloterij en toen liet hij me in de steek. Daarom ben ik naar Californië gekomen. Hij had tijd nodig om na te denken. Daarom ben ik hier. Ik denk dat het nu niet lang meer duurt. Ik verwacht eigenlijk dat ik elk moment iets van hem kan horen. Hij heeft het geld gewonnen. Begrijp je wat ik bedoel? Dat geld, dat is voor mijn gevoel niet echt van mij.'

Hij zat onbehaaglijk te schuiven.

Ze draaide zich om en praatte tegen zijn profiel. 'Je vindt me vast een idioot.'

'Ik vind je geen idioot.'

'Zielig, dan. Je vindt me vast zielig. Een zielige vrouw die helemaal naar Californië komt om op de man te wachten die haar in de steek heeft gelaten.'

Met zijn blik op de einder haalde hij zijn schouders op.

'Ik blijf echt niet altijd wachten.'

'Nee.'

'Maar voorlopig wel.'

'Goed.' Jesús probeerde op een ander onderwerp over te schakelen. 'Het is bijna Thanksgiving. Dat vieren jullie in Canada toch ook? In Detroit zouden we binnenkort al de sleden tevoorschijn halen voor de eerste sneeuw. We gingen ook skiën. De enige Mexicanen in Pine Knob.'

'Ik heb nooit geskied.'

'Maar toch wel geschaatst? Dat doet iedereen.'

'Heel af en toe. Op de Thames. Maar die bevriest niet meer.'

'Vanwege de opwarming van de aarde,' zei hij knikkend.

'Hebben je kinderen weleens sneeuw gezien?'

Hij schudde zijn hoofd.

'Daar moet je ze eens mee naartoe nemen. Sleeën, schaatsen, noem maar op.'

'Ja.'

'Hebben zij nog geijshockeyd? Dat is onze nationale sport. Jij komt uit Detroit, dus jij hebt vast ook geijshockeyd. Maar hier heb je niet veel ijshockeystadions, neem ik aan. Spelen zij? Je zoons?'

'Ze zijn drie jaar geleden omgekomen. Mijn vrouw en mijn zoons.'

Het was zulk schokkend nieuws dat Mary zich afvroeg of ze hem wel goed had verstaan. Ze kon de zakelijke toon waarop hij het zei niet vatten.

'Ze waren van school op weg naar huis. Een dronken automobilist reed de stoep op. Die gozer zijn rijbewijs was ingetrokken. Vanwege eerdere veroordelingen.'

Mary slikte zonder een woord te zeggen, terwijl de schimmen van zijn gezin de lucht uit de wagen wegzogen. Een voldongen feit. Je neemt een slok uit de tuinslang en je gaat verder. Maar hoe ging je verder na zo'n onbevattelijk verlies? Hoe moest een mens elke morgen wakker worden, zich aankleden, eten, lopen, ádemhalen, onder het gewicht van zulk verdriet?

'Ik werkte toen bij Amgen. We waren voor een tweede auto aan het sparen. Nog twee maanden salaris. Daarna kwam ik de deur niet meer uit, behalve om naar de bibliotheek te gaan. Vervolgens kwam mijn schoonmoeder uit Mexico over. Toen mijn zwager. Toen... Nou ja, je hebt ze gezien.'

Honderd schoenen. Honderd smarten. 'Ik heb helemaal geen kinderen,' zei ze, wat hij blijkbaar niet ongepast vond.

'Ik had het je niet moeten vertellen. Huil nou toch alsjeblieft niet.'

Mary zette alles op alles om zich in bedwang te houden. Dat was wel het minste wat ze kon doen voor die sterke, gebroken man. De rest van de route reden ze in stilte. Jesús gaf de weg aan tot ze bij het minieme huis met het vierkantje bruin gras met kale plekken arriveerden. Hij bleef nog even zitten. 'Je bent een lieve dame, Mary. Ik hoop dat je man gauw terugkomt.'

Ze knikte terwijl ze hem met haar blik volgde en ze zwaaide nog even toen hij in het huis verdween.

Op de terugweg over de snelweg, langs winkelblokkendozen en winkelketens, vroeg ze zich af hoe ze zo verdoofd kon zijn terwijl haar voet toch op de gaspedaal drukte en haar handen toch aan het stuur draaiden. Ze had niet kunnen zeggen wat haar bezielde om een rood-met-geel uithangbord te gehoorzamen dat KOM BINNEN wenkte. Ze sloeg af, stopte bij het bord waarop het menu stond aangegeven, en gaf trillend haar bestelling door via de luidspreker: 'Drie dubbele cheeseburgers. Extra krokante *chicken combo*. Aardbeienmilkshake. Sandwich vis.' Bij het volgende loket nam ze haar met vet doordrenkte zakken aan. Ze knikte toen de caissière informeerde of ze in orde was.

Ze reed een parkeerterrein op, vergat bijna de wagen in zijn vrij te zetten, en scheurde de zakken open, greep gloeiend hete frieten, schrokte de burger naar binnen, propte haar mond vol hartige, gebakken kip. Haar lichaam kwam in opstand tegen de aanval. Ze kon niet slikken. Ze opende het portier, en ze spuugde de troep kokhalzend uit. Ze liep met de zakken naar de dichtstbijzijnde afvalbak en smeet ze erin. Daarna wierp ze een blik hemelwaarts naar de reeds lang verdwenen sterren.

Barmhartigheid

Niet dagen- maar wekenlang leefde Jack op en zakte hij in, leefde hij op en kwijnde hij weg, en zelfs Eden zag zich gedwongen de barmhartigheid van God in twijfel te trekken. De tijd snelde voort en met de dag zag ze het troebele zwembad helderder worden en van groen naar blauw verschuiven, maar op de dag dat Pool's Gold kwam schoonmaken, was Jesús García niet degene die verscheen. Hij had plaatsgemaakt voor een langere man die het bovenstuk van zijn overall niet uittrok en de tabletten niet met gele handschoenen aanpakte. Mary wist zeker dat zijn verdwijning iets te maken had met zijn tragische bekentenis, en ze vond het heel erg dat ze hem misschien nooit meer zou zien.

De gebedsgroep besloot voortaan in de kapel van het ziekenhuis bijeen te komen, maar Mary wees Edens uitnodiging om mee te doen van de hand, omdat ze geloofde dat Jack behoefte had aan de volle aandacht van de leden en niet aan de dwalende geest van een zoekende.

De zon kwam op en bescheen de verstrijkende dagen terwijl zij voortdanste op het ritme van haar nieuwe leven. Ze werd bij zonsopgang wakker om het pakketje met de *Los Angeles Times* aan het eind van Edens zongeblakerde oprit op te pikken. Terwijl Eden sliep of zich klaarmaakte voor haar bezoek aan het ziekenhuis, zat Mary, verslaafd aan het wereldnieuws zoals ze vroeger verslaafd was geweest aan roddels over beroemdheden, de kleine lettertjes te lezen.

Als beginnend bestudeerster van de ochtendkranten besefte ze dat politieke nuances haar nog ontgingen, of misschien begreep ze het land niet waar ze te gast was. Met interesse las ze een artikel waarin vraagtekens werden geplaatst achter de reacties van kiezers op de religieuze overtuigingen van diverse politieke kandidaten, en

werd gespeculeerd over wiens God het schadelijkst zou zijn bij opi-
niepeilingen. Ze had gewild dat Gooch naast haar zat om de leem-
ten op te vullen, en dat God tegen iedereen zou zeggen dat ze Haar
niet met de haren bij de politiek moesten slepen.

Zodra ze klaar was met de kranten, maakte ze het huis schoon,
bereidde ze eten dat niet werd opgegeten, waarna ze de auto nam
om de middagen bij de drieling door te brengen, voor wie ze een
doos met knutselspullen had meegenomen vol pijpenragers, klei,
plaksel en glitters. Ze vond het heerlijk dat de drieling zulke gretige
kunstenaars waren en wist weer hoe het voelde om dingen te scheppen. Ze was dankbaar voor het gezelschap van hun moeder, een
vriendin in nood.

Dagelijks belde ze naar St. John's om te horen hoe het met Irma
ging. 's Avonds een lange wandeling door de Highlands als ze niet
op de drieling paste. Om de dag ging ze naar de bank, en diverse
malen bleken er extra bedragen van de rekening te zijn opgenomen.
Vierhonderd dollar. Vierhonderd dollar. Bij haar laatste bezoek
bleek er maar liefst vijfduizend dollar te zijn opgenomen, waarvan
ze heel even van de kaart was geweest, omdat ze niet kon bedenken
wat dat betekende. Een vliegticket naar een verre bestemming? Een
gokschuld die moest worden voldaan?

Op haar tochten met de geleende wagen door het mooie stadje
waren Mary meer gedenktekens voor beminde overledenen opgevallen die op de achterruiten van auto's en vrachtwagens waren geschilderd. En wat waren er veel gepersonaliseerde nummerplaten.
En dan die bumperstickers – iedereen had bumperstickers. De sti-
cker met SOMS MOET JE GELOVEN OM TE ZIEN vond ze mooi. Ze had
een paar stickers gezien met de schreeuwerige tekst AMERICA. LOVE
IT OR LEAVE IT en vond dat het een uitgesproken onvaderlandslie-
vende kreet was. Ze mijmerde over de verschillen in persoonlijk-
heid tussen Canada en Amerika, vroeg zich af tot wat voor conclusies Gooch kwam nu hij met de yankees omging, waar hij dan
ook mocht zitten. Ze stelde zich voor dat hij in een plattelandscafé
heftige politieke discussies zat te voeren. Maar Ronni Reeves had

gezegd dat Amerikanen het niet vaak over politiek hadden, tenzij ze aan dezelfde kant stonden.

Ze wist zeker dat Gooch vrienden had gemaakt en vroeg zich af of hij in die vriendenkring ook een geliefde had gevonden. Hoe doodsbang ze ook was hem voor altijd kwijt te raken, ze kon hem niet haten om ingebeelde overspeligheden. Ze begreep maar al te goed wat eenzaamheid was. En in de verte kon ze zich begeerte herinneren. Misschien zat ze inderdaad voor een klein deel nog in de ontkenningsfase, want ze stelde zich voor dat hij nog te veel door zijn gedachten in beslag werd genomen om verliefd te worden.

Mary reed dag in, dag uit langs de plek waar de wegen elkaar kruisten, en hield zichzelf voor dat dat was omdat ze het liefst bij het benzinestation naast het stoffige terrein tankte of bij de buurtwinkel langs moest om iets te kopen wat Eden nodig had, en niet omdat ze Jesús García hoopte te zien. Ze liep het stuk straat voor Pool's Gold langs, omdat dat goed was voor haar conditie, hield ze zichzelf voor, en niet omdat ze hoopte dat ze hem zou tegenkomen als hij bij zijn werk vertrok of bij het verkennen van de schoenenwinkel waar hij de gele sandalen had gestolen.

Als ze wist dat Eden 's avonds lang in het ziekenhuis zou blijven, reed ze naar de oceaan om de sterren te bestuderen. Als ze 's ochtends extra vroeg op was, reed ze erheen om, diep ontroerd door de schitterende natuur, de zon boven de rotsen te zien opkomen. Mary bleef slinken terwijl ze voortdurend groeide.

Terwijl de rest van Golden Hills op Thanksgiving van gebraden kalkoen en zoete-aardappeltaart zat te genieten, blies Jack zijn laatste adem uit, met Eden en zijn drie dochters rond zijn verpleegbed. Eden had het gevoel dat het een goed teken was dat zijn overlijden op Thanksgiving viel. Er was veel om dankbaar voor te zijn, zei ze. Een huwelijk van vijfentwintig jaar met de man van wie ze hield. Een laatste troost om te weten dat Jack zijn misleide dochters had vergeven. Of was het andersom?

Op de ochtend dat Jack begraven zou worden kwam een in het zwart geklede Eden klein en angstig uit haar slaapkamer tevoorschijn. Mary nam haar mee naar de tafel in de achtertuin voor een kop thee. Ze deden niet eens net of ze zouden ontbijten. 'Ik heb vannacht over Jimmy gedroomd,' zei Eden.

Mary droomde nog steeds elke nacht over hem.

'Ik droomde dat we om Jacks graf heen stonden en aarde op de kist gooiden, en dat ik opkeek en ineens Jimmy zag staan. Ik was helemaal vergeten hoe knap hij was. Ze zeggen weleens dat je, als iemand doodgaat, vergeet hoe zo iemand eruit heeft gezien. Dat je de details van zijn uiterlijk kwijtraakt. Dat je na verloop van tijd zijn gezicht niet meer voor je kunt halen.'

'Je vergeet Jacks gezicht echt niet.'

'Toen ik wakker werd, had ik het gevoel dat ik te laat in het ziekenhuis zou komen. Het zal wel even duren voordat ik eraan gewend ben.' Mary knikte, ervan overtuigd dat dat inderdaad zo was. 'Een van de dames daar zei dat ze er wel voor kon zorgen dat ik in dat dorp voor gepensioneerden in Westlake terecht kan. Ze hebben subsidies voor mensen als ik. Daar zal ik toch op een gegeven moment over na moeten denken.'

'Ja.' Ze had bewondering voor Edens overlevingsdrang.

'Ik heb altijd gedacht dat ik tegelijk met Jack dood zou gaan. Maar ik ben er nog.'

'Je bent er nog.'

'God heeft kennelijk andere plannen met me. Daar moet ik dan maar op vertrouwen.' Eden zuchtte diep, met haar blik op een grote zwarte kraai die in de eucalyptus aan de overzijde van het zwembad landde. 'Jack is gek op vogels. Hij gaf ze vroeger hierachter te eten, maar dat gaf zo'n troep. Na de begrafenis laten we witte duiven los. Dat heeft de gebedsgroep bij wijze van eerbetoon georganiseerd.'

Blij dat ze een excuus had om de begrafenis te laten lopen omdat ze met Ronni Reeves had afgesproken dat ze op de jongens zou passen, maakte Mary eten klaar voor de wake. Eden protesteerde niet, en Mary vroeg zich af of dat was omdat ze niet iedereen over haar verdwenen zoon en wachtende schoondochter had verteld en blij was dat ze niets hoefde uit te leggen. Of misschien besefte ze dat

Mary niets had om naar een begrafenis aan te trekken, en dat ze in haar marineblauwe broek en Jacks poloshirt wel heel erg uit de toon zou vallen.

Toen ze Mary voor de deur zagen staan begon de drieling uitgelaten door elkaar te roepen. 'Wat gaan we vandaag maken?'

Ronni ging niet altijd meteen weg zodra Mary verscheen om op te passen. Op de dag van Jacks begrafenis trok Mary de jongens schorten aan en ze stelde voor buiten te gaan vingerverven. Terwijl de jongens kleuren op hun doeken kwakten, bleef Ronni Reeves nog even bij de deur staan. 'Heb je vandaag je rekening al gecheckt?'

Mary knikte. 'Hij heeft weer geld opgenomen.'

'En heb je gevraagd of je kunt achterhalen waar dat geld wordt opgenomen?'

'Dat soort informatie geven ze niet telefonisch.'

'De schoften.'

'Ik weet zeker dat hij een goede reden heeft.'

'Stel nou dat hij zich gewoon uit de wereld heeft teruggetrokken?'

Mary had natuurlijk aan die mogelijkheid gedacht – Gooch die verdwenen was en toch niet dood werd gewaand. Mensen deden verrassende dingen.

'Heb je er al over nagedacht wat je gaat doen?' vroeg Ronni.

Na Ronni's vertrek maakte Mary de onder de verfspatten zittende jongens schoon en ze hing hun kunstwerken aan het prikbord in de keuken. Ze deed de koelkast open en deinsde terug voor de lucht die van de kliekjes van het Thanksgiving-diner afsloeg. Toen ze voorstelde als hapje tussendoor kalkoensandwiches te maken, trokken de jongens hun neus op. 'Kalkoen ruikt naar scheten,' verkondigde Jeremy.

Ze maakte een hapje klaar van stukjes appel met pindakaas, en stelde zich voor hoe de duiven over het kerkhof wegwiekten.

'Ik hou van donuts,' zei Joshua klaaglijk.

'Ik ook.' Mary glimlachte bij de gedachte aan de Oakwood-bakkerij. 'Maar die houden niet van mij.'

'Geef jij je kinderen donuts?' vroeg Jeremy.

'Ik heb geen kinderen.'

'Waarom niet?' vroeg Joshua terwijl hij de pindakaas oplikte.

'Zomaar,' zei ze, en ze voelde de brok in haar keel.

'Maar als je wel kinderen had, zou je ze dan donuts geven?' vroeg Jacob.

'Af en toe, denk ik. Maar ze zijn niet goed voor je lichaam. Het is een en al vet en suiker.'

'Ik hou van vettensuiker.'

'Jij misschien wel, maar je lichaam houdt er niet van.'

'Jawel, hoor,' corrigeerde Joshua haar. 'Als je kinderen krijgt, ga je ze dan donuts geven?'

Mary glimlachte naar hem en stond van tafel op, om verdere gesprekken over kinderen en donuts te ontlopen. Haar oog viel op haar spiegelbeeld in het glanzende staal van de Sub-Zero-koelkast; het ruim gesneden poloshirt, de broek van haar schortpak die elke dag ruimer ging zitten, de flikkering van zilveren uitgroei bij haar schedel. Ze keek op de kalender op het prikbord en telde de dagen sinds haar zilveren bruiloft. Vijf weken.

Toen Ronni Reeves later arriveerde, kwam ze grijnzend met een boodschappentas aansjouwen. Ze trok Mary mee de zitkamer in en haalde kleren uit de tas – een spijkerbroek met aanhaaltailleband, een stel mooie blouses en een lange zwarte rok. 'Maar die passen je helemaal niet,' zei Mary.

Ronni lachte. 'Ze zijn voor jou!'

'Voor mij?'

'Ik was in het winkelcentrum van Hundred Oaks en ik bedacht dat je misschien niet goed weet waar je moet winkelen, omdat je niet van hier bent.'

Mary pakte het stapeltje kleren aan en zag op de etiketten dat ze drie maten kleiner waren dan wat ze normaal droeg. 'Maar die passen mij ook niet.'

'Trek ze nou maar aan. Als ze niet passen, breng ik ze terug.'

'Wat ben ik je schuldig?'

'Je bent me niets schuldig. Ik ben jou wat schuldig. Ik weet wel dat het egoïstisch is, maar ik hoop dat je nooit meer teruggaat naar Canada.'

Mary lachte en nam de kleren mee naar de badkamer om zich in afzondering om te kleden. Voor de manshoge spiegel trok ze haar marineblauwe broek en poloshirt uit. Die akelige grijze beha die rond haar borsten rimpels vertoonde en onder haar armen lubberde. Haar van de dagelijkse wasbeurt vormeloos geworden ondergoed. Ze bekeek haar spiegelbeeld. Als een kussen waaruit veertjes zijn verdwenen, een ballon waaruit lucht is ontsnapt, hing haar ouder wordende, van collageen ontdane opperhuid in plooien over haar schaamheuvel en rond haar romp. Ze vroeg zich af waar het op zou uitdraaien.

De kleren pasten. Ze waren zelfs een tikje te groot. Ze stelde zich voor dat ze St. John's binnen zou lopen in de spijkerbroek met aanhaaltailleband en een frisse blouse en haar moeder op haar stoel bij het raam zou aantreffen. Als Irma al in staat was geweest om haar te herkennen, zou dat nu zeker niet het geval zijn. Toen Mary de zitkamer weer binnen kwam, was Ronni dolenthousiast. 'Je ziet er tien jaar jonger uit,' deelde ze mee, 'alleen moet je wel iets aan die grijze uitgroei doen.'

Het was al donker toen Mary naar Edens huis terugkeerde, en tot haar verrassing was het huis verlaten en al helemaal aan kant. Alles was weer bij het oude. Niets was wat het was geweest. Ze liep door het huis om in alle kamers te kijken, en uiteindelijk zag ze Eden in de achtertuin naar de eucalyptus zitten staren, net zoals ze die ochtend had gedaan.

Eden zag Mary uit haar ooghoek aankomen en stak haar vinger op om haar tot stilte te manen, waarna ze naar de boom wees. Het duurde even voordat Mary's ogen in de schaduw tussen de bladeren een gedrongen uil op een hoge, grijze tak ontwaarden.

'Dat is een schreeuwuil,' fluisterde Eden. 'Alleen schreeuwen ze helemaal niet. Ze klinken eerder als een baby.' Beledigd klapwiekte de uil weg. 'Het komt door die vogels dat je hier geen rondzwervende katten tegenkomt. Door die vogels en de coyotes. En een klein hondje moet je hier 's nachts ook niet buiten laten.'

Mary liep naar het zwembad, schopte een schoen uit en stak haar teen in het koele, schone water.

'Je ziet er beter uit,' zei Eden met een gebaar naar haar nieuwe kleren. 'Je had altijd een knap gezichtje. Ik weet nog dat ik dat dacht op jullie trouwdag. Je was een prachtige bruid.'

'Ik was de baby kwijtgeraakt,' zei Mary terwijl ze het water van haar voet schudde.

Even zweeg Eden. 'Dat weet ik.'

Mary keek op. 'Ik was de baby de avond tevoren kwijtgeraakt. Ik heb de avond ervoor een miskraam gehad. Voor onze trouwdag.'

'Dat weet ik.'

Mary was met stomheid geslagen.

'Toen Jack en ik naar London waren gereden om je in het ziekenhuis op te zoeken, heb ik het de dokter gevraagd, en hij vertelde het meteen.'

'Heeft hij het tegen jou gezegd?'

'Hij dacht ik jouw moeder was. Hij vroeg of je de avond tevoren misschien krampen had gehad en hij zei dat je het waarschijnlijk toen al… nou ja… hij zei dat je het misschien niet had gemerkt, maar dat je waarschijnlijk de avond tevoren de baby al was kwijtgeraakt.'

'Dat wist ik.'

'En ik wist toen al dat je dat wist.'

'Heb je het aan Gooch verteld?'

'Natuurlijk.' Geschokt van Edens bekentenis verborg Mary haar gezicht hemelwaarts. 'Hij zei dat het niet uitmaakte.'

'Echt waar?'

'Hij zei dat hij van je hield. En dat niemand je kende zoals hij je kende.'

Haar geheim was helemaal geen geheim geweest. Gooch had het al die tijd geweten.

'Toen je het tweede kind kwijtraakte, vond ik dat een zegen, Mary. Echt waar. Ik heb nooit gedacht dat jullie bij elkaar zouden blijven. En ik dacht dat dat moeilijker zou zijn als jullie kinderen hadden. Misschien heb ik me vergist.'

Mary knikte en wendde zich af.

'Een van de dames van de kerk heeft me uitgenodigd om in Santa Barbara te komen uitrusten.'

'Dat is een goed idee.'

'Ik vertrek over een dag of wat en ik blijf een paar weken weg. Ik hoop dat jij hier blijft, Mary. Ik kan me niet voorstellen dat ik in een leeg huis terug zou komen. En jij wilt natuurlijk hier zijn voor als Jimmy belt. Ben je nog steeds... je bent nog niet van gedachten veranderd, hè? Je bent nog niet van plan om naar Canada terug te gaan, hè?'

Mary schudde haar hoofd. Ze kon zich het gezicht van Leaford niet herinneren.

Eden wees naar het zwembad dat onder de sterren lag te flonkeren. 'Jij hebt geregeld dat het zwembad wordt schoongemaakt.'

'Maak je maar geen zorgen over de kosten.'

'Ik zag vanochtend iemand in de achtertuin. Als ik een badpak had, sprong ik er zo in.'

'Het is wel koud.'

'Ik hou van een koud zwembad. Daar knap je van op.'

'Laten we het doen,' zei Mary ineens.

'Ik zeg net dat ik geen badpak heb.'

'Ik ook niet.' Mary wees naar de bomen en de hoge cederhouten omheining. 'Niemand kan ons zien.'

'Naakt zwemmen, bedoel je? Dat heb ik in veertig jaar niet gedaan.' Eden keek om zich heen.

De vrouwen ontdeden zich een eind van elkaar van hun kleren. Met hun breekbare lijf op weg naar de rand van het zwembad waakten ze er nauwlettend voor een blik op elkaar te werpen. Eden hapte naar adem zodra ze het koude water tegen haar kromgetrokken tenen voelde en waadde er al gillend langzaam in. Mary liet haar naakte lichaam van het trapje af zakken en plonsde vervolgens aan het diepe eind erin. Toen ze naar adem snakkend boven water kwam, slaakte ze een kreet, en ze kregen een meisjesachtige lachbui.

'IJskoud!' zei Mary.

'En toch is het lekker.' Eden streelde het water.

'Nou en of.'

Gewichtloos en soepel bestond hun lichaam niet uit vlees en bloed, maar uit ladingen, stroomstoten die flitsen angst en verdriet vrijlieten. Ze zwommen in stilte, en waren net zo dankbaar voor elkaars gezelschap als voor de betoverende sterren, het verfrissende koude water en elke ademtocht die hen in herinnering bracht dat zo het leven was.

Verbroken verbindingen

Dankzij het zwemmen 's ochtends en wandelen 's avonds nam Mary snelle veranderingen van haar lichaam waar. Ze begroette de spieren die verlegen vanachter leeggelopen kussens vetweefsel tevoorschijn gluurden. Ze besefte dat het gewichtsverlies voor andere dingen stond die ze verloor, of verwierf. Haar eetlust bleef weg, net als Gooch.

Gooch nam nog steeds bedragen van de rekening op. Nog eens vierhonderd. En nog eens. Toen ze op een ochtend in de hete zon bij de pinautomaat stond, had Mary zich plotseling afgevraagd of er een strategie achter de opnames zat. Was hij wellicht terug in Leaford en nam hij geld op om haar naar huis te lokken, alsof zij degene was die zich verstopte? Niet erg waarschijnlijk. Net zo onwaarschijnlijk als dat hij de staat zou hebben verlaten zonder op zijn minst Eden te bellen.

Mary las romans tot ze niet scherp meer kon zien, en duwde zichzelf piepkleine hapjes appel en geroosterd brood door de strot. Ze bleef Ronni Reeves terzijde staan, maakte geregeld uitstapjes naar de kruidenierswinkel om de Sub-Zero vol te stoppen met groente en fruit, en zorgde ervoor dat de jongens zich langzaamaan hun vaste dieet van bewerkt voedsel ontwenden door kookpartijtjes in de knutselsessies op te nemen, zodat ze hun eigen dipsausjes voor reepjes wortel en selderie konden samenstellen en muffins konden maken van geprakte banaan en appelmoes.

'Mijn jongens' noemde ze inmiddels de drieling, die zich bij haar aankomst in haar armen stortten en bij haar vertrek aan haar benen vastklemden. Hun vader was sinds hij die ene keer was langsgekomen om hen mee te nemen voor een ijsje niet meer waargenomen, maar had Ronni wel laten weten dat hij met zijn nieuwe vriendin naar Florida ging verhuizen. Ronni had op Mary's schouder liggen snikken omdat ze op een verzoening had gehoopt en nu begreep dat dat nooit zou gebeuren. Mary had haar vriendin over haar rug gestreeld en had zichzelf ervan weerhouden te zeggen dat het maar beter was zo.

Het verstrijken van Thanksgiving was in de hele buurt het teken geweest om de kerstlichtjes aan te steken, en heel Willows Highlands was even helder verlicht als de beelden van Las Vegas die Mary op de televisie had gezien. Fonkelende dwaallichtjes die langs dikke palmbomen omhoogkropen. Veelkleurige kegelvormige peertjes die als een net over hoog optorenende groenblijvers verspreid zaten. IJspegellichtjes die van bladvrije dakgoten en omheiningen omlaagdropen. Reusachtige, elektronisch bediende opblaaskerstmannen en -rendieren die complete erkers vulden. Glinsterende engelen die vanaf de daken toekeken. Enorme plastic sneeuwpoppen die op pasgemaaide gazons zaten vastgestoken. Het was pas over een paar weken Kerstmis.

'Hij kan niet eeuwig wegblijven,' had Eden gezegd, toen ze op de ochtend van haar vertrek naar Santa Barbara haar koffer dichtritste. 'Hij komt vast en zeker terug voor Kerstmis. Je weet hoe gek Jimmy op Kerstmis is.'

Mary had geknikt en vanaf de veranda gezwaaid, terwijl ze dacht: *en of hij eeuwig kan wegblijven, Eden*, beseffend hoe weinig haar schoonmoeder maar van haar enige zoon afwist. Gooch had een gruwelijke hekel aan Kerstmis.

Op dat punt hadden Gooch en zij elkaar helemaal gevonden. Hij beschouwde het christelijke feest als iets wat in de allereerste plaats een commerciële onderneming was, en Mary had zich altijd onbehaaglijk gevoeld bij al dat verleidelijke eten en de gedwongen vrolijkheid. In de loop van de jaren hadden ze de kerstmiddagen meestal bij Pete en Wendy of Kim en François thuis doorgebracht, met hun onopgevoede kinderen in zicht, die priklimonade en gebak achteroversloegen en even strontvervelend waren als een stel dronkaards. Voor het diner gingen ze vervolgens naar St. John's om Orin en Irma gezelschap te houden en mee te eten van de dramatische kalkoen en de plakkerige aardappelen die de kok al van tevoren had klaargemaakt. 's Avonds thuis pakten ze de cadeaus uit die ze voor zichzelf hadden uitgekozen en de ander hadden laten kopen. Voor Gooch waren het altijd gebonden bestsellers uit de boekhandel in Ridgetown geweest. En voor Mary parfum en handcrème, omdat ze niets anders kon bedenken.

De tweede week dat ze alleen was in Edens huisje werd Mary wakker met de vertrouwde pijn tussen haar ogen. Ze dacht aan de pijnstillers in haar blauwe tas, maar stond niet op om ze te halen. Ze schrok van een beweging in de achtertuin, tot het haar te binnen schoot dat het Pool's Golds vaste dag was om het zwembad schoon te maken. Afwachtend keek ze hoe een man zich uitrekte om bladeren uit het water te vissen. Jesús García.

In plaats van haar aanvechting te volgen en de achtertuin in te rennen, greep ze haar nieuwe spijkerbroek en blouse van naast het bed en dook uit zicht de gang in om zich te kunnen aankleden. Ze had haar haren gekamd en haar tanden gepoetst toen de bel ging. 'Gee-soes,' zei ze, toen ze de deur opendeed.

Blijkbaar was hij verbaasd dat hij haar zag. 'Hallo Mary,' zei hij terwijl hij haar een factuur toestak.

'Kom binnen, dan haal ik even mijn tas.'

Jesús García stapte naar binnen waar hij bleef staan wachten terwijl zij de woonkamer in liep. 'Wil je water?' vroeg ze.

'Nee, dankjewel,' zei hij.

'Heb je honger? De diepvries zit propvol kliekjes van de begrafenis.'

'De begrafenis?'

'Mijn schoonvader is overleden. Hij is heel lang ziek geweest.'

'Wat naar.'

'Ik dacht dat je ontslag had genomen,' zei ze met een lach, om niet te laten merken dat ze zich geneerde dat ze zijn afwezigheid had opgemerkt.

'Ze hadden mijn route veranderd. Hij is weer terugveranderd.'

'Zal ik een muffin ontdooien? Of een stuk taart?' Bij de gedachte alleen al draaide haar maag om, terwijl ze sinds de snelle hap op de parkeerplaats nauwelijks nog vast voedsel naar binnen had gekregen.

'Nee, dankjewel, Mary,' zei hij vriendelijk, en hij wilde vertrekken.

'Je moet er geen spijt van hebben dat je het me hebt verteld,' zei ze. 'Over wat er met je gezin is gebeurd.'

Hij schraapte zijn keel. 'Ik praat er nooit over.'

'Dat weet ik. Maar je moet er geen spijt van hebben dat je het mij hebt verteld.' Hij knikte even. 'Toen je niet kwam om het zwembad schoon te maken, dacht ik dat je misschien…'

'Ik dacht dat je al terug naar Canada zou zijn.'

'Ik heb nog steeds niets van mijn man gehoord.'

Hij keek weg.

'Je had gelijk wat de oceaan betreft, Gee-soes.'

'Ben je naar de oceaan geweest?'

'Het is de beste plek om naar de sterren te kijken.'

'Ik ben er al jaren niet meer geweest.'

'Ik heb je die schoenen zien stelen,' gooide ze eruit. Hij keek haar niet-begrijpend aan. 'In het winkelcentrum. Die gele sandalen.'

Hij schuifelde met zijn werkschoenen. 'Ernesto heeft als tuinman voor de eigenaar gewerkt.'

'O.'

'Die man heeft hem een maand loon door de neus geboord.'

'O.'

'Nog een paar, en dan staan we quitte.'

Mary dacht na over de manier waarop mensen elkaar bestalen. Weloverwogen. Ongestraft. 'Hoe gaat het met Ernesto?'

'Goed. Maar hij is nog steeds niet aan het werk. En jij, Mary? Heb jij geen baan waar je weer naar terug moet?'

Ze schudde haar hoofd. 'Ik heb het geld dat Gooch me heeft nagelaten. Moet je mij nou horen. Ik klink alsof hij dood is.' Ze werden onderbroken door de oude, blauwe Chevy die op de oprit verscheen, en de knokige oude man die met een in aluminiumfolie verpakte schotel uitstapte. Nog meer eten was wel het laatste waar Mary op zat te wachten.

'Hallo Berton,' zei ze onder het aannemen van de schotel.

De oude man nam Jesús García op, merkte het uniform van het zwembadservicebedrijf op en kwam tot de conclusie dat hij geen bedreiging vormde.

Jesús glimlachte naar Mary. 'Tot volgende week.'

Ze keek hem na terwijl hij naar zijn busje liep en hoorde nauwelijks dat Berton vroeg: 'Ik weet dat Eden naar Santa Barbara is, maar heb jij misschien zin om vanmiddag naar onze bijeenkomst bij Shawn thuis te komen, Mary?'

Toen ze haar hoofd schudde en uitlegde dat ze een baantje als oppas had, werd ze overvallen door de pijn tussen haar ogen. Zodra het bestelbusje en de Chevy waren verdwenen, trok ze haar kleren uit en ging naakt zwemmen in het schone zwembad.

Toen ze die middag de jongens Reeves had voorgelezen, zakdoekje leggen had gespeeld, troep had opgeruimd en van Jeremy, die gewoonlijk de meest gereserveerde van de drie was, een wel heel lieve kus had gekregen, wees Mary Ronni's aanbod van ijsthee op de patio van de hand. De plek tussen haar ogen deed pijn, en duizelig van te weinig eten reed ze terug naar Edens huis, terwijl ze eigenlijk van plan was geweest naar de zonsondergang bij de oceaan te rijden.

De telefoon was aan het rinkelen toen ze binnenkwam, maar bij het opnemen hoorde ze alleen geruis. 'Hallo?' Geen reactie. Alweer een verbroken verbinding. Ze vroeg zich inmiddels al niet meer af of die verbroken verbindingen van Gooch afkomstig waren.

Ze liep naar de keuken, maar kon zich er niet toe zetten de koelkast open te trekken, wetend dat niets van de overdadige inhoud haar zou aanspreken en het meeste haar weerzin zou wekken. Ze ging aan tafel zitten en beloofde de kasten: *morgen ga ik iets eten*. Ze besefte echter dat ze nog steeds haar oude vriend Morgen een rad voor ogen draaide. Morgen had ze evenwichtigheid beloofd. Morgen zou ze vechten om genade te vinden. Als ze niet zo moe was geweest, was ze tot zonsopgang opgebleven om om een laatste kans te smeken.

Een bepaalde vorm van vrijheid

De volgende morgen maakte Mary de tijd vol met huishoudelijke bezigheden tot ze bij het gezin Reeves verwacht werd om op te passen. Bij de deur boog ze voorover om de jongens te omhelzen en ze lachte opgewekt toen Ronni haar onderhield over 'die afgrijselijke grijze uitgroei'. Ronni stelde voor om naar de kapper te gaan voor een nieuw kleurtje, maar daar had Mary geen zin in. Het rood mocht dan misschien gelig zijn geworden van het chloor in het zwembad, ze was toch niet van plan om voor haar haren het zwemmen op te geven. Ze was wel bereid toe te geven toen haar vriendin haar per se een cosmetische metamorfose wilde geven.

In de reusachtige ouderslaapkamer volgden de jongens met openhangende mond en zonder iets te zeggen haar gedaanteverwisseling. Toen hun moeder klaar was met het kleuren van Mary's wangen, het donker maken van haar wimpers, het aanbrengen van oogschaduw en het stiften van haar lippen, verklaarde Jeremy dat ze mooi was. Joshua zei dat ze net een clown was. En Jacob zei eenvoudig: 'Ik vin die kleuren op je gezicht niet mooi.' Mary vond die kleuren ook niet mooi.

Terwijl Ronni door een la aan het rommelen was, zag Mary een kappersschaar liggen. 'Wil je mijn haar afknippen, Ronni?' vroeg ze in een opwelling.

'Nee!'

'Ja. Alsjeblieft. Knip het nou maar gewoon af. Tot op de zilveren uitgroei.'

'Ja,' zei Joshua. 'Zilver is mooi.'

'Hè, Mare,' protesteerde Ronni. 'Dan lijk je net een... je weet wel...'

'Wat?'

'Een pot.'

'Kan me niet schelen. Dan maar een pot.' Ze dacht aan Ms Bolt. 'Ik ben die uitgroei meer dan zat. En dat rood ook.' Ze deed haar ogen dicht. 'Knip het alsjeblieft af.'

De jongens klapten in hun handen en keken in de spiegel terwijl hun weifelende moeder de schaar bij Mary's hals in de aanslag hield.

'Helemaal,' hielp Mary haar herinneren, zonder te kijken.

Ronni ademde in en klapte de schaar tegen Mary's schedel dicht, waarbij ze een hap uit haar door het zwemwater aangetaste haren knipte. Het was te laat om Mary nog te vragen of ze het wel zeker wist.

De drieling verzamelde de lokken die op de grond vielen. Mary stelde voor dat ze het haar in de knutseldoos moesten bewaren. Ze had haar haren nooit als iets moois ervaren. Dat het altijd zo lang was gebleven was gewoon het zoveelste bewijs van gebrek aan daadkracht geweest, en dat ze het nu kwijtraakte ervoer ze als een bepaalde vorm van vrijheid. Toen ze ten slotte de lucht tegen haar schedel voelde en het gewicht van de laatste paar lokken van haar hoofd was geschoren, opende ze haar ogen.

'Oké,' zei Ronni op een inademing.

In de spiegel zag Mary een grote vrouw met een ondiep kapje dik, zacht zilvergrijs haar tegen een goedgevormde schedel en rond een knap gezichtje met expressieve groene ogen, volle roze lippen en een kin met een diep kuiltje. 'Kijk aan,' zei ze en in gedachten: dit ben ik.

Zelfs Ronni moest toegeven dat de ingrijpende coupe haar goed stond. 'Het is chic.'

'Je hebt gelijk,' stemde Mary met haar in.

Ronni koos een stel grote, zilveren oorringen en een chokerachtige ketting uit haar voorraaddoos Lydia Lee om het geheel te completeren. De jongens, die niet wisten wat *chic* en *pot* betekenden, kwamen unaniem tot de slotsom dat Mary eruitzag als een man met sieraden om, waar de twee vrouwen erg om moesten giechelen.

Kinderen en dronkaards… Toen Mary aankondigde dat ze op een etentje wilde trakteren om voor de knipbeurt te betalen, schudde Ronni haar hoofd. 'Jij hebt al genoeg gedaan. Ik ga eten voor jou klaarmaken.'

Toen ze zag hoe Mary met haar salade zat te schuiven en kleine hapjes van de gegrilde kip nam, trok ze haar voorhoofd in een frons. 'Vind je het niet lekker?'

'Jawel,' zei Mary. 'Ik heb het je verteld, weet je nog wel? Dat ik mijn eetlust compleet kwijt ben.'

'Ik dacht dat je dat alleen maar zei omdat je liever in je eentje eet. Moet je mij zien. Ik ben sinds Toms vertrek ruim vier kilo aangekomen,' bekende Ronni. 'Chips, ijs en ontzettend slechte comedy's.'

Mary knikte. Die oude vrienden kon ze zich goed herinneren. 'Gooch heeft weer vierhonderd opgenomen.'

Ronni schudde haar hoofd. 'Hoeveel is er nog over?'

'Vijftienduizend en nog wat.'

'Je zou hem kunnen aanklagen.'

'Dat kan ik niet over mijn hart verkrijgen.'

'Heb je nog weleens contact opgenomen met zijn vrienden thuis?'

'Die hebben gezegd dat ze zouden bellen.'

'En geloof je ze?' Mary haalde haar schouders op. 'Maar je denkt nog steeds dat hij terugkomt?'

'Dat weet ik niet meer zo net.'

'Wedden dat hij in Vegas zit? Wedden dat hij al die tijd in Vegas heeft gezeten?'

'Ik heb er genoeg van om ernaar te raden.'

'Je moet het hele bedrag opnemen,' zei Ronni plotseling. 'Je neemt alles op, dan staat hij met lege handen.'

'En als hij het nou nodig heeft?'

'Laat-ie de tering krijgen,' fluisterde Ronni, zodat de kinderen het niet hoorden.

'Dan zou ik ervoor zorgen dat Gooch geen kant op kan, en dat wil ik niet.'

'Zoals hij jou heeft laten zitten?' vroeg Ronni ad rem.

Toen de vrouwen om de beurt de slaperige jongens verhaaltjes hadden voorgelezen kuste Mary de drieling welterusten en nam ze Ronni's uitnodiging aan om op de patio nog een glas wijn te drinken. Zelfs toen ze op haar zwaarst was, werd ze altijd snel dronken, en nu voelde ze al na een paar slokken de warmte van de alcohol. Met een blik op de sterrenhemel zuchtte ze diep en zei mijmerend: 'Twee maanden geleden werkte ik nog in een drugstore in Leaford in Ontario en dacht ik over een paar nieuwe winterschoenen na.'

'Tom en ik waren een vakantie op Aruba aan het plannen. Hij is nooit van plan geweest om die reis te maken.'

Mary moest denken aan de cruise in de Cariben die ze Gooch had onthouden. 'Je bent zo vreselijk mooi, Ronni. Je vindt vast iemand anders.'

Ronni lachte en schonk nog een glas wijn voor zichzelf in. 'Ik heb drie jongens van drie jaar, Mary. Dat noemen ze hier *bagage*. Met al het geduvel dat het met zich meebrengt, heb ik liever een relatie met mijn vibrator.'

Loslippig van de alcohol begon Mary giechelend: 'Gooch…'

'Ja?'

'Heeft een grote penis.'

Ronni gooide haar hoofd achterover. 'Mary Gooch toch!'

'Een hele grote penis.'

'Je hebt gezegd dat hij de enige was met wie je naar bed bent geweest. Hoe kun je dat dan weten?'

'Ik heb om me heen gekeken,' verzekerde Mary haar. 'En we hebben een tijdje terug kabeltelevisie gekregen.'

'Kleine stouterik.'

Mary was nog nooit klein of stout genoemd. Ze nam nog een flinke slok wijn. 'Ik heb in zes jaar niet gevreeën.'

Ronni hield op met lachen. 'Waarom niet?'

Mary werd somber. 'Mijn lichaam…'

'Ik kan me gewoon niet voorstellen dat ik nooit meer zou vrijen. Echt niet. Niet omdat ik nou zo nodig een relatie wil hebben, maar gewoon als lichaamsbeweging.'

'Zo heb ik nooit tegen seks aangekeken.'

'Kun jij jezelf met iemand anders voorstellen?'

'Nee,' zei Mary. 'Gooch is de enige. Dat is altijd zo geweest.'

Watertrappen

Het saldo op Mary's rekening, dat ze nog steeds dagelijks controleerde, was haar enige band met Gooch. Om dat contact maar te onderhouden, was ze doorgegaan met het opnemen van geld in bedragen van honderd dollar tegelijk. Toen Ronni op een middag de jongens meenam naar hun vader, die plotseling voor een dringende zakelijke afspraak in de stad was opgedoken, was Mary naar het grote winkelcentrum in Hundred Oaks gereden om cadeautjes voor de drieling voor onder de boom te kopen. Ronni en zij hadden afgesproken om elkaar geen cadeaus te geven. Hun vriendschap was genoeg.

In de speelgoedwinkel had ze bordspelletjes voor peuters, verfdozen en sprookjesboeken uitgekozen, en de uitstalling met halfautomatische machinegeweren met schuimplastic pijltjes, waarvan ze zeker wist dat de jongens er gek op zouden zijn, had ze links laten liggen. Jongens en hun schiettuig… Pete en Wendy hadden bij het opvoeden van hun jongens een streng verbod op wapens aangehouden, maar in hun vieze vuistjes werden bezems tot geweren en vliegenmeppers tot zwaarden, en toen de oudste zijn boterham steevast in de vorm van een pistool uitbeet, waren ze uiteindelijk overstag gegaan. Amerikanen waren berucht om hun relatie met vuurwapens, wist Mary, maar zijzelf vond het recht op het bezit van een wapen onbevattelijk en begreep niet waar het idee vandaan kwam. Ronni had bekend dat ze een vuurwapen in een schoenendoos in haar kast had liggen, maar Mary had gelezen dat haar vriendin statistisch gezien meer kans maakte hem tegen haar ontrouwe echtgenoot te gebruiken dan tegen een insluiper.

Zeulend met de boodschappentas door de gangen van het winkelcentrum viel haar oog op een etalage met weelderige paspoppen met een maatje meer. Ze had nieuwe kleren nodig, aangezien de broek met de aanhaaltailleband die Ronni voor haar had gekocht nu te groot was. Dankzij de inzakkende omzetcijfers in de detailhandel was het verkooppersoneel dolblij Mary Gooch in hun midden te zien verschijnen.

In de ruime paskamer met aan drie kanten een slank makende spiegel, vroeg ze zich geërgerd af waarom ze het niet had kunnen laten de winkel binnen te gaan en waarom ze niet had geweigerd toen de vrouw haar een selectie feestjurken had laten zien. Ze paste een paar setjes vrijetijdsbroeken met topjes, om vervolgens met tegenzin de losvallende zwarte jersey stretchjurk aan te trekken waarvan het meisje had gevonden dat ze die absoluut moest passen. Zonder met haar ogen te knipperen bekeek ze haar spiegelbeeld. Het kortgeschoren grijze haar. De Lydia Lee-sieraden. Haar ruim bemeten proporties aanbeden door de soepele, nachtzwarte stof.

'U zou zo model kunnen zijn,' liet een van de verkoopsters weten.

Een ander zei enthousiast: 'Die jurk is voor u gemáákt.'

Mary protesteerde: 'Ik heb eigenlijk alleen een nieuwe beha en wat broekjes nodig.'

Een van de meisjes vloog naar de afdeling Lingerie en keerde terug met een adembenemende keur aan kanten beha's en broekjes. Mary paste de lingerie en kon haar spiegelbeeld niet geloven tot ze uiteindelijk niet langer kon ontkennen dat ze er sexy uitzag en zich ook zo voelde.

Blozend gooide ze de kleren en lingerie op de toonbank. 'Ik neem het allemaal.' Ze sjouwde met haar zware tassen naar buiten het winkelcentrum in, en probeerde intussen het plezier om de mooie kleren te verzoenen met haar vermoeden dat ze ze eigenlijk niet had verdiend. Haar derde oog deed pijn. Ze hield halt, zette haar tassen neer in de buurt van een spuitende fontein, en ging duizelig op een bank zitten. Je moet iets eten, hield ze zichzelf voor, maar de gedachte aan kauwen alleen al maakte haar misselijk, en ze kreeg de brok in haar keel niet weggeslikt.

Ze had bij Eden in de kast een blender aangetroffen en had er fruit en yoghurt in gemixt, maar ze had grote moeite gehad om de dikke drank binnen te houden. Het enige wat haar de laatste tijd lukte, was een paar keer per dag een paar slokjes sinaasappelsap te drinken, en zelfs Ronni had gemerkt dat haar energie afnam.

In de grote Dodge Ram op weg naar huis via de route die ze ook met Jesús had gevolgd, liet ze haar blik naar de sterren afdwalen. Ze vroeg zich af wat de essentie was van Jesús García's sterkte en aantrekkingskracht. 'Tot volgende week,' had hij gezegd. Ze hoopte dat hij dan weer tijd zou hebben om nog even te blijven, een glas water te drinken, en haar meer over haar derde oog te vertellen. Vervolgens hield ze zichzelf voor dat het meer dan genoeg was om naar één enkele man te verlangen – al wist ze inmiddels niet zo zeker of die man Jimmy Gooch of Jesús García was.

Toen ze even later naakt in het zwembad aan het zwemmen was, moest ze in het ondiepe blijven staan omdat ze haar hart weer eens voelde fladderen. Niet nu, smeekte ze. Niet nu ze het gevoel had dat ze er zo dichtbij was. Al kon ze niet zeggen dicht bij wat, ze voelde dat er weer een verandering in de lucht hing, ze kon het ruiken als een naderende storm. Misschien was het Gooch. Ze nam zich voor te proberen nog een fruitmix te drinken. Als Gooch terugkwam, had ze al haar kracht nodig.

Door het drankje kwam de herinnering boven aan een avond toen ze zo'n tien jaar getrouwd waren. Mary had al een week in bed gelegen door een griepvirus dat ze in de drugstore had opgelopen. Toen Gooch had gemerkt dat ze te zwak was om op eigen kracht naar de wc te komen, had hij vrij genomen om voor haar te zorgen. Als een moeder had hij voor haar geredderd, dampende koppen soep op een blad bij haar gebracht, met de aardappelstamper en een klopper klonterige fruitmixen gemaakt. Toen ze weer op krachten was gekomen, had ze haar eetlust hervonden en begon ze de roep van de Kenmore weer te horen. Omdat het zo stil en rustig was in huis, had ze aangenomen dat Gooch de deur uit was, dus was ze geschrokken toen ze hem met glazige ogen aan de keukentafel in een notitieboekje had zien krabbelen. Schuldbewust keek hij op. Betrapt. 'Je bent op!' riep hij onnozel uit.

'Wat is dat? Wat ben je aan het schrijven?'

'Niets.' Hij sloeg het notitieboekje dicht.

'Gooch.'

'Niets.'

'Wat is dat?'

'Helemaal niets.'

'Als het niets is, waarom laat je het me dan niet zien?'

'Het is privé, Mare.'

'Privé?'

'Het is niets bijzonders. Een verhaal.'

'Een verhaal?'

'Ik schrijf een kort verhaal,' zei hij vermoeid. 'Het stelt niks voor. Ik… De *Leaford Mirror* heeft een verhalenwedstrijd uitgeschreven en ik… Het stelt niks voor.'

Ze probeerde haar verbazing te verbergen. 'Mag ik het lezen?'

Ze verwachtte dat hij zou weigeren en had hem nog nooit zo kwetsbaar zien kijken als toen hij haar het notitieboek aangaf. 'Het is nog maar een eerste versie. Het is niet erg goed.'

Mary nam het notitieboekje en een blikje pinda's mee naar bed en installeerde zich, bevangen door een brandende angst die zich vermengde met de paar graden verhoging die ze nog had. Niet dat ze bang was dat het verhaal slecht zou blijken te zijn en ze zou moeten liegen. Ze was bang dat het verhaal goed zou zijn en ze Gooch en zichzelf zou moeten bekennen dat hij zijn roeping was misgelopen en dat het allemaal haar schuld was. Of erger nog, dat het zo goed zou blijken te zijn dat hij het indiende, de wedstrijd won en ineens besefte dat het nooit de bedoeling was geweest dat hij zou worden wat hij was geworden en haar zou verlaten om het betoverende leven van een beroemd schrijver te leiden.

Al bij de eerste zin voelde Mary haar hart ineenkrimpen. Het verhaal ging over een meubelbezorger die verliefd wordt op een jonge weduwe terwijl zijn eigen vrouw stervende is aan een ziekte die verdacht veel leek op ongrijpbare malaise. De hoofdpersoon heeft bij de andere vrouw een slecht functionerende oven afgeleverd en vindt voortdurend excuses om dagelijks bij haar langs te gaan om de prestaties van de oven te controleren terwijl zijn eigen vrouw in haar bed ligt weg te kwijnen. Het proza was robuust en sober, navrant en humoristisch. Uiteindelijk consumeert de man deze relatie niet, maar keert hij uit plichtsgevoel terug naar zijn vrouw. Ziedend van woede las Mary de laatste zin, maar ze riep niet naar Gooch dat hij naar de slaapkamer moest komen.

Een uur verstreek. Ze hoorde de televisie in de woonkamer aangaan. Nog steeds ziedend lag ze af te wachten, ervan overtuigd dat het verhaal autobiografisch was en hij elk moment met een bekentenis kon komen. Uiteindelijk werd ze door honger haar bed uit gedreven. Zodra Gooch haar door de gang hoorde zwoegen, deed hij de televisie uit. Vanuit de deuropening keek hij toe terwijl zij in de koelkast naar kaas en salami zocht. 'En?' vroeg hij.

Mary kauwde bedachtzaam en slaakte een zucht. 'Ik begrijp het niet,' zei ze, en ze plofte neer aan de keukentafel.

'Het is nog maar een eerste versie,' bracht hij haar in herinnering.

'Maar zijn vrouw ligt op sterven,' zei ze en ze hief haar handen ten hemel.

'Daar gaat het juist om.'

'Daar gaat het juist om?' viel ze uit. 'Hoe kan hij dat nou doen terwijl zij op sterven ligt?'

'Het gaat niet over jou, Mare,' zei hij gespannen.

'Dat weet ik.' Ze zweeg even. 'Maar jij bent een meubelbezorger. Ze zullen wel denken dat het over jou gaat.'

'Dat is nu eenmaal een wereld die ik ken. Het gaat niet over jou. En ook niet over ons.'

'Oké, maar hij is niet bepaald sympathiek,' zei ze. Ongewild had Mary wel degelijk meegeleefd met de hunkerende echtgenoot en de eenzame weduwe. 'Hij had een ander soort bezorger kunnen zijn.'

'Dat had gekund.'

'Hij had niet getrouwd hoeven zijn.'

'Maar dat is nu juist het conflict.'

'Oké.'

'En wat vind je van de stijl?'

Ze schudde haar hoofd. 'Er zitten woorden bij die een beetje…'
Ze rolde met haar ogen.

Hij pakte het notitieboekje uit haar vette handen. 'Het is goed.
Het doet er niet toe.'

'Gooch,' had ze geprotesteerd. 'Ik bedoel alleen maar dat mensen
zich stom voelen als je woorden gebruikt die ze moeten opzoeken.'

Hij knikte en ging in de stille woonkamer zitten. Ze at de rest
van haar tussendoortje op en liep terug door de gang. Toen Gooch
zijn gewicht tussen de lakens schoof, deed ze of ze sliep, en ze vroeg
zich af of zelfs de allergrootste schrijvers zonder rechtstreekse kennis van zaken een dergelijke hunkering zo precies op papier hadden
kunnen zetten.

Mary nam aan dat Gooch zijn verhaal niet had ingezonden. Ze
wist zeker dat hij anders had gewonnen.

Ze klauterde naakt het zwembad uit en rustte even uit onder de
dikke nachtelijke wade. De bel ging. Ze trok een oude badjas van
Jack aan die ze uit de kast had meegenomen en liep door het huis
naar de voordeur, zonder nu eens te dromen dat het haar eigenzinnige echtgenoot zou zijn. Zelfs al had haar derde oog dat beeld
opgeroepen, dan had ze nog altijd haar blik op de toekomst gewan-
trouwd en was ze te moe geweest om hoop te koesteren.

Er stonden kerstliedjeszangers voor de deur – tien kinderen in
kostuums uit de tijd van Dickens onder leiding van een vrouw van
een kerkwerkgroep die uitlegde dat ze geld aan het inzamelen waren voor een noodlijdende school in Los Angeles. Mary stond klam
en rillend in haar badjas bij de deur. Ze hoorde niet zozeer de kin-
derstemmen als wel het gegons dat alom in de avondlucht hing.
Toen ze waren uitgezongen haalde ze een paar honderd dollar uit
haar tas en stak die de verbijsterde maar dankbare vrouw toe.

De Ethan Allen riep haar om te komen uitrusten, maar de koelkast bracht haar in herinnering dat ze iets moest eten. Ze sleepte
zich naar de keuken, deed de koelkast open en trof er een verse,
koele appel in aan. Ze ging aan het aanrecht zitten en duwde de

appel naar haar mond. Een stem drong aan: *Je moet iets eten.* Heel even betrad ze het lichaam van een stervende anorexiapatiënt die ze jaren geleden in een documentaire had gezien, en ze legde de appel op tafel.

Mary trok haar badjas uit, ging terug naar de achtertuin en het koude water van het zwembad, en trapte langzaam naar het diepe, tot het tot haar doordrong dat ze te moe was om baantjes te trekken. Met haar armen uitgestrekt en trappende benen kwam ze, gewichtloos maar zwaar, in het geweer tegen de metafoor – was ze al die tijd dat ze op Gooch had gewacht echt alleen maar aan het watertrappen geweest?

Later schoot ze wakker van het overgaan van de telefoon. Ze stak haar hand uit naar de hoorn naast het bed en vroeg slaapdronken: 'Joyce?'

'Mary? Mary? Is alles in orde?'

'Is er iets met mijn moeder?'

'Mary? Je spreekt met Ronni. Wat is er aan de hand? Ik begon me al zorgen te maken. Ik sta net op het punt om de jongens in de auto te zetten en naar je toe te rijden.'

Mary ging overeind zitten en merkte tot haar verbijstering dat de zon al helemaal de kamer binnen scheen. Ze keek op de klok. Het was na twaalven. 'Ik heb liggen slapen. Ik heb me verslapen. Het spijt me. Ik kom er zo aan.'

'Dat hoeft niet, Mary. Ik ga met de jongens naar het winkelcentrum. We moeten wat inkopen doen. Ik heb besloten om met Kerstmis naar de oostkust te gaan. We vertrekken volgende week.'

Mary kon niet reageren. Gingen ze weg?

'Ben je daar nog?' riep Ronni aan de andere kant van de lijn.

'Jawel.'

'De jongens en ik willen een vroege kerst met je vieren. Is dat goed?'

'Ja, hoor.'

'Mary?'

'Ja.'

'Je schoonmoeder is dan toch wel terug, hè? Je bent dan toch niet alleen, bedoel ik?'

'Dan is ze terug,' loog Mary. Eden had de dag daarvoor gebeld om te zeggen dat ze besloten had de feestdagen in Santa Barbara door te brengen. Ze trok veel op met een oude vriend van Jack, en Mary had uit haar toon opgepikt dat er een nieuwe relatie aan het opbloeien was. Haar schoonmoeder had het al een paar weken nadat James bij het auto-ongeluk was omgekomen met Jack aangelegd, dus Mary keek er niet van op, maar ze vroeg zich wel af waaraan Eden die veerkracht te danken had.

Met de grootste moeite sleepte ze zich het bed uit, ze trok een van haar nieuwe outfits aan en liep naar het eind van de oprit om de krant te halen. Ze ging zitten lezen, maar kon zich niet concentreren. Daarop liep ze naar de keuken en wierp de koelkast een verontschuldigende blik toe. Ze besloot naar de bank te rijden.

Voor de bank checkte ze haar saldo. Gooch had opnieuw geld opgenomen. Onhandig schoof ze haar pinpas terug in de automaat en vroeg om het maximale bedrag. *Ik neem het allemaal op, Gooch,* hoorde ze zichzelf denken. *Dat geld komt me toe.* Ze moest denken aan de woede van Ronni Reeves, die in de loop van de dagen was getemperd, en voelde haar eigen woede opkomen. *Dat vertrekt zomaar zonder iets te zeggen. Lafaard. Geld pakken dat van mij is. Schoft.*

Ze was biljetten van twintig dollar in haar portemonnee aan het proppen toen ze bijna in botsing kwam met een man die uit de bank naar buiten kwam. 'Emery Carr,' zei ze. Met haar kortgeschoren zilvergrijze haar en aanzienlijk verlies aan kilo's herkende hij haar niet. 'Mary Gooch. Je hebt me een lift gegeven toen ik mijn tas niet kon vinden.'

'Wauw,' zei Emery Carr, toen hij het zich weer herinnerde en haar herkende. 'Je ziet er anders uit.'

'Ja.'

'Ik dacht dat je allang weer terug in Canada zou zijn. Lucy vertelde dat alles geregeld was. Wat een lange vakantie, dan.'

'Het is niet echt een vakantie,' zei ze terwijl ze met hem opliep.

'Je lijkt wel een compleet ander mens. Ben je hier soms voor een van die metamorfoseprogramma's? Ik ben dol op *What Not to Wear*.'

Mary lachte. 'Zoiets, ja.'

'Nou, ik vind het geweldig wat ze hebben gedaan.'

Ze bloosde. Het drong tot haar door dat ze in de richting van de delicatessenwinkel waren gelopen en dat hij de deur voor haar openhield. 'Ik ga ook laat lunchen. Eet je mee?'

In het restaurantgedeelte zette Mary alles op alles om haar misselijkheid te onderdrukken, en ze bestelde koffie, roerei en toast. Emery Carr wierp haar een zijdelingse blik toe toen hij zag dat ze niet at. 'Wil je het terugsturen?'

'Ik kan gewoon niet eten,' bekende ze.

'Je moet echt iets eten,' drong hij aan. 'Ik zie wel dat je op dieet bent, maar…'

'Ik zit niet op dieet. Ik… ik kan het gewoon niet. Het lijkt wel of ik niet kan slikken.'

Emery klopte op haar hand. 'Je bent ontzettend veel gewicht verloren. Sinds ik je voor het eerst ontmoette, bedoel ik.'

'Dat weet ik.'

'Petje af, hoor. Alleen… Je moet wel iets eten.'

Ze knikte en deed net of ze een hapje toast nam. De zwarte koffie verschafte haar wat valse energie, maar het was zijn gezelschap waar ze echt van opleefde. Ze hadden het over het politieke klimaat. 'Het is net of er twee Amerika's bestaan,' zei hij. 'We denken verschillend. We interpreteren de grondwet anders. We zijn gewoon in twee partijen verdeeld. Is dat in Canada ook zo?'

'Dat weet ik niet. Ik geloof van niet. Mijn man zei altijd dat liberaal en conservatief daar iets anders betekenen. En bovendien hebben wij meer partijen. De NDP en de Groenen.' Ze was maar wat trots op zichzelf dat ze zich dat kon herinneren, al had ze geen enkel partijprogramma kunnen uitleggen. Ze vroeg zich af of ze een computer moest aanschaffen om dat soort dingen te kunnen opzoeken.

'Jullie Canadezen zijn progressiever.'

'Omdat we een algemeen zorgstelsel hebben?'

'Socialisme is doodeng.'

'Vanwege onze wapenbeheersingswetten?'

'Breek me de bek niet open.'

'Het homohuwelijk?'

'Het homohuwelijk. Ik geloof om te beginnen al niet in het huwelijk, of dat nou homo of hetero is. Het is onnatuurlijk. Maar het verbieden? Dat is discriminatie.'

'Mijn man zei dat mensen bang zijn dat jullie zieltjes gaan winnen, als het homohuwelijk wordt toegestaan.'

'Hoe zit het met die man van je?' vroeg Emery Carr. 'Heeft hij de nieuwe Mary al gezien?'

Mary keek op van haar koffie, haalde even diep adem en vertelde de knappe kasbediende in één adem het verhaal van haar leven als echtgenote.

Voor het restaurant verraste hij Mary door haar zacht te omhelzen. 'Je zag ernaar uit dat je dat wel kon gebruiken.'

'Dat was ook zo.'

'Je gaat niet dood, hoor. Je pakt jezelf weer op en dan stof je jezelf af. Je bent vrouw. Moet je jou nou eens horen brullen.'

Ze knikte lachend.

Die avond ging ze op de rand van Jacks bed naar haar beeltenis in de spiegel boven de commode zitten staren. *Je gaat niet dood*, had Emery Carr gezegd.

Bestaan

Op de advertentiepagina's in de kranten had Mary uitnodigingen aangetroffen voor tientallen plaatselijke oudejaarsavondevenementen. Ze had een even grote afkeer van oudjaar als van Kerstmis. Zo veel slapeloze nachten had ze woelend in haar bed allerlei beloften aan Morgen gedaan, en beloften die je voor het nieuwe jaar deed, de goede voornemens, voelden nog meer aan als een soort contract. Volgend jaar wordt alles anders. Volgend jaar krijg ik zelfbeheersing. Volgend jaar praat ik met Gooch. Luister ik naar Gooch. Ga ik met Gooch mee als hij dat vraagt. Allang voordat ze begonnen was met het lezen van kranten, was ze zich ervan bewust geweest hoe vaak mensen rond de feestdagen depressief waren. De neergaande spiraal was haar vertrouwd.

De weken ervoor had ze geen rekening gehouden met de mogelijkheid dat Gooch met Kerstmis nog niet terug was, maar nu wist ze zeker dat hij met Nieuwjaar niet terug zou zijn, en misschien zelfs niet met haar verjaardag in maart. Net als zij had hij zijn oude leventje achter zich gelaten, en hij had minder reden dan zij om ernaar terug te keren. Ze was er zelfs mee opgehouden het slinkende saldo op de rekening als een graadmeter te beschouwen voor zijn terugkeer. Gooch was vindingrijk. Hoe veel of weinig geld hij ook had, en waar hij ook was, hij zou het redden.

's Ochtends onder het zwemmen moest ze aan Eden denken, en aan Jesús García – verlaten, beroofd als ze waren, gingen ze voort. Toen ze uit het water verrees, voelde ze haar borstkas dichtsnoeren bij de gedachte aan het huisje in Leaford met het kapotte glas in de deur en de bloedvlekken op de muren. Ze dacht aan Irma met haar opengezakte mond en haar weggezonken, afstandelijke ogen. De brede Thames, waar ze als kind op had geschaatst. Ze kon zich het gezicht van Leaford niet herinneren, maar zijn winterse, ernstige roep hoorde ze wel.

Toen ze bij het huis van de Reeves aankwam voor haar kerstviering met de jongens forceerde Mary een glimlach. Ze gingen rond de reusachtige namaakdennenboom in de officiële zitkamer zitten, waarna ze de omhelzingen en kussen van de drieling in ontvangst nam en met een brok in haar keel hun cadeautjes aanpakte: foto's van de jongens in lijstjes die ze ieder met glitters en hartjes hadden versierd. Ze ging voor in het zingen van kerstliedjes en slikte met moeite een paar happen door van de klonterige aardappelpuree die de jongens hadden gestampt en de salade die ze speciaal voor haar hadden mogen helpen klaarmaken. Aan het eind van het diner was Ronni al even uitgeput als Mary, en ze moest nog koffers pakken voor haar reisje naar het oosten.

Ronni omhelsde haar vriendin en beloofde dat de week zou omvliegen. 'Jij hebt tenminste maar met één familielid te maken, Mary. Ik heb er vierentwintig, en die hebben natuurlijk stuk voor stuk iets over Tom en mij te zeggen. Ik word al misselijk als ik eraan denk.'

'Het is fijn voor de jongens om met familie samen te zijn.'

'Ik vind het zo naar als ik eraan denk dat jij alleen bent met je schoonmoeder.'

Achter het stuur van de wagen ging Mary in eerste instantie op huis aan, maar in een opwelling maakte ze een U-bocht en besloot ze naar de oceaan te rijden om naar de sterren te kijken. Bij de kruising wierp ze een blik op het stoffige terrein, en zag tot haar schrik Jesús García geheel verlaten bij de elektriciteitsmast staan. Zodra het licht op groen sprong, reed ze de strook op. Toen hij de Dodge Ram herkende, begon hij breed te grijnzen, en verbijsterd riep hij: 'Mary!' Hij kwam op de wagen afstappen, maar hield zijn pas in toen hij haar kortgeschoren zilvergrijze haar zag.

Haar hand vloog naar haar schedel. 'Het is niet om aan te zien, hè?'

'Het staat je goed.'

'Ik ben op weg naar de oceaan. Maar laat me eerst jou even naar huis brengen.'

'Heb je niks beters te doen?'

'Nee.' Ze moest lachen.

Hij stapte in. 'Dan ga ik met je mee.'

'Naar de oceaan?'

Hij aarzelde even. 'Als je geen bezwaar hebt tegen gezelschap.'

Het bloed vloog haar naar de wangen, terwijl ze van het stoffige terrein af reed en koers zette over de lange, heuvelachtige weg.

'Misschien zie je weer een vallende ster,' zei hij met die verblindende glimlach van hem.

Onderweg wierp Mary een zijdelingse blik op haar passagier. 'Je zei dat het jaren geleden was dat je de oceaan had gezien. Hoe komt dat?'

'Gebrek aan tijd. De omstandigheden. Andere verplichtingen.'

'Maar ging je vroeger met je gezin wel naar de oceaan?'

'Ik ging vroeger met mijn gezin naar de oceaan. Maar we zwommen nooit. Toen we naar Michigan verhuisden was ik vijftien. Die zomer verdronk er een jongen. Ik mocht van mijn moeder niet verder het water in dan tot mijn knieën. Ze was bang dat ik door de getijdenstromen zou worden meegesleurd.'

'Ze lijkt mijn moeder wel. 's Winters was ze altijd bang dat ik door het ijs zou zakken.'

'Mijn moeder heeft eens gedroomd dat ik in zee verdronk.'

'Wat vreselijk. Wat vreselijk om zoiets te horen te krijgen.'

'Ik zwem niet. Tot op de dag van vandaag ben ik nog nooit dieper geweest dan tot mijn knieën.'

'Maar je bent heel sterk.'

'Mijn zoons mochten van mij ook niet dieper dan tot hun knieën.'

'Vond je vrouw dat je getikt was?'

'Die geloofde ook in visioenen. In wonderen.'

Mary hoefde niet te vragen of Jesús in dat soort dingen geloofde. 'Die deed ook een wens bij een vallende ster.'

'Natuurlijk.'

'Ik heb nooit veel gezwommen.'

'Was je bang?'

'Niet voor het water.'

De rest van de weg reden ze in stilte, getroost door de optorenende heuvels.

Toen ze de auto langs de kant van de weg had geparkeerd, besloten ze een korte wandeling door de branding te maken. De avond was gevallen, maar Mary voelde zich veilig in zijn gezelschap en maakte gebruik van zijn kracht om zich een weg te banen door het zand. 'Wat is het donker,' zei ze.

'Daarom is het ook de beste plek om naar de sterren te kijken.'

'Hoe zeg je "sterren" in het Spaans, Gee-soes?'

'*Estrellas.*'

'Es-tree-jas,' zei ze hem na. Mary keek naar de hemel en werd overvallen door treurigheid om die arme zielen van wie ze er ooit een was geweest, op hun koude tegelvloer met hun neus in de koelkast, met een naald in hun arm, een sigaret tussen hun lippen. Ze snoof de zilte lucht op en spande zich in om dit alles tot een herinnering te maken: het water, de bries over haar kortgeschoren zilvergrijze schedel, de schitterende sterren voor haar uit.

Aan de rand van het water trokken ze hun schoenen uit en rolden ze hun broekspijpen op. Dankbaar voor de dekking van de duisternis vroeg Mary: 'Aan wie doe ik je denken, Gee-soes? Die keer dat je zei dat ik je aan iemand deed denken.'

'Mijn juf van de zevende groep. Juffrouw Maynard. Mary Maynard.'

'Doe ik je aan een onderwijzeres denken?'

'In de novembermaand dat ik tien werd, brak ik mijn been. En de rest van die winter moest ik in de pauze binnenblijven bij juffrouw Maynard. Ze gaf me dropveters en extra kladblaadjes en ze vertelde me dat ik ontzettend slim was. Op een keer kreeg ik een kus op mijn voorhoofd van haar. Ik wilde helemaal niet dat het lente werd.'

'Dus zij leek op mij?'

'Ze sprak mijn naam net zo uit als jij: Gee-soes.'

'Was ze dik? Net als ik?'

'Ja,' zei hij simpel. 'Ze rook naar koekjes. Mooie groene ogen. Ik was vreselijk verliefd op haar.'

De aanrollende oceaan veegde hun tocht door het zand uit. 'Laten we die kant op lopen,' stelde Jesús voor.

'Gee-soes?' riep ze de nacht in. 'Ik zie je niet meer.'

Hij deed een stap achteruit en vond haar aan de rand van het water. 'Pak mijn hand maar vast.'

Ze stak haar hand uit, op zoek naar zijn vingers – de plezierige schok toen hun handpalmen elkaar raakten. Ze liepen door, hun voetafdrukken in het zand werden onmiddellijk weggegrist door het pulserende water. Ze kon zich niet herinneren wanneer ze voor het laatst Gooch' hand had vastgehouden. Als ze had geweten wat er in het verschiet lag, had ze nooit losgelaten.

'Zie je die heuveltop daar verderop?' vroeg Jesús met een gebaar naar een vage schim in de verte. 'Dat is de beste plek om naar de walvissen te kijken. Die komen heel dichtbij.'

'Dat zou ik best willen zien.'

'In het voorjaar is hun trek.'

Mary bleef staan toen het tot haar doordrong. 'In het voorjaar ben ik hier niet meer.'

'Je man zal voor die tijd terug zijn.'

Mary volgde zijn voorbeeld en sloeg haar blik ten hemel. 'Mijn man komt niet terug.'

'Heb je wat van hem gehoord?'

Ze schudde haar hoofd in de duisternis. 'Nee. ik wilde het gewoon hardop zeggen. Om te zien hoe dat voelt.'

'Hoe voelde het?'

'Zo'n beetje als ik had verwacht.'

'Hou je nou op met wachten?'

Ze zweeg.

Jesús legde zijn handen op Mary's schouders en keerde haar om, om haar naar de hemel te laten kijken. 'Het najaar is de aangewezen tijd om het sterrenbeeld Andromeda te zien.' Ze volgde zijn wijzende hand. 'Perseus. En zie je die v-vorm daaronder? Dat is Andromeda. En dat vierkant daar weer onder, dat is Pegasus.' Hij zocht nog even de hemel af. 'Pisces. Vissen. Kun je die onderscheiden?'

'Pisces. Dat ben ik. Ik word geacht kunstzinnig en gevoelig te zijn.'

'Ben je dat ook?'

In de duisternis draaide ze zich naar hem om, ze nam zijn gezicht tussen haar handen en drukte haar mond op de zijne, een opwelling waar de kusser net zo erg van schrok als de gekuste. Ze hield op zodra ze voelde hoe kil en stijf zijn lippen voelden. 'Het spijt me vreselijk.'

'Dat hoeft echt niet.'

'Ik snap niet wat me bezielde.'

'Het is alweer vergeten,' zei hij kordaat. 'Kom mee. Laten we doorlopen.'

Het sloeg haar aan alle kanten uit van de gêne. 'Ik dacht heus niet… Ik denk heus niet…'

'Laat nou zitten, Mary.'

'Ik weet wel wat me bezielde,' zei ze. 'Ik ben bang. Ik ben bang dat ik misschien wel nooit meer word gekust. Mijn man komt niet terug.' *Mijn man komt niet terug.* De zeebries nam de woorden mee om ze naar de schikgodinnen te werpen die er een lotsbestemming van maakten.

'Kom, laten we doorlopen,' zei hij. Hij liep snel door en trok haar bij de hand mee. Ze struikelde.

'Kunnen we alsjeblieft even stilstaan?' vroeg ze.

Hij bleef staan.

'Ik ben vijfentwintig jaar de vrouw van Gooch geweest.'

'Dat is een hele tijd.'

'Als ik zijn vrouw niet ben, weet ik niet wie ik dan wel ben.'

'Daar moet je al doende achter komen.'

'Wat moet ik dan doen, Gee-soes?'

'Je moet doen wat je doet.'

'Ik doe niets.'

'Doe dan iets, Mary.'

'Was het maar zo makkelijk.'

'Wie zegt nou dat het makkelijk is?' vroeg hij. 'Je moet tegen jezelf blijven zeggen dat het ergste achter de rug is.'

'Ik heb geen afscheid kunnen nemen. Dat is volgens mij nog het ergste,' zei ze. Toen schoot haar te binnen hoe wreed deze man een afscheid was onthouden. 'O Gee-soes, neem me niet kwalijk.'

Hij trok zijn hand los en zei met geknepen stem: 'Je hoeft echt geen medelijden met me te hebben. Alsjeblieft.'

Ze was geschokt door zijn plotselinge omslag. 'Het was niet mijn bedoeling om…'

'Je moet van mij geen antwoorden verwachten, Mary. Ik praat er niet over. Ik denk er niet over na. Ik heb geen overlevingsstrategie-en. Net als iedereen verlaat ik me op clichés: stapje voor stapje, niet verder kijken dan de dag van morgen. Ik wilde je niet de verkeerde indruk geven.' Ze deed haar mond open. 'Zeg alsjeblieft niet dat het je spijt. Niet je verontschuldigingen aanbieden. Alsjeblieft. Zeg maar gewoon helemaal niets.'

De energie tussen hen was veranderd. De verbinding was verbroken. Terwijl ze door het zand terugploegden naar de weg waar ze de auto hadden geparkeerd, zeiden ze niets. Ze reden in een geladen stilte terug naar Hundred Oaks, als geliefden na een ruzie, zonder zeker te weten wie als eerste had uitgehaald, en wat er precies kwetsend was geweest en waarom.

Langs de stoeprand voor het huis van Jesús García wachtte Mary af terwijl hij met zijn hand op de deurknop bleef zitten. Tegelijkertijd zeiden ze: 'Welterusten.'

Hij liep naar het tuinpad, tot hij zich plotseling omdraaide en terugrende. Terwijl ze haar borstbeen masseerde waarachter haar hart in tweeën was gebroken, draaide ze het raampje omlaag.

'Kerstmis,' zei hij met een grimas.

'Ja.'

'Dat is over twee dagen.'

'Is dat zo? Ja, dat is zo.'

'Is je schoonmoeder dan terug?'

Mary knikte. 'Ja.'

'Je liegt.'

'Ze blijft in Santa Barbara.'

'Dus dan ben je alleen.'

'Dat kan me niet schelen.'

'Kom dan hierheen.'

'Nee, dat kan ik niet maken, Gee-soes. Dan voelt je familie zich niet op haar gemak.'

'Die merken het niet eens.' Hij lachte even die stralende grijns van hem. 'Ik kom je met de wagen ophalen als zij 's ochtends naar de kerk zijn. En ik wil geen nee horen.'

Even aarzelde Mary voordat ze antwoord gaf. 'Dankjewel.'

De vriendelijkheid van onbekenden. Ze nam aan dat er iemand geweest was die net zo aardig voor Jesús was geweest in de dagen na zijn verschrikkelijke verlies en dat hij nu die kosmische gunst terugbetaalde. Ze schraapte haar keel. 'Ik weet wel dat je niet denkt... Ik weet wel dat je nooit zou kunnen denken...'

'Het is gewoon fijn om met iemand samen te zijn die jou niet van vroeger kent.'

'Ja. Ja, dat is zo.'

'Ik kom je om tien uur ophalen.'

Ze knikte, ineenkrimpend van de pijn die zich van haar hart naar de plek tussen haar ogen verplaatste.

'Gaat het wel?'

'Ja,' loog ze.

'Weet je het zeker?'

Ze knikte.

Jesús García keek op weg over het korte tuinpad twee keer om, en voordat hij in het huis verdween tilde hij zijn arm op om te zwaaien.

In de auto op weg naar Willow Highlands probeerde Mary met diepe, kalmerende teugen adem te halen, maar het enige resultaat was dat ze buiten adem raakte. De pijn tussen haar ogen was onverdraaglijk.

In de keuken pakte ze de pijnstillers uit haar tas. Haar hart bonkte synchroon met het getjilp van de krekel achter de glazen schuifdeuren.

Moet je mij horen brullen, dacht ze.

De wekker

De volgende dag kon Mary zich niet concentreren op de ochtendkrant, omdat ze in gedachten afdwaalde naar Jesús García, de scène bij de oceaan opnieuw afspeelde en tobde bij het vooruitzicht Kerstmis bij hem thuis door te brengen. Ze wist zeker dat de man net zo veel spijt van zijn uitnodiging had als zij had dat ze die had aangenomen. Ze zou Kerstmis bederven voor de familie met de schoenen bij de deur, en als hij haar medelijden niet wenste, dan wilde ze de zijne evenmin. Even dacht ze erover naar het kantoor van Pool's Gold te rijden om er een briefje voor hem achter te laten, maar ze was bang dat zijn baas dat verkeerd zou opvatten. Overvallen door verlangen naar het gezelschap van Eden zette ze in de keuken water op voor de thee.

Ze negeerde de lokroep van de koelkast en de kreten uit de kasten, stapte in de grote wagen en reed naar de bank. Emery Carr trok zelfs geen wenkbrauw op toen ze hem om hulp vroeg bij het opnemen van drieduizend dollar. Uit zijn gezichtsuitdrukking sprak: *Zet 'm op, meid.* Maar dat weerhield hem er niet van zich zorgen te maken. 'Je moet niet met zoveel geld rondlopen, Mary.'

Met het gewicht van het geld voelbaar in haar blauwe tas vroeg Mary zich niet af of de leeggehaalde bankrekening Gooch naar haar terug zou drijven. Ze had hem niet in de overwegingen betrokken bij haar besluit het geld op te nemen, behalve als excuus om zich niet schuldig te voelen. Het geld van de loterij was zowel een bevrijding als een inperking geweest. Ze had er een ontsnapping en een reis mee gefinancierd. De aanwezigheid van het geld gaf haar het gevoel dat ze aan Gooch gebonden was, en ze voelde de aanvechting om er op dezelfde manier afstand van te doen als van de wake voor haar eigenzinnige echtgenoot. Natuurlijk wist ze dat ze in de toekomst geld nodig had, maar ze was moe, te moe om zich om iets anders druk te maken dan om de meest dringende plannen.

Even overwoog ze naar het winkelcentrum in Hundred Oaks te rijden om cadeautjes voor de kinderen in het huis van Jesús García te kopen, maar ze had geen flauw idee hoeveel kinderen er waren, of hoe oud ze waren. Bij de drugstore zag ze een bak met *Feliz Navidad*-kaarten en ze besloot daar, zowel voor de kinderen als voor de volwassenen, de biljetten van honderd dollar in te stoppen die Emery Carr bij de bank had uitgeteld. Ze hoopte dat Jesús er geen aanstoot aan zou nemen, maar kwam tot de slotsom dat het haar niet kon schelen als dat wel zo was. Bij de toonbank pakte ze een mueslireep van het rek, omdat ze zich zwak voelde door het gebrek aan voedsel, maar ze legde hem onmiddellijk terug toen ze misselijk werd bij de gedachte aan de brij in haar mond.

Het was al halverwege de ochtend en er stonden nog maar een paar mannen op het terrein tussen de wegen toen ze de grote Ram het stof in stuurde. Ze liep naar de mannen rond de elektriciteitsmast, gaf ze ieder een biljet van honderd dollar van het stapeltje in haar tas en wenste ze *Feliz Navidad* als ze haar goede gave in ontvangst namen. Ze vermeed hen aan te kijken. Ze wilde geen dankbaarheid, aangezien ze zich van een last ontdeed.

Ze had niet verwacht dat ze Jesús García onder de mannen zou aantreffen, en toch was ze teleurgesteld.

Het was zelfs voor zuidelijk Californië een ongewoon warme dag voor eind december. Mary moest aan Leaford denken. Aan de seizoenen die de tijd markeren. De herfstdagen dat ze naar het meer reden om de bladeren van kleur te zien veranderen. Irma die de strooier meenam om zout op de zure groene appels te strooien die ze bij het stalletje langs de weg kochten. Hagel. Laarzen die op de bevroren sneeuw knarsten. Onweer. Sombere luchten. Merkels honden die in de verte blaften.

Op weg naar het zwembad werd Mary bestookt door de zon. Er was veel waarover ze moest nadenken, en ze dacht dat het koude water haar misschien zou verfrissen. Ze zwom het zwembad over en stopte om te watertrappen tot haar spieren pijn begonnen te doen. Ze had ternauwernood genoeg kracht om het laddertje op te klimmen en zocht een ligstoel aan de rand van het bad uit waar ze zich op haar buik op uitstrekte om haar naakte lichaam in de zon te laten drogen. De specht hamerde op de eucalyptus boven haar hoofd, tikkend als de wekker naast haar bed, waardoor hij haar aan haar vroegere leven deed denken, maar dan alsof het een ander was overkomen. Ze concentreerde zich op het kloppen van haar hart.

In de dagen sinds haar vertrek uit Leaford had Mary een aantal erotische dromen gehad. In de meeste dromen was Gooch de hoofdpersoon, en in een paar andere was dat uiteraard Jesús García. Een van die dromen over een seksueel samenzijn met de donkere, knappe man was zo levendig geweest dat ze wakker was geworden van een huiverend orgasme. Dus toen ze een vinger in haar voet voelde prikken en een soepele stem 'Mary' hoorde fluisteren, nam ze aan dat het weer een droom was. Maar ze deed haar ogen open en merkte dat de zon aan de hemel was verschoven, en dat Jesús in zijn blauwe overall met in zijn hand het schepnet op haar inmiddels vuurrood verbrande grote witte lichaam stond neer te kijken.

'Mijn god,' hijgde ze.

'Je bent verbrand.'

Ze probeerde overeind te komen maar wilde zich liever niet nog meer blootgeven. 'In huis, door de patiodeur naar binnen. Daar ligt een badjas.'

Een ogenblik later was Jesús terug, ineenkrimpend bij de aanblik van haar roze dijen en rug. 'Daar moet je iets op doen.'

'Dat zal ik ook doen. Ik weet zeker dat Eden iets in huis heeft,' zei ze, terwijl ze de badjas aantrok.

'Jij hebt zo'n bleke huid. Vind je het wel een goed idee om naakt te liggen zonnen?'

'De mensen van het zwembad komen meestal morgen,' zei ze. 'Ik ben in slaap gevallen.'

'Je boft dat ik er vandaag ben.'

'Ik schaam me dood.'

Hij haalde zijn schouders op. 'Ach, als je één roze Canadees hebt gezien, ken je ze allemaal.'

'Waarom ben je er vandaag?'

'Ik heb het schema veranderd. Je leek gisteravond een beetje…' Toen duidelijk was dat ze niet op eigen kracht kon lopen, hielp hij haar het huis in.

'Ik ga even wat lotion zoeken.' Zachtjes kreunend van de pijn wilde Mary de gang in lopen.

Hij hield haar tegen. 'Ga jij nou maar liggen. Ik ga op zoek in de badkamer.'

Ze zocht Jacks bed op en ging languit liggen, met haar armen langs haar zij, van nek tot enkels schrijnend, en met het gewicht van de dunne badjas als een marteling voor het vlees van haar rode billen.

Even later verscheen Jesús met een grote potplant die hij in de woonkamer had aangetroffen. 'Aloë vera,' zei hij, terwijl hij een van de dikke, stekelige bladeren doorbrak zodat er een koele, heldere gelei op haar verbrande kuiten stroomde. 'Dit helpt vast. Zo neem je de hitte weg.'

'Dankjewel,' kon ze nog net uitbrengen. 'Het is zo afschuwelijk. Het spijt me heel erg. En je hoeft dit echt niet te doen.'

'Geeft niets. Ik vind het niet erg.'

'Heus waar, Gee-soes.'

'Je kan het niet zo laten.'

Zijn vingers wreven de gelei over de achterkant van haar dijen omhoog, en stopten aan de rand van haar badjas. 'Je bent… kun jij hierbij?'

Mary liet haar badjas zakken zonder aan haar naaktheid te denken. Ze hunkerde alleen naar de verlossing van de koele gelei voor haar in brand staande huid. 'Alsjeblieft,' fluisterde ze. Met gesloten ogen kon ze niet zien hoe hij weer een blad van de plant openbrak, en ze kon zich niet voorstellen hoe hij keek terwijl hij de gelei op haar schouders uitkneep en over haar onderrug en de bollingen van haar vuurrode billen vol putjes druppelde. Met de beroepsmatige aanraking van een arts of een ouder smeerde hij de gelei uit over haar heuvels.

Ze probeerde niet te kreunen. 'Dankjewel.'

'Gelukkig is het december en niet juli. Het ziet er vast erger uit dan het is.'

'Ik wou dat dat voor alles opging: het ziet er erger uit dan het is.'

Hij brak nog een blad af, en nog een, en haar huid zoog de genezende vloeistof op. Ze stelde zich voor dat zijn hand op haar dij bleef talmen. Ze stelde zich voor dat zijn bedoelingen veranderden. Toen de telefoon overging, schrokken ze allebei. Mary stak haar hand uit naar de hoorn.

'Hallo?' Ze verwachtte Edens stem. Of die van Ronni. In de dagen na de dood van Jack waren de telefoontjes langzamerhand afgenomen. Het was een automatisch verkooptelefoontje dat ze abrupt verbrak.

Jesús stond op. 'Ik moet ervandoor.'

'Wacht even. Heb je honger?' vroeg ze terwijl ze overeind kwam.

Hij at de boterhammen die ze had afgesneden en schepte op van de groentelasagne die ze in de magnetron had opgewarmd. Hun ontspannen samenzijn had eigenaardig genoeg iets postcoïtaals, Mary naakt onder de oude badjas van Jack, Jesús met zijn blauwe overall tot zijn middel teruggeslagen en een wit onderhemd dat om zijn borstspieren en de blauwdooraderde heuvels van zijn biceps spande. Ze kon hem ruiken: vochtige aarde en chloor.

'Je eet niet,' zei hij.

Ze haalde haar schouders op.

'Ik heb heel lang niet kunnen eten,' zei hij.

'Ik wil echt niet dat je er per se over praat.'

'Ik kon niet slikken. Door die enorme brok in mijn keel.'

'Mijn hele leven heb ik geprobeerd niet te veel te eten. En nu kan ik helemaal niet eten.'

'Dat kun je wel,' zei hij dringend en hij drukte haar de vork in de hand.

'Ik kan het niet.' Een voldongen feit. 'Echt niet.'

'Zonder voedsel kun je niet leven, Mary.'

'Dan moet ik maar op een wonder hopen.'

'Een mens eet omdat dat moet. Je proeft omdat je dat kan. En soms geniet je ervan, omdat je leeft.'

'Heb je dat ergens gelezen?'

'Zo leef ik.' Hij nam haar vork over, schepte wat eten van haar bord en tilde het naar haar mond. Langzaam schudde ze haar hoofd. 'Doe je mond open,' fluisterde hij.

Ze legde haar hand over de zijne. 'En als ik nu niet kan ophouden? Als ik weer begin te eten? Als ik nu niet meer kan ophouden?'

'Je kunt alles,' zei hij. 'Dat is dat wonder van je.'

Ze liet haar lippen wijken en werd overweldigd door de geur van tomaat, rode paprika, courgette. Ze liet het eten in haar mond glijden.

'En nu kauwen.'

Dat deed ze en ze herkende de zoete smaak van de romige kaas, de bittere ondertoon van oregano en de uitgesproken smaak van basilicum. Smaak. Geur. Hij bracht nog een hapje eten naar haar lippen en ze genoot van zijn gezichtsuitdrukking, als een kleine jongen die een wilde kat naar zich toe heeft gelokt. Ze wilde dat hij doorging met haar voeren, maar hij gaf haar de vork en zei: 'Nog een paar happen.'

Ze voorzag dat ze misselijk zou worden, maar dat bleef uit. Hij wachtte tot ze nog een klein beetje meer had gegeten voordat hij de borden meenam naar de vaatwasser. Ze keek naar zijn brede rug, berekende de omvang van zijn ledematen. 'Jij kunt er vast dieper in dan tot je knieën,' zei ze. 'Heus waar, Gee-soes. Je kunt echt wel verder de oceaan in dan tot je knieën.'

Hij glimlachte en deed zijn mond open om iets te zeggen, maar zijn mobiel ging over en met een excuus nam hij op en hij sprak in rap Spaans terwijl zij gefascineerd zat te kijken hoe zijn lippen onder de keurige snor bewogen. Hij maakte een eind aan het telefoongesprek en zei verontschuldigend: 'Ik moet ervandoor, Mary. Ik zie je morgen.'

'Dan sta ik klaar.'

Hij boog voorover en streek een kus over haar wang die zo zacht was dat ze niet met zekerheid had kunnen zeggen of het werkelijk een kus was geweest. *'Feliz Navidad,'* zei hij.

'Feliz Navidad.'

De wekker tikte of zoemde niet en maakte geen enkel geluid, maar haar huid was zo pijnlijk en kriebelig van het verbranden dat Mary maar geen prettige houding in bed kon vinden. Ze trok het laatste vlezige blad van de aloë vera en drukte de heldere gelei uit over de achterkant van haar benen en haar schouders.

Ze werd niet overvallen door haar spiegelbeeld maar zocht het willens en wetens op in de spiegel op de kastdeur. Ze stapte erop af en liet de badjas van haar schouders zakken. Ze herinnerde zich het eenzame, onzekere meisje Mary Brody. De jonge bruid met haar geheim. De echtgenote die ze was geworden. Levenslang in de greep van de honger. Die vrouw was ze niet meer. Ze herkende schoonheid in haar gestalte, haar subtiele levendigheid, haar geheimzinnige intenties en universele conclusies. Als de golvende bruine heuvels aan de einder. De gekuifde golven van de oceaan. Haar hoofd deed geen pijn. Haar hart fladderde niet. Ze had het gevoel dat ze geëlektrocuteerd kon worden door het licht dat ze binnenin voelde.

In de duisternis zocht ze haar weg naar het zwembad waar ze haar benen in het koele water liet zakken. Drijvend onder de sterren moest ze denken aan de dag dat ze bij Raymond Russell ontslag had genomen. Inventarisatiedag. *You've come a long way, baby*, zei ze tegen zichzelf, totdat ze besefte dat het een kreet was uit een sigarettenreclame, en dat die gelukwens aan het adres van de bevrijde vrouw behoorlijk misleidend was.

Terugdenkend aan de vragenlijsten uit tijdschriften waarin het leven van beroemdheden werd samengevat, besloot Mary dat ze de meeste van haar antwoorden moest bijstellen. Op de vraag 'Grootste avontuur?' had ze nu een antwoord: Mary Gooch had de top van Golden Hills beklommen. Haar beest bestreden. Naar God gezocht. Aanvaarding gevonden. 'Waar heb je het meest spijt van?' Ze deed niet meer aan spijt. En op de vraag 'Grootste liefde?' Ze zou Gooch bij zich blijven dragen in een medaillon om haar nek. Een grafisch symbool op een t-shirt. Zijn naam op de achterruit van een auto.

Terwijl ze over haar toekomst nadacht, juichte alles wat ze in haar mars had haar toe vanuit de sidderende bomen aan de overzijde van het zwembad. Ze kon de Mount Everest beklimmen, bij Greenpeace gaan werken. Gaan studeren, Spaans leren, de klassieken lezen. Stemmen. Ze zag het pad dat zich stijgend en dalend voor haar uitstrekte, en scherpe bochten maakte over ruige rotsen, en ze moest denken aan de aansporingen van Ms Bolt. Geen versleten tapijt. Geen behaaglijk uitgesleten spoor. Een oogverblindend bestaan dat vol onzekerheden wenkte. Een bewijs dat er wonderen bestaan.

De volgende morgen kwam, en Mary verrees als een feniks in het timide licht van de dageraad. Ze sloeg de oude badjas van Jack om zich heen en liep naar de keuken en de koelkast. Ze had honger. Geen razende honger. Geen sprake van hunkeren of snakken. Ze had gewoon honger. Zoals andere mensen honger krijgen. Ze deed de kast open, vond een blik tonijn. Ze sneed een tomaat en een avocado in plakken en haalde wat bruinbrood uit de vriezer. Ze ging aan tafel zitten en at het eten langzaam op, kauwde en slikte weloverwogen, liet de nuances aan smaken en texturen tot haar doordringen, en was voldaan van de bescheiden hoeveelheid. Er zat geen beest in haar pens dat al of niet de wacht hield.

Alleen Mary Gooch, die genoeg at.

Dankwoord

Ik wil de vrouwen in mijn beroepsleven bedanken die me in de loop van de jaren terzijde hebben gestaan bij het publiceren van drie romans. Met name ben ik mijn agent Denise Bukowski dankbaar voor haar kritische oog, haar openhartigheid tijdens discussies, haar goede raad en haar vriendschap die zich tot buiten het werk uitstrekt. Verder gaat mijn dank uit naar de begaafde redacteuren die *De weg naar huis* en *De zusjes* hebben helpen vormgeven en wier inzichten onmisbaar zijn geweest voor de uiteindelijke versie van *Het verhaal van een vrouw*: Diane Martin van Knopf Canada, Judy Clain van Little, Brown and Company, Lennie Goodings en Ursula Doyle van Virago Press UK.

Mijn dank gaat tevens uit naar Louise Dennys van Knopf Canada, Michael Piestch van Little, Brown and Company en Richard Beswick van Virago Press, Sharon Klein, Marion Garner, Deirdre Molina, Carolyn O'Keefe, Heather Fain, David Whiteside, Nathan Rostron, Jericho Buenida en Gena Gorrell.

Op het persoonlijke vlak wil ik mijn dankbaarheid uiten jegens mijn kinderen en hun heerlijke liefde, en mijn echtgenoot met wie ik al vijfentwintig jaar getrouwd ben en die me nog steeds inspireert. Mijn onderzoek voor dit boek bestond voornamelijk uit gesprekken en observaties, daarom bedank ik mijn ouders, Judy en Phil, mijn broers, Todd en Curt, mijn schoonzus Kelley, en mijn twee oudste en beste vriendinnen, Sherry en Joyce. Ook de familie van mijn man wil ik bedanken en de vele vrienden, die niet allemaal echtgenotes of zelfs maar vrouwen zijn, met wie ik in de loop van de jaren vertrouwelijkheden heb uitgewisseld en die op onvoorziene wijze hun bijdrage hebben geleverd aan *Het verhaal van een vrouw*.

Nogmaals wil ik erop wijzen dat ik zuidwestelijk Ontario dank verschuldigd ben. Baldoon County heb ik geschapen aan de hand van de herinneringen aan die streek die ik koester. Ten slotte wil ik mijn stam in zuidelijk Californië bedanken. De groep moeders van een school in Topanga die deze overgeplante Canadese in hun midden opnam terwijl ik het verhaal schreef van een buitenstaander die een plek voor zichzelf probeert te vinden.